金牌投资人2

创始人与投资人的博弈智慧

龙在宇◎著

湖南文艺出版社
HUNAN LITERATURE AND ART PUBLISHING HOUSE
博集天卷
CS-BOOKY

图书在版编目（CIP）数据

金牌投资人. 2 / 龙在宇著.—长沙：湖南文艺出版社，2017.2
ISBN 978-7-5404-7930-5

Ⅰ.①金… Ⅱ.①龙… Ⅲ.①长篇小说–中国–当代 Ⅳ.①I247.5

中国版本图书馆CIP数据核字（2016）第323594号

上架建议：畅销书 · 长篇小说

JINPAI TOUZIREN 2
金牌投资人2

作　　者：龙在宇
出 版 人：曾赛丰
责任编辑：薛　健　刘诗哲
监　　制：于向勇　马占国
策划编辑：马占国　徐　娅
营销编辑：刘晓晨　刘菲菲　罗　昕
版式设计：张丽娜
封面设计：仙境书品
出版发行：湖南文艺出版社
（长沙市雨花区东二环一段508号　邮编：410014）
网　　址：www.hnwy.net
印　　刷：北京嘉业印刷厂
经　　销：新华书店
开　　本：700mm×1000mm　1/16
字　　数：399千字
印　　张：27
版　　次：2017年2月第1版
印　　次：2021年7月第2次印刷
书　　号：ISBN 978-7-5404-7930-5
定　　价：39.80元

质量监督电话：010-59096394
团购电话：010-59320018

写给在残酷世界中

期望依靠智慧获得成功的人们

目录

contents

第一章 绝处逢生

费云鹏点点头："方玉斌这些年一路蹿升，身上丁系人马的色彩十分鲜明。重用他，就是告诉所有人，不用担心一朝天子一朝臣。只要好好干，在我费云鹏手下，依旧大有希望。绝望之人才会铤而走险，但凡有一点希望，他们就会规规矩矩。"

第二章 引狼入室

方玉斌依旧摇头："当初我跟在丁总身边，学到了很多东西。他有一句话，我一直奉为箴言——不结死仇，不谋死党。所有从政、经商的人，都应将其奉为信条。多个朋友多条路，少个仇人少堵墙，不到万不得已，千万别去结死仇，能高抬贵手就高抬贵手吧。另外，也别去谋死党，因为没有什么死党靠得住。"

第三章 恶意收购

痛定思痛之后，何兆伟也在寻思，市面上机会多，陷阱更不少，有些行业貌似红火，但未必适合自己。最保险的投资，绝不是去跟风，而是投资自己的兴趣。做自己感兴趣与擅长的事，远胜过进入一个看似遍地黄金的陌生行业。

第四章 合纵连横

真正的强者，不能一直仰人鼻息，应当把命运牢牢抓在自己手中。方玉斌脑海中浮现出一个念头，今日的自己，已非昔日的吴下阿蒙，凭借引以为傲的投资眼光，丰富扎实的职场历练，乃至手中掌握的深厚人脉，或许是时候去走出一条属于自己的路了？

第五章 股权大战

“21世纪什么最贵？人才！”方玉斌念叨起《天下无贼》中葛优的台词，接着又说，“如今许多做互联网+的人没弄明白，互联网+的关键不是网，而是加号怎么写。互联网好比一栋气势恢宏的商业综合体，修起这座大厦的是美国人，直到现在，核心技术还掌握在硅谷那帮人手里。咱们做互联网+，不是去修房子，而是在商业综合体里租个地方，要么开专卖店，要么开餐厅，要么做影城。”

第六章 自立门户

方玉斌心底泛起涟漪，王诚这几句话，着实令自己受益匪浅。口口声声说不懂投资的王诚，实则道出了投资真谛。身为投资人，除了眼光、魄力，除了给予创业者资金、人脉，还有更重要的一项——放手让创业者发挥，把创业者的潜力挖掘到极致。事事插手，既不按角色，更逾越了本色。

第七章 互联网金融

蒋若冰果然滔滔不绝道：“当年万达集团向全国扩张时，同时上马几十个万达广场。王健林立下一条规矩，各项目之间的资金不能互相挪用。他的想法是，一个项目资金链断裂，只是局部问题，可项目之间的资金拆来借去，一旦出问题就是一场灾难。袁总推出的扩张计划，让企业的资金链绷得很紧，此时如果还在公司内部拆东墙补西墙，那么稍有闪失，就会出大事。”

第八章 欲擒故纵

人家可是知己知彼百战不殆，为了买下梦剧场，把亿家金控的情况打听得一清二楚。经过深思熟虑，方玉斌也下定决心，抛掉已经获利颇丰的梦剧场，把资金向亿家金控倾斜。所谓别人贪婪时我恐惧，别人恐惧时我贪婪，方玉斌要真正实践一回。所有人争相拥入的直播行业，自己从容撤退，已是人人避之不及的P2P平台，我却咬定青山不放松。

第一章 绝处逢生

费云鹏点点头："方玉斌这些年一路蹿升，身上丁系人马的色彩十分鲜明。重用他，就是告诉所有人，不用担心一朝天子一朝臣。只要好好干，在我费云鹏手下，依旧大有希望。绝望之人才会铤而走险，但凡有一点希望，他们就会规规矩矩。"

◎1　大人物的追悼会，俨然成为一场大型聚会

天未亮透，冷风不时呼啸。

方玉斌早早起床，来到自助餐厅。用餐时，有一个年轻女服务员问道："你们一大帮人这么早起来，门口还停着好几辆大巴，是单位组织来北京旅游的吧？今天去哪儿，长城还是颐和园？"

方玉斌摇了摇头："去八宝山。"女服务员吐着舌头，尴尬地退下。

吃完早饭，方玉斌与同事们一起登上大巴车。停泊在酒店门口的大巴车一共三辆，都是来接荣鼎资本的员工。汽车缓缓驶出，车上有人打盹，也有人交头接耳。

荣鼎资本各地分公司中层以上员工今日齐聚北京，是来参加公司原董事长丁一夫的追悼会。出席追悼会的人太多，为了维持现场秩序，集团公司副总裁以下的员工统一乘坐大巴车前往八宝山殡仪馆。

大巴车行进在长安街上，方玉斌双目微闭。与周围那些一脸木讷或故作沉痛的同事相比，他对丁一夫无疑怀有更复杂的情愫。正是这位叱咤风云的企业领袖，在自己最危难的时候伸出援手。此后一路拔擢，让方玉斌以火箭般的速度蹿升，并最终执掌荣鼎资本上海公司，成为这家大型企业内的一方诸侯。这份知遇之恩，方玉斌必会铭记于心。但多年的商海沉浮，不

仅练就了丁一夫的坚毅果敢，更让他拥有超乎寻常的疑心。即便是自己格外垂青的方玉斌，也不会成为例外。因此，他一边对方玉斌破格重用，一边又异常警惕地监视着对方。连方玉斌身边最亲近的人，竟也是丁一夫安插的眼线？！

一言不发的方玉斌，脑海中却翻涌着与丁一夫共同经历的那些惊心动魄的往事。一场置之死地而后生的资本重组，拯救了濒临破产的金盛集团，也让丁一夫在公司内部的权力斗争中笑到最后。不甘蛰伏的总裁费云鹏忍辱求和，嚣张一时的燕飞被扫地出门。

可惜的是，丁一夫击败了每一个对手，却没能躲过命中劫数。一场突如其来的车祸，让他撒手西去。那些曾经的手下败将，重新生龙活虎起来。就在丁一夫逝世后不久，公司董事会做出决定，由费云鹏接替丁一夫，担任荣鼎资本董事长。

这位荣鼎的新掌门，令方玉斌不由得感到深深不安。在刚过去的权力斗争中，如果说丁一夫是掌控全局的统帅，方玉斌就是冲锋陷阵的大将。彼此积怨甚深，费云鹏手握大权后，又会怎样对待曾让他吃尽苦头的方玉斌？

太阳爬升，凉意仍未消散。大巴车准时抵达八宝山殡仪馆。殡仪馆的环境像公园一样，院内都是仿古建筑，有宝塔、雕像、喷泉，环境优雅、宁静祥和。

八宝山原名韩家山，是北京西山山前平原上的一座山丘。明朝永乐初年，有司礼监太监葬于此，旁边建寺，后改名为褒忠护国寺。明清两代，这里都是年老太监养老的地方。1946 年，国民政府将此地改为忠烈祠，将抗战中牺牲的将领张自忠、佟麟阁、赵登禹等 38 人安葬于此。新中国成立后，周恩来总理建议筹建革命公墓来安葬先烈。时任北京市副市长吴晗经过四处挑选，最终选定了八宝山褒忠护国寺的旧址。

对许多非北京人来说，常有一个误区，将八宝山等同于八宝山革命公墓。其实，八宝山并不只有一座革命公墓，还有八宝山人民公墓及八宝山殡仪馆。逝者要进入八宝山革命公墓，必须经过层层审批，因此埋骨那里的，生前都是大人物。许多领导干部们所说的“上八宝山”，指且仅指八宝山革命公墓。至于八宝山人民公墓与八宝山殡仪馆，则对社会公开。

殡仪馆停车场已停满车辆，其中既有价值数百万的豪车，也有挂着军牌的黑色奥迪。丁一夫早年参军，转业前已是师级干部，后来转战商界，一手将荣鼎资本打造为国内最具实力的投资集团之一。他的葬礼，自然备极哀荣，政商名流穿梭其间。

悼念厅前提前拉起了隔离带，悼念的人流顺着隔离带向殡仪馆东礼堂慢慢挪动。途中，每人会领到一朵小白花，并在账簿上写上各自的名字。排队等候时，人们站在隔离带里，互相交流着，谈笑风生。升斗小民的追悼会，来的亲朋好友大多心情沉重。而大人物的追悼会，俨然一场大型聚会，大家来到这里也在联络感情，洽谈业务。

方玉斌毕竟已是分公司负责人，不用再像普通员工那样在外排队等候。在一名工作人员的引领下，他从一扇小门进入悼念厅。厅的上方及两边分别悬挂着横幅“沉痛悼念丁一夫同志”和挽联“诚朴可风德昭后辈，绩能共仰功在人心”。悼念厅正面是一个大屏幕，一页一页地展示着丁一夫生前的照片。据说这副挽联是费云鹏亲笔拟就，文采固然不错，只是不知浸润其间的，究竟是真情还是假意？

悼念厅内同样人头攒动，原先设计好的排列次序完全用不上。追悼大会即将开始，各人只能随便找个位置站好。稍后，一身黑色西装的费云鹏走到扩音器前，用异常沉痛的口吻念起早已准备好的悼词。

站在方玉斌旁边的两人，一个是穿着灰色毛衣的男士，看上去50多岁，头发已经谢顶，身板却挺得笔直。另一位是30岁出头的女子，披着波浪头，穿黑色风衣，手中拎着香奈儿皮包。她只是轻抹淡妆，却难掩一份天生丽质，弯弯的柳眉、水灵的大眼睛、丰满的嘴唇，在这个以男性为主的世界里，简直是一抹靓丽风景。

这两人方玉斌都认识，但人家却未必认得他。

女子叫赵小轻，是位家世显赫、背景深厚的人物。她的祖父是著名科学家、大学教授，不仅著作等身，更是桃李满天下。赵小轻10岁时，跟随父母移居英国，后来又在美国常春藤名校接受大学教育。大学期间，赵小轻在一堂公开课上结识了如今的丈夫。丈夫年长她近 20 岁，是一位游走在美国政界与华尔街之间的精英人物。当年，赵小轻举手提问，身为主讲嘉宾的金融家被这位东方女性的魅力所吸引，两人很快坠入爱河。

毕业后，赵小轻曾在华尔街一家著名投行工作过，前几年回到香港发展。以她的家世背景以及在中美两国的人脉，很快便在投资圈闯出一片天地。

丁一夫去香港时，赵小轻曾设宴款待，当时方玉斌也在场。以丁一夫的江湖地位，面对年轻自己几十岁的赵小轻，依旧客气有加。在那场饭局上，方玉斌同赵小轻交换过名片，但时过境迁，人家未必还能记得。

这名男子是千城集团董事局主席王诚，在国内商界堪称大佬级人物。20 世纪 80 年代，王诚来到滨海特区，并在那里创建了千城集团。历时近 30 年，千城集团已成为横跨地产、商贸的千亿级巨无霸企业。

王诚能够声名远播，还由于他特立独行的性格。企业蓬勃发展的同时，他主动放弃了控股权，甘愿当一名职业经理人。近些年，他还当起了网络大V，通过网络平台分享各种人生感悟。朋友们都说，王诚个性张扬，好为人师，比起赚钱，他更在乎赢得生前身后名。

千城集团与荣鼎资本，更是合作多年的商业伙伴。依照目前的股权结构，握有千城集团 15% 股权的荣鼎是企业的最大股东。可惜的是，方玉斌跟随在丁一夫身旁的时间太短，近些年王诚又长居海外，因而始终未能一睹这位传奇人物的真容，只能从报刊杂志上读到王诚的消息，或是通过丁一夫的讲述了解王诚不为人知的一面。

费云鹏念着悼词，王诚与赵小轻却一直在窃窃私语。直到费云鹏语带哽咽，还拿出纸巾擦拭眼角的泪水，两人才打住话头，表情变得凝重。

费云鹏念完悼词后，众人开始挪动脚步，依次向丁一夫的遗体告别。这时，赵小轻主动向方玉斌投来一丝微笑："玉斌，你来了。刚才光顾着和王总说话，还没看见你就在旁边。"

方玉斌有些意外，没想到仅凭当初一面之缘，赵小轻竟然记得自己，还主动打招呼。看来，这位千金小姐、豪门贵妇既拥有非同寻常的记忆力，更有一份待人处事的圆融练达。方玉斌连忙说："赵总，你好！我看你和王总在谈事情，就没打扰。”

赵小轻点了点头：“王总是丁总的老朋友，听闻噩耗后专程从英国赶回来。他先到香港，昨晚是和我一个航班来北京的。”停顿一下，她又说：“你之前见过王总吧？”

方玉斌摇着头：“仰慕已久，却无缘相见。”

“是我疏忽了，竟然忘了引见。”赵小轻扭头对王诚说，“这位方玉斌，是丁总生前最信赖的部下，如今是荣鼎资本上海公司的负责人。”

在缓步移动的人群中，王诚伸出手，微笑道：“小方，不错，后生可畏。”

方玉斌也礼貌地伸出双手：“王总，久仰了。”方玉斌与王诚原本不熟，加之在追悼会的场合，两人打了个招呼，便没有更多交流。

追悼会结束后，人们依次步出悼念厅。费云鹏站在门口，同宾客们握手话别。他不断重复着感谢的话语，客人们也会说出诸如“你的担子更重了”之类的话。

参加追悼会的都是够档次的人物，讲出的场面话自是拿捏到位。节哀之类的话是说给丁一夫遗孀的，费云鹏并非丁一夫家人，似乎不到节哀的程度。说祝贺呢，倒是一句大实话，费云鹏总算攀上了梦寐以求的董事长宝座，当然可喜可贺。不过毕竟是追悼大会，不能说得太露骨。唯有表情沉重地说声“担子更重”，才是最得体的。

唯独与王诚握手时，费云鹏除了常规套路，还特别说道：“你从国外回来一趟不容易。晚上咱们谈点事。”

王诚显得有些为难：“有什么事吗？我订了下午的航班，打算赶回滨海去。”

“有事。”费云鹏声音很低，表情却颇为严肃。

“好吧。”王诚只得说，“我让秘书改签航班。”

“见面的地方，下午我再发给你。”费云鹏说。

离开殡仪馆后，方玉斌也回到酒店收拾行李。按照原计划，他将搭乘下午的航班返回上海。公司还有一摊子事，他不愿在北京耽搁太久。中午 1 点刚过，费云鹏的电话打了过来：“玉斌，上午在殡仪馆人太多，有件事忘了和你说。”

“费总有什么指示？”方玉斌越是对费云鹏心存戒备，才越得表现出毕恭毕敬的模样。

费云鹏说：“你下午不要回上海了，晚上陪我见个人。”

“好的。”方玉斌答应道。如果换作丁一夫，他或许会追问去见谁。但面对费云鹏，只是一口答应，绝不多问。一个是拔擢自己的恩人，一个是存有旧怨的新上司，两者之间实在是天壤之别。

◎ 2　一个人聪明是好事，怕的却是聪明反被聪明误

晚上 6 点，方玉斌准时赶到钓鱼台国宾馆。担任总裁时，费云鹏就喜欢在此宴请宾客，扶正为董事长后，这一习惯也未改变。

钓鱼台国宾馆坐落于北京玉渊潭东侧，金代章宗皇帝完颜璟曾在此筑台垂钓，“钓鱼台”因而得名，迄今已有 800 余年。至清代，乾隆皇帝敕命疏浚玉渊潭并在此兴建行宫，收为皇家园林。新中国成立后，决定在钓鱼台兴建国宾馆，修缮原有皇家园林的同时，还新建 17 栋风格迥异的现代化接待楼，并配有室内游泳场、健身房等。17 栋楼从中心湖南侧起始，沿逆时针方向，各楼以数字为编号，不过中间却缺了“1 号楼”“4 号楼”与“13 号楼”。为尊重外国习惯，钓鱼台国宾馆不设“13 号楼”；为尊重中国传统，以“芳菲苑”替代“1 号楼”，以“八方苑”替代“4 号楼”。其中，专供外国元首下榻的 18 号楼是楼群中最豪华的建筑，其外形为宫殿结构，黄色琉璃瓦铺顶，辅以绿色画栋。

改革开放后，钓鱼台国宾馆逐渐对外开放。只要没有重要外事接待任务，社会各界人士均可至宾馆下榻。唯有号称总统楼的 18 号楼成为例外，至今仍然披着神秘面纱。

方玉斌推开包间门，见荣鼎资本总裁办主任伍俊桐已坐在里面。见到方玉斌，伍俊桐并未起身，只是跷着二郎腿说："来了。"

对于伍俊桐，方玉斌心中充满鄙夷。这个阴险狡诈、狗仗人势的家伙，当初就是他与燕飞一起合谋算计自己，后来又见风使舵，痛打燕飞这条落水狗。前段时间，费云鹏被丁一夫逼得节节败退，伍俊桐整日像霜打的茄子。如今费云鹏得势，他又跟着精神起来。

小人得志，君子反倒要夹着尾巴了。方玉斌哪怕再不情愿，也得挤出笑脸："伍主任，你来得早啊。"

伍俊桐笑了笑："长期做办公室工作，养成习惯了。"他接着说："老板和王诚半小时后到。我得提前赶过来，把菜安排好。"

方玉斌这才知道，费云鹏要见的人是王诚。他一边和伍俊桐闲聊，一边等候着晚宴的两位主角。

到了6点半，费云鹏与王诚并排走了进来，两人正聊着一起登山的趣事。他们都是国内企业家中的"运动健将"，尤其对登山拥有超乎寻常的兴趣。数年前，两人一起登顶过珠穆朗玛峰。再后来，王诚的兴趣转向赛艇，费云鹏却对长跑情有独钟。

见服务员开始上菜，费云鹏又把话题转到饮食："中国历来有八大菜系，但钓鱼台的大厨却说，这里的菜独立于八大菜系之外，自成一体。有人甚至评价，钓鱼台菜系是中国的第九大菜系。"

王诚淡淡一笑："钓鱼台的菜清鲜淡雅，的确与众不同，但要称之为菜系，恐怕还有些过。比方说川菜、粤菜，从王侯将相到市井小民，人人都在吃。钓鱼台的菜，毕竟受众有限。"

"这话有道理。"费云鹏一边笑一边举起筷子。

王诚却没有动筷子："老费，你把我留在北京，不光是为了谈运动和美食吧。"

"当然。"费云鹏重新放下筷子，"对千城最近的股价，你怎么看？"

王诚抿了一口茶："一切正常呀。"

费云鹏摇了摇头："这段时间股市都快涨疯了，可千城的股价，不仅跑输大盘，甚至不如那些滞涨的大盘金融股。你不觉得，这不太正常？”

“没觉得。”王诚说，“我倒认为，大盘这么一个劲疯涨，太不正常。”他接着说：“你把我留在北京，难道就为这事？”

见费云鹏微笑着点头，王诚说：“咱们是老朋友了，荣鼎也是千城的大股东。你应该清楚千城多年来的经营理念，急功近利不是我们的风格。丁总在世时，可不会对股价的一时涨跌这么上心。”

两位大佬说话，方玉斌自然没有插嘴的份。不过他在一旁听着，心里不免吃了一惊。这个王诚，说话一点不客气。他这话的意思，岂不在说费云鹏不如丁一夫。

费云鹏自个儿夹了一筷子菜，细嚼慢咽后又缓缓说道：“没有你老王，就没有如今的千城。对你的经营理念与管理风格，我们始终给予高度信任与评价。”

“不过，”费云鹏话锋一转，“趁着股价在低位运行，有人却大肆扫货。难道这也是正常的？”

王诚做出吃惊的表情：“什么扫货？谁在扫货？”

费云鹏哈哈笑起来：“你是故意装糊涂呢，还是近来把心思全用去游山玩水了？”收敛住笑容，他接着说：“最近几个月，千城的股权结构发生了重大变化。有几家机构，正在大举收购千城的股份。”

“哦，你说这事。”王诚恢复了平静，“像千城这样的优质企业，有人想进来做股东，分享成长红利，没什么奇怪的。这几个月，的确有人在市场上收购千城股份，不过那都是小打小闹，对于整体的股权结构影响并不大。”

“这还叫小打小闹？”费云鹏语调平缓，脸上始终挂着笑容，“在市场上吃进千城股份的，主要有三家机构。一家是总部位于滨海的华海集团，一家是厦门的商贸企业，还有一家是注册地在北京的金融担保公司。三家机构，平均每家吃进了大约3%的千城股份。”

王诚依旧一脸轻松的模样：“千城是一家股权结构分散的企业，股东数量很多。正因如此，荣鼎手握15%的股权，就能成为企业的最大股东。在这种背景下，有个把机构吃进3%的股份，对股权结构并不会带来多大影响。”

见王诚始终没动筷子，费云鹏主动为他夹菜。接着，他又说道："如果我告诉你，这三家机构背后的实际控制者其实是一个人，你还会这么认为吗？"

"一个人？"王诚刚要动筷子的手又停了下来。

"对！"费云鹏加重语气，"就是一个人。"

"谁？"王诚追问道。

费云鹏说："就我掌握的信息来看，这三家公司其实是关联企业，幕后掌控者是华海集团董事长曹伯华。曹伯华为人低调，几乎没有与之相关的公开信息。我只是听一个朋友介绍，此人早年搞过农业开发，后来进入地产界，这些年又把触角伸向金融。他有个弟弟叫曹仲华，兄弟俩配合默契，在资本市场以出手精准著称。他们公司的总部，也位于滨海。"

沉吟了一阵，王诚重新开口："不太可能吧！无论在地产圈还是滨海商界，曹伯华都算不上实力人物。就他那点钱，敢来打千城的主意？"

费云鹏反问道："你认识曹氏兄弟，之前接触过？"

王诚眉头紧皱："没有。只是听说过有这么一号人。"

费云鹏搓着手："其实我也纳闷，就凭曹伯华那点钱，凭什么在市场上吃进那么多千城的股票？况且，像他那样大举扫货，通常会刺激股价猛涨。可奇怪的是，即便有大牛市的行情，千城的股价依旧不温不火。"

"你这么一说，倒真有些蹊跷。"王诚说，"回头我派人查一下。"

"今天只是向你通报一下情况，但愿我杞人忧天吧。"费云鹏微笑点头，接着便岔开了话题。

聊起轻松的话题，桌上的气氛又活跃起来。不过方玉斌心里却犯起嘀咕，按照荣鼎资本内部工作分工，上海公司与千城集团项目没有一丁点瓜葛。费云鹏为何偏让自己留在北京，参加今晚的聚会？

晚宴结束后，王诚乘车离开。费云鹏却说："时间不算太晚，我想去园子里散会儿步。玉斌，你陪我走一走？"

老板发了话，下属当然不能推辞。方玉斌跟在费云鹏身后，漫步于国宾馆内遍植名贵花草的林荫道上。

古木茂密、碧水潺潺的钓鱼台，的确是京城内一处闹中取静的人间仙境，昔日的皇家园林与近几十年来兴建的现代化建筑古今相映、珠联璧合。绿草茵茵、柳堤弯弯，石桥小径通幽，楼台亭阁间点缀碧水红花。

费云鹏背着手，一边走一边问道："对王诚这个人，你怎么看？"

方玉斌小心翼翼地答道："今天是我第一次见到王总，还没有什么特别的印象。"

费云鹏停下脚步，若有所思地说道："我和他可打了十来年的交道。他白天喝什么酒，晚上读什么书，我清楚得很。这家伙是个聪明绝顶的人物。别看他整日游山玩水，但千城的大小事情，全在他掌控之中。"

费云鹏重新迈出步子："有人大举吃进千城的股票，连我都嗅出不寻常的气味。我不相信，他会浑然不觉。"

方玉斌附和说："费总分析得很有道理。"他又顺势问："你的意思，是说王诚在故意隐瞒什么？"

费云鹏摇了摇头："他葫芦里究竟卖的什么药，一时半会儿我也弄不清。不过，总有图穷匕见的那一天，咱们再耐心观察一阵子。"接着，他冷笑一声："一个人聪明是好事，怕的却是聪明反被聪明误。"

费云鹏又说："这几天操办丁总的葬礼，忙得我昏天黑地。但我还是跟下头人打招呼，让他们着手吃进千城的股票，顺势也把股价往上拉一拉。不管人家唱的是哪出戏，咱们必须确保手头有足够筹码。唯有这样，才能以不变应万变。"

方玉斌点头说："未雨绸缪是对的。"

费云鹏在一座廊桥上停了下来，俯身瞧着脚下池塘里的金鱼，脸色并不轻松。隔了一会儿，他说："今后，你不妨多用点心思在千城集团这件事情上。"

费云鹏主动提及此事，方玉斌正好将憋在心中的问题抛出来："费总的话我一定照办，只是千城集团项目并不属于上海公司的业务范围。"

费云鹏摆了摆手："任何事都不是绝对的。你过去没有负责这个项目，并不代表未来不会负责。"

"你打算让我离开上海公司？"方玉斌立刻警觉起来。毕竟之前结的梁子太深，如今失去了丁一夫的庇护，人家随便使出明升暗降的手段，就够方玉斌喝一壶。

费云鹏没有回答方玉斌的问题，而是语重心长地说："丁总突然走了，棒子交到了我手里，深感责任重大呀。我不会搞推倒重来、否定前任那一套，但也不能墨守成规、一成不变。当领导的要有大局观，某一个人的职位调整，如今根本不在我的考虑范围内。我想的，是对整个公司的经营组织架构，来一次翻天覆地的改造。"

"费总谋划的，都是大文章。"方玉斌嘴上恭维，心里却在打鼓，既说不推倒重来，又说要翻天覆地，这不是自相矛盾吗？一切组织架构的调整，到头来还不是官位的重新分配？位置就那么几个，要么你上去，要么他下来。方玉斌不免产生了一种恐惧，像自己这种丁一夫时代的心腹红人，是否正是人家要改造的对象？

◎ 3 前任领导对你的信任，如今都不是资产，而是负债

回到上海后，方玉斌变得郁郁寡欢。费云鹏口中那场翻天覆地的改造，成了悬在自己头上的一柄利剑，不知什么时候就会刺下来。

人心情不好时就容易上火，在一次会议上，方玉斌对下属报上来的文件不满，批评时语气颇重。没想到，公司财务部长孟薇竟然不硬不软地顶了几句。这一下，方玉斌的火更大了，拍着桌子训斥了孟薇一番，对方涨红着脸没有说话，但从脸上的表情看来，她并不服气。

回到办公室，方玉斌点燃一支烟。刚抽了几口，公司副总经理林胜峰拿着几页纸走了进来。落座后，他把纸递给方玉斌："方总，上头几张是医院的报告，前几天去体检，医生说我的糖尿病越来越严重了。最后一张是我的提前退休申请书。我这把老骨头，怕是撑不下去了，只能告老还乡。"

方玉斌只瞥了几眼，就把体检报告和申请书放到办公桌上："林总，咱俩不是外人。你有什么话，大可以直说。"

林胜峰沉默了一阵才说："我有什么话？该说的话都写在上面了，身子骨不行，医生让我回家静养。"

"真的？我不信。"方玉斌弹了弹烟灰。

“你呀，何苦来逼我。”林胜峰轻摇着头，“以往我在公司，不过是帮丁总盯着一些事。如今他老人家驾鹤西去，我也不用再费那个劲了。”

方玉斌心想，林胜峰这几句应当是实话。林胜峰的真实身份，在偌大的荣鼎资本，大概知道的人并不多。这位看似淡泊名利、与世无争的好好先生，其实是丁一夫的铁杆心腹，更是他安插在上海公司的最重要眼线。从袁瑞朗到燕飞，历届上海公司总经理的一举一动，都处于林胜峰的严密监视中，他会将所有情报直接上报丁一夫。

方玉斌劝道：“丁总是你的老友，更是我的恩人。他走了，大伙心里都难受，但也不至于如此。”

“再说了，”方玉斌挤出一丝苦笑，“你老人家道行深得很，即便天塌下来，也砸不到你头上。”

方玉斌心中的苦楚，远胜于林胜峰。多年来，林胜峰扮演的是潜伏者的角色，他与丁一夫的亲密关系，外人并不知晓。方玉斌就不同了，他最近的蹿升完全是丁一夫一手提拔，公司上下都把他视为丁系大将。真要是清除前朝余孽，首当其冲的也是他方玉斌。

“我知道你不容易。”林胜峰叹了一口气，“丁总这一去，倒是便宜了有些人。一朝权在手，便把令来行，人家最近可嚣张得很。”

“你都听说什么了？”方玉斌问。

林胜峰说：“伍俊桐这些日子上蹿下跳，直愣愣地盯着副总裁的位置。还有费云鹏的秘书，听说很快也要被安排成总公司的财务总监。”

有关总部即将进行人事调整的消息，方玉斌也听说了。一朝天子一朝臣，原本也是预料中的事。他缓缓说道：“一人得道，鸡犬升天，自古皆然。这些人跟在费云鹏身边多年，如今也该论功行赏了。咱们心里有数就行，没必要较真。”

林胜峰把手叉在胸前：“以往丁总要提拔谁，首先还得考察一个人的才干。哪像费云鹏，肆无忌惮地任人唯亲。丁总把大好江山交到他手上，他是崽卖爷田不心疼。”

林胜峰越说越气：“前几天我和丁总生前的秘书高思锦通电话，自打丁总过世，高思锦也被搁在一边，职务、待遇通通悬着。高思锦很是心寒，他说没想到费云鹏的气量如此狭小。”

方玉斌不由得心头一颤。假若费云鹏真要对丁一夫的人马赶尽杀绝，自己的好日子也就到头了。

林胜峰拉低声音：“我还听说一件事，前几天燕飞悄悄去拜会过费云鹏。”

“他去找留费云鹏，想干什么？”方玉斌掐灭烟头，问道。

“还能干什么？用膝盖想也知道嘛。”林胜峰说，“当初败在丁总手里，费云鹏只能丢车保帅，牺牲掉燕飞。现在时过境迁，燕飞当然想重新投效，杀个回马枪。”

方玉斌忍不住骂道：“他妈的，这是要搞还乡团呀。”他猛然意识到，难怪之前在自己面前百般谄媚的孟薇，今天竟敢顶撞起来。原来，人家的情夫正图谋东山再起。

“所以呀，我自个儿走了。”林胜峰说，“眼不见为净。看着这帮家伙小人得志，在公司里瞎折腾，心里憋得慌。”

方玉斌续上一支烟：“你觉得我应该怎么办？”

林胜峰托着下巴：“你现在是主持上海公司工作的一把手，怎么还问我？”

“你就别跟我卖关子了。”方玉斌有些着急，“你是老前辈，更是我的引路人。我可是真心诚意地向你请教。”

沉吟一会儿，林胜峰说：“我一大把年纪，正好趁着这次机会回家颐养天年。你和我不同，年富力强，还有大好前程。但我送你一句话，此地不可久留。”

方玉斌接着问：“你叫我主动离开荣鼎？”

林胜峰说：“你好不容易坐到今天的位置，不仅执掌荣鼎旗下实力最雄厚的上海分公司，更是全集团的希望之星。换作谁，也舍不得轻易离开。可惜情势翻转，所有这些东西，如今都不是你的资产，而是你的负债。”

林胜峰又说：“丁总当初越是重用你，费云鹏如今就越是猜忌你。非我族类，其心必异嘛。另外，无论你有心或无意，毕竟和费云鹏结过梁子。他这个人睚眦必报，不会容得下你。”

“离开之后又去哪儿呢？”方玉斌既在问林胜峰，也在问自己。

“不必太心急。”林胜峰说，“你如今是上海公司一把手，费云鹏即便想动你，也不会那么轻而易举。我只是提醒你，心里得绷着这根弦，给自己多留几条退路。”

与林胜峰的这番对话之后，方玉斌的心情愈发低落。摞在办公桌上的文件，压根没心思处理，后来索性在电脑上玩起了斗地主。

快到下班时，方玉斌的手机响了起来。“没打搅你吧，方总？”电话那头，苏晋笑嘻嘻地说。

“别拿我开涮。有什么打搅的，我一个人在办公室玩游戏。”对于这位红颜知己，方玉斌不用假装正经。

苏晋说：“晚上我来上海，一起吃顿饭。”

“好啊。”方玉斌爽快地答应下来，“就在古北新区那边吧，离你家近。我这就打电话预订。”

“不用。”苏晋说，“我已经安排在新天地附近，到时还有一个人。”

“还有谁？”方玉斌有些纳闷，苏晋约自己吃饭时，通常就两个人，今天怎么拉上一个“电灯泡”？

苏晋说：“董劲松。”

方玉斌更是吃惊：“是他！”

这个董劲松，早年是个街头混混，后来在澳门经营赌场生意。认识华子贤后，卷入金盛集团的旋涡中来。他先绑架了华子贤的公子华守正，逼迫对方签下还债合同，不承想对手将计就计，派方玉斌做诱饵，把董劲松抓回江州。再后来，董劲松又被燕飞利用，跑到新加坡向苏庆辉告黑状，结果自投罗网，吃尽了皮肉之苦。回到中国后，江州公安局第二次逮捕了董劲松，罪名是涉嫌窃取商业机密。

这一次被捕，董劲松被扣在江州达半年之久。其实，泄密案已经不了了之，没人再去深究。但这个案子的动静闹得太大，是市委书记亲自打的招呼，所以公安局吃不准，到底怎么处理涉案人员。董劲松就这样滞留在江州，叫天天不应，呼地地不灵。

最后倒是苏晋发善心，她认为整件事情已经过去，没必要为难董劲松，便向公安局做了说明。她还帮助董劲松办理了相关手续，从渡过危机的金盛集团那里拿回了欠债。

“他来干什么？我不想见他。”方玉斌下意识地拒绝。

苏晋说：“董劲松是专程来上海感谢我的。我告诉他，其实更应该感谢方玉斌。荣鼎方面如果揪住泄密案不放，你指定出不来。还有金盛集团能拨出资金还你，方总也是签字同意的。”

苏晋又说：“过去董劲松栽在你手里，自然对你恨之入骨。正好利用这次机会，双方化解愁怨，人家还对你感恩戴德，有什么不好？多个朋友多条路，少个仇人少堵墙。不过一起吃顿饭，你又不损失什么。”

听了苏晋这番话，方玉斌不仅觉得在理，更充满感激。除了苏晋，还有谁会这样，处处为自己着想。他终于答应：“好吧，我下班后赶过来。”

在新天地附近的一家老上海菜馆，方玉斌见到了董劲松。落座后，双方都说着客气话，气氛还算融洽。半瓶酒下肚后，董劲松免不了旧事重提：“我他妈就是想不通，自己一片好心去告诉苏庆辉真相，这个王八蛋不仅不谢我，还把老子往死里整。究竟为什么？”

想着董劲松当初的狼狈相，方玉斌既好气又好笑。他放下酒杯：“既然弄不清楚，索性不清不楚过日子。你现在是自由身了，欠债也要回来了。这不正是你想要的？”

“没错。”董劲松叹了一口气，“里面的水太深，我可不想再去蹚了。”他又举起酒杯：“说到底，还要感谢方总和苏总高抬贵手。以前的不愉快，就让它烟消云散吧。若是瞧得起，咱们以后就是朋友。”

方玉斌微笑点头，满饮下一杯。酒桌上，董劲松又露出江湖中人的本色，拍着胸脯说：“大忙帮不上，小事情二位尽管吩咐。尤其到了港澳一带，招呼一声，兄弟我随叫随到。若是想去赌场散散心，玩玩扑克之类的，我保证提供一条龙服务。”

苏晋抿嘴笑道："我们都是打工仔，可没钱来照顾你的生意。"

董劲松摆手道："小赌怡情嘛，重在娱乐。"

又过了一会儿，方玉斌漫不经心地说："董总对港澳一带很熟，有个人你认不认识？"

"谁？"董劲松问。

"曹伯华与曹仲华。"方玉斌说。

董劲松点了点头："他们哥俩，我认识呀。有什么事吗？"

方玉斌大喜过望，真是得来全不费功夫！费云鹏曾让他关注千城集团的项目，尽管对费云鹏的用意吃不透，但自己还是做了些功课。近期大举收购千城股份的曹氏兄弟，确如费云鹏所说，是异常低调的人物，几乎找不到他们的公开信息。方玉斌想着，滨海的大老板们有时会去光顾澳门赌场，便在餐桌上随口一问。原本没抱多大希望，不想竟找对了人。

方玉斌随便编了个谎话："有个朋友，打算和曹伯华合作一单生意，但对他们公司的情况不太清楚。"

董劲松掏出烟，划燃火柴："老曹这个人吧，还算讲义气。过去经常来澳门，和我喝过几回酒。"

方玉斌问："他喜欢去赌场玩？"

董劲松摇头说："他是陪几个朋友过来，自己并不玩。老曹是福建人，十多年前来滨海发展。赚了些钱，却始终也做不大。他经常和几个生意做得大的福建老乡凑在一起，大概希望人家拉他一把。那几位福建老板是赌场常客，老曹也陪着人家过来。"

方玉斌又问："你说的是什么时候的事？"

"三四年前吧。"董劲松挠着脑袋。

方玉斌摸着下巴："照你这么说，曹伯华三四年前还没什么钱？"

"那时候，他撑破天也就几千万吧。"董劲松十分笃定地说，"曹伯华在那几个同乡前辈跟前，端茶递水像个小马仔似的。至于他弟弟，据说前些年在重庆搞农业产业园，还亏了一大笔。"

对这个曹伯华，方玉斌倒真有些兴趣了。照董劲松的说法，曹氏兄弟几年前实力并不强。这才多长时间，他们就敢在二级市场磨刀霍霍，打起千城这种巨无霸的主意？

方玉斌继续问道："近来，你和他们还有联系吗？"

董劲松摇头说："这几年，我被金盛集团的事拖累着，赌场的生意根本顾不上。另外我也听说，曹伯华貌似发财了，谱有点大。"

方玉斌说："他做什么生意，来钱这么快？"

"不知道呀。"董劲松续上一支烟，"这家伙估计发了笔横财。这些年又是开发商业地产，又是进军金融业，看得人眼花缭乱。所有人都不知道，这么多钱他从哪儿弄来的？"

"你要联系他吗？"董劲松问，"我托朋友介绍，或许能搭上线。"

方玉斌摆手说："不必了。我只是随口打听一下。"

晚餐结束后，董劲松又嚷着要去歌城，方玉斌与苏晋连番推辞才得以脱身。方玉斌喝了酒，把车钥匙给了苏晋。汽车驶上高架桥后，方玉斌望着苏晋，问道："最近好吗？"

苏晋的脸微微发红，柔声道："你说哪方面？"

方玉斌一副欲言又止的样子，隔了大概半分钟才吐出一句："你工作顺利吗？"

"除了工作，你还能谈点其他的吗？"对方玉斌的腼腆，苏晋又爱又气。

方玉斌明白苏晋的心思，但自己似乎缺少点勇气，只能装糊涂："其他什么事？"

苏晋倒是直接："咱们之间的事，你到底怎么想的？"

被逼到墙角，方玉斌只得说："你对我的好，我都知道。"

"仅仅是知道？"苏晋追问道。

"不，不。"方玉斌赶紧改口。

在苏晋目光的逼迫下，方玉斌涨红着脸，说："我，我也喜欢你。"

"瞧这结结巴巴的样子，别勉强自个儿哈。"这是方玉斌第一次正式向自己表白，苏晋心中欣喜，嘴上却不饶人。

"哪有勉强？"方玉斌说，"我说的可是实话。"

“瞧这呆头呆脑的样子，怪不得以前追不到女生。”看着方玉斌的窘态，苏晋咧开嘴，笑得很甜蜜。在商场里，方玉斌口才了得，面对再厉害的谈判对手，也能滔滔雄辩，妙语连珠。可面对苏晋时，他却又腼腆得像个男孩。不过正是这种反差，才让苏晋对方玉斌愈发倾心。苏晋认定，这是一个有责任感、有事业心的男人，绝不是那种只会花言巧语的情场浪子。她嘴里嘲笑方玉斌追不到女生，心里却在庆幸，之前的戚羽、佟小知真是有眼无珠。

“还有一件事，跟你说一下。”苏晋说，“我打算离开江华集团，辞职信已经交上去了。”

方玉斌有些吃惊：“辞职？你要去哪儿？”

苏晋说：“回上海的大学。经过这一段时间，我发觉自己还是喜欢单纯的校园生活。回大学去，一边教书上课，一边做些理论研究，或许更适合我。”

“另外，”苏晋又说，“你不是回上海了吗？你都离开了，我也不愿意一个人待在江州。”

方玉斌微微点头，并没有搭话，心底却涌起一股暖流。一路走来，苏晋总是这般细致入微地呵护着自己。当自己落难时，她竭尽全力相助。如今，她又舍弃事业，默默陪伴在一旁。这份浓浓的爱意，天底下不会再有哪个女人能给自己！

苏晋是众人口中孤傲的冷美人，更来自官宦之家，从小过着养尊处优的生活。自己呢，只是一个毫无背景的穷小子，当初为了在职场立足不得不苦苦打拼。偏偏苏晋不在乎这一切，并帮助方玉斌一步步走向成功。爱情的火焰一旦燃烧，冷美人竟变得那般炙热！

苏晋对方玉斌的爱，几乎是从不求回报的。她不会像戚羽那样，提出买房买车的要求，也不会如佟小知，总是那般楚楚可怜，甚至还会耍耍小性子，让人感到阴晴不定。也因为苏晋这份从不求回报的爱，方玉斌曾把她当作良师益友，抑或是能听自己发牢骚、帮自己指点迷津的红颜知己。一开始，他几乎不敢想象，两人能走到今天。而今，无论是出于爱情还是恩情，他都不能再让苏晋的爱得不到回报。

方玉斌终于鼓起勇气，说道：“等忙过这一阵，我去看一下你的父母，你也跟我回趟老家。咱们把这事定下来。”骨子里，方玉斌是一个保守的人。在他看来，见父母始终是情侣要面对的最正式的仪式。

“好啊。”苏晋轻声说着，脸上泛起幸福的羞涩。

夜上海的高架桥，比白天畅通许多。汽车飞驰而过，方玉斌与苏晋都不再说话，他们目视前方，偶尔也会扭过头看上对方一眼，嘴角露出微笑。

一阵讨厌的电话铃声，打破了车内甜蜜的沉寂。方玉斌一看是北京总部打来的电话，摇头道：“这么晚了有什么事？”

接通电话，对方说道：“方总，你好，我是集团公司办公室的小王。通知你明天赶来北京，下午 3 点在总部会议室出席会议。”

方玉斌问道：“总部的会议通知，以前不都有文件吗？”

对方回答说：“我们办公室也是刚得到消息，这么晚了来不及印文件，只能用电话通知。”

方玉斌又问：“都通知了哪些人，总部领导谁会出席？”

对方说：“各地分公司的一把手都接到了通知。下午的会议，费总亲自出席。”

“哦。”方玉斌挂断电话，心中不禁忐忑。

◎4 开大会，说小事；开小会，才是决定大事

踏进会场的那一刻，方玉斌就感觉到气氛非同寻常。

出席会议的只有十多个人，除了各地分公司的一把手，就是总部副总裁级别的领导，其他人都被排除在外。开大会，说小事；开小会，才是决定大事。按照这个规律，今天的会议是要拍板大事的。

下午 3 点，费云鹏准时出现在会场。所有人立刻站起来。他径直走向座位，脸上没有一丝笑容。来到座位前，费云鹏并未就座。他似乎想起了什么事，把秘书唤到身边，吩咐了几句。整个过程持续了一分多钟，因为费云鹏始终站着，会场内也没人敢坐下。

费云鹏落座后，脸上总算有了笑容。他挥挥手："你们怎么还都站着？快坐下吧。"嘴上虽然客气，想必心里一定十分惬意。在如今的荣鼎资本，只要他站着，就没人敢坐下，这正是自己追逐多年的站上权力巅峰后的快感。在丁一夫时代，丁一夫与费云鹏分任董事长与总裁，丁虽然是权力核心，多少还会遭遇掣肘。费云鹏接任董事长后，依旧兼着总裁职务。此时的他，或许比当年的丁一夫更能体会大权独揽的滋味。

费云鹏抿了一口茶，缓缓说道："今天就开门见山。召集大家来，是为了公司经营组织架构调整的事。这件事，我私下同一些人吹过风。如今，荣鼎

的经营组织架构已经无法满足形势发展的需要，到了必须破旧立新的时候。”

方玉斌心头一紧。无论冠以何种冠冕堂皇的理由，但凡组织架构的调整，都会是一场权力洗牌。呼啸而来的狂风巨浪，会把自己推向何方？

只听费云鹏继续说：“组织架构调整，不仅棘手，更是得罪人的事。这段时间，我一直在想，怎么同大家说？翻来覆去，还是没有找到好办法。直到上周末，我回家同岳父大人吃饭，他的一番话给了我启发。”

这是费云鹏讲话的一贯套路，越是说大事，越要云遮雾绕，吊起听众的胃口。他接着说：“你们都知道，我的岳父曾在政府机关工作，在好几个省任过职。他担任市委书记时，也为了区划调整的事苦恼不已。区划调整势在必行，但一刀砍下去，难免触及有些人的利益。前几任书记都谋划过此事，大会小会开了无数遍，就是无法付诸实施。”

费云鹏轻咳一声，接着说：“后来，我岳父把下面的区委书记、区长找来开会。会上，他只讲了三点：第一，你们这些书记、区长，个个前途远大，都有机会到市里来当领导，所以你们要有全市一盘棋的高度；第二，你们就算当不了市领导，也会在各区之间交流，今天你是这个区的区长，没准明天就去另一个区做书记，所以心里面不要只有自己区的利益；第三，我今天身体不舒服，只能开短会，一会儿直接公布方案，大家就不要发言讨论了，公布完方案就散会。”

“这次会议之后，有人向省委告状，说这种工作方法简单粗暴。”费云鹏笑着说，“岳父却跟省委领导说，这个方法简单不粗暴，科学且有效。区划调整的事，吵了好多年，人人都有小算盘，个个还能摆出大道理。再把大家召集到一起征询意见，无外乎原地打转。用这个方法，快刀斩乱麻，把久拖不决的问题一下子解决了。”

费云鹏说完，会场内爆发出笑声。台上的副总裁们大多笑了，台下如方玉斌一般的分公司一把手，却没人笑得出来。平心而论，这则故事既发人深省，也颇具笑点。但分公司一把手们听说自己的蛋糕要被人切得横七竖八，哪里还笑得出来？至于那些副总裁，反正事不关己，自可高高挂起。

“今天的会，我也向岳父他老人家学习，只讲三点。”费云鹏拉高声调，

"第一，在座的分公司负责人是公司重点培养的骨干，个个前途远大，日后都有机会成长为集团领导，所以你们看问题要有高度，不要埋怨我费云鹏动了你们的奶酪，而要想到，是我前人栽树，让你们后人乘凉；第二，你们就算当不了总公司领导，也会在各部门之间交流，所以不要只盯着眼前的蝇头小利；第三，我偶感风寒，不能和你们年轻人耗在这里开马拉松会议，一会儿直接公布方案，公布完方案就散会。"

会场内寂静无声，仿佛一根针掉在地上都能听到。费云鹏把身子往皮椅上一仰，吩咐身旁的副总裁："宣布方案吧。"

副总裁掏出文件，抑扬顿挫地念起来。台下的人听得异常仔细，唯恐漏掉一个字。新官上任三把火，方玉斌早知道费云鹏会出手，但没想到这一天来得这么快，更出乎意料的是，人家下手如此重！

这套经营组织架构调整方案，可以大致归纳为——撤销荣鼎资本旗下所有分公司，未来公司业务不再仅以地域设限。接下来会成立若干家公司，分别负责开拓不同业务。比如，有的公司将精力放在风险投资领域，主要做成长型企业的风投；有的公司会专注于IPO企业上市业务；还有的公司侧重于资本市场的并购重组……

各地分公司撤销后，人员统一按照"先起立，再坐下"的方式处理。从分公司总经理到普通员工，一律就地免职，统一参加新成立公司的岗位竞聘，走完竞聘程序后，再重新任命职务。

明眼人一看便知，这套改革方案就是冲着各分公司一把手来的。高高在上者如费云鹏，任你下面鸡飞狗跳，他依旧能稳坐钓鱼台。甚至底下人争得头破血流，他才好施展平衡的本事。普通小职员，管你起立坐下，任凭公司招牌怎么变换，他依旧坐在格子间里打工挣钱。可那些分公司一把手就不同了，今天起立容易，明日又去哪儿安坐？昔日富丽堂皇的办公室，柔软宽大的老板椅，还会属于自己吗？

许多分公司总经理会后悄悄改签了机票，他们要留在北京，尽一切可能通关系、走门路，争取在即将开始的竞聘中分一杯羹。方玉斌却懒得这么做，早早打道回府。一来他在公司里根基尚浅，昔日节节攀升，全仗着丁一夫的赏识，如今丁一夫不在了，也没什么门路可走。二来同费云鹏心结太重，人家现在一手遮天，任你使出什么招数也无济于事。

经营组织架构调整的消息很快传遍公司，底下的人事总监们异常活跃，各种小道消息竞相出炉。无论哪种小道消息，似乎对方玉斌都很不利。连正在办理退休手续的林胜峰也打来电话，一面痛骂费云鹏狼子野心，一上台就急着清除异己，安插亲信，一面也劝慰方玉斌，此处不留爷，自有留爷处，即便竞聘结果不理想，也不用灰心丧气。

这时，苏晋又约方玉斌星期六下午去音乐馆听一场朗诵会。方玉斌实在没有心情，推辞了几句。苏晋却说："你可一定得来。到时我哥哥也在那里，他得现场考察你一下。"

苏晋的这位哥哥，方玉斌早就听说过，却一直未曾谋面。苏晋的哥哥叫苏浩，是苏晋的堂兄。苏浩父母过世早，身为二叔的苏晋父亲把小孩接到身边，视同己出。苏浩与苏晋从小一起长大，感情如同亲兄妹一般。

方玉斌只好说："既然你哥要来，我肯定去。"

"那就说定了。"苏晋开心地说。

星期六下午，方玉斌与苏晋一同来到音乐馆，参加一场古典诗歌朗诵会。这类朗诵会远没有流行歌手的演唱会受人追捧，听众席空着位置。入座后，方玉斌说："你们家真是书香门第，你哥大老远赶来上海，就为了听一场朗诵会。"

"那是当然。"苏晋得意地笑起来。

"你哥人呢？"方玉斌问。

苏晋说："他这会儿有事，还在后台。刚才他给我发了短信，说朗诵会结束后，再和我们见面。"

朗诵会的水准很高。登台朗诵者都是久负盛名的老艺术家，此外，作曲家还以诗词文句和朗诵者的声音为素材，专门创作了音乐作品，由国内顶级交响乐团同场演奏，使得诗与乐浑然一体。

身为古典文学的爱好者，方玉斌很快便陶醉其间。他甚至有些庆幸，如果不是苏晋的邀约，错过这样一顿艺术大餐未免可惜。唯一令他觉得美中不足的是，整场朗诵会选取了太多苏东坡的作品。不是说苏东坡的文章不好，而是中国古典文学实在耸立着太多高峰。一代代文豪们朝辞白帝、夜泊枫桥、暮投石壕、晓汲清湘，还有他们笔下的千里莺啼、万里云罗、百尺危楼、一春梦雨，无论哪一篇，或许都配得上“孤篇盖全唐”。

朗诵会结束，苏晋领着方玉斌来到前排。苏浩热情地将手伸向方玉斌：“这就是玉斌吧？你好，我是苏浩。”

“你好！”方玉斌说道。

苏浩说：“刚才不好意思，忙着在后台处理一点事，没顾得上招呼你。这会儿空了，走，咱们去外面坐会儿。”

苏晋噘起小嘴：“哥，你怎么连自己妹妹都不理，先去招呼外人？”

苏浩呵呵笑起来：“什么外人？你不是告诉我，很快就要成一家人了吗？”

苏晋脸上浮起一道红晕：“哥，你怎么净胡说！”

三人正朝外走，一名西服革履的男子凑了过来，一脸堆笑着说：“苏总，朗诵会的效果，你还满意吧？”

苏浩点头说：“不错。”

这名男子说：“按照你的要求，我们专门选取了多篇苏东坡的作品。”

苏浩客气地说：“谈不上要求，只是个人建议而已。怎么样？其他观众不会觉得东坡的作品太多了吧？”

“不会，不会。”这名男子说，“刚才我问了几名观众，他们都对苏东坡的作品最满意。”

“那就好。”苏浩笑起来。

男子又说：“这次朗诵会，多亏了你的赞助才圆满落幕。只不过，费用比起初的预算超了点儿，主要是音乐馆的租金上涨，还有几位老艺术家的来回机票超支。原本说，艺术家本人坐头等舱，他们的助理就坐经济舱。可有几位艺术家的助理，坐的也是头等舱。”

“这都是小事。”苏浩说，“你直接和公司财务联系吧。就说是我说的，让他们实报实销。”

“好嘞。”对方笑逐颜开。

方玉斌看出来了，苏浩应该是企业的高管，这场朗诵会也由这家企业出资赞助。因为苏浩本人喜爱东坡，举办方在编排节目时才投其所好。

◎5　抵御恶意收购的五种手段

离音乐馆不远就有一家咖啡厅。三人落座后，苏晋说："哥，从小你就喜爱读苏东坡的文章，到现在也没改。"

苏浩点头说："改不了喽！七八岁时，就能背苏东坡的'大江东去'，到了十二三岁，对前后《赤壁赋》爱不释手。读大学时，甚至下决心要为苏东坡写一本书。可惜，这个愿望到现在也没能实现。"

苏浩又问方玉斌："你也是才子，还是苏东坡的老乡。对这位文豪，怎么看？"

方玉斌当然只能顺着苏浩的情绪说："苏东坡不仅诗、词、文章写得好，而且字、画也很好，更为过人的是，他一生历经坎坷而始终旷达乐观。"

苏浩开心地笑起来："找到知音了。看来你对苏东坡也有研究。"

方玉斌如实说："从小到大，读过不少他的诗词文章，但谈不上什么研究。"

苏浩似乎并不在意方玉斌的回答，自顾自地说道："我最喜欢的就是苏东坡的闲适心态。他有一首小词，通过眼中所见的常景，用农夫村妇都能听得懂的口语，说出人生的大道理。这首词你背得出吗？"

苏东坡的词何其多，方玉斌哪能一一记住？只好摇起头。

“我背给你听。”苏浩兴致盎然地背道，“山下兰芽短浸溪，松间沙路净无泥。萧萧暮雨子规啼。谁道人生无再少？门前流水尚能西。休将白发唱黄鸡。”

看着苏浩无比投入的吟诵，方玉斌充分领略了一个真正的苏东坡崇拜者陶醉于苏词艺术境界后的那种文人真性情：不存自我，化去尊卑。

苏晋却出来打断：“朗诵会已经结束了，你别一直沉醉其中。”

“妹妹提醒得对。”苏浩摇头叹道，“再在这里摇头晃脑，就有卖弄之嫌了。”

苏晋问：“你什么时候离开上海？”

苏浩说：“明天上午。”

方玉斌立刻邀请：“晚上咱们一起吃个饭吧！”

苏浩摆着手：“晚上不行，我约了几个朋友。”他接着说：“玉斌，这次来见你，其实有件事想请教。”

方玉斌说：“太客气了，有什么事你说。”

苏浩说：“我从美国留学归来后去了滨海，一直从事保险行业。我所在的大安人寿，近些年发展势头不错。接下来，我们准备在投资领域发力，专门拿出部分资金，与有实力的合作伙伴一起来进军投资界。你在荣鼎资本工作多年，对投资这一块很熟悉，想听一听你的意见。”

方玉斌并不知道苏浩的职务，但听这口气，起码是高阶主管。方玉斌问道：“不知你们的钱打算投向哪个领域？”

苏浩回答说：“初步规划用来做公司并购。特别是对一些资质不错的上市公司，我们打算直接收购。”苏浩抿了一口咖啡：“收购上市公司，通常有哪几种模式？”

这种问题，对方玉斌来说只是小菜一碟，他侃侃而谈：“并购一家上市公司，大概有五种模式。首先，自然是最常见的协议收购，收购方与上市公司的股东以协议方式进行股权转让，你愿买，我愿卖，大家皆大欢喜。”

方玉斌接着说：“第二种模式，就是举牌收购，收购方通过证券二级市场购买上市公司流通股股份。”

苏浩打断道：“什么样的公司，适合用举牌收购的模式？”

方玉斌说：“那些公司股份多为流通股，股权结构非常分散，没有具备特别优势的大股东的企业，在收购行动中最容易成为被举牌的目标。”

“举个例子吧，”方玉斌接着说，“当年北大方正并购延中实业，就是举牌收购的经典案例。延中实业是典型的三无概念股——无国家股、无法人股、无外资股，股权结构极为分散。北大方正及相关企业在二级市场举牌收购延中实业，随后将计算机、彩色显示器等优质资产注入进去，并改名为方正科技，成为国内第一家完全通过二级市场举牌来并购上市公司的例子。”

“第三种模式呢？”苏浩端着咖啡杯问。

方玉斌说：“第三种模式，就是‘抄其后路’，直接收购上市公司的母公司，从而实现控股上市公司的目的。这种方法可以避免很多法律、政策上的障碍。当年凯雷投资打算收购徐工科技母公司——徐州工程机械集团，就是一例。”

方玉斌继续说：“第四种模式，我称其为‘借尸还魂’。对于那些经营业绩很差，已经朝不保夕的上市公司来说，用这种模式并购最划算。其中的经典案例，就是北京住总集团借壳琼民源。这种模式基本分成四步走：第一步，通过行政划拨股权的方式，并购方获得壳公司控制权；第二步，就是组建具有股份公司性质的借壳公司；第三步，通过定向增发实现增资；最后一步，收购方以定向增发获得的公司股份与壳公司流通股份互换，实现‘借尸还魂’。”

“这种模式，当年或许行得通。在如今的政策背景下，操作难度太大。”苏浩评价道。

方玉斌点了点头，看来苏浩对于公司并购是认真钻研过的。他接着说：“第五种模式，是先破产再置换。上市公司先行宣告破产，并购方随后将其优质资产置入上市公司空壳之中，上市公司控股股东再以象征性价格出让上市公司控股权。”

停顿一下，方玉斌又说：“苏宁集团并购ST吉纸，用的便是这套模式。首先，进入破产程序，解决债务纠纷。接着，一次性清偿债务，实现净壳。

随后，收购方将资产注入。最后，收购股权，实现对上市公司的控制。”

沉思一会儿后，苏浩重新开口：“你说的这五种模式，似乎都需要原公司管理层的配合。”

“当然。”方玉斌说，“任何一场善意收购，都需要被收购方管理层的配合。如果根本不知会管理层，并购方独自采取行动，那就属于恶意收购，也就是人们常说的‘野蛮人’。”

苏浩笑起来：“资本哪有什么善意、恶意？这样简单进行划分，实在太荒谬。”

方玉斌说：“资本的确分不出善恶好坏，但回到操作层面，绕开管理层的恶意收购，难度会陡然增加，成功机会也小得多。”

“成功机会小，并非毫无机会。”苏浩说，“当年震惊世界的英国沃达丰收购德国曼内斯曼，不就是所谓的恶意收购？”

苏浩所说的例子，方玉斌当然知道。沃达丰集团创立于 1984 年，专注于电信行业。曼内斯曼是德国老牌财团，成立于 1890 年，工业基础雄厚。在曼内斯曼面前，沃达丰仅仅是个乳臭未干的毛头小子。

1999 年，这个毛头小子向老前辈发起恶意收购，双方大战好几个回合，甚至惊动了两国领导人。德国总理施罗德痛批恶意收购，称德国民众在心理上无法接受这一行为，英国首相布莱尔却出面支持沃达丰。最后，沃达丰如愿收购了曼内斯曼，并购金额达到了创纪录的 1760 亿欧元。

方玉斌说：“整个过程一波三折，沃达丰赢得颇为侥幸。更关键的是，沃达丰背后有好几位强援。美国高盛、法国电信乃至中国香港的李嘉诚，都对沃达丰提供了巨大支持。”

苏浩轻轻将手一挥：“不过是些收买笼络、合纵连横的老把戏。咱们中国人玩起这招，不知道比英国佬强多少倍。”

苏浩跷起二郎腿：“你再说说，被收购方的管理层，如果要抵御收购，有哪些方法？”

方玉斌并不喜欢苏浩这种居高临下的口吻，这已不像交流，反倒像考官面试。但看在苏晋的面子上，方玉斌继续说了下去：“当然有方法。比如说

‘毒丸计划’，简单说来，就是被收购方向普通股股东发行优先股，一旦公司被收购，股东持有的优先股就可以转换为一定数额的股票。这样将大大地稀释收购方的股权，使收购代价变得极其高昂。”

方玉斌又说：“一个非常著名的‘毒丸计划’案例，是当年新浪的反收购保卫战。2005 年，盛大忽然宣布已经拿下新浪 19.5% 的股权，并希望获得控制权。为防止恶意收购，新浪迅速启动‘毒丸计划’——当盛大持股权超过 20% 时，每位当前的新浪股东都能半价购买新增发的新浪股票。最终盛大选择减持新浪，持股比例减少到 11.4%。新浪打赢！”

苏浩托着下巴：“我认真研究过‘毒丸计划’，发觉这项计划的实施，需要相关法律条件。按照中国的《公司法》与《证券法》，‘毒丸计划’就是违法行为。新浪当初在纳斯达克上市，按照美国的法律，自然可以制造‘毒丸’。要是在中国，这一套行不通。”

“没错。”方玉斌说，“在中国的法律环境下，‘毒丸计划’很难有操作空间。”

“说说下一个。”苏浩说。

方玉斌接着说：“要抵抗恶意收购，还不妨求助‘白马骑士’。‘白马骑士’的称呼是从美国传过来的，听上去很浪漫，实则并不复杂。通俗来说，就是自己已经扛不住了，拉个帮手来一起面对强敌。被收购方主动寻找第三方，以更高的价格来对付恶意并购，造成第三方与‘野蛮人’竞价并购目标企业的局面。”

“当然，天下没有免费的午餐，‘白马骑士’更不是活雷锋。”方玉斌笑着说，“被收购方必须付出一定代价。比方说给予第三方一些优惠条件，以便他们购买目标公司的资产或股份。”

苏浩点了点头：“在中国企业界，这一招倒是经常用。”

方玉斌喝了一口咖啡，接着说：“如果被收购方实力雄厚，还可以启动反收购。你不是要收购我吗？与其被动防御，不如主动出击，反过来收购你。如此一来，攻守双方角色颠倒，置对方于被动局面。”

方玉斌举例说：“德国大众与保时捷的收购案中，大众就反客为主，吃下了保时捷公司。2005 年，保时捷对大众展开恶意收购，到 2009 年 1 月，保时捷已经持有大众公司几乎一半的股权。但是不巧，金融危机让保时捷现金流告急，给了大众喘息机会。随后，大众展开反收购。大众出资数十亿美元获得保时捷 49.9% 的股权，这笔交易在 2014 年完成。”

“这一点我也想到了。”苏浩说，“面对实力雄厚的对手，反收购的确可怕，不过那得有某些前提条件。比方说，收购者也是上市公司，拥有大量公众股份，对手才能展开反收购。如果收购方并不是一家上市企业，所谓反收购就无从谈起。”

“还有双层股权设计，也是对付恶意收购的方法。”方玉斌说，“把公司的股票分成几等，一些特定的股票拥有很高的投票权。比如百度赴美上市时，将股份分为 A 类、B 类股票。两类股票的投资回报率完全一样，但在表决时，创始人持有的 B 类股票的表决权是 A 类股票的 10 倍。”

方玉斌继续说：“管理层也可以实施‘降落伞计划’，通俗说来，就是球过人不过。这项计划的关键，在于大幅增加企业员工的更换费。恶意收购方买下公司后会发现，如果要解雇原有管理层，需要支付天价裁员费。你买到这家公司，却动不了里面的人，岂非自找没趣？”

苏浩哈哈笑起来：“使用‘降落伞计划’的，基本算是死皮赖脸了。对于一个有地位且爱惜名声的企业家来说，是不会这么干的。”

听苏浩这口气，似乎已经锁定了收购目标，对手“实力雄厚”，还是个“有地位且爱惜名声的企业家”。方玉斌反问道：“你对恶意收购已经研究很久，连各种可能出现的情况与应对预案都想好了。不知你和合作伙伴看上了哪家公司？”

苏浩微笑着摆手：“随口一说而已，请别介意。”他又看了看表：“时间过得真快，我还有事，只好失陪了。”

起身话别时，苏浩握住方玉斌的手：“怪不得我妹妹对你一往情深，真是难得的人才。如果有机会，希望我们能合作一回。”

离开咖啡厅后，方玉斌开车送苏晋回家。路上，他问道：“你哥在保险公司里分管什么业务？他似乎对公司并购的事特别上心。”

苏晋说："他之前分管财务工作，不久前刚被任命成董事长。"

"他是大安人寿的董事长？"方玉斌问。

"是的。"苏晋点了点头。

"之前可没听你说过。"从谈吐气质，方玉斌便断定苏浩不是寻常人物。原来，人家竟是一家大型保险公司的董事长。

苏晋说："没事老提我哥干吗？他从美国回来后，去了滨海发展，一直在大安人寿。"

方玉斌笑了笑，心想这倒与苏晋的性格相符。在江州，苏晋最不喜欢与贵为市领导的父亲扯上关系。一个远在滨海的哥哥，就更没必要拿出来炫耀。

方玉斌又问："刚才的见面，不完全是家人之间的团聚吧？"

苏晋问："你怎么会有这种感觉？"

方玉斌说："一个多小时的时间里，你们兄妹俩没怎么说话，更没聊起家事。你哥倒是对公司并购的事兴致勃勃。"

苏晋笑起来："我哥刚才不都说了吗？他准备拿出一部分保险资金，在公司并购领域大展拳脚。"

方玉斌问："这和我有什么关系，他干吗跟我说这些？"

苏晋说："你也不用瞒我。我知道，丁总走了之后，你在公司里的处境尴尬。我觉得这不失为一次机会，我哥那里正需要一个投资方面的专业人士。"

对于苏晋这般贴心，方玉斌颇为感激。这段时间遭遇的波折，他埋在心里。在他看来，天塌下来有男人撑着，工作中的烦心事，没必要让女人来分担。不想，人家早把一切看在眼里。

苏晋又说："荣鼎是家大公司，你要在这里干得顺心，我也不会劝你离开。可要是费云鹏确实容不下你，也不妨良禽择木而栖。"

"事情还没到你想的那一步。"性格要强的方玉斌，对于投奔苏晋哥哥手下，靠人家赏口饭吃，心里难免抵触，他还顺手找来一条理由，"再说了，你哥的公司在滨海。好不容易你到上海来，咱们可以团聚了，难不成我又跑到滨海去？"

"你就是死要面子。"苏晋说，"别以为你这次去，是靠走后门、托关系。

我哥当初就说了，他那里没有后门可走。要是没有真才实学，谁打招呼都不顶用。”

方玉斌说：“敢情今天下午，人家是来面试我的。”

苏晋笑着说：“刚才你们的对话我都听到了，你的表现很棒。接下来，就等着人家礼贤下士吧。”

“我真不想离开上海。”方玉斌还在坚持。

苏晋劝道：“男儿志在四方。你真去了滨海，到时我也可以跟过去陪你。”

方玉斌不置可否，只是说：“谢谢你，为我做了这么多。”

苏晋莞尔一笑，柔声道：“咱俩之间别说谢字。”

◎6　费云鹏打着改革的旗号，玩了一场杯酒释兵权

经营组织架构调整的具体方案几天后就将揭晓，新的人事安排也会同时公布。荣鼎资本的各路诸侯被召到北京，静候新的任命，有人愁眉不展，也有人满怀期待。

以方玉斌的情况，即便再坏的结局，也不出乎预料，他的心情反而舒缓下来。白天去公司，晚上回宾馆，还在电脑上追着美剧。一天傍晚，方玉斌刚回到酒店，裤兜里的手机铃声大作，一看是费云鹏身边的大红人伍俊桐打来的，不由得心头一紧。滑动接听键，方玉斌用平静的口吻说："伍主任，你好。"

伍俊桐的语气很亲切："玉斌，晚上没什么安排吧？"

"我在宾馆处理一份文件。要站好最后一班岗嘛。"方玉斌这话说得言不由衷。

"文件的事先放一放。"伍俊桐笑着说，"我就在宾馆楼下，你下来吧，咱们一起去见费总。"

费云鹏为何召见自己？方玉斌心里打着鼓。下楼后，他与伍俊桐握手寒暄，随即一同登上黑色奔驰轿车。

最近，伍俊桐一副春风得意的样子。外界盛传，即将到来的人事变动中，他会由总裁办主任升任副总裁。伍俊桐是费云鹏的铁杆心腹，这样的安排早

在情理之中。只是没想到，正式任命尚未下达，伍俊桐就换掉了以前的别克，坐上了副总裁才有资格享用的奔驰专车。

轿车在北京南城的一家茶馆前停下来。茶馆的装修很普通，一楼大厅有些嘈杂。费云鹏坐在二楼包房里，里面还算清净。

伍俊桐把方玉斌引到门口，朝里指了指说："进去吧，老板单独召见你。"他随即转身去了另一个包房。

方玉斌进门后，只见费云鹏斜卧在木椅上，一边喝茶，一边嗑着瓜子。

费云鹏笑呵呵地指着桌上的盖碗茶："你人还没到，我就让他们把茶沏好了。来，尝一尝。"

抿了一口后，方玉斌恭维道："好茶！"

费云鹏摆了摆手："几十块钱一杯，哪是什么好茶？但这地方不错。在北京喝茶，我就喜欢来南城，喝着盖碗茶，耳畔不时传来京片子，这才像老北京嘛。"

"费总是个懂得享受生活的人。"方玉斌说，"北京老茶馆里的风味，的确值得人们好好品一下。"

"你说得没错，茶馆是享受生活的地方，却不是工作的场所。"费云鹏的表情逐渐变得严肃，"所以，我和下属谈事情，通常都在办公室。今天来这儿见你，算是破例了。知道为什么吗？"

并不需要方玉斌回答，费云鹏自己就给出了答案："公司正处于人事调整的敏感时期，想见我的人很多，我一个也没见。如果此时在办公室单独召见你，难免会有人说三道四。"

"言归正传，还是说一说这次的机构调整吧。"费云鹏独自说下去，并不给方玉斌开口的机会，"具体方案想必你大概知道了，各地分公司全部撤销，按业务门类组建新公司。在北京，会成立一家针对中小科技企业的风投；在香港，会成立一家专门助推中国企业海外并购的基金；还会组建一家专业投行做 IPO 业务，总部放在深圳。"

停顿一下，费云鹏继续说："过去，荣鼎投资过大批企业，这些企业如今都已在资本市场挂牌上市。对这些已上市项目进行有效的财务管理，历来是荣鼎工作的重中之重。这一块业务，单独交到哪一个公司手上，我都不放心。因此，打算以长江为界，成立两家公司。北边的叫荣鼎控股，南边的叫荣鼎创投。”

“北乔峰、南慕容，大家各有各的绝活，彼此间既合作又竞争。”费云鹏挥舞手臂，展现出对自己一手推动的改革方案的信心，“三年之内，荣鼎控股与荣鼎创投一南一北，各自巩固业务，夯实基础。三年后，再逐步打破地域限制，两家企业都可以经营全国性业务，彼此形成一种竞和关系。”

“对这个方案，你怎么看？”费云鹏激动的神情略有平复。

老板一心推动，况且已成定案的东西，哪还有自己提意见的份？方玉斌只能称赞：“费总真是高屋建瓴。”

费云鹏跷起二郎腿：“依我看，未来荣鼎系的各家公司中，实力最强、担子最重的就是荣鼎创投了。中国经济实力最强，投资业务最活跃的长三角、珠三角地区，都整合进了荣鼎创投的业务板块。不客气地说，这里一个项目的进账，或许就抵得上其他公司一年的收益。”

方玉斌点了点头。在过去的荣鼎，上海公司堪称实力最雄厚的诸侯，按照新的经营架构，荣鼎创投不仅基本继承了上海公司的衣钵，业务范围还进一步扩张。至于剥离出去的，不过是风险投资等小额业务。

费云鹏投来期许的目光：“未来荣鼎创投的总经理人选，我倾向于你。”

方玉斌惊得快从椅子上掉下来。荣鼎创投总经理？那可是新的经营架构下最有实权的位置，自己没听错？

丁一夫生前那般重用方玉斌，也不过将他提拔到上海公司副总经理的位置，尽管是主持工作的当家人，头顶上的“副”字却未抹掉。谁能想到，有知遇之恩的丁一夫没给自己的东西，却从死对头费云鹏手中拿到？况且，未来的荣鼎创投，是一个比今日的上海公司实力更强、影响更大的大型投资企业！

方玉斌的惊讶，早在费云鹏的意料之中。他端起盖碗茶，手指在杯盖上轻轻敲击：“最近我在看有关明史的书。里面有则故事，给我的启发挺大。明代首辅张居正被誉为‘宰相之杰’，后人把他与商鞅、王安石并列为中国历史上的三大改革家。张居正十二岁考取秀才，一时被誉为神童。第二年，他又从家乡到武昌应乡试，这次一旦考取，便是举人了。张居正才气过人，主持乡试的官员对他的考卷赞不绝口。不过，湖广巡抚顾璘此时却提出反对意见。他认为，十三岁的孩子中举人，以后难免自满，反而把上进的志气消磨，不如趁此给张居正一些挫折，使他更能奋发。巡抚大人发了话，张居正只能落榜了。”

“不经烘炉劫，哪得百炼钢。说的就是这个道理。”费云鹏接着说，“后来，身居高位的张居正知道了这件事。他非但没有记恨顾璘，还充满感激，对顾璘当初的远见和良苦用心念念不忘。”

联想到费云鹏与方玉斌的恩怨，他说这则典故的用意再明显不过。费云鹏是在自比顾璘，过去的磕磕碰碰，就当是对年轻人的考验吧。

放下盖碗茶，费云鹏把桌上的瓜子壳一把扫进垃圾袋，似乎也要让之前的是是非非走入尘埃。他站起身，在房间里缓缓踱步：“我和丁总在一起搭档多年，从他身上学到不少东西。当然，两人在工作中产生一些分歧，也是再正常不过的事。但是，我们的根本目标是一致的，就是希望荣鼎的事业蒸蒸日上。为了这个目标，我们都会重用人才，把担子压到真正有本事的人肩上。”

方玉斌难免会从心中涌起一股感动。他没有想到，费云鹏竟然有这般包天容地的胸怀。

这还是之前那个权谋算尽、小肚鸡肠的费云鹏吗？是自己一直错怪了对方，还是另有隐情？

费云鹏已经把话说到这个份上，方玉斌自然要有所表示。他说道：“谢谢费总。我一定加倍努力，不辜负你的期望。”

费云鹏点了点头：“今天就当给你吹个风，让你有心理准备吧。离正式公布还有几天时间，有些事情你可以提前谋划，及早进入工作状态。”

“另外，”费云鹏加重语气，“咱俩今天的谈话，不要传出去。竞聘有一定的程序，我不希望留给外界内定的印象。”

这些基本的职场规矩，方玉斌当然明白，赶紧满口答应下来。

方玉斌离开时，费云鹏并未起身，只让伍俊桐把方玉斌送到楼下。送别之后，伍俊桐回到房间，明知故问道：“费总，你都跟他说了？”

费云鹏点了点头：“说了。”

“刚才下楼那会儿，这小子表面不动声色。但我看得出来，他用力咬住两排牙齿，让自个儿憋住别笑出声。”伍俊桐说。

“你的观察倒挺细致。”费云鹏被逗笑了，“人逢喜事精神爽，这也正常。皆大欢喜，不正是我想要的吗？”

伍俊桐连连点头：“是，是！”

费云鹏重新嗑起瓜子：“让方玉斌担任新组建的荣鼎创投的总经理，你明白我的用意吗？”

尽管房间里有好几把椅子，但伍俊桐一直站着，并未坐下：“这么安排，自然有你的道理。”

“看来你还是不明白呀。”费云鹏抖了抖衣袖，微笑着说，“过去，我们一直把丁一夫当作敌人。可直到他过世之后才发觉，在公司里还有一个远比丁一夫更可怕的对手。”

“谁？”伍俊桐无法想象，在如今的荣鼎，还有谁能对大权独揽的费云鹏构成威胁？

“那些丁一夫的徒子徒孙，也就是所谓的丁系人马，远比丁一夫一个人更可怕。”费云鹏缓缓说，“自打荣鼎创立，丁一夫就是一把手，这么多年来，他整了多少人，排挤了多少人，又栽培了多少人！！”

提到丁系人马，往日受够了窝囊气的伍俊桐不由得怒火中烧：“这帮家伙蛇鼠一窝，没一个好东西！过去他们吃香喝辣，是靠着丁一夫在背后撑腰。如今可是费总当家，不能由着他们胡来。”

费云鹏摇了摇头：“事情哪有那么简单！一个丁一夫走了，企业依旧照常运转。可要是把所有丁系人马连根拔除，可真得地动山摇。再说了，这帮人真的会束手就擒，他们就不会干出什么狗急跳墙的事？”

“他们敢！”伍俊桐咬牙切齿地说道，“您如今是董事长了，谁要不识抬举，咱们有的是办法修理他。”

费云鹏淡淡一笑：“你说得也没错，如今我才是荣鼎的当家人。真要甩开膀子，和丁一夫的徒子徒孙大战一场，自问不会落下风。但既然是当家人了，看问题的角度就不同喽。有一句话说得好，当家不闹事！我已经坐上董事长的位置，干吗还要挑起内战，下面风平浪静，不是更好吗？”

费云鹏又说：“过去我们和丁一夫大战了那么多回合，每到关键时刻，人家总是见好就收，不会赶尽杀绝。这可不是他老丁宅心仁厚，而是深谙当家不闹事的道理。让企业内部矛盾公开化，岂不是印证了领导者的无能？这套权谋之术，咱们也得学着点。”

伍俊桐点了点头：“你的意思是，对丁系人马用不着一网打尽，而要分化瓦解。”

“总算开窍了。”费云鹏抿了一口茶，“丁一夫的门生故吏太多，岂是一网能打尽的？”

伍俊桐说：“对方玉斌，你是打算使用招安的手段了？”

费云鹏点点头：“方玉斌这些年一路蹿升，身上丁系人马的色彩十分鲜明。重用他，就是告诉所有人，不用担心一朝天子一朝臣。只要好好干，在我费云鹏手下，依旧大有希望。绝望之人才会铤而走险，但凡有一点希望，他们就会规规矩矩。”

费云鹏继续说：“在丁系人马中，方玉斌毕竟是后起之秀，根基尚浅。重用他，既能堵住一些人的嘴，局面也在控制之中。换作那些羽翼丰满的老臣，我倒真担心尾大不掉。”

伍俊桐心中冷笑，这个方玉斌还真是命好，白白捡了个大便宜。不过他心中仍有疑惑，问道：“重用方玉斌，毕竟只是权宜之计。公司里的位置多的是，干吗把荣鼎创投交到他手里？那可是荣鼎系旗下实力最强的公司！如果说这是钓鱼的话，鱼饵是不是放得有点大？”

费云鹏调整了坐姿，两只手放在小腹上：“你呀，还是目光短浅。”

“是，是。”伍俊桐一副诚惶诚恐、虚心受教的样子。

费云鹏说：“经营架构调整之后，滨海千城集团那一摊子事，便由新组建的荣鼎创投负责了。荣鼎与千城的合作，有些年头了。但最近，我却嗅出一股不寻常的气味。丁一夫葬礼举行的当晚，我专门宴请了王诚。这家伙精得很，压根没说老实话。还有那个大小姐赵小轻，最近对千城的事也很上心。直觉告诉我，千城集团那边没准会出大事。”

费云鹏接着说：“一旦千城集团出现状况，荣鼎创投就是火山口。不派方玉斌去坐镇火山口，难道派咱们自己的人过去？火山爆发了，方玉斌能压得住，是他的本事。要是压不住，最后粉身碎骨了，也没什么可惜。”

“费总落这一颗棋子，实在是高！”伍俊桐竖起大拇指，“对内是恩威并施，打掉了团团伙伙，对外又找了个替死鬼。”

费云鹏露出得意的笑容：“这是一盘大棋，方玉斌不过是枚棋子。”

伍俊桐张大眼睛：“您老人家后面还藏着招呢？”

费云鹏哼了一声：“经营组织架构调整可是动大手术，仅为了安抚几个丁系人马，也未免太小题大做了。”停顿一下，他又说：“荣鼎资本的背景特殊，总公司里的那些副总裁，表面上一团和气，实则个个心怀鬼胎。丁一夫在世时，用的是彼此制衡的招，一会儿拉这个整那个，一会儿捧那个打这个，苦心维持着管理层的权力平衡。我可没他那闲工夫。”

伍俊桐听得似懂非懂，他不明白，要对付那些副总裁和这次组织架构调整有什么关系。只听费云鹏继续说：“你知道国民党这家百年老店，当初是怎么被李登辉玩弄于股掌之间的？”

见伍俊桐摇头，费云鹏说：“国民党的历史上，几乎很少设副职。孙中山在世时，孙是总理，下面并没有副总理。孙中山过世后，为表敬意，总理这个头衔永远留给了他，接班的蒋介石改称国民党总裁。蒋独揽大权几十年，其间只有过两个副总裁，一个是汪精卫，一个是台湾时期的陈诚，绝大多数时候，并无副总裁一职。”

费云鹏接着说：“蒋经国当家后，总裁的尊称又留给了蒋介石，自己改称国民党主席，这个头衔也一直沿用到现在。所以，在国民党里，提到总理，指的就是孙中山；提到总裁，就是说蒋介石；而提到主席，就有一大堆人了。”

费云鹏又说：“蒋经国时代，他担任党主席，下面设秘书长处理党务，压根没有副主席这个职务。李登辉上台之初，地位并不稳固，政权、军权都捏在别人手里。他别出心裁地设立了副主席，还大方邀请政敌来担任。接到邀请的人往往喜不自禁，能破天荒地当上副主席，成为党内二把手是何等殊荣？于是屁颠屁颠来上任，甚至不惜把之前的实权位置拱手交出。”

费云鹏冷笑一声：“一开始副主席只有一个，地位的确尊崇。可李登辉很快又任命了一大堆副主席，如此一来，权力被大大稀释。这时对手们才发现，自己中了计。”

“先设一个副主席，让你兴高采烈来上任，后来弄出一堆副主席，才发现这官不值钱了，可惜没地方买后悔药了。这一招够厉害呀！”伍俊桐说道。

费云鹏点了点头：“读历史故事要活学活用。荣鼎早就有副总裁了，当然用不着我去新创这个职务。但我可以想办法，让副总裁这个位置变得不那么重要。如此一来，就不用像丁一夫那样劳神费力去防着周围人。”

伍俊桐渐渐明白了一些：“这次搞经营组织架构调整，就是为了削副总裁的权？”

费云鹏没有回答，而是反问说：“这次调整，对外的说法是权力下放，打造一个扁平化的组织架构。调整之后，你觉得我的权力变小了吗？”

“当然没有。”伍俊桐搓着手，“你是总公司的董事长，大事不还都得你拿主意。”

“那不就得了！”费云鹏得意地笑起来，“下面的分公司变身为独立法人，权力的确大大增加，而我的权力又没减少。那是谁的权力变小了？”

伍俊桐终于恍然大悟，怪不得费云鹏那么慷慨，整天吆喝着权力下放，敢情他自己的权力一点不放，只是把副总裁的权力拿来做人情。费云鹏这招厉害呀！先把调子拉高，什么与时俱进、痛下决心，什么构建现代化的经营组织架构，谁要是站出来反对，似乎就成了不合时宜的老古董，成了改革的绊脚石。实际上，他却打着改革的旗号，玩了一场杯酒释兵权。

在过去的组织架构下，每位副总裁都有分管的企业。调整后，分公司权力大增，小事情自己做主，大事情向费云鹏汇报，副总裁的角色立刻变得尴尬起来。如果说在丁一夫时代，副总裁是副手，那么现在，费云鹏巧妙地把副总裁变成了助手。

伍俊桐既为费云鹏的权术所折服，也不免有些失落与焦虑。过去朝思暮想的就是副总裁位置，可惜上头压着一个丁一夫，屡屡坏了自己的好事。眼看着费云鹏扶正，自己鞍前马后多年，终于熬到了收获季节，副总裁一职算是瓜熟蒂落。不承想，原本流金淌银的肥缺，却成了徒有其表的空壳子。天下还有比这更冤的事吗？老子这一肚子苦水，向谁去吐？

第二章 引狼入室

方玉斌依旧摇头："当初我跟在丁总身边，学到了很多东西。他有一句话，我一直奉为箴言——不结死仇，不谋死党。所有从政、经商的人，都应将其奉为信条。多个朋友多条路，少个仇人少堵墙，不到万不得已，千万别去结死仇，能高抬贵手就高抬贵手吧。另外，也别去谋死党，因为没有什么死党靠得住。"

◎ 1　尽管恶意收购并不触犯法律，但管理层可以通过市场行为做出回应

千呼万唤始出来！

酝酿多时的荣鼎资本经营组织架构调整方案终于浮出水面，一切与当日在茶楼内，费云鹏向方玉斌透露的别无二致。所有分公司撤销，取而代之的是按业务门类组建的新公司。其中实力最雄厚、最引人瞩目的，莫过于由方玉斌掌舵的荣鼎创投。这家总部设在上海的新公司，成为荣鼎系的南霸天，整个长江以南，囊括长三角、珠三角等经济发达地区的大型投资业务，通通整合进荣鼎创投。

新一波的人事任命，似乎也体现了五湖四海的原则。费云鹏的心腹重臣伍俊桐升任总公司副总裁。丁系人马有升有贬，方玉斌执掌荣鼎创投，丁一夫的前秘书高思锦成为总公司的行政总监。丁一夫生前器重的财务总监、保卫部长等人，则被挪到相对边缘的部门。还有几名副总裁推荐的人选，也被费云鹏委以重任。排排坐，分果果，升了官的人，个个欢天喜地，那些明升暗降被修理了的人，也是哑巴吃黄连——有苦说不出。

在荣鼎这盘大棋局中，方玉斌不过是枚棋子。但到了荣鼎创投这方天地，他又成为说一不二的主宰者。方玉斌早就看不顺眼的孟薇，乖乖交出了财务

部长的职位，被打发去担任投资战略研究室主任。这个研究室具体负责研究什么，方玉斌自己都没想好，总之哪儿凉快哪儿待着去。他信赖的吴步达则坐上了投资总监的位置，成为荣鼎创投的前锋大将。倒是戚羽，先请了一段时间产假，后来又主动提出辞职。或许是优裕的家庭条件，让她可以安心做个全职太太，又或许她始终不愿面对方玉斌。当戚羽的辞职报告呈上自己案头时，方玉斌五味杂陈，但他没有多说一句话，只是掏出笔飞快地签上自己的名字。

新公司的事情千头万绪，方玉斌连续好几个周末都没有休假。到了星期五，眼瞅着这周没什么大事，方玉斌打算陪着苏晋去扬州一趟。不过就在星期五上午，吴步达拿着一份文件走了进来："方总，这是总公司刚传来的。"

方玉斌拿起文件认真看起来。这是千城集团发给荣鼎的邀请函，千城集团定于周日召开董事会，荣鼎身为千城的大股东，自然在被邀请之列。费云鹏在邀请函上做了亲笔批示："荣鼎经营组织架构调整后，涉及千城集团的一般业务，由荣鼎创投负责。总公司不必派人出席董事会，建议玉斌前往。"

尽管只是"建议"，但费云鹏大笔一挥，方玉斌的扬州之旅无疑泡汤了。方玉斌放下文件后立刻抓起电话，拨给费云鹏。方玉斌恭敬地说："费总，我想请示一下，在这次董事会上，是否有什么需要我方特别强调的立场？"

费云鹏似乎公务繁忙，只简单交代了几句："到了会上你不用客气，有话就直说。你问一问华海集团的曹伯华，他们在二级市场动作不断，大举增持千城股票，究竟在打什么算盘？还有，王诚他们对于目前的局势怎么判断？对于华海的增持行为，千城的管理层究竟持何种态度，是欢迎还是有所保留？"

放下电话，方玉斌立刻吩咐吴步达："给我订明天飞滨海的航班。"吴步达刚要转身，又被方玉斌叫住："你去和千城集团联系一下，问一问他们，出席董事会的都有什么人。"

十多分钟后，吴步达回话："千城集团董事局主席王诚不在滨海，周日的会议由公司常务副总虞东明主持。此外，各大股东都会派代表出席。"

方玉斌又问："华海集团那边谁来出席？是曹伯华吗？"

吴步达说：“曹伯华不会来。代表华海集团出席董事会的，是曹伯华的弟弟曹仲华。”

方玉斌嗯了一声。心想，费云鹏的指示看来是没法落实了，王诚与曹伯华居然连面都不露。他们是真的有事，还是预感到什么才刻意闪躲？

星期六下午，方玉斌飞抵滨海，千城集团派专人到机场迎接。晚上，虞东明设宴款待从外地来滨海的与会代表。这一趟，方玉斌铁了心要唱黑脸，索性就把架子端起来。他推说晚上要去见一个朋友，婉拒了虞东明的宴请。

星期天，董事会如期举行，首项议程是由虞东明通报企业经营业绩。通报结束后，虞东明例行公事般发问：“不知各位对于我刚才通报的内容，有什么意见？”

“我来说几句。”方玉斌举手发言道，“这些通报材料，昨晚就发到我们手中了，刚才无非是照着稿子再念一遍。对企业近期的经营业绩，荣鼎方面没有意见。但是，对千城集团的股权异动，我们倒十分关注。借着此次董事会，我认为有必要把问题摊上桌面。”

方玉斌接着说：“近来，有人在二级市场大肆收购千城集团的股票，其持股比例已接近15%，威胁到荣鼎的最大股东地位。对这一变化，不知千城集团管理层有何看法？”

见方玉斌发难，会议气氛顿时紧张起来。虞东明坐在位置上，并未吭声。倒是曹仲华接过话茬：“方总，我不知你说的这家在二级市场收购千城股票的企业，是否指的是华海集团？”

方玉斌点头说：“没错。华海集团近来动作很大，身为千城集团的大股东，我们自然要有所警惕。”

曹仲华的闽南口音很重，他笑呵呵地说：“华海集团收购千城的股份，是因为看好企业前景，期望能共享发展成果。不过，你手头的资料是否不太准确？据我所知，华海近期收购的千城股权，尚不足4%，哪里冒出来15%这个数字？”

方玉斌笑了笑：“曹总这么说，可就谦虚过头了。近期大举增持的，除了华海集团，还有一家来自厦门的贸易公司以及注册地在北京的金融担保企业，细究下去，三家企业其实是一家人，都是华海旗下的关联公司。你们如今的持股比例逼近 15%，已经与荣鼎不相上下。”

即便谎言被当众戳穿，曹仲华脸上依旧挂着笑容：“不值一提，不值一提。荣鼎财大气粗，我们哪敢望其项背。”

方玉斌并未与曹仲华纠缠，而是将目光直逼虞东明：“华海集团选择增持千城股份，自然有人家的考虑。我所关心的，是千城集团管理层的态度。对目前的股权异动，你们究竟有何看法？多年来，荣鼎都是千城的最大股东，这种合作关系，是否会发生改变？”

被方玉斌逼到了墙角，虞东明只好开口：“华海在二级市场收购股票，是光明正大的市场行为。作为千城管理层，我们也得遵守市场规则，无法进行干预。”

方玉斌有任务在身，自然不会善罢甘休，他继续说：“我当然知道，任何企业增持千城股份，只要符合市场规律以及相关法规，千城的管理层都无权干预。我并不指望谁出来干预，只是想清楚地知道管理层的态度。对华海的增持，你们究竟是什么态度？是欢迎还是抵制，事前你们究竟知不知道？”

“这个问题十分关键。”方玉斌加重语气，“如果华海的增持行为是绕过管理层的，就是不折不扣的恶意收购。尽管恶意收购并不触犯法律，但管理层以及原股东也可以通过市场行为，做出适当回应。”

方玉斌又说：“如果管理层支持华海的收购行为，而荣鼎却被蒙在鼓里，就是另一个层面的问题了。”

虞东明赶紧摆手：“你多虑了。荣鼎与我们合作多年，瞒谁也不会瞒你们。对于华海增持的行为，我事先并不知情。至于说目前的态度，我可以明确回答：不支持、不反对。华海增持千城的股份是合法的市场行为，我们不会也不应当抱持任何特殊的态度，就拿平常心看待吧。”

见方玉斌一副不达目的誓不罢休的架势，虞东明又使出拖字诀：“我知道，方总一定还有不少问题。只要你问，我一定知无不言言无不尽。但董事会接下来还有相关议程，能否等这些议程结束后，我再来回答你的其他问题？”

这里毕竟是人家的主场，加上有几名董事出来打圆场，方玉斌只好暂时隐忍下来。到了中午休息时间，曹仲华主动找到方玉斌："你难得来滨海一趟，董事会结束后，今晚我做东，请方总小酌几杯，不知能否赏脸？"

"今晚恐怕不行，我打算搭晚上的航班回上海。"方玉斌并不排斥和曹仲华谈一下，甚至借此摸一摸对方的底牌。可要是曹仲华刚一开口，自己就答应下来，未免显得太急迫，因此还得假意推辞一番。

"把机票改签不就得了？"曹仲华十分殷勤，"今晚除了你，我还邀了虞东明和另一位朋友。之前有些事，我们做得欠妥，今晚就当是向你赔罪。以后大家都是千城的股东，还得请你多关照。"

曹仲华话里的意思，方玉斌当然能听懂——董事会上，拜托别再闹了。有什么事，咱们下来说。无论是虞东明还是曹仲华，方玉斌还不想同他们彻底撕破脸。既然人家把话说到这个份上，自己也就暂且偃旗息鼓。

◎2 不是自有资金，就不要奢谈做稳健的财务投资者

下午的会波澜不兴，会议结束后，曹仲华便拉上方玉斌和虞东明，去郊外渔村吃海鲜。曹仲华选的渔村叫西奥，这里背靠大山，面朝大海，形如半月，海岸线漫长而平缓，一些私人游艇停靠水中，更为渔村平添了几分秀色。因为游人不多，靠近海边的地方颇有些私家海滩的味道。

刚被运上岸的海鲜整整齐齐地摆放在餐厅门口，看中哪样让店家称好便是，很快美味菜肴就会被端上餐桌。见桌上的菜上得差不多了，曹仲华又热情地当起东道主："到了西奥，一定要尝尝海胆。中国大量产海胆的地方，除了大连就是这里。同是海胆，两地的品质却大不一样。大连海胆有着北方特有的豪迈，它们生长在冰冷的深水里，颜色较浅，肉质较粗，香味浓郁。西奥的海胆却有南方特有的娇嫩，它们一般生活在水深一米多的石缝里，有着好看的金黄色，肉质幼嫩、细滑，还带点酸味。来到这里，海胆蒸蛋、海胆捞饭、海胆炒饭都是不可不尝的美味佳肴。"

接过曹仲华递上的海胆蒸蛋，方玉斌并不急着动筷子，他缓缓说道："曹总如此盛情，虞总又亲自作陪，这么大阵仗，不光是叫我来品尝海鲜的吧？"

曹仲华又是一阵大笑，他的笑声听着憨厚，眼神中却闪烁着闽南商人特

有的精明。笑声止住，曹仲华说："中午我就说了，今晚是专门向方总赔罪的。有些事，我们当初考虑得不够周详，难免让别人产生误解。"

曹仲华接着说："华海对千城仰慕已久，一直有加强合作的念头。不久前，我们终于把这种想法付诸实施，在二级市场陆续购买了一些千城的股票。"

"但是，"曹仲华话锋一转，"华海入股千城，绝没有任何非分之想。我们既不会干涉企业的日常经营，更不会威胁荣鼎的大股东地位。我们要扮演的，只是一个单纯的财务投资者。"

曹仲华继续说："多年以来，荣鼎都是千城的大股东。华海如今来入伙，于情于理都应该去方总那里拜一拜码头。可当时情况紧急，我们竟把这事耽搁了，实在抱歉得很！"

曹仲华端起酒杯："今天我是真心诚意来赔罪。千错万错，都是我们的疏漏。与荣鼎、千城相比，华海的规模小得多。这次增持千城，一来是希望分享发展红利，二来也想从你们这些大企业身上学点东西。"

"你客气了。"出于礼貌，方玉斌满饮下一杯。放下酒杯，他把目光投向虞东明："虞总，看来华海增持千城股份的事，你们早就知道？"

"这是哪里话？"虞东明放下筷子，摇头说，"上午在董事会上，我就澄清过了，华海增持千城的股份，是正常的市场行为，事先我们并不知情。当然了，鉴于华海的动作很大，事后我们有所察觉。"

虞东明又说："当华海的持股超过10%后，我们同曹总以及他哥哥曹伯华见过几次面，明确表达了管理层的态度。有人看好千城的发展前景，我们表示欢迎，在二级市场抢筹属于市场行为，我方也不会阻挠。但是，管理层有两条红线：第一，纵然华海的持股比例大幅攀升，依旧不应干涉管理层的日常经营；第二，千城与荣鼎是多年合作伙伴，我们不希望荣鼎的最大股东地位发生改变。"

方玉斌笑起来："这么说，我还得感谢虞总。你们无论什么时候，都没忘记荣鼎呀。"

虞东明说："我们与荣鼎的合作不是一两天了。没有你们的支持，也不会有千城的今日。华海那边也明确表示，乐于当一个财务投资者，不会越过红线。”

曹仲华立刻表态：“虞总说得没错。我们有自知之明，既不会干涉企业日常运作，更不会不自量力，去挑战荣鼎的大股东地位。”

曹仲华依旧笑呵呵：“这些情况，原本早该向方总汇报，却苦于找不到合适机会。竟害得你在董事会上大动肝火，真是我的罪过。”

“哪有大动肝火？”方玉斌摆手说，“不过是多问几句而已。”

方玉斌夹起一筷子菜，细嚼慢咽后说：“还有一件事，想跟曹总请教。”

“请说。”曹仲华坐直身子。

方玉斌书：“恕我直言，华海的资金实力，比起荣鼎毕竟稍逊一筹。这么多年来，荣鼎投到千城的钱，绝大部分是自有资金，没有短期回报的压力。因此，我们才有耐心扮演好财务投资者的角色。华海短期内在二级市场大量吸筹，消耗的资金量极其庞大，想必其中不少是向外募集的。这些钱，都是需要偿还本息的。我不知道，面对这种压力，华海如何当好一个稳健的财务投资者？”

曹仲华心想，方玉斌不愧是行家，问题一针见血。他搓着手，说：“方总这句话说到点子上了。针对这件事，我们的确有些想法。”

这时，曹仲华包里的手机响了。掏出手机，他笑着对周围说：“你瞧，说曹操曹操就到。”

接通电话，曹仲华大声说道：“老余，到哪儿了？我们还等着你呢……对，对！就在西奥渔村，你直接开车过来。”

放下电话，曹仲华说：“中午我就说了，今晚还有一位朋友。余飞，方总应该听说过吧？”

混在资本圈里，方玉斌当然听说过余飞的名号。“北马爷、南飞哥”，正是在中国股市大名鼎鼎抑或说臭名昭著的两大猛庄。之前因为金盛集团项目，方玉斌与号称“马爷”的马复兴交手过，至于南派庄家的领军人物余飞，倒还素未谋面。

方玉斌点了点头，接着说：“余飞也卷进来了？我说怎么前段时间多家机构抢入千城股票，股价却纹丝不动，原来是有强庄压阵。”

十多分钟后，余飞走进餐厅，一路拱手作揖：“对不起，今天从香港开车过来，一路上太堵，让各位久等。”

余飞 35 岁左右的年纪，中等身材，脸形方正，梳着一个中分头，鼻梁上戴着一副无框眼镜。这副模样，让人很难将其与一位纵横江湖的猛庄联系到一起，反倒像是混在格子间里的打工仔。

曹仲华似乎和余飞很熟：“闲话少说！迟到这么久，罚你三杯不过分吧。”

“哪有什么话说！”余飞立马灌了三杯酒下肚。

“不错，是个真性情！”曹仲华一边鼓掌，一边介绍说，“这位是荣鼎创投的方总。在如今的荣鼎系，他可是响当当的南霸天。”

余飞热情地伸出手来，同方玉斌握手：“久仰，久仰！”

方玉斌微笑着说：“余总的大名才是如雷贯耳。‘北马爷、南飞哥’，江湖上谁不知道？”

余飞是浙江人，但一口普通话却很标准：“方总面前，哪敢班门弄斧。在中国的资本圈，荣鼎才是真正的巨无霸。我那点小把戏，入不了你的法眼。”

余飞刚坐下，又从门口走进来一个穿淡紫色毛衣、相貌甜美的女子。她来到余飞身边，把车钥匙递过来，轻声说了句：“我已经把车停好了。”

虞东明笑起来：“我说你怎么迟到呢？原来身边跟着个大美女。”

余飞主动介绍说：“这是我的秘书。”

“小知。”方玉斌起初只顾着和余飞说话，并未注意到这名女子。这时抬头一瞅，不由得吃了一惊。这不是佟小知吗？他情不自禁喊出了对方名字。

佟小知也很讶异，愣了一会儿才朝方玉斌点头浅笑：“方总，你好！”

原来，佟小知并没有出国，她就在国内。只不过，她掐断了和老同事的联系，进入余飞的公司。今日偶遇，方玉斌既惊喜，也少不了一份哀怨，小知呀小知，你的心可真够狠！我究竟做错了什么，你竟要如此躲着我？

“怎么，你们认识？”余飞问。

方玉斌心中正翻江倒海，压根没听到余飞的话。倒是佟小知反应过来，答道：“之前我在荣鼎工作过一段时间，方总是我的领导。”

“原来是老熟人。”一旁的曹仲华斟满一杯酒，递到佟小知手上，“我说酒桌上的气氛怎么一直起不来，想必是等着大美女出场。今天，你可得好好敬老领导几杯酒。”

佟小知推说要开车，不能饮酒，她只是端起一杯饮料，对方玉斌说起场面话：“没想到方总也在这里。感谢你当初的关照，我先干为敬。”

直到这时，方玉斌才缓过神来。他端起酒杯，一饮而尽，口里淡淡说了句：“客气了。”

余飞不仅酒量好，更是活络气氛的高手。他挨个敬酒，还不时插播一些酒场段子，逗得众人哈哈大笑。然而，无论余飞的段子如何搞笑，方玉斌也只是微微抿一下嘴。他的心思，还在佟小知身上。

酒宴进行到中途，虞东明看了看手表，起身说：“我还有事，失陪了。你们慢慢玩。”

方玉斌心情也不大好，便趁势说道：“酒喝得差不多了，既然虞总要走，咱们都散了吧。”

“他走他的，我还要和方总、老余喝几杯。”曹仲华一把拉住方玉斌。

“对，对！别因为我，扫了大家的兴。”虞东明说道，“我先撤，你们接着喝。”

方玉斌猛然想起，曹仲华叫来余飞，是有事情和自己谈。唉，只因为佟小知出现，搅得自己心神不宁，竟把这一茬忘了。

虞东明走后，方玉斌赶紧调整情绪。今日面对的曹仲华与余飞都是如狼似虎的角色，必须打起十二分精神。绝不能因为对面的佟小知，乱了自己的分寸。

曹仲华又喝了一圈酒之后，终于言归正传：“刚才方总问，以华海的资金实力，如何做一名合格的财务投资者。我的回答是，量力而行。”

“怎么说？”方玉斌追问道。

曹仲华说：“前段时间抢筹，确实占用了华海太多资金。长此下去，我们的资金链难免会出问题。”

“所以我打算，”曹仲华接着说，“在未来一段时间，抛出一部分千城的股份。这样既减轻自身压力，也能化解外界不必要的质疑。方总不是说，我们的持股已经和荣鼎不相上下了吗？减持之后，你们还是稳坐头把交椅，我们当个老三、老四，就心满意足了。”

方玉斌笑起来：“刚大举增持，接下来又要减持，你这是唱的哪一出？”

曹仲华摇头说：“我那点小算盘，还能瞒过你吗？我们既想做一个长期的财务投资者，但又没有荣鼎那样的资金实力。所以，只能趁着股价在低位时多抢些筹码。未来股价走高，再减持套现。中间的利润，正好用来抵消我们的资金成本。”

“今日跟方总交个底。”曹仲华接着说，“如今华海手头有接近 15% 的千城股份，未来我们打算抛掉三分之一。也就是说，到最后，华海只会持有千城 10% 的股份。”

“我大概听明白了。”方玉斌说，“你手里的股份，有 10% 是用来做长线投资的，还有 5%，是炒短线的，很快就会获利套现。”

“大概是这个意思。”曹仲华笑起来，“长短结合，我们的压力就小了。到时华海与荣鼎的持股比例也会拉开差距，你也不必担心了。”

“可你怎么知道，未来一段时间，千城的股价一定会涨，你又能获利套现呢？”方玉斌问。

“这可是明知故问了。”曹仲华端起一盘海胆炒饭，美滋滋地品尝起来，“如今可是大牛市行情，再加上老余出马，千城的股价还会是那副不温不火的样子吗？”

方玉斌点了点头：“前段时间，故意把股价打压在低位以便吸筹，接下来再逢高出货。余总玩起这一套，自然是驾轻就熟。”

“你别挤对我了。”余飞接过话茬，“不过就是低吸高抛，散户都会玩的招数，没啥新鲜的。”

方玉斌笑起来：“道理谁都懂，可最后的结局，始终是散户被你们玩。”

余飞也笑着说：“这场游戏中，散户是没有角色的。倒是方总这边，还请你高抬贵手。”

方玉斌当然明白余飞的意思，在他们拉抬股价的过程中，身为大股东的荣鼎最好能置身事外。因为以荣鼎的资金实力与持股比例，无论吃进还是抛出股票，都会对股价产生关键性的影响，甚至让余飞的计划无法得逞。

方玉斌拿起筷子，轻轻敲着餐桌："怪不得虞总说他有事，要先告辞。大概他也知道你们的计划吧？"

曹仲华笑起来："我不是虞东明，没法帮他回答这个问题。"

"虞总是聪明人！"方玉斌说，"他当然明白，身为公司管理层，不能搅和进操纵股价的事情里。所以，才早早躲开，乐得耳根子清净。"

方玉斌又说："这种事，以我的身份同样不应该搅和进来。我更无法想象，荣鼎这样的企业会配合你们坐庄。"

余飞表情依旧轻松："我们并不希望你搅和进来，恰恰是希望你别搅和。我们更不奢望荣鼎能配合，你们什么也不做，就是最大的配合。"

余飞压低声音："我是一个懂规矩的人，自然不会让方总白忙活。接下来，在股价的几个关键转折点，我都会提前通知一声。"

余飞说话倒是不绕圈子，他直接亮明态度——把内幕消息透露给方玉斌，方玉斌只需弄个老鼠仓，低点买入高点卖出，就能在股市中发一笔大财。

"你别告诉我。就我手头那点本钱，还是别进到股市去折腾。"方玉斌摆手说。

一旁的曹仲华立刻插话："方总，本钱的事不用你操心。要是手头紧的话，我借给你。你说个账号，明天我就打500万过来。等这波行情结束，你再还钱。"

"你误会了。"方玉斌说，"我不是向你借钱，是的确对这事没兴趣。你们也不用在这上面花费心思。"

方玉斌又说："我的态度和虞东明一样，对你们的事情既不知道更不感兴趣。至于荣鼎这边，身为一家大型投资企业，我们更在乎企业的长远发展，对于股价一时的波动应该不会太敏感。只要不闹出太大动静，我也没心思过问。"

方玉斌的态度再明确不过，多一事不如少一事，既然虞东明都默许旁人操纵股价，自己也乐得睁一只眼闭一只眼。曹仲华与余飞见目的达到，同时端起酒杯："方总真是爽快人。"

方玉斌笑了笑："与人方便，自己方便。"

晚餐结束，一行人分坐两辆车返回市区。佟小知驾驶着一辆玛莎拉蒂，走在前面。副驾驶位置上，余飞嚼着口香糖，问："你和那个方玉斌，过去很熟吗？"

佟小知目视前方，隔了几秒才回答："一般吧。同事过一段时间。"

"想了想才回答，说明没说实话。"余飞说，"我瞅着方玉斌盯你那眼神，贼兮兮的。你们俩之前是不是有什么故事？"

"信不信随便你。"佟小知噘起小嘴，"我不想多解释。"

"得，算我没说过。"余飞嘿嘿地笑起来。

另一辆车上，方玉斌与曹仲华并排坐在后座。曹仲华酒喝得不少，此刻正闭目养神，方玉斌则凝视着窗外的大海。

夜幕下的海显得十分安静，好像睡着了一样，没有风，也没有浪，海水已经凝固，仿佛一块厚厚的玻璃，平躺在那儿，一动也不动。不过，汽车往前行驶了一会儿，海面上渐渐起风。到后来，风越来越大，一道道波浪不断涌来，撞击在岩石上，发出了天崩地裂的吼声，喷溅着雪白的泡沫。

方玉斌不免疑惑：这还是之前那片安静祥和的大海吗？变化竟来得如此之快？

◎ 3　与其把希望寄托在别人身上，不如牢牢掌握在自己手里

香港柯士甸道上的环球贸易广场是香港最高的摩天大楼，一度也是全世界第四高楼，仅次于迪拜哈利法塔、台北 101 大楼及上海环球金融中心。只是随着近年来内地城市的造楼狂飙，环球贸易广场的排名被挤到了后面。

环球贸易广场的顶部 103 层至 118 层，由美国豪华酒店品牌丽思卡尔顿酒店集团经营，这座酒店也因此成为全世界所处楼层最高的酒店。下榻在全世界最高酒店的客房内，维多利亚湾的美景一览无余。

在酒店 115 层的房间内，曹伯华懒洋洋地躺在沙发上。他把两只光脚丫甩到茶几上，茶几旁边一双擦得锃亮的黑色皮鞋里，隐约可见红色鞋垫。尽管已是商界大佬，但曹伯华的穿衣品位实在不敢恭维。尤其是不喜欢穿袜子，还有在高档意大利皮鞋里塞一双土布鞋垫的习惯，令身边人哭笑不得。

出身贫苦的曹伯华，11 岁之前都没穿过鞋。无论严寒酷暑，还是在海滩上嬉戏，下田干农活，都是一双赤脚打天下。也正是在这样的环境中，曹伯华的双脚变得异常壮实。他曾颇为自豪地说："我的脚上长着好几层老茧，踩在玻璃碴上也没事。"这样一双大脚，套上袜子实在憋得慌。

11 岁那年，曹伯华有了生命中第一双鞋，而且还是一双皮鞋。外出拾荒

的父亲，不知撞上什么狗屎运，竟然在垃圾堆里捡到一双皮鞋。一家人如获至宝，轮流着穿。皮鞋的尺码偏大，曹伯华穿上并不合脚。后来，母亲做了一双厚实的鞋垫，每当曹伯华要穿皮鞋时，就把鞋垫放进去，再塞上几块布条，基本就能凑合了。因此，往鞋里放鞋垫，在曹伯华看来是天经地义的事情。哪怕如今脚下踩着的是价值数千元的意大利名鞋，这个习惯也不会改变。

上初中时，曹伯华成绩还算不错。因为家里太穷，他放弃了升高中的机会，转而投考师范中专。父亲说，读三年高中，还要花不少钱，而一旦考上师范中专，家里不用负担学费，毕业后国家还给分配工作。

可惜在考场上，曹伯华因为帮同学传纸条被监考老师逮到，直接被驱逐出考场。无书可读的曹伯华被父亲暴打一顿，接着只好收拾起行囊，来到滨海打工。很多年后，曹伯华一定会感谢那位监考老师。正是他在考场内的铁面无私，为这个农家少年的生命打开了另一扇窗。闽南山区的乡村学校里，少了一个叫曹伯华的老师，滨海商界却多了个叱咤风云的大佬。

在滨海的前二十年，曹伯华如许多创业者一般起早摸黑、战战兢兢，虽然过上了殷实生活，却也难说大成。直到近几年，曹伯华的事业赢来转机，他在资本市场频频出手，华海系的威名如雷贯耳。

许多人在探究曹伯华的成功之道，但在他自己看来，一切都十分简单——就是能吃苦、能受委屈，以及敢拼、敢赌。曹伯华认为，没有什么事比在老家饿肚子更苦、更委屈，也没有什么事是自己不敢去拼、去赌的。一个原本一无所有的农家子弟混到今天早就赚够本了，还有什么可瞻前顾后的？天大的事，眼一闭，心一横，怕个毛！

曹伯华在沙发上挪动一下身子，点燃烟，大口抽起来。按照约定时间，王诚大概一会儿就到。这家伙排场太多，比方说今天的见面地点，王诚说半岛酒店太老旧，四季酒店人多眼杂，担心遇见熟人，最后才定在丽思卡尔顿酒店。更要命的是，他一个大老爷们，居然连烟味都受不了。没办法，曹伯华只好趁着这会儿，赶紧过过烟瘾。

十分钟后，门铃响起。秘书打开房门，见王诚已站在门外。曹伯华赶紧起身，光着脚丫踩在地毯上，脸上堆满笑容：“王总，你来了。”

进屋后，王诚大概闻到了烟味，他拿手在鼻子跟前挥了挥：“伯华，最好把烟戒掉。这个玩意儿除了伤身体，没啥好处。”

曹伯华笑呵呵地说：“想戒，可就是戒不掉。我不像你，说登山就爬上珠穆朗玛峰，说赛艇就参加国际大赛。我没这个毅力。”

王诚拍着曹伯华的肩膀：“你可不是一个没毅力的人。我看你是压根不想戒。”

王诚对于曹伯华的夸奖，绝非信口开河。在他看来，曹伯华身上的确有许多远超常人的特质——读书不多，却通达人情世故，起于草莽，每遇大事能杀伐决断，尤其是认准的事情，不达目的绝不罢休。

王诚与曹伯华的结识，是在一年多前。彼时的王诚，正为一件大事苦恼。企业创建之初，王诚与管理团队放弃了控股权，甘于做一名职业经理人。这种股权安排，既为王诚赢得了名声，也令他不得不时刻警惕大权旁落的风险。

千城集团的最大股东是荣鼎资本，两者间的合作亲密无间。但就在一年前，荣鼎高层的权力斗争几近白热化。受金盛集团项目的拖累，荣鼎资本董事长丁一夫的连任之路看似充满变数。

远在滨海的王诚不得不考虑，一旦丁一夫败落，荣鼎资本董事长的宝座易主，会对千城集团带来何种冲击？继任者会延续丁一夫对千城的不干预政策，还是大破大立、另起炉灶？

多年的商海沉浮，让王诚明白，与其把希望寄托在别人身上，不如牢牢掌握在自己手里。

尽管千城已是名声显赫的巨无霸企业，但管理层除了年薪、分红，并没有太多收入。指望发动一场股权大战，夺回控股权，既违背当年初衷，更不具现实操作性。唯一可行的办法，就是引入一家实力相当的企业入股千城，与昔日一家独大的荣鼎形成彼此制衡的局面。唯有这样，管理层才能立于不败之地，发挥出关键少数的作用。

然而，要引入一家理想的新股东绝非易事。千城的盘子太大，实力稍逊者根本玩不动。有几家央企倒是流露出兴趣，但人家的胃口不小，不仅要入股，还要力压荣鼎成为控股股东。这一来，又与王诚彼此制衡的愿望相悖。也有几个所谓的资本大鳄同王诚谈过。以王诚的精明，一眼就看出这帮人不打算做长线投资者，而是想借机炒作股价，快进快出玩短线。自己辛苦创立的企业，怎能任由这帮人糟蹋！

所幸这时，赵小轻出现了。这个出身名门，在中美两国拥有深厚人脉的贵妇，资金实力不容小觑。而且她长居海外，与王诚聊起现代企业经营理念，颇为谈得来。

两人一拍即合，剩下的唯一障碍便是赵小轻的身份。赵小轻的家族长辈和她的洋人老公都不希望她本人站上前台，抛头露面。王诚也不希望千城集团因为赵小轻的入股，被外界贴上某种标签。

在这种背景下，作为白手套的曹伯华顺理成章地登场。要成为一只合格的白手套，必须满足相应条件。太弱了不行，忽然蹦出来一个新人，外界必定充满疑窦，这家伙哪儿冒出来的？太强了也不行，别戏唱到一半，被白手套喧宾夺主。曹伯华无疑是个合适人物。他久历商场，一般的场面不会发怵，但毕竟没有太深根基，不担心他会心生异志。

王诚、赵小轻、曹伯华的联盟一经形成，立刻在市场掀起惊涛骇浪。有王诚的默许与赵小轻的资金注入，曹伯华的华海系一马当先，在二级市场大肆吃进千城股份。短短半年时间，华海的持股份额便逼近荣鼎。

其间，荣鼎的费云鹏也有所察觉，甚至向王诚发出过警告。但王诚却厚着脸皮，来了个死不认账。在他看来，迅速达到目标，造成既成事实，远比任何解释更有用。当年的古巴导弹危机，为什么美国大获全胜，就因为苏联人慢了半拍。假若苏联能抢先一步把核弹头运到古巴，形成对美国本土的核威慑，美国人还敢做出那样激烈的反应吗？

沏好茶后，曹伯华将秘书打发出去，接着把腿盘到沙发上，询问道："今天的董事会，怎么个情况？"

王诚抿了一口茶："仲华不是参加董事会了吗，他没给你说？方玉斌这小子，在董事会上发难。不过到了后来，态度总算软化下来。仲华邀请他晚上去吃海鲜，估计这会儿，他们一伙人正在西奥渔村。"

曹伯华点了点头："还是你高明，算准了荣鼎会在董事会上闹。自己不出席，还叫我避一下。咱们都不现身，让他扑个空。"

王诚放下茶杯："荣鼎方面有些意见，也是情理之中。在董事会上开几炮，那是难免的。但木已成舟的事，他们也没什么更好的法子。"

"天下武功，唯快不破。"读书不多的曹伯华，早年打工时看过几本金庸小说，如今引用起来倒也朗朗上口，"只要咱们动作快，造成既定事实，荣鼎就只能把这个结果吞下去。"

王诚问道："接下来，你有什么打算？"

曹伯华说："为了增持千城股份，华海公司账上的现金，好几次都快见底了。实不相瞒，幸亏前天又从朋友那里借了1000万，否则我连来香港的路费都没有。"

王诚笑了笑："没这么夸张吧。小轻那边资金比较宽裕，她对你可一直是鼎力支持。"

"别提那姓赵的女人了。"曹伯华一脸苦大仇深的样子，"她做事总是瞻前顾后，前怕狼后怕虎，老子看着就烦。上个月，抢筹到了关键时刻，我让她调两个亿现金过来。她答应得爽快，还说两个亿不够用的话，就汇四个亿过来。但是，这笔钱却是经过七弯八倒拐，用了一个多星期才到我手上。"

曹伯华继续说："香港到滨海，隔得很近。可她手里的钱，从香港汇到迪拜，又跑去开曼群岛待了两天，接着划到美国，然后再回到开曼群岛。一周后，款子才到北京，最后从北京打到我账上。姓赵的钱，不在地球绕一圈，是到不了我手里的。"

不知为什么，曹伯华近来似乎对赵小轻牢骚满腹。为了三方联盟的稳固，王诚还得充当和事佬："小轻这么做，也是出于谨慎。之前就说过，一定不能让外界知道，是她在背后为华海提供资金支持。只有把钱转一圈，才能做到神不知鬼不觉。"

曹伯华大口喝着茶："前些日子我发力过猛，资金链真是出了大问题。接下来，必须把股价拉上去，让我抛出去一部分股权以便回笼资金。"

王诚思忖了一下，说："现在，华海手里持有15%的千城股权，的确太多了。按照之前的计划，你当然应该减持套现，缓解资金压力。但是，刚结束抢筹便急着抛售，是不是太急了点？前段时间的股权异动，外界已经议论纷纷，这时还是要谨慎，不能因小失大。”

“能忍我一定忍，但确实遇到过不去的坎了。”曹伯华说，“王总，你优化千城股权结构的目的已经实现，赵小轻也借道华海，成功入股千城。你们都是上了岸的人，就我还在水里泡着。我不能同你们比，必须借减持套现的机会，赚点小钱。”

“你主意已定，我还能说什么？”王诚双手一摊，“但我还是要提醒你，有些事不要干得太明显。到时惹火烧身，麻烦可就大了。”

“我有分寸。”曹伯华显得信心十足，“这次我和余飞联手，一定会万无一失。不出三个月，千城的股价一定翻番……”

王诚挥手打断了曹伯华：“这些事，不必告诉我，我也不想知道。你自己小心就是。”

“好，好！我明白。这些烂事，不会再拿来打扰你的。”双方合作近一年，曹伯华对于王诚的行事风格多少知道些。像这类游走在红线周边的事，王诚不仅不会蹚浑水，还会把责任撇得干干净净。他永远是一副高高在上、圣洁无瑕的模样。

两人又聊了一阵，王诚起身告辞。送别王诚后，曹伯华立刻拨通弟弟曹仲华的电话：“你那边和方玉斌谈得怎么样？”

曹仲华说：“按照之前咱们商量的意思，把话跟方玉斌挑明了。不出大哥预料，方玉斌一副事不关己高高挂起的样子，不愿搅和进来。”

曹伯华笑起来：“行啊，看来你的戏演得不错。”

曹仲华问：“王诚那边怎么样？”

“一个屌样！”曹伯华说，“老子给他喂了点迷幻药，他喝得有滋有味。”

曹仲华又说：“我听虞东明说，王诚又要出国去长住一段时间。”

“没错。”曹伯华说，“王诚跟我说了，他明天从香港出发，会去英国待几个月。”

曹伯华冷笑一声：“等他回国时就知道，世道已经变了。”

◎ 4　启功先生看见仿自己的字，总会笑着说，不错，写得比我好！

尽管是周末，北京的街道上依旧车水马龙。这是一座历史积淀厚重的古都，是主宰过无数王朝兴衰的权力中心；这也是一座正急速奔向现代化的国际大都会，资本的冲动弥散在每一处角落。历史与现实、权力与资本的碰撞，让各种光怪陆离的故事几乎每天都在上演。

午后，费云鹏走出一座四合院，身旁跟着一位长相出众的女子，正是赵小轻。两人是在一位大人物的寿宴上偶遇的，此前，费云鹏并不知道赵小轻会出现在这个场合。

费云鹏清楚赵小轻的背景，刚才又见识了她在宴席上八面玲珑的处事手腕。对这位资本圈里深藏不露的新贵，费云鹏表现得很客气，他热情地问："你去哪儿？我让司机送你。"

"不用，我有车。"赵小轻笑着说，"费总，大周末的你还不让司机休息，是不是太官僚了？"

费云鹏打着哈哈："我一个做企业的，又不是官员，想官僚也不成。"

赵小轻说："还是让你的司机陪家人过周末吧。我来送你，怎么样？"

"那可不行。"费云鹏摆手推辞。

赵小轻撒起娇来："能送一下费总，我无比荣幸。另外，我也有事跟你报告。怎么，你都不给人家一个机会？"

"好，好！恭敬不如从命。"费云鹏刚才还在纳闷，赵小轻为何今天会出现在这里？听她这么一说，想必所谓的偶遇实则是精心安排，人家无事不登三宝殿。

赵小轻行事低调，在北京时经常驾驶一辆褐色的本田雅阁。她开着车，驶出了胡同，接着对坐在副驾驶位置上的费云鹏说："听说方玉斌上周在滨海大闹千城集团董事会，逼得王诚与曹伯华不敢露面。他的这次滨海之行，应该帮你带回不少情报吧？"

费云鹏微微一怔。从各种蛛丝马迹，尤其是华海集团的资金流向，他早有预感，赵小轻在千城集团的事上涉入不浅，只不过没有确凿证据，加之碍于各方关系，他没去深究。没想到，赵小轻今天竟主动提及。正好趁此机会，探一探她的虚实。

费云鹏笑了笑："有关千城的消息，玉斌带回来的恐怕不算数，还得请教你呀。"

赵小轻手握方向盘，嘴角露出一丝微笑："费总是前辈，咱们就打开天窗说亮话。"她接着说："华海大举增持千城，自然不是曹伯华的实力能玩转的。事先，王诚就知道一切，并为曹伯华敞开了方便之门。曹伯华在二级市场抢筹的资金，大部分是我支援的。"

赵小轻的话，既证实了费云鹏的判断，更令他有些惊讶。假若没有王诚的默许与纵容，借曹伯华十个胆，也不敢打千城的主意，背后没有强有力的资金支持，曹伯华更无法在市场上兴风作浪。不过，如此隐秘的计划，王诚此前装傻充愣，百般抵赖，为何今天赵小轻却将它和盘托出？

沉吟半晌，费云鹏才说道："你想入股千城，提前打声招呼就是，我欢迎还来不及，没必要偷偷摸摸。"

赵小轻说："这件事之前没打招呼，的确是我的过错，还望你大人不计小人过。不过当初，我也有不得已的苦衷。"顿了顿，她接着说："王诚大概觉得，目前千城集团内荣鼎一股独大，对管理层构成了威胁，所以想引入新的战略投资者，起到彼此制衡的作用。因此，王诚最怕的就是打草惊蛇，并嘱咐我隐秘行事。”

“我本将心向明月，奈何明月照沟渠。”费云鹏叹了一口气，“王诚和我是多年朋友，他的这些顾虑实则大可不必。身为千城的大股东，荣鼎对于管理层的工作很满意，并没有插手干预的念头。”

“你也不必伤感。”赵小轻说，“王诚对于荣鼎还是心怀感激的。他在同我谈时，一再坚持要保住荣鼎的大股东地位。他的做法，谈不上颠覆现状，更像是买一份保险。假若有一天和荣鼎翻脸了，还能有个退路。”

费云鹏淡淡一笑：“这么做虽说不够朋友，但在商言商，未雨绸缪也在情理之中。如今你们的目的已经达到了，接下来不会再折腾了吧？”

赵小轻一甩方向盘，将车驶向路边：“王诚的目的达到了，可我的目的还没达到。”

费云鹏有些诧异：“你的目的？什么目的？”

赵小轻将雅阁轿车停靠在路边，掏出一支摩尔女士烟点燃，颇为享受地吸上一口。来自美国的摩尔香烟，自带巧克力苦味，烟身瘦长呈咖啡色，有些类似豹纹。如此性感的外貌，令这款香烟成为无数摩登女郎的至爱。赵小轻叼着细长香烟吞云吐雾的模样，不似商界女强人，倒像风月场中的尤物。

赵小轻缓缓说：“天下熙熙，皆为利来；天下攘攘，皆为利往。王诚费尽心机去改变股权结构，是为了稳固管理层地位。我砸进去那么多真金白银，又是为了什么？”

车内的烟味太重，费云鹏只好摁开车窗：“你向王诚开出了什么条件，我哪里知道？”

赵小轻抖了抖烟灰，微笑着说：“与其开出条件，等待别人的施舍，不如自己去创造。”

“你到底想要什么？”费云鹏问。

赵小轻说：“如今，我通过曹伯华的华海公司，已经持有千城15%的股份。假若继续增持，就将一举超越荣鼎，成为千城的控股股东。”

费云鹏大吃一惊，没料到赵小轻的胃口如此之大！她盯上的，竟然是千城这家巨无霸企业的控股权。费云鹏追问说："拿到控股权之后，你要干什么？"

"这还用问吗？"赵小轻耸了耸肩："当然是赶走王诚，完全掌控这家公司。"

见惯了大场面的费云鹏，竟被惊呆了。一个 30 岁出头的小女子，不仅将一家声名卓著的大型企业集团视为猎物，还要向一位被万千人顶礼膜拜的商界教父宣战。她有胜算吗？尽管她有人脉，也不缺资金，但她的对手更非泛泛之辈。当赵小轻含着金汤匙出生时，王诚已经走上了筚路蓝缕的创业之路；当赵小轻还在大洋彼岸的校园内过着饭来张口的日子，王诚却带领千城集团劈波斩浪，一次次勇立潮头。

好不容易缓过神来的费云鹏托住下巴，问道："你为什么对千城集团情有独钟？"

"简单。"赵小轻说，"第一，这家公司的经营业绩十分优异。第二，它的股权结构太分散。一般的公司，即便握有 40% 的股权也未必能实现控股，但按照千城的股权结构，只要拿到 25% 的股权，就能成为第一大股东并握有绝对话语权。这不是使小钱，办大事吗？"

费云鹏摇了摇头："仅仅如此吗？"

赵小轻沉吟了一会儿说："你是行家，我说话也不用藏着掖着。除了刚才那两点，还有一个原因。"她接着说："最近几年，各国对资金的管理都趋于严厉。大笔资金无法流向境外，进而形成了一个资金的堰塞湖。为了不至于决堤，这些钱只能尽快进入市场，对大规模的标的进行举牌并购。"

赵小轻又说："只有对千城这样的企业举牌收购，才会在短时间迅速获得账面收入，再在资本市场转几回后，要查清楚这些钱的来路就会更困难。千城不仅在 A 股上市，还在海外有上市公司。只要掌控了这家企业，就获得了一条安全可靠的资金通道。"

费云鹏寻思，赵小轻这几句应当是实话。他更对王诚的自以为是充满奚落与嘲笑：王诚啊王诚，你聪明一世却糊涂一时，竟干出引狼入室、自毁长城的蠢事！因为担心天要下雨，就找了座破庙躲雨。可惜，这座庙却在闹鬼。

纵然有雨，也不过淋湿衣服而已，并无大碍。但庙中的厉鬼，却可能要了你的性命。

费云鹏问："你干吗告诉我这些？"

"自然是希望与你合作。"赵小轻妩媚地笑起来，"放心，我不会让你为难。接下来，我还是会从二级市场抢筹。至于荣鼎这边，并不需要做什么，只要什么都不做，就是对我最大的帮助。"

费云鹏是何等精明之人，立刻明白了赵小轻的招数。他说："前几天方玉斌跟我汇报，说华海的曹伯华准备拉抬股价，减持套现。你却说要在二级市场继续吸筹。你们是串通好的，在演双簧吧？"

"什么事都瞒不过你。"赵小轻说，"我和曹伯华已经订下攻守同盟。所谓拉抬股价，减持套现，既是给王诚玩的障眼法，也是我们进一步抢筹的手段。"

赵小轻继续说："曹伯华整日叫苦，说资金链撑不下去了，要减持套现，王诚才不会有所戒备。另外，前段时间我们努力使股价维持在低位，以便能够低价吸筹。但依照目前行情，这一招很难再用下去。我们要继续吃进千城股票，就必须把股价拉起来。"

熟悉资本运作的费云鹏，一听赵小轻的话，就明白了她接下来的路数。当股价在低位运行时，他们固然能以较少的资金吃进更多股份，但终究会遭遇天花板。收购方吸筹到一定时候，市场上会出现无货可买的情形。比如说，有人在10元买入千城的股票，如今股价却在8元附近。无论你怎么扫货，此人也不会卖出。既然被套着，干吗割肉呢？类似这类人，便是俗称的套牢盘。

在低价区间，能吃进的股票都吃进了，接下来还想增持，只能把数量庞大的套牢盘激活。假如股价升到10元，好不容易解套的人会立刻抛售以求落袋为安。此时，赵小轻与曹伯华再调动资金，接下被抛出的股票。

赵小轻又说："曹伯华会抛售部分股份，再用左手倒右手的方式重新吃回来。这样既有助于拉升股价，也能迷惑王诚。等他回过味来的时候，控股权已经被我们拿到手里。"

要不要答应赵小轻？费云鹏眉头紧皱，陷入沉思。这个女人非同一般，最好别去得罪。不过事关重大，仅仅为了卖个人情，就要以身试险？

费云鹏的大脑飞速运转，他要想出一个进可攻、退可守的法子，让自己立于不败之地。隔了好一阵子，他才缓缓开口：“刚才吃饭时，众人聊起书法。我当时就说了，当代的书法名家，我最佩服启功先生。启功晚年经常去琉璃厂溜达，看到满大街都是仿自己的字，竟一点儿不生气。有人问他这些字怎么样，他总是笑着说，不错，不错，写得比我好！学生看不下去了，说这些字全是假货。启功却说，人家出来混口饭吃不容易，不要砸别人的饭碗。就连那些卖假字画的老板，都说启功是好老头，不惹事。老先生有这样的心态，难怪要活到九十几岁！”

赵小轻笑起来：“你答应出手相助了？”

费云鹏轻点了一下头：“不能叫出手相助，应当是不出手，却相助吧。”

“对，对！”赵小轻笑得更开心了。

费云鹏话锋一转：“假如我作壁上观，荣鼎将会失去千城的第一大股东地位。那么，我能得到什么？”

既然开始讨价还价，那就不是原则问题，而是生意问题，一切就有的谈。赵小轻高兴地说：“你想要什么，不妨直说。”

费云鹏说：“事成之后，拆分掉千城集团。你拿走你想要的，剩下的归我。”

“拆分？怎么个拆法？”赵小轻追问。

费云鹏对女士烟的味道有些反感，他拿手驱散烟雾，说道：“我这个人说话不会绕弯子，有些话或许刺耳，请不要介意。你收购千城的意图，我大概明白了。拿下千城之后，你们会有哪些作为，我闭着眼也能猜到。无外乎是想方设法掏空这家公司，用千城的钱去堵别处的窟窿。”

“也就是说，一旦你的计划成功，千城的未来或许并不乐观。”费云鹏说，“今天，荣鼎眼睁睁看着你们夺走了大股东地位，明天，我们多年来投到千城的钱就可能付之东流。”

“你太悲观了。”赵小轻不服气地反驳，“拿下千城后，我们当然会利用这个平台完成一系列的资本运作，但对于企业经营本身，更不会疏忽。王诚的经营理念过于保守，他这些年游山玩水，没有一丁点当年创业的激情。企业交到我们手中，经营风格或许会改变，但业绩一定能更好！”

以费云鹏的资历与地位，还是能以兄长甚至长辈的口吻教训赵小轻几句。他说：“你说这番话，恰恰证明并不了解王诚。此人是经营企业的天才，没有他就没有今日的千城。我实在看不出，你们会比王诚优秀多少。”

“当然了，”费云鹏缓和了语气，“如果你心意已决，我也不想当绊脚石，惹得大家不快。干脆，咱们就大路朝天各走一边。”

费云鹏又说：“千城的规模足够大，只需要拿走它的部分业务，就足以实现你的意图。上市公司你可以拿去，企业旗下部分城市的地产业务，也都可以给你。剩下的资产，划拨出来单独组建一家公司，继续由荣鼎控股。咱们从此井水不犯河水，你玩你的资本运作，我还是当一个财务投资者。”

“我的让步，只能到这里了。”费云鹏双手一摊，“也就是你赵小轻，换作其他人，根本谈都没的谈。”

对千城股权之争的前景，费云鹏认为并不明朗。所以，他才要清楚地画出一条底线。无论局势如何演变，有这条底线在，自己就能稳坐钓鱼台。最不济，他也要和赵小轻瓜分千城。总之，最低标准已让自己稳赚不赔，假若日后生出什么变数，只会掠取到更多利益，而不是更少。

赵小轻又点燃一支烟，隔了好久才开口说：“就依你的。”

赵小轻重新发动汽车。她轻快地操纵着方向盘，难掩内心的喜悦。能够在一辆区区 20 万的雅阁轿车里敲定涉及金额数百亿的交易，大概只有自己有这本事。

费云鹏直视前方，脑子一刻没有停下。自己袖手旁观，坐视赵小轻撵走王诚，外界舆论会如何看待？董事会里的那帮元老会不会冒杂音？里子赚到了，面子也不能丢呀！

费云鹏很自然地想到了方玉斌。赵小轻与曹伯华的双簧，既是骗王诚，也在方玉斌面前演过一回。目前看起来，方玉斌并未瞧出破绽。到时如果有人说三道四，正好让方玉斌当替罪羊。荣鼎资本的经营组织架构调整，下属公司获得了比以往更大的授权。既然权力大了，责任理应更重。方玉斌对局势判断失误以致荣鼎错失战机，到时把板子打在他身上，不是天经地义吗？当初的落子，终于要发挥效果了。

想到方玉斌，费云鹏又记起一件事，他说：“方玉斌告诉我，在滨海时余飞也现身了。怎么，你也拉余飞入伙了？”

赵小轻说：“朋友多多的，敌人少少的，不是很好吗？”

费云鹏眉头微皱：“这小子的名声不大好。别因为他，坏了你的事。”

“他能坏什么事？”赵小轻满不在乎地说，“整套计划，余飞压根不清楚。他只是个庄家，负责替我们看住股价，再利用股价起伏，自己顺便赚点差价而已。在接下来的股价剧烈波动时期，有个实力雄厚的强庄托市，能起到事半功倍的效用。”

赵小轻侃侃而谈：“现代化工业生产体系的一个重大成果，就是实现了分工合作。每一个生产车间只需要完成本职工作，至于最终的成品是什么，车间工人不需要知道。余飞就是一个车间工人，只负责生产出合格的零件。至于这些零件将来会组装到哪辆车上，由我来决定。”

看着赵小轻扬扬自得的样子，费云鹏并不以为然。他倒想起了三国时曹操与马超之间的大战。马超勇猛剽悍，第一次交手就让曹操吃尽苦头。后来两军对垒，马超一方又不断有援军赶来，曹操帐下的谋士忧心忡忡。唯独曹操不同，每听说马超又获得新的援军便喜形于色。众人不解，曹操却说，马超手下的兵马战斗力很强，援军却来自四面八方，号令不一。这帮乌合之众一到，非但帮不了忙，还会拖累马超。后来，曹操果然用离间计，使得马超联军内部互相猜忌，未战先乱。

见赵小轻不以为意，费云鹏也懒得多说，他提到另一件事：“随着股价的飙升，未来吸筹的资金成本将越来越高。甚至后来吃进的股份，消耗资金会是之前低价吸筹时的两到三倍。”

赵小轻点头说：“压力的确不小，但我对自己的资金实力很有信心。”

费云鹏摆了摆手：“兵马未动，粮草先行，这是兵家常识。我不担心你的仓库里缺粮，只是粮道是否畅通？”

“怎么说？”赵小轻问。

费云鹏说："你不差钱，但这些钱里，是否有国外的热钱，甚至是一些来路不明急需洗白的资金？一旦把这些钱投入收购大战，就会成为对手的把柄。前段时间，你为曹伯华提供了大量资金，手段不可谓不隐秘。外界浑然不觉，就连我也仅仅觉察出一些蛛丝马迹。可以想见，你的钱都是经过技术处理，才汇入曹伯华的户头。"

"让外界搞不清楚资金来路，也是需要成本的。"费云鹏加重语气，"除了各种手续费，还得消耗大量时间。收购大战到了关键时候，时间就是生命。前方的曹伯华急等着米下锅，而你的米还在粮道上。这一来，情形可不太妙。"

费云鹏的眼睛很毒啊，赵小轻不得不佩服。她说："多谢提醒。之前既要支援曹伯华，又要不露声色，我的钱往往得绕地球转一圈，耗费时间短则三四天，长则一星期。接下来的抢筹大战会愈发激烈，这么长的资金调度周期肯定不行。我正在着手打造一条顺畅的资金运输渠道，届时，一定会让费总眼前一亮。"

"好啊。"费云鹏似笑非笑，"我拭目以待。"

◎5 短债长投，是投资的大忌

下午 5 点刚过，方玉斌提前离开了办公室。上车后，他给苏晋拨去电话，两人约好了碰头的地方。今晚，袁瑞朗约自己吃饭，方玉斌不仅一口答应下来，还特地叫上苏晋。

近来，约方玉斌吃饭的老朋友很多，主题无外乎庆祝他高升。对这类宴请，方玉斌大多婉拒。但袁瑞朗与自己的关系毕竟非同一般，在方玉斌心中，一直对袁瑞朗怀着敬重与感激。这顿饭，他既不能也不愿推。

方玉斌叫上苏晋，是希望她以女朋友的身份在朋友面前亮相。两人的关系日益亲密，不必再遮遮掩掩。果然，当苏晋出现时，袁瑞朗起初有些意外。方玉斌介绍之后，他又大笑起来："你们的保密工作做得太好了，我竟然一直没发现。唉，也怪自己没眼力见儿。"

餐桌上，袁瑞朗自然少不了恭喜方玉斌一番。但隔了一阵，他又问道："玉斌，你是丁一夫的爱将，费云鹏照理应当对你恨之入骨。你到底走了什么路子，能让他对你另眼相待？"袁瑞朗熟知荣鼎高层的权力争斗，加之与方玉斌的关系，别人问不出口的事，他却不用绕圈子。

方玉斌也直言相告："费总那里，我能走什么路子？实不相瞒，当初我已经心灰意冷，但不知为什么，人家却肯重用我。"

袁瑞朗若有所思地说："难不成天上真会掉馅饼？"接着，他又说："荣鼎高层的关系复杂得很，如今你坐上这个肥缺，恐怕有好多双眼睛正盯着你吧。"

方玉斌笑了笑："甭管他们爱怎么斗，总之我不偏不倚，持平中立。"

方玉斌这句话，却触发了袁瑞朗的思绪。他把身体往后一靠，说："持平中立，说起来容易，做起来却太难。"

袁瑞朗又说："前不久我去了一趟欧洲，既去了号称战斗民族的俄罗斯，也去了曾发动两次世界大战的德国。但另一个国家的尚武精神，却着实令我有些意外。这个国家的尚武风气，连德国与俄罗斯都赶不上。"

"哪个国家？"方玉斌与苏晋都有些好奇，在欧洲，竟有比德国与俄罗斯更尚武的民族？

"是瑞士！"袁瑞朗说，"瑞士实行义务兵役制，年满二十岁的男子都要服兵役。第一次兵役结束后，每隔一段时间还会复训。与我接触的瑞士朋友，无论企业家还是导游、司机，都对军旅生活津津乐道。有一次出去打猎，我发觉瑞士人枪法奇准，几乎个个是神枪手。"

袁瑞朗接着说："坐车经过瑞士的大桥，当地朋友会介绍，哪怕和平时期，桥下面也埋着炸药。旧的炸药每隔几年会被取走，换上新炸药。一旦有外敌侵入，就能马上炸毁大桥，阻断敌军进攻。许多普通瑞士人的住宅，屋外还修建有掩体。"

"那可是一百多年没打仗，而且宣布永久中立的国家。"袁瑞朗感叹道，"这中立是怎么来的？我看就和人家的实力有关。连希特勒这种战争疯子都清楚，瑞士虽小，却是块难啃的骨头。既然人家已经宣布中立，自己何必节外生枝。"

方玉斌默默听着，心里也泛起一阵涟漪。是啊，中立岂止是一种态度，更得以实力做后盾！许多时候，我不犯人，人却要犯我。想当初，丁一夫与费云鹏斗法，袁瑞朗何尝不想保持中立，最终却丢了乌纱帽。

苏晋这时开口道："袁总，你是不是有什么话想对玉斌说？"

袁瑞朗说："我知道玉斌青云直上，有一帮人围在他身旁说好听话。但我却想给他几句提醒。费云鹏为何突然重用你，我一时想不明白，但总觉得里头有文章。能当上荣鼎创投的总经理，自然是可喜可贺的事。但高兴之余，心里也得绷着一根弦。说到玩弄权术，费云鹏可是一等一的高手。”

对袁瑞朗的话，方玉斌心里充满感激。且不论这些怀疑是否有道理，但能在这种时候敲警钟的，才是真朋友。类似的话苏晋也同自己说过，苏晋觉得，费云鹏的人事布局太不合常理，或许另有玄机。方玉斌劝苏晋，管它有什么玄机，这个荣鼎创投总经理毕竟是货真价实的。就算人家利用我，抛出的这个诱饵也算有诚意。

方玉斌举起酒杯，说道：“谢谢你的提醒。”

袁瑞朗知道，方玉斌如今春风得意，正在兴头上。提醒的话最好点到为止，凉水不能泼太多。满饮杯中酒后，他主动岔开话题，聊起其他事。

晚宴接近尾声时，袁瑞朗又问：“你们的大好日子定下来没有，到时我可要来讨杯喜酒喝。”

苏晋浅浅一笑，笑容中有羞涩更有幸福。方玉斌却耸了耸肩：“还有一道关没过。”

“什么关？”袁瑞朗问。

苏晋柔柔地瞟了方玉斌一眼，说：“丑媳妇怕见公婆，傻女婿也怕见岳父。他老是躲躲闪闪，还没见过我父母呢。”

方玉斌显得有些腼腆：“谁躲着了！前段时间工作太忙，一直抽不出时间。不过已经说好，这个周末去见她父母。”

袁瑞朗又是一阵哈哈大笑：“玉斌，那么多大场面你都见过，怎么见一下苏伯父、苏伯母，反倒紧张兮兮的？”

“就是。”苏晋也在一边帮腔。

“哪有紧张，周末不就要见了？”方玉斌说。

“那好。”袁瑞朗说，“预祝你考试及格，顺利过关。”

周末，飞机缓缓降落在滨海机场。方玉斌解开安全带，略微忐忑地问身旁的苏晋：“你爸爸平常在家里，是不是特严肃？”

苏晋扑哧笑起来："这话你都问了好多遍了。"

"是吗，我怎么不记得？"方玉斌嘿嘿笑起来。

苏晋的父母退休后离开江州，搬到滨海与侄儿苏浩住在一起。前几天，父亲打来电话，希望苏晋抽空过来，一家人聚一下。父亲还主动提到："如果小方能抽出时间，请他一起过来。"

滨海的新机场面积很大，方玉斌与苏晋坐上摆渡车，摇晃了好几分钟才驶抵航站楼。自打当上荣鼎创投总经理后，方玉斌出差都是乘坐头等舱。这一趟是私人行程，他为了节约，便订了经济舱机票。好久没坐经济舱了，重新坐一回，竟然感觉有些不自在。机舱里的狭窄空间不提了，下了飞机，还要挤进一辆人满为患的摆渡车。换成是头等舱旅客，即便飞机不能停靠进廊桥，也会有专门的中巴车接送。方玉斌打定主意，哪怕不能用公款报销，回上海时也得乘坐头等舱。想到这里，他又不禁暗自发笑，都说由俭入奢易、由奢入俭难，看来果真不假。

苏浩驾驶一辆奔驰轿车，来到机场迎接。见面后，他与方玉斌握了手，接着又张开双臂，和妹妹苏晋拥抱在一起。

直到上回在上海见面，方玉斌才知道，苏晋的堂兄是大安人寿董事长。后来，方玉斌特意查了资料，对这位中国保险界的传奇人物又多了几分了解。

苏浩自小成绩优异，高考时以全市理科状元的身份被清华大学录取。大学毕业，苏浩远赴美国，在常春藤名校完成硕士学业。或许是自幼喜欢苏东坡的缘故，苏浩的性格中从不缺乏浪漫豪迈的因子。出身名校的苏浩婉拒了多家世界 500 强企业的高薪聘请，执意加入一家志愿者组织，去非洲当了三年义工。

大约十年前，苏浩回到中国，加盟一家超大型保险公司。短短几年时间，他便成为这家保险公司的高阶管理人员。此后，他跳槽来到大安人寿，担任这家新成立的保险公司的副总经理。

大安人寿诞生于滨海，是近年来保险行业风头正劲的一家企业。公司自成立后多次增资，保费规模呈几何级增长。与此同时，大安人寿还采用高额手续费、“三倍同行工资”等方式四处挖人。就在去年，一家老牌保险企业北方某省分公司的总经理，便在高额手续费与薪金的诱惑下，带领手下几百号人集体跳槽大安人寿。此次事件，成为震撼中国保险界的一桩公案。

苏浩无疑是大安人寿快速扩张的最重要推手。伴随企业膨胀，他一路高升，先后担任大安人寿总经理、董事长。这位迷恋苏东坡、颇具文人情怀的企业家，在面对外界质疑时，总是用十分强硬的姿态回击：“那些考试成绩总是不及格的学生，永远无法理解满分同学的学习方法。”

三人聊着天，不一会儿就来到位于海边的苏浩别墅。苏晋的父母正坐在沙发上看电视，见一行人到了，笑呵呵地起身打招呼。方玉斌赶紧拿出准备好的礼物，恭敬地递给苏晋的父亲：“伯父，听说您喜欢喝茶，给您带了一盒茶叶。”

苏晋的父亲苏定国身材魁梧，尽管上了年纪，腰板依旧挺得笔直，满头花白，脸色却很红润，说起话来更是声如洪钟：“你送的这礼物，苏晋知不知道？”

方玉斌不知道苏定国为何突然问这话，只好一五一十地答道：“她知道，我们一起去商场选的。”

“我这个女儿，不贴心呀。”苏定国摇着头说，“你送的是上等西湖龙井，一定也破费了不少。可惜我几年前就不喝绿茶了，这些年，我一直喝的是云南普洱。苏晋这女娃子，连自己老爸喝什么茶都搞不清楚，还不如他哥哥。苏浩知道我的爱好，总是托人去云南采购上好普洱。”

“不好意思，是我疏忽了。”方玉斌赶紧道歉。一旁的苏晋却拉着父亲的手：“你怎么一见面就批评人家？这些年我不在你身边，哪里知道你喝茶的习惯变了。”

“好了，批评归批评，你们能来我很开心。”苏定国爽朗地笑起来，“喝什么茶不重要，一家人聚在一起才是最好的。”

苏定国放声一笑，屋里的气氛顿时轻松下来。尽管第一次见面，方玉斌却早已耳闻过苏定国的事迹。苏定国是江州的老领导，当过局长、县委书记、市委副书记，后来从市政协主席的岗位上退休。

在当地官场，苏定国是有名的性情中人，自诩“一身酒气，两袖清风”。他为人豪爽，可以与下属称兄道弟，但批评人时，也经常青筋暴起，拍桌子骂娘。苏定国当县委书记时，在五楼办公室骂人，不仅吓得被骂的局长双腿发抖，声音更是穿透几层楼。从三楼到六楼，全都听到了苏定国的怒吼。

为了这副臭脾气，老伴劝过苏定国好几次：“不说顾虑别人感受，单说为了自个儿身体，也应该控制一下情绪吧。老这么激动，伤的可是自己的身子骨。”苏定国却摆手笑说：“我观察了一下，那些脾气暴躁的领导个个长寿，倒是整天温文尔雅的领导活不长。心里憋着火，又强忍住不发作，才是伤自个儿身体。把火发出来，难受的是别人，自己不就舒坦了？既然当了领导，有骂人的特权，老子干吗不用？”

瞧着苏定国退休后生龙活虎的劲头，看来他当年的养生之道还真派上了用场！

众人刚坐下几分钟，苏晋的母亲又忙着起身：“你们先聊。灶上煲着汤，我得去瞧一下。”

“哥，这可是你的不对了。”苏晋朝着苏浩开起玩笑，“住着这么大的别墅，你也不请个保姆。看把妈累的，还要亲自进厨房。”

“婶婶的脾气，你又不是不知道。”苏浩笑起来，“谁做的饭，她都瞧不上，非得自己动手。家里的保姆最喜欢婶婶来，只要她一来，人家就可以休息了。”

“那我得去瞧瞧，看妈又弄什么好吃的了。”苏晋说笑着朝厨房走去。

客厅里只剩下苏定国叔侄与方玉斌。苏定国主动问道：“小方，你来上海工作几年了？”

“快十年了。”方玉斌答道，“大部分时间都在上海，中间去江州待过一阵子。”

苏定国露出笑容：“你在江州的事，我有所耳闻。金盛集团那个烂摊子让你给盘活了，不容易！”

“伯父过奖了。”当着未来岳父的面，方玉斌可不敢翘尾巴。

苏定国又问：“你的父母身体还好吗？”

“都好。”方玉斌说。

“他们还在四川老家？”苏定国问。

“对，在老家县城。”见苏定国问起自己的家庭情况，方玉斌认为有必要说详细一些，“我父亲当了一辈子老师，母亲是一家工厂的普通职工。如今都已经退休，父亲偶尔会出去帮人补课。”

苏定国微笑着说：“你的事情，我听苏晋聊过一些。我最欣赏的，并不是你事业上的成就，而是听说你来上海不久，自己的经济还不宽裕，就东挪西凑替父母在老家买了房子。如今好些年轻人，自己买房买车还得叫父母赞助，像你这样有孝心的，可不多喽。从这份孝心就能看出来，你的家境应当不错。”

表扬自己有孝心，方玉斌还当得起。但像自己这种出身于清贫人家的子弟，怎么倒成了家境不错？

只听苏定国继续说：“一提到家境，很多人就会说，父母当了多大的官，挣了多少钱。其实，这些见识太浅薄。在我看来，古往今来那些锦衣玉食的帝王之家，家境简直糟透了。皇子一出生，被太监、奶妈抱走，别说见不到妻妾成群的父亲，连亲生母亲都见不上几面。年幼时感受不到父母之爱，稍微长大一点，又要面对兄弟间的尔虞我诈、争权夺利。这种家境下，当然不会有什么父慈子孝。为了权力，父亲能杀儿子，儿子也可以杀父亲。唐明皇李隆基可以把儿媳妇占为己有，隋炀帝杨广也可以霸占老爹的宠妃。无情最是帝王家！这样的家境，能算得好吗？”

苏定国又说：“就说平常人家吧，父母都希望子女孝顺，可惜并不能全都如愿。除了子女的原因，我看父母的教育也很关键。父母是什么人，子女通常会有样学样。所以，能出孝子的家庭，父母一定是正派人，家境差不了。古人说‘欲寻忠良将，先登孝子门’，讲的就是这个道理。”

苏定国毕竟是当过领导的人，即便在家里，讲起话来也像在主席台上做报告，条分缕析，滔滔不绝。一旁的方玉斌与苏浩，只能频频点头称是。

苏晋与母亲将精心烹制的佳肴端上了桌，一家人围坐在一起边吃边聊。苏晋的母亲不停地给方玉斌夹菜，方玉斌吃完一碗米饭后，苏晋母亲又给他盛来一碗，并一个劲劝道："能吃是福。年轻人多吃一点。"

苏定国退休之后便戒了酒，苏浩与方玉斌平日里"酒精沙场"，难得吃回家宴，也想休整一下，更是滴酒不沾。没有酒的宴席，节奏快得多，众人不一会儿就撂筷子了。苏定国点燃饭后烟，颇为享受地说："不错，老伴烹饪的手艺越来越好了。接下来还是老规矩，一道进厨房，我帮着她洗碗。"

"伯父，你坐着休息。洗碗的事让我们年轻人来。"尽管在家里方玉斌很少洗碗，这时却要争一下表现。

"你别管，让老头子来。"苏晋的母亲说，"他就是缺少运动。原本我想拉着他去跳广场舞，他却放不下架子。都退休好几年了，还把自个儿当领导呢。最后，才想出洗碗这招。在自家厨房里，总不怕撞见熟人吧。"

苏定国也笑起来："老伴说得没错。别人是饭后走一走，我是饭后洗洗碗，既做了家务，还锻炼了身体。"

苏定国老两口起身收拾起碗筷，苏晋也溜进厨房，一边给父母打下手，一边有些腼腆地问道："怎么样？能过你们这一关吗？"

"还行吧。"苏定国说，"小方年纪轻轻就在事业上有所建树，对父母也很有孝心。一个对工作负责、对父母负责的人，将来应该会对自己的爱人、家庭负责。"

"人家小方不错，一表人才，事业有成，身体又好，这样的男人可别错过了。"母亲口中讲出来，方玉斌身上简直有数不完的优点。平心而论，她对方玉斌的好感，一多半出自对女儿终身大事的焦虑。因为之前感情上遭受过挫折，近些年无论父母怎么劝，苏晋始终对谈婚论嫁的事心灰意冷。好不容易有个方玉斌能叩开女儿的心扉，做母亲的怎能不高兴！

苏定国却较真起来："你说小方一表人才、事业有成也就罢了，说人家身体好，怎么看出来的？"

苏母狠狠瞪了老伴一眼，心想你这老家伙，女儿老大不小了，好不容易领个男朋友回家，你不加油鼓劲，还添个什么乱？嘴上，她也振振有词："我怎么看不出来了？你瞧小方，狼吞虎咽吃了两碗干饭。这身子骨，还会差？"

苏晋依靠着母亲的肩膀，乐呵呵地笑起来："妈，这都什么年代了？能吃饭就叫身体好？"

"别取笑你妈。古往今来，身体好的人胃口绝对差不了。要不怎么有'廉颇老矣，尚能饭否'的典故？还有曾国藩选女婿时，会邀请小伙子来府中用餐，既谈古论今，也观察对方吃饭有无胃口。"或许是被老伴一瞪回过神来，苏定国也帮着圆场。

苏母赶紧附和："对，对。你爸见多识广，说得没错。"

趁苏晋在厨房陪父母，苏浩邀请方玉斌去海边散步。两人步出别墅，在沙滩上沐浴着南方温暖潮湿的海风。苏浩说道："当初我有意邀请你来大安人寿，不承想，咱们见面没多久，你就成为荣鼎创投的总经理。比起荣鼎，我这座庙还是太小。"

方玉斌感谢苏浩的一番好意，一面说着谢谢，一面说："你太谦虚了，大安人寿可不是一座小庙。"

提到自己执掌的企业，苏浩来了精神："如今的大安人寿比起荣鼎，的确还差了一截。但我们也在不断努力，争取让差距越来越小。"

苏浩接着说："过去，大安是一家出色的保险公司，未来它会成为一家综合性金融集团。除了加快大安人寿在全国的扩张步伐，我还在黑龙江和重庆申请到两张新的保险公司牌照。你也清楚，如今能申请下一张保险公司的牌照，相当于抱回了一座金山。我可以毫不夸张地说，像大安这样旗下拥有多家保险公司的金融集团，国内并不多见。"

聊起大安的前景，苏浩滔滔不绝："除了保险公司，我们还参股了多家城市商业银行。远景目标是完成这些城商行的整合，组建一家在全国有影响力的中型综合银行。届时，一个全版图的金融帝国就初具雏形了。"

见苏浩描绘起企业远景，方玉斌随口问道："刚才在饭桌上，伯母说你最近几个星期特别忙，是不是又在谋划什么大事？"

"是有件大事。"苏浩开心地说，"我和滨海一家实力雄厚的企业，达成了合作协议。双方用互相参股的方式结成战略伙伴，未来共同开发市场。"

苏浩又说："我的这位合作伙伴，说来你应该认识。"

“谁？”方玉斌问。

苏浩回答：“华海集团的曹氏兄弟。”

“他们？”方玉斌有些吃惊。

苏浩说：“华海不久前刚大手笔投资了千城集团，而荣鼎是千城的大股东。所以，我猜你们应该认识。”

“认识倒是认识，只不过……”方玉斌欲言又止。

“怎么了？”苏浩问。

沉吟了一会儿，方玉斌将内心想法和盘托出：“曹伯华有这个实力吗？据我所知，前些日子收购千城集团的股权，华海的资金链已被绷到极致。他拿什么来参股大安人寿？”

“这个不用担心。”苏浩脸上始终挂着笑容，“华海的实力，我心里有数。如你所说，曹伯华手里握有相当份额的千城股份。仅这些股权，起码价值好几十亿吧，还怕他没钱吗？”

“股权与现金可是两码事。”按说事不关己，方玉斌用不着这么上心，但毕竟苏浩是苏晋的哥哥，有了这层关系，方玉斌认为自己应当郑重其事地提醒对方，“保险行业是一个特殊行业，对于股东的资质有具体要求。中国的相关法规明确规定，参股保险公司必须以现金形式，而且股东应以来源合法的自有资金向保险公司投资，不得用银行贷款及其他形式的非自有资金向保险公司投资。”

苏浩在沙滩上停下脚步：“规定是一回事，现实中也有许多变通的手段。曹伯华可以弄几个空壳公司，他将自己手里的千城股权质押出去，贷回的钱转到旗下A公司，通过关联交易，A公司再去高价收购B公司的资产。对于B公司来说，这笔钱不就是自有资金了？以B公司的名义参股大安人寿，完全合法合规嘛。”

对于苏浩的说法，方玉斌不敢苟同。纵然通过资本运作能规避相关法规，但如此短债长投，却是投资大忌。参股一家企业，属于长期投资行为，其收益获得也是一个长期过程。偏偏曹伯华用来进行长期投资的钱，是通过股权质押的方式借来的。要知道，股权质押不仅要支付利息，更有还贷期限的压力！用借来的短债去做长期投资，恰恰是投资行业最应该避免的。

当方玉斌剖析完这番利害关系后，苏浩依旧满不在乎地摆了摆手：“你多虑了。所谓长期行为或短期行为，很多时候是可以转化的。”

看得出来，苏浩并非不知山中有老虎，而是明知山有虎，偏向虎山行。他这么做的目的，究竟何在？方玉斌不禁想起当初在上海与苏浩的那番谈话，苏浩对于公司并购十分热衷，华海又刚在二级市场大肆收购千城股份。莫非，他们要联手弄出什么动静？

方玉斌脱口问道：“你们是不是要联手收购千城？”

苏浩先是一怔，接着摆手道：“华海收购千城股份的事已经告一段落，况且那也是我和他达成合作协议之前的事。双方完成参股后，会共同开发一些新项目，不会去碰陈年旧账了。”

方玉斌不知道苏浩的回答是真是假，也不便多问。眼看时间不早，两人回到别墅。一进门，苏晋就把手机丢了过来：“出去散步也不带手机。刚才在客厅里，你的手机叫个没完。”

方玉斌拿起手机，上面果然有多个未接来电，号码却是同一个：“谁找我呀，这个电话号码我也不熟。”

苏晋的表情有些冷漠：“打电话找不到，人家又给你发了短信。你看看短信，不就知道是谁了？”

方玉斌打开收件箱，里面果然有一条短信，上面写道：“在吗？找你有事。我是佟小知。”

“这小姑娘不是出国了吗？什么时候又回来了？”苏晋坐在沙发上，拿着电视遥控板，漫不经心地问道。

◎ 6　从领导身边带着的跟班，就能知道会面的档次

离开苏浩的别墅，方玉斌心里七上八下，他既得琢磨如何向苏晋解释，又隐隐盼着赶紧给佟小知回电话。倒是苏晋一副满不在乎的样子，主动说道："我不该看你的手机。你和我哥出去了，手机响个不停，我才拿起来瞟了一下。"

"别这么说。"方玉斌说，"我的手机里，又没什么见不得人的东西。"

方玉斌接着解释："我也是最近才知道，佟小知没有出国，她来到滨海，在一家公司里上班。上次来滨海开会，偶然碰见了她。我也没留她的电话号码，要不怎么手机上还是显示陌生号码呢。"

"我又没说你什么，解释那么多干吗！"苏晋语调平缓，看不出她是否生气了。

女人越是这种状态，男人越是忐忑不安。方玉斌说："我不就怕你误会嘛！自打佟小知离开公司后，我和她再没联系过。"

苏晋摇了摇头："我有什么好误会的？我看是你误会了吧。老同事之间联系一下怎么了，即便你把她的电话存下来，也没什么奇怪的。"

方玉斌说："我当着你的面给她回电话，看看她找我究竟有什么事。"

“随便，那是你的事。”苏晋说。

方玉斌掏出手机，拨了过去。电话接通，佟小知说道：“方总，你好！我是佟小知，这是我在滨海的新手机号。”

“哦，小知，你好！”方玉斌说。

佟小知说：“不好意思，自打离开荣鼎，一直没和你联系。上回在滨海碰面，时间太仓促，连我的电话号码都没来得及告诉你。今天冒昧打搅，是有件事跟你汇报。”

“什么事？”方玉斌真要谢天谢地了。佟小知这句开场白，帮自己在苏晋跟前洗脱了所有嫌疑。

佟小知说：“下周我和余总会来上海出差。不知你有没有时间，余总想约你出来小聚。”

方玉斌接着问：“余飞找我有什么事吗？”

佟小知答道：“余总说他只是想见一见老朋友，联络一下感情。”

方玉斌思忖了一下说：“我先看一看下周的时间安排，再给你回话，好吧？”

“好的。”佟小知的笑声还像往日那般清脆。

放下手机，方玉斌扭头朝向苏晋：“我没说谎吧，我跟佟小知已经好长时间没联系了。她这次找我，也是为了工作上的事。”

“我又没说你说谎，是你自已做贼心虚。”苏晋不再是之前冷冰冰的模样，脸上有了笑容，嘴里也挤对起人。

“什么做贼心虚？说得多难听。抓贼抓赃，抓奸抓双，没有半点证据的事，可不能瞎说。”见苏晋消了气，方玉斌也开起玩笑。

苏晋眼睛一瞟：“你还真想和她成双呀？”

方玉斌嬉皮笑脸地说：“我既没那个心，更没那个胆。”

苏晋问：“你下周的时间安排到底怎么样？有空去会会老相好吗？佟小知那边，还等着你回话呢。”

“见不见佟小知倒无所谓，关键余飞约我，没准有什么事要谈。”方玉斌这话说得言不由衷。

苏晋说："既然是工作上的事，就去见喽。"

方玉斌心中欣喜，说道："这可是你批准的，不能再栽赃我做贼心虚哈。"

"去你的。"苏晋噘起小嘴。

从前，荣鼎资本上海分公司的办公室设在陆家嘴的一栋高档写字楼里。荣鼎创投成立后，并未变换办公地点，只是在大门口挂上了一个新牌子。星期三下午，佟小知驾驶着汽车，来到荣鼎创投的办公楼下。把车停稳后，她拨通了方玉斌的电话："方总，我到了，你那边忙完了吗？"

方玉斌给佟小知回话答应见面之后，双方就约好了时间。方玉斌原本让佟小知发个地址过来，到时让司机送自己过去。然而就在昨天，佟小知又打来电话，说她星期三下午开车来公司接方玉斌。方玉斌犹豫了一下，勉强答应了。

以前跟在领导身边时，方玉斌总结出一个规律——领导见不太熟悉的客人，或是不愿与此人有太过深入的接触，就会把司机、秘书带在身边；如果和重要人士见面或者谈的事情十分重大，往往会单刀赴会，把随从全打发走。因此，从领导身边的跟班，就能知道某次会面的档次。

方玉斌如今也当上了领导，这一套本领自然学到手。余飞的名声并不好，他不愿意跟此人搅和在一起，因此决定让司机跟着。不过佟小知打来电话，方玉斌又希望能与她单独相处，毕竟还有好多话想问她。权衡之下，只好给司机放了假。

得知佟小知已到楼下，方玉斌说："麻烦你稍等半个小时，我手头还有一点事处理。"接着，他又说："要不我让人下来接你，到公司坐一会儿吧？"

佟小知拒绝道："不用了。公司里熟人太多，我就不上去了。"

仅过了十多分钟，方玉斌就下到停车场。佟小知摁开车窗，朝他挥了挥手。

汽车驶出停车场，方玉斌盯着驾驶座上的佟小知，微笑着说："刚才那一幕，很熟悉啊。"

“哪一幕？”佟小知问。

“就是在停车场，你朝我挥手呀。”方玉斌说，“我总会不自觉想到当初在江州，下班之后来到停车场，你招呼同事们上车的样子。”

佟小知愣了一下，又露出一丝笑容：“那都是过去的事了。”

方玉斌问道：“为什么离开公司之后，就切断了和所有人的联系？不会是因为我吧？”

佟小知有些难为情：“过去的事情，咱们都别提了好吗？”

“好啊，那就说说现在。”方玉斌说，“你一个上海姑娘，孤身一人跑去滨海，习惯吗？”

“还行吧。”佟小知说。

方玉斌点了点头：“这次回上海，去看望父母了吗？还有林总，你抽空去拜访他了吗？”

佟小知显得十分诧异，说话更是支支吾吾：“林总？林总是谁？”

方玉斌说：“还有哪个林总，当然是原来荣鼎资本上海公司的副总经理林胜峰。当初不就是他派你来江州监视我的吗？”

沉吟了片刻，佟小知重新开口：“这么说，你都知道了？”

“只是有一件事，我还不太明白。”方玉斌接着说，“我向你表白之后，为何着急离开？既然你是来监视我的，按说跟我关系越近，越有利于你的工作。”

佟小知反问道：“你觉得是为什么？”

“思前想后，我觉得有两种可能。”方玉斌用一种戏谑的口气说，“第一种可能，咱们佟大小姐卖艺不卖身。当个内应，搞点情报之类的还属于卖艺，无伤大雅。真要是成为男女朋友，可就是卖身了，你当然不干！”

“老大，如今你可是领导了，怎么还像以前那样吊儿郎当？”佟小知扑哧一声笑了，她也不再叫“方总”，而是换成了以前的称呼“老大”。

这笑声听在方玉斌耳里，不仅清脆悦耳，更显得十分亲近。当初在办公室，在出差的路途中，两人就这样聊天、说笑。对方玉斌来说，那是一段难以忘怀的时光。

“还有第二种可能。”方玉斌坐直了身子，眼睛盯着佟小知，“你良心发现了，不忍心再伤害我，所以选择了离开。”

佟小知尽力避开方玉斌的目光：“你觉得是哪一种？”

方玉斌加重语气：“我希望是第二种。”

“方总，”佟小知又换回了如今更正式的称谓，“我只能说，自己没那么好，也没那么坏。”

说话间，汽车驶入上海西郊的一片别墅区。在一栋三层楼高的欧式别墅前，佟小知踩住了刹车。别墅正前方是一块宽阔的草坪，余飞早已恭候在此，他的身旁还站着一位身材高挑、容貌俊美的年轻女子。

余飞亲自拉开车门，热情地伸出双手：“方总大驾光临，真是给了我天大的面子。”

接下来，余飞又介绍身旁的女子：“这位美女叫杨韵，是我们公司的总经理助理。”

杨韵披着微微染红的长发，五官兼具一名性感女人的三大要素——厚嘴唇、大眼睛和嘴角上翘。脚下的大红色高跟鞋与嘴唇上鲜艳的口红相得益彰，身上披着淡黄色的风衣，风衣里面是一件紫色紧身镂空上衣。

杨韵也微笑着伸出手：“方总，你好！”不过与男人之间用力地握手不同，杨韵只是将纤纤玉手靠着方玉斌的手掌，自己绝不用力。

寒暄几句，余飞邀请方玉斌进到别墅。早有侍从站在门口，毕恭毕敬地接过众人的外套。方玉斌一边走着一边说：“你们真是会挑地方。这家七锁会馆，可不是什么人都能来的。”

余飞笑呵呵地说：“拜真神，敢不诚心吗？再说七锁会馆这种地方，想必你是常来。”

“不敢。”方玉斌摆手说，“到上海这么多年了，只跟着朋友来过一次。”

这栋深灰色的欧式别墅，正是在上海滩大名鼎鼎的七锁会馆。会馆隐身于一片别墅建筑群中，并没挂任何招牌。会馆内有七间包房，每间包房配套有独立的餐厅、棋牌室、卡拉 OK 厅、桑拿房。一年四季，这里只接待七位客人，他们无一例外都是沪上名流。这七位大人物宴请宾客时，只需一个电话，会所便会奉上精致贴心的服务。他们不打招呼，专属于各人的包房便会大门紧锁，绝不对外迎客。余飞今日能够在此宴客，也是托关系请到七位大佬中的一人给会所打了电话，说是自己的朋友要过来用餐。否则，纵然余飞财大气粗，也踏不进七锁会馆的大门。

走进七锁会馆的包房，里面的装饰的确富丽堂皇、大气非凡。绣着鲜花图案的土耳其地毯，让人踩在上面便有种轻飘飘的感觉，墙壁上的油画美轮美奂，进口的管式吊灯不仅使整个房间清新明亮，更增添一份古典田园的韵味。

众人刚落座，就有两名身材曼妙的女侍者，将雪茄烟毕恭毕敬地递到面前。余飞叼起一杆雪茄，说："我听上海的朋友说，会所的老板娘是美籍华人。前些日子她去美洲旅行，带回了正宗的古巴雪茄。方总，你也尝一下。"

方玉斌点燃烟吸了一口，觉得味道苦涩，有些难以接受。但他还是笑着说："能抽上这么好的雪茄，可是沾余总的光。"

宴席开始，余飞不由分说敬了方玉斌三个满杯。接下来，他又吩咐杨韵与佟小知敬酒。方玉斌摆着手："这么喝法，估计我立马就得醉。"

"老朋友见面，本来就得不醉不归嘛！"余飞还在劝酒。

方玉斌说："我醉了不打紧，只是余总设宴款待，一定是有什么事跟我交代。我早早喝醉，误了你的事，可担待不起。"

"今晚没什么事。"余飞说，"就是老友聚会，聊一聊天，联络一下感情。你只管畅饮。"

"不对吧？"方玉斌没有抽桌上的古巴雪茄，而是掏出自己带的卷烟，"余总贵为股市猛庄，向来神龙见首不见尾，互联网上连你的一张照片都找不到。只是在前年，你破例接受了一家财经杂志的专访。因为要同你见面，我认真拜读了这篇报道。"

方玉斌接着说："接受专访时，余总说道，自己并不是一个喜欢应酬的人。比方有人上门谈合作，你最喜欢人家开门见山，说清楚你有什么资源，需要我做什么，利益怎么分配。你还说，最烦有人为了谈事情，弄出一个饭局，说什么边吃边谈。最后的结果，往往一顿饭吃下来，没谈几句正事，只留下一句改天再谈，纯粹浪费彼此的时间。”

方玉斌笑着说：“对你的这番话，我深感赞同。因此，我想你今天应该是无事不登三宝殿。”

被方玉斌将了一军，余飞并无不悦，反而对着杨韵哈哈大笑：“你看，人家方总才是商界帅才。连吃一顿饭，也要知己知彼，还把咱们之前的报道都翻出来了。”

余飞接着说：“那篇专访不过是应景之作，别太当真。倒是你的大作，我认真拜读过多次，受益良多呀。”

“我的什么大作？”方玉斌问。

余飞说：“就是你当年写的那本《财富没有神话》，我不仅爱不释手，还大力推荐给身边的朋友。”余飞学历不高，但对于读书却肯下功夫。方玉斌的书，他的确认真看过。为了证明自己所言不虚，余飞还提到书中几处细节。

杨韵插话说：“我们余总特别推崇这本书，不仅自己看了多遍，还让行政部订购了几十本，公司的中干人手一本。”

“承蒙抬爱，感激之至。”无论之前当个小白领还是如今身居高位，方玉斌身上的文人秉性始终改不了。当听到有人称赞自己的书时，总会满心欢喜。《财富没有神话》尽管深入浅出，毕竟还是一本专业著作，不能指望它成为言情小说一样的畅销书。这本书出版后，销量一直不温不火。倒是这段时间，出版公司打来电话，说加印了几次，大概因为方玉斌在职场平步青云，作者有了知名度，书也好卖了。加印的稿费，比起方玉斌如今的年薪，自然不值一提。不过每当收到加印的消息，方玉斌却比谈成一笔生意还兴奋。激动之余，他也总会自嘲，把一本书看得那般重要，自己的书生本色怕是改不了了。

余飞起于草莽能有今日，除了后天发奋刻苦，察言观色的天赋更是了得。他看出了方玉斌有孤芳自赏的文人脾性，便有意引导话题：“书中对于许多已有定论的人或事，却抛出了颠覆性的观点。在我看来，这其实是在建构一种以事实说话、独立思考的思维模式。有了这套模式，再去看很多东西，就会豁然开朗。”

“比方说我吧，”余飞接着说，“很小就读过《三国》，中罗贯中的毒很深。这些年为曹操翻案，把诸葛亮请下神坛成为时髦，我又难免人云亦云。直到最近，我尝试着抛开这些桎梏，真正来一番独立思考，果然收获不少。”

余飞的确号准了方玉斌的脉。尽管方玉斌也是商人，却看不起那些开口只会谈钱的人。况且以他与余飞的关系，更不免时刻怀揣戒备。投其所好谈点历史、文化，既能拉近彼此距离，也能让方玉斌改变印象，觉得自己是个够档次、可以交流的人。

对余飞的话，方玉斌果然来了兴趣，问道：“有什么收获？”

余飞说：“三国是门显学，为某人翻案或为某人正名的文章很多。不过真正沉下心研究这段历史我却发现，里面有个最被污名化、最应该平反的人却被忽略了。”

有关三国的历史，在中国社会具有超高普及率。聊到这个话题，佟小知忍不住插话：“你说的是谁？”

“就是后主刘禅。”余飞说。

一旁的杨韵有些诧异：“就是那个扶不起的阿斗？”

余飞说：“正是这个阿斗。不过我觉得，此人不仅扶得起，更能凭自己的本事立得住。刘禅当蜀汉皇帝共计 41 年，在三国时代所有帝王中，他在位时间最长。前期，诸葛亮辅佐刘禅 11 年。诸葛亮去世后，刘禅自己干了 30 年。他不像东吴的末代皇帝孙皓是出了名的暴君，更不像曹魏的皇帝被臣下架空，刘禅既没有残暴不仁的恶名，也始终把权力掌握在自己手里。在那个群雄割据的动乱时代，能做到这一点，必有其过人之处。”

方玉斌说：“你倒说说，刘禅有哪些过人之处？”

“刘禅和他老子刘备一样，是个玩弄权术的绝顶高手。”余飞说，“三国时代，丞相专权是个大问题。曹操与诸葛亮，无论忠奸都这么干。甚至诸葛亮临死之前，还安排了自己的接班人——我之后是蒋琬，蒋琬之后是费祎。瞧这架势，刘禅一辈子都只能做小媳妇了。”

见众人听得津津有味，余飞颇为得意，他说道：“诸葛亮没想到，自己的苦心安排，被权术高手刘禅轻而易举地翻盘。你不是想用蒋琬、费祎一前一后来牵制我吗？老子索性把两个人同时提拔起来，让他们彼此牵制对方。诸葛亮死后，刘禅不再设丞相，而是让费祎当尚书令，蒋琬为大司马，两人的权力相互制衡，蜀国再也没有出现独断专行的权臣，最高权力被刘禅牢牢控制在手中。”

“有意思！我不知通读过多少遍《三国》了，却始终没意识到这一点。”方玉斌感慨道。

余飞继续说：“身为高高在上的统治者，刘禅除了善于玩弄权术，更有一双火眼金睛。诸葛亮死后，杨仪欲杀魏延。奏折传到成都，年轻的皇帝立马看出破绽。他问道：“魏延乃勇将，足可拒杨仪等众，何故烧绝栈道？”这句话的弦外之音就是说，以魏延的本事，真要造反岂是杨仪挡得住的？魏延既然造反了，干吗不直接投奔魏国，还要烧毁栈道找自己的麻烦？”

余飞抿了一口茶：“你们看，远在成都的刘禅对于前线局势洞若观火，他哪里昏庸，分明是一位目光敏锐的政治家。刘禅一眼就看出，魏延与杨仪是在诸葛亮死后，上演了一出争夺权力的全武行。他更清楚，弱小的蜀国绝不能陷入内讧的泥淖。所以，他只能装糊涂，既不追究杨仪私斩大将的罪责，又下令厚葬魏延。能把稀泥和到这个程度，也是需要本事的。”

“你说得有些道理。不过，乐不思蜀的典故又怎么解释呢？”杨韵问道。

不待余飞开口，方玉斌就说道：“乐不思蜀的事，的确苛责刘禅了。国力不如人，已经成为阶下囚，晋国皇帝要杀刘禅，比踩死一只蚂蚁还容易。这时人家问他，他不装出胸无大志的样子，说些乐不思蜀的鬼话，难道要说自己决心复国吗？刘禅委曲求全，好歹把小命保住了，最后得以在洛阳善终。同样是亡国之君，做皇帝时也没见得比刘禅高明多少的南唐后主李煜，就因为写了几句歪诗发牢骚，结果被宋朝皇帝用一杯毒酒了结了性命。”

“英雄所见略同！”余飞端起酒杯，“没想到，方总竟是我的知音。”

有了前面的铺垫，方玉斌喝酒也不再推辞。他端起酒杯，一饮而尽。

◎7 方玉斌的商场箴言——不结死仇，不谋死党

见酒喝得差不多了，余飞又提议："方总是大才子，麻将、扑克样样精通。包房里有棋牌室，要不咱们切磋一下？"

方玉斌真佩服余飞，能把搓麻将、打扑克与大才子联系到一起。不过，方玉斌倒有些牌瘾，加之酒精的催化，便爽快答应："好啊！"

佟小知对于牌桌上的事一窍不通，三缺一，麻将是凑不起来了。方玉斌、余飞与杨韵只好让侍者端来一副扑克，玩起了斗地主。

上来第一局，杨韵抓牌当了庄家。余飞既能谈古论今，讲起段子更不含糊，他笑着说："方总，你坐在大美女的下边，可要尽好顶家的职责，使劲地顶起哟。"

这种半荤不素的段子，对于杨韵来说不过小菜一碟，她朝方玉斌抛去媚眼："你可别听他的。我知道你是绅士，即便顶起来也会十分优雅，不会那么粗鲁的。"

此时的杨韵已脱掉风衣，双峰在紧身上衣的衬托下越发挺拔。上衣的胸部微微镂空，里面的粉色乳罩若隐若现。

方玉斌趁着酒兴，说道："既然是打牌，我肯定会使劲顶。"

"坏人。"杨韵的语气越发娇嗔，"你顶得太厉害，弄得人家受不了了，到

时可要叫苦哟。”

余飞哈哈大笑，又把语言尺度放宽了一些：“谁让方总是顶家，该顶就得顶。别说叫苦了，就是叫春也没用。”

“讨厌！”杨韵白了余飞一眼，娇滴滴地说道。

方玉斌觉得，这种段子应当适可而止。他敲了敲桌子：“快出牌吧。既然是斗地主，还得在牌上见真章。”

玩了几局，方玉斌一直在赢。瞧这架势，今天赢个万八千应该不在话下。自打方玉斌当上荣鼎创投总经理，不仅年薪翻了倍，牌桌上更是砍瓜切菜，气势如虹。最近打的几场牌，几乎就未尝败绩。他也清楚，有人故意在桌子上手下留情。都说屁股决定脑袋，其实，屁股还能决定牌运。

又玩了一会儿，方玉斌的牌运依旧很旺。杨韵一副无奈的表情：“方总，你的牌技出神入化。有什么绝活，传授一下。”

方玉斌摇着头说：“玩扑克嘛，就看运气，哪有什么绝招。”停顿了一下，他又说：“瞧出牌的架势，余总一定精于此道。你有什么高见？”

余飞倒不客气，说道：“之前和一位朋友斗地主，他的一番见解令我印象深刻。”

“说来听听。”方玉斌说。

余飞说：“牌有大小，官有高低。董事长就是大王，是一把手；总经理就是小王，是二把手。只要这两人联手，就是天牌，能够镇压所有反对意见。可惜在某些企业内，这两张牌都分了家。”

余飞继续说：“即便双王在手，也不能骄傲自满。‘2’是副总经理，‘A’是重要部门负责人，这些班子成员，也得团结紧密喽。就算不能全争取过来，也得争取大多数。如果手里除了大小王就没有其他大牌，赢面也不大。”

余飞又说：“手里拿到足够多的大牌，就算把高层的问题解决了，这时还要理顺基层关系。基础不牢，地动山摇。别看那些方块六、黑桃九之类的牌不显眼，但关键时候缺一张，也够你头疼的。”

“还有最后一点，”余飞说，“甭管什么三教九流，一定要分化瓦解，别让他们凑在一起，闹出个群体性事件。比方说小三、小四这些牌，按说属于社会弱势群体，可他们真要凑到一块儿，弄出个小炸弹，也够上面的领导喝一壶。”

这个段子一出，杨韵笑得直不起腰，方玉斌更是把一口茶喷到了脚底的名贵地毯上。

牌局持续了一个多小时，方玉斌成了唯一的赢家。余飞伸了个懒腰，说：“瞧见了吧，方总才是行家，咱们还差得远。”接着，他又说：“你们去把单买了，我和方总再坐一下。”

得到吩咐，杨韵与佟小知起身走了出去。买单这种事，并不需要两个人去，余飞打发走属下，自然是有事和方玉斌谈。

方玉斌心知肚明，之前的聊天、打牌不过是做一层铺垫或是营造气氛。这会儿，终于到了掀开盖头的时候。余飞不主动出击，方玉斌也乐得打牌、聊天，既来之则安之嘛，如今，倒要看一看人家葫芦里卖的什么药。

余飞点燃一支香烟：“上回在滨海认识，直到今天跟方总相聚，真有些相见恨晚的感觉。你这个朋友，我是交定了。”

方玉斌抱拳道：“多谢！”

余飞吸了一口烟：“交朋友，贵在一个真字。我说话不喜欢拐弯抹角，就直话直说了。”

“这样最好。”方玉斌也点燃一支烟。

余飞笑了笑，说：“既然你来过七锁会所，这地方就不用我多介绍了。你放心，谁也没有胆子在这儿安装监控设备。所以，咱们之间的谈话绝对安全。”

说完这句话，余飞从皮包里掏出一个塑料口袋，递到了方玉斌面前。

方玉斌瞧了瞧，里面不像装有现金，就问：“什么意思？”

余飞抖了抖烟灰：“你自己看呗！”

方玉斌打开塑料袋，只见里面装着十几张身份证、银行卡，以及银行卡附带的网银 U 盾。他愈发一头雾水：“这是唱的哪一出？”

余飞说：“如果把现金交给你，你拿去存银行，立马就暴露。用别人的名字开一个户头，目标太集中，也不好！最好是用十几个人的名字，再加上他们的银行卡，把钱分散开。这些卡都开通了网银，相互之间你想怎么转就怎么转，既隐蔽又方便！”

方玉斌不解：“你上哪儿去搞了这么多身份证和银行卡？”

余飞说：“如今有人专门做这行生意。他们去山区向农民收购身份证，或者出个几十块钱，从拾荒者那里收人家遗失的身份证。拿着这些身份证，再派专人去银行办理银行卡。东西弄好后，就可以卖给有需要的人了。”

“连这种生意都有人做！”方玉斌不无惊叹。

余飞说：“这些卡里，分散存着50万，算是我的见面礼。”

“你出手还挺大方。”方玉斌笑道，“只是不知道，在余总的这副牌中，我扮演什么角色？是黑桃K还是方块三？”

“什么黑桃K？方总太谦虚了。咱们如果联手，就是双王合璧，就是天炸。”余飞说道。

“你需要我做什么？”方玉斌说，“千城集团的事，上回在滨海我已经说过，只要你不掀起什么惊涛骇浪，荣鼎没兴趣介入。似乎你没必要为了这事，再来送我一笔钱。”

“你误会了。”余飞哈哈大笑，“如果有什么事来找你，才拎着50万上门，那还叫交朋友吗？我没有任何事有求于你。这笔钱，只是让你我交个朋友。”

“这么简单？”方玉斌摇了摇头。

“交个朋友，有那么复杂吗？”余飞显得气定神闲。

方玉斌还在摇头：“你刚才说了，交朋友，贵在一个真字。如果毫无所求，你干吗送50万给我，街上张三李四多得很，怎么不送给他们？”

沉吟了一下，余飞说：“既然你问到了，我也不藏着掖着。如今你是荣鼎创投的总经理，是举足轻重的人物。未来我在资本市场里讨口饭吃，希望能得到你的关照。”

余飞继续说：“荣鼎投资的企业很多，有不少都在股市里挂牌交易。未来如果机会合适，我想在里面挑几家企业，让它们的股价上蹿下跳一番。真有那么一天的话，自然需要你搭把手。”

“对嘛，这才是实话！”方玉斌吸了一口烟。

“看来，咱们这朋友是交定了。”余飞端起茶杯，笑着说。

“朋友当然可以交，不过话得说清楚。”方玉斌跷起二郎腿，弹了弹烟灰，“首先，这钱我不能要，你拿回去。其次，你如果要打荣鼎旗下参股企业的主意，指望着靠坐庄赚个盆满钵满，我也得从朋友立场劝你一句：最好别动这个心思。”

余飞脸上依旧挂着笑容，不过端茶杯的手却在轻微抖动。方玉斌继续说：“咱们当个朋友，喝喝小酒、打打扑克都没问题。但要我配合你坐庄，绝无可能。股市里的水太深，各种利益关系犬牙交错，万一你坐庄不成牵连出许多人来，我不是自找苦吃！”

“我的为人你大可放心。真有什么差池，也绝不会连累朋友。”余飞连忙说。

方玉斌依旧摇头：“当初我跟在丁总身边，学到了很多东西。他有一句话，我一直奉为箴言——不结死仇，不谋死党。所有从政、经商的人，都应将其奉为信条。多个朋友多条路，少个仇人少堵墙，不到万不得已，千万别去结死仇，能高抬贵手就高抬贵手吧。另外，也别去谋死党，因为没有什么死党靠得住。订下攻守同盟，平时喝酒吃肉，恨不能同年同月同日死，可真到了大难临头，谁也不会帮谁扛着。那些被抓进去的人，一个比一个招得快，从没听说他们牺牲自己，保全朋友。”

方玉斌站起身：“今天酒喝得不少，头有点晕，就聊到这儿吧。”

余飞毕竟是场面上的人，虽然被人驳了面子，但走出包房时，依旧神态自若。他与方玉斌殷勤话别，还安排杨韵亲自把客人送回家。送走方玉斌后，余飞与佟小知登上另一辆轿车，驶出一段路程后，他才恨恨地骂道：“姓方这小子，给脸不要脸！”

“怎么了？”佟小知问。

余飞说：“刚才在包房，我送给他50万。他不仅没收，还劝我不要动歪脑筋。他以为自己是什么东西，老子送钱是看得起他。”

“平白无故送人钱干什么？这不是害人家吗？”佟小知说，“早知道你让我约他是为这事，我就不会打电话。”

“你倒护着他。”余飞恼羞成怒，“怎么着，遇见老相好，旧情复燃了？”

“你胡说什么？”佟小知拉高声音。

“别以为我不知道。”余飞冷笑道，“自打上回在滨海见面，我就瞧出来你们之间没那么简单。杨韵算是个大美女了吧，今天那么卖力地搔首弄姿，可姓方的压根提不起兴趣，眼睛一直往你身上瞟。”

佟小知的火也被点着：“他的眼睛瞟谁，我可管不着。不要以为身边带个狐狸精，就能包打天下。”

余飞呵斥道：“你越来越放肆了。杨韵好歹是公司领导，你能这样说人家吗？”

余飞缓和了一下语气：“找方玉斌的事，我的确应该跟你通通气。不过这小子太不识抬举，老子饶不了他。”

佟小知的情绪也稍微平静了一些：“我就不明白，正儿八经做生意不行吗，干吗非去走这种歪门邪道？”

“你不懂啊！”余飞叹了一口气。

“离了荣鼎，你就没法做生意？”佟小知说。

余飞说：“离了荣鼎，当然也能做生意。可靠上荣鼎，生意就能做得更大。”

佟小知语带奚落：“方玉斌如今是荣鼎创投的总经理，他已经拒绝了，你还能怎么办？”

余飞冷笑一声：“没了他，想跟我合作的人多的是。”接着，他又从牙缝中挤出一句话：“方玉斌说不结死仇、不谋死党，那么接下来，我就送他走上死路。”

佟小知不以为然地说：“不要以为你能搞定所有人。总之，你们的事不要把我搅和进来，以后也别叫我替你联系方玉斌。”

第三章 恶意收购

痛定思痛之后，何兆伟也在寻思，市面上机会多，陷阱更不少，有些行业貌似红火，但未必适合自己。最保险的投资，绝不是去跟风，而是投资自己的兴趣。做自己感兴趣与擅长的事，远胜过进入一个看似遍地黄金的陌生行业。

◎1 越是这么神秘兮兮，越证明里面有名堂

因为上午约了人谈事情，方玉斌来到办公室时已是中午 12 点过。他脱下外套，丢给门口的秘书："昨天你给我熨的衣服是怎么回事？刚穿出去袖口就褶了。拿去重新熨平，我下午还要穿。"

秘书接过外套，一个劲地说着对不起。方玉斌又问："隔一阵子，我要出席一场投资论坛，讲演稿准备好了吗？"

秘书说："论坛下个月举行，我三天后就把讲演稿交给您过目。"

方玉斌点了点头，说："虽说时间宽裕，还是得提早准备。再说了，一个人说三天后做某事，并不意味着到时一定完成，而是说三天内他不会去做。"

"您放心，这次我一定按时完成任务。"秘书说道。

方玉斌换上拖鞋，倒在沙发上，朝秘书挥了挥手："我中午想眯一会儿。公司里谁要找我，不是什么特别紧急的事，就叫下午再来。"

秘书连连点头，轻手轻脚地关上办公室门。可刚过了几分钟，敲门声又响了起来。谁这么不懂规矩，来打搅自己的午觉？方玉斌躺在沙发上没好气地问道："干吗？"

"方总，是我。"门外传来吴步达的声音。

"什么事？"方玉斌连眼睛也没睁。

吴步达说："千城股份今天又涨停了。"

"又涨停了？进来吧。"方玉斌这才睁开眼。从上周开始，千城的股价仿佛坐上了火箭一般。一个星期当中，有两天拉到了涨停板。今天是星期一，没想到千城的股价又是一个开门红。

吴步达走进办公室，说："今天大盘行情并不好，开盘的时候，千城的股价还下跌了 2%。本来按它上周的涨幅来说，怎么着也该回调一下。可 11 点过后，股价直线飙升，不到半小时就封在涨停板。"

"奇怪了。他们要干什么？"方玉斌早就知道，余飞会出手拉抬千城股价，以掩护曹伯华出货。但在股市里，拉高股价以掩护主力出逃，讲究的是文火慢炖，不露声色。如此大动作，实在有违常理。

"还有更奇怪的事。"吴步达说，"上周，华海集团的确像之前说的，抛出了手中的千城股份。可是今天，他们却一反常态，大举吃进千城的股票。今天交易量出现井喷，有一多半都是他们的功劳。"

"曹伯华又开始吃货了？"方玉斌站起来，快步走向办公桌。他打开电脑，认真分析起千城股份近期的交易数据。

当时针指向 1 点整，经过了午休的股市重新开盘。今日大盘行情并不好，伴随指数下探，千城的股价也从涨停板上跌落，涨幅一度缩小至 5%。然而在 1 点半左右，千城似乎又找到了强有力的支撑，涨幅重新飙到 7% 左右。如此亮眼的表现，与走弱的大盘形成鲜明对比。

"不用再看了。"方玉斌关闭网页，"股价今天大概就这个样子了，不会涨停，也跌不下去。"

方玉斌抿了一口茶，说道："曹伯华想吸筹，就得把股价拉起来，这样才能打开套牢盘，吸引卖家出货。要是一直封在涨停板，又没法交易。所以，涨个百分之七八，对他们最有利。"

吴步达点了点头，接着说："这都是余飞在里面搞的名堂？"

方玉斌扔给吴步达一支烟："余飞江湖猛庄的名号，可不是白给的。他与曹伯华的合作，更是天衣无缝。"

方玉斌自己掏出一支烟，吴步达赶紧帮他点燃。方玉斌说："分析千城股份近期的交易数据不难看出，每当股价需要突破某一个关键价位时，总会有人及时出手。这个人，自然就是余飞。”

“千城的盘子很大，人家这次坐庄的手法也是大手笔。”方玉斌接着说，“余飞只会砸几个大单，使股价突破关键价位。接下来，打扫战场的事再交给资金实力雄厚的曹伯华。譬如说今天吧，余飞先将股价拉到涨停板，把人气炒起来，中午过后，再砸开涨停板，方便买卖双方交易。随后，曹伯华的资金便大举入场。”

“明白了。”吴步达说，“就像古时候打仗，余飞冲在最前面，曹伯华率领大军殿后。当余飞夺下城门后，曹伯华的兵马再一拥而入。”

方玉斌点了点头：“是这个意思。所以，我才说两人的配合天衣无缝。”

吴步达又问：“曹伯华为了高位出货，使出这些坐庄手段也不足为奇。可我还是不解，为什么今天他又拼命吃货？”

方玉斌托着下巴，沉思良久才开口：“或许，我们都被他骗了。”

“骗了？什么意思？”吴步达追问。

方玉斌说：“如果我猜得没错，曹伯华一直在暗中吸筹，只不过为了瞒天过海，假装出抛货的样子。今天，他不过是把遮羞布撕掉，准备甩开膀子大干一场了。”

“你是说，上周曹伯华的出货，都是假象！”吴步达大吃一惊。

“八九不离十吧。”方玉斌重新打开网页，“你看，上周的几个关键交易数据都透着诡异。我想曹伯华大概是左手抛货，右手又在接货。如今，他连这种左手倒右手的游戏也不玩了，开始明目张胆地抢筹。”

“为什么上周还遮遮掩掩，现在却毫无顾忌？”吴步达依然有些不解。

沉吟了一会儿，方玉斌说：“能把所有人骗一周，曹伯华的目的大概已经达到。到了这会儿，就得兵贵神速了。”他又说：“平津战役时，毛主席给林彪的指示是四野秘密入关。一开始，林彪也的确这样做了。不过，当四野的先头部队已经和华北国民党军交上火，林彪立马调整战术。他认为，双方已经短兵相接，再也无秘可保。四野的百万大军不用抄小路，也不再采取任何隐蔽措施，而是直扑山海关，气势汹汹地杀向华北平原。”

“曹伯华究竟想干什么？”吴步达不由得倒吸一口冷气。

方玉斌摇了摇头：“他当然是要尽可能多地抢下千城股份。可拿到股权后，下一步有什么打算，我也吃不透。”

吴步达说：“前段时间华海大举增持千城，已经把资金链绷到极致。这才多长时间，他又从哪儿弄来的钱，能够在二级市场抢货？”

“曹伯华的钱从哪儿来的，我大概心里有数了。”方玉斌抖了抖烟灰，接着拉高声调，“你马上跟总公司联系，就说我有重要情况，必须立刻向费总当面汇报。”

北京总公司很快回话，说费云鹏明天上午有空。当晚，方玉斌就赶到北京，第二天一早，准时出现在费云鹏的办公室。

“玉斌，急着赶过来，有什么事？”自打当上一把手后，费云鹏愈发慈眉善目，召见下属时也是笑容可掬。

方玉斌落座后，说：“这次着急过来，是跟您汇报千城集团的事情。”

“千城集团有什么事？”费云鹏扶着椅子的扶手，轻松地问道。

“曹伯华违背了之前的承诺，正在大举吃进千城的股份。”方玉斌汇报起来。

曹伯华会继续增持千城股份，赵小轻早就交过底。倒是方玉斌能这么快察觉，出乎了费云鹏的预料。看来这个丁一夫格外赏识的人，还真有几把刷子。

听完汇报，费云鹏问出了与吴步达同样的问题：“曹伯华的资金十分吃紧，这次大举增持千城股份，他哪儿来的钱？”

方玉斌从皮包里掏出一份文件：“费总，您看看这个。”

这是一份从工商部门复印出来的《股权变更登记表》。费云鹏大致浏览了一下，脱口而出：“曹伯华成了大安人寿的股东？什么时候的事？”

方玉斌说：“就是前段时间。”他接着说：“保险公司是一个巨大的资金池，那么多保费放在里面。曹伯华成为大安人寿的股东后，能够名正言顺地调动保险公司的资金。我认为，曹伯华最近之所以财大气粗，正是得到了这个强援。”

“你从哪儿得来的消息？曹伯华参股大安人寿这么大的事，为何外界没有一点风声？”费云鹏追问道。

自打上回在滨海同苏浩谈过之后，方玉斌就有一种不祥的预感，他更格外关注大安人寿的消息。华海集团与大安人寿都是业界赫赫有名的企业，按说他们之间的合作，新闻媒体会高度关注。可在公开的报道中，始终不见动静。方玉斌又委托人去工商局查阅资料，终于拿到这份《股权变更登记表》。原来，人家已经把事情敲定，甚至按照相关法规去工商管理部门进行了登记。只不过没有举行签约仪式，甚至连一篇对外发布的新闻稿也没有。

事情的来龙去脉，尤其是自己与苏浩的关系，方玉斌自然不便对费云鹏交底，他只是说："一个滨海的商界朋友无意中透露出来的。参股大安人寿这么大的事，曹伯华竟然暗中进行，连新闻媒体都没有得到风声。他越是这么神秘兮兮，越证明里面有名堂。"

"原来如此。"借由方玉斌提供的信息，费云鹏终于把赵小轻整套计划的最后一块拼图补齐。这个女人，下的可是一盘大棋呀！

◎2 方玉斌一针见血，道出了千城股权大战的关键

费云鹏早已知道，曹伯华会继续大举增持，曹伯华背后的赵小轻更是图谋拿到这家巨无霸企业的控制权，进而赶走王诚。自己当初还提醒过赵小轻，要实现这个计划，必须找到一条安全可靠的资金渠道。

没想到，赵小轻苦心打造的资金渠道，竟是大安人寿！有了保险公司这样一个庞大的资金池，无论台前的曹伯华还是躲在幕后的赵小轻，倒真是弹药充足，足以打一场大仗。

费云鹏轻轻敲击着办公桌："具体的资金流向，你搞清楚了吗？"

方玉斌答道："曹伯华玩的，实则是以小博大的把戏，通过层层加杠杆，把有限的资金运用到极致。第一层杠杆，就是从大安这座资金池里不断抽水。近年来，大安的扩张步伐很快，俨然是一个版图完整的金融帝国，旗下不仅有保险公司，还控股了两家城市商业银行。"

方玉斌继续说："最近一段时期，大安旗下的城商行相继推出了高回报的理财产品，大安人寿还发行了大量万能险。所谓万能险，在于投保人可根据人生不同阶段的保障需求和财力状况，调整保额、保费及缴费期，确定保障与投资的最佳比例。投资收益率上不封顶，下设最低保障利率。"

方玉斌又说："大安人寿的部分万能险，实质已是纯粹的理财产品，其网销万能险甚至提供超过 7% 的年化收益，远高于市场理财产品和银行利率。"

费云鹏说："大安人寿不是傻子，干吗答应曹伯华参股？另外，大安人寿发行的万能险以及高回报的银行理财产品，明摆着风险很高，都被谁买走了？"

方玉斌面露尴尬："大安人寿与曹伯华之间到底达成了怎样的协议，外界不得而知。至于大安人寿发行的万能险，为何短期内被抢购一空，背后都是谁在买，我也很纳闷。"

对于下属含混不清的回答，费云鹏反倒微笑着点头。方玉斌搞不清楚状况，恰恰说明赵小轻的计划没有露出破绽，这场游戏也才继续有的玩。

费云鹏不禁感慨，为了把千城收入囊中，赵小轻当真是处心积虑。大安人寿的万能险以及银行理财产品，毫无疑问是被赵小轻的资金买走了。先把自己手里的资金拆散，去购买大安人寿的理财产品与万能险，既不会引人注目，又把巨额资金安全地转入大安人寿这个资金池。接下来，曹伯华完成参股大安人寿，再从这个资金池里源源不断地抽水。把钱这么洗一道，别说方玉斌搞不清楚状况，恐怕即便监管机构介入，也很难发现其中猫腻。如此瞒天过海的手段，令人叹为观止！

"从资金池里抽上来的钱，到了曹伯华手里，还会再加一层杠杆。"方玉斌说，"曹伯华不会把这些钱直接投入二级市场的抢筹大战，而是先放到自己掌控的金融担保公司与投融资平台。在这些地方滚上一道，尽管会背负上利息，但资金量却放大了两至三倍。"

"还有第三层杠杆，就是股权循环质押。"方玉斌又说，"据我所知，曹伯华不仅把华海系旗下的子公司、孙公司早就抵押给银行，甚至先期购进的千城股份也抵押出去不少。曹伯华在市场上每收购一块钱的千城股票，马上就拿去银行抵押，贷出七到八毛的现金。如此源源不断，他才能打肿脸充胖子。"

"加这么多层杠杆，已经不是在做生意，而是搏命了。"费云鹏冷笑一声。他明白，千城集团实在太大，即便以赵小轻的资金实力，也只能运用层层加杠杆的手法，把资金放大到极致。但如此玩法，本身就蕴藏着极高风险。一旦对手反击，谁胜谁负实在难以预料。

“没错。如果说这是一场赌局，那么曹伯华就把身家性命都押上了。”方玉斌附和道。接着，他又说：“曹伯华已经图穷匕见，亮出了自己的真实意图。关键是咱们如何应对？是否立刻发动反击，抢回荣鼎的大股东地位？”

“反击？先别着急。”费云鹏下意识地摆了摆手。自己与赵小轻早有默契，要在股权大战中作壁上观。此时出手，岂非违背承诺。

“咱们再不出手，就怕错过时机。”方玉斌并不知道费云鹏与赵小轻之间的攻守同盟，因此仍在催促。

真正的底是不能交给方玉斌的，费云鹏只能随便拉出个理由：“知己知彼百战不殆，咱们不能打无准备之仗。刚才说到大安人寿的万能险与理财产品，究竟被谁买走了，你并不清楚。曹伯华究竟还能调集多少资金，我们心里也没底。此时贸然反击，恐怕会陷入被动。所以，不妨再观察一下。”

谁买走了万能险，费云鹏当然一清二楚。此时找个理由，搪塞住方玉斌就行。他又问：“千城那边有什么动静？王诚还在英国吗？”

方玉斌说：“目前还没听说有什么动静。但按曹伯华这种玩法，再迟钝的人也会有所察觉。”方玉斌又问：“要不要给王诚打个电话，提醒他一下？”

“不必。”费云鹏摇了摇头，“他喜欢游山玩水，咱们别去搅了人家的雅兴。你不是说了嘛，再迟钝的人也会察觉到的。”

“咱们先稳住，以不变应万变。等到王诚找上门来，再同他一起商量对策。”费云鹏拍板定案。

已然十万火急，竟要以不变应万变？不去提醒王诚，反倒坐等人家上门？对费云鹏的决策，方玉斌一肚子疑惑，却只能点头答应。

方玉斌离开后，公司副总裁伍俊桐又走进了费云鹏的办公室。经过前段时间的权力洗牌，荣鼎总部多出了好几个副总裁，但这些副总裁手中的实权却大不如前。伍俊桐心中长吁短叹，好不容易官升一级，本指望享用一顿丰盛的权力盛宴，没想到却是一根鸡肋，食之无味，弃之可惜。无奈之下，只能继续鞍前马后，当好费云鹏的大管家。

见着伍俊桐，费云鹏露出一丝惆怅，叹道："可惜了，可惜了。"

"怎么了？"伍俊桐问。

面对着自己的心腹之臣，费云鹏不必掩饰真实想法："原本以为，千城的股权纷争结束后，可以用失职之罪撤了方玉斌，如此一来，既找到了替罪羔羊，又除了一个心头之患。没想到这小子反应挺快，还把曹伯华的资金渠道调查得一清二楚。人家早请示、晚汇报，把皮球踢到了我这里，将来即便有什么事，板子也打不到他身上。"

"姓方这小子，坏透了！"伍俊桐说得咬牙切齿，脸上更显出一股焦急。晋升副总裁后，他过得并不开心。服侍大老板多年，自己也一把年纪了，实在不愿继续拎包端水，整日被人耳提面命地生活。既然副总裁职位有名无实，不妨挂着这个头衔，再找机会外放到荣鼎系旗下某家公司捞个实缺。

荣鼎系旗下首屈一指的肥差，自然是方玉斌坐镇的荣鼎创投。一旦伍俊桐能以副总裁之尊，兼任荣鼎创投总经理，那才叫名利双收。自己憋着一肚子屎，可恨的是茅坑却被方玉斌占着，焉能不急？所幸服侍费云鹏多年，关系非同一般。费云鹏已经答应，一旦方玉斌被撤换，荣鼎创投总经理的职位会首先考虑伍俊桐。听说方玉斌竟然洗脱了责任，怎不怒火中烧！

费云鹏摇着头："我说的可惜，还有第二层意思。方玉斌的眼光甚毒，看问题往往一针见血。可惜这样的人才，当初却投到丁一夫门下，不能为我所用。"

"费总，你可不能心慈手软呀。你忘了，当初方玉斌仗着丁一夫撑腰，是怎么对付咱们的。"伍俊桐唯恐费云鹏有一念之仁，赶紧搬出陈年旧事。

费云鹏当然明白伍俊桐的心思，他苦笑着说："不是我心慈手软，而是人家未雨绸缪。方玉斌第一时间报告了曹伯华的动向，甚至把参股大安人寿这些老根老底都刨了出来。接下来，我用什么罪名去办他？"

费云鹏抿了一口茶："尽管方玉斌和咱们不是一条心，毕竟才华过人。千城集团那边，双方已经接上火，估计很快会有一场大战。这种时候，也需要有个精明干练之人在前方盯着。"

“俊桐，有些事急不得，慢慢来。一旦有机会，我不会亏待你的。”费云鹏放缓声调，安慰着跟随自己多年的部下。

费云鹏把话说得很清楚了，一个领导者身边，既需要忠诚听话的哈巴狗，也需要逞强斗狠的鹰犬。方玉斌才是能斗的鹰犬，自己不过是只会摇尾巴的哈巴狗。伍俊桐的心凉了一大截，多年来甘为家奴，兢兢业业，到头来只换回几句口惠而实不至的许诺。

万幸的是，费云鹏的话还留了一道口子。他不是说一旦有机会，不会亏待自己吗？伍俊桐暗下决心，机会是给有准备的人的，有准备的人还能创造机会。

“对了，”费云鹏忽然提到，“前几天你不是说，摄影家协会的几个朋友要组织一次采风活动，希望咱们公司赞助？”

“是的。”伍俊桐不明白费云鹏为何突然提起这事，只能一五一十地答道，“好几位摄影家都是你的朋友，看在你的面子上，我让财务部批了几万块的赞助经费。”

费云鹏端起茶杯：“既然都是老朋友，给几万块怎么行？叫财务部多拿点钱。另外，我近来没什么事，正好跟几位朋友一起出去采风。请他们多安排几个地方，日本、韩国、东南亚都可以去嘛，到那里游览一下风景名胜，也和当地的摄影界朋友交流切磋一下。”

伍俊桐颇为吃惊，平常日理万机的费云鹏，怎么突然生出游山玩水的兴致？

费云鹏笑了笑：“方玉斌刚才告诉我，王诚很快就会察觉出局势异常。论起对王诚的了解，这小子还远不如我。以王诚的精明，恐怕早就知道了。如果我没有猜错的话，此刻王诚已在赶回国内的航班上。”

费云鹏又说：“王诚回来了，我见是不见？见了又说些什么？如今，还不到我选边站的时候。”

“好的，我马上去安排。”伍俊桐明白过来，费云鹏是在耍滑头，以出国旅游为借口，关键时刻躲了起来。

费云鹏把玩着茶杯：“我是山西人，我们山西当年出了位厉害人物，就是阎百川先生。”民国时代的山西王阎锡山，字百川。或许是出于尊敬，费云鹏提起这位赫赫有名的老乡时都会称阎百川。他接着说：“阎百川曾经说过，日本人我惹不起，蒋介石我得罪不起，共产党我打不起，我要在这三个鸡蛋上跳舞，还不能踩破，必须小心谨慎。他定下的大政方针是拥蒋联共抗日，但是，抗日要准备和日，拥蒋要准备拒蒋，联共要准备反共。”

费云鹏把茶杯倒立在办公桌上，再轻轻一扭，茶杯在桌面上旋转起来。他盯着茶杯，像是告诉伍俊桐，又像是自言自语：“如今局势未明，咱们也得在鸡蛋上跳舞。不得罪谁，也不必和谁风雨同舟。留下余地，等到大局已定时，和谁又都能说得上话。”费云鹏已经拿定主意，自己虽和赵小轻有约在先，但绝不会为了几句承诺就和人家同生共死；他目前不会帮助王诚，但作壁上观绝不等于撕破脸皮。

伍俊桐回到自己办公室后，立刻将费云鹏外出采风的事安排得妥妥帖帖。老板的事办好了，自己心中的巨石却依旧悬着。他坐在椅子上，双眼微闭，两只手轻揉太阳穴，陷入了沉思。隔了好一阵子，才睁开眼睛，掏出手机拨打出去。电话接通后，伍俊桐声音低沉地说：“老弟，上次你说的事有眉目没有？”

对方说道：“我这边没问题，关键是你老哥能否下决心。”

“干他娘的！”伍俊桐狠狠地说道。

◎ 3　亮出自己的底牌，一定要等对手投入所有预备队之后

苏浩坐在电脑前，目不转睛地盯着荧幕上的股票走势。那副专注的神情，与普通股民毫无二致。

但与一般股民不同，苏浩并不在意股价涨跌，倒是对不断跳动的成交量数字异常关注。经历了前期的疯狂上涨，千城股价终于在昨天迎来大幅回调，全天下跌 8%，数度逼近跌停板。今日，股价延续颓势，午盘过后，又大跌了 5%。

苏浩却是兴高采烈。因为伴随股价下挫，成交量接连刷新纪录！

无论涨跌，只要能放量，都是苏浩所乐见的。前期的暴涨，砸开了沉寂已久的套牢盘；近日的暴跌，又逼得为数不少的获利盘仓皇逃出。涨或跌都是一场心理战，目的就是迫使那些持有千城股票的人赶紧抛出，华海才好趁机接手。

苏浩与赵小轻结识，是在三年前。在一场常春藤名校的校友会上，自称学妹的赵小轻主动上前递出名片。苏浩当然知道这位小学妹的丈夫与家人大有来头，但天生傲骨的他既表示出足够礼貌，却也无意巴结。

一年前，赵小轻登门拜访，提出了合作的事，她开出了令苏浩几乎无法

拒绝的条件。苏浩不用掏出真金白银，钱全由赵小轻出，大安人寿不过是提供一条安全畅通的资金管道。资金一进一出之间，公司账面上的保费收入会出现激增。对于痴迷资本运作，正力图打造一个金融帝国的苏浩来说，一份亮眼的财务报表与不断攀升的保费收入无疑求之不得。更关键的是，赵小轻还做出承诺，借由大安人寿与曹伯华的华海系相互参股，在完成对千城的并购后，大安人寿也会在千城的新董事会中拥有一席之地。怎么说，这都是一笔稳赚不赔的买卖！

唯一的风险就在于，如此大额资金的流动，是否会触碰监管层的红线？对此，苏浩有充足信心。凭借多年来练就的高超财技，自己有一整套手段规避法律风险。

订立攻守同盟之后，大安人寿并没有立刻加入战局。苏浩与赵小轻都认为，大安人寿的出场，一定要在最关键时刻，发挥出一击致命的决定性作用。如同二战中的莫斯科保卫战，前方告急的电报接二连三，斯大林手握从西伯利亚调来的 60 万生力军，却强撑住没有立刻投进战场。斯大林在等，他必须等到希特勒把所有预备队调上来后，再把自己最后的底牌亮出来。

当华海已经握有千城 18% 的股份，即将吹响最后进攻号角时，时机终于到来！苏浩与曹伯华签订参股协议，大安人寿杀气腾腾地走上前台。

高手出场，必有异象。千城的股价剧烈震荡，华海系持有的股权更持续增加，一举超越荣鼎成为千城集团的最大股东。如果说这是一场攻城战，那么此刻，赵小轻、苏浩以及曹伯华已经能看到城墙内宫殿的檐角。

伴随今日成交额创出天量，华海系的持股进一步增加。心情大好的苏浩拨通了曹伯华的电话："老曹，干得漂亮！抛盘那么多，你大概接货接得手都软了吧。"

"多亏了你呀。"曹伯华哈哈大笑，"没有你这个后勤部长，我哪有攻城略地的本事？"

苏浩也笑了："这可不敢当。弹药粮草都是赵小轻供给的。我嘛，不过是个粮道官，只负责粮道通畅。"

"那也了不得呀。"曹伯华说，"有了你们的支援，不出一个月，华海就能拿下千城25%的股份。到时不仅是最大股东，还会在董事会里拥有关键决策权。”

曹伯华又说：“老苏，今晚没什么事吧？出来喝两杯，庆祝一下。”

苏浩说：“如今只是阶段性胜利，大功告成还需时日。怎么，你就耐不住性子了？”

“不矛盾。”曹伯华说，“杨子荣不是唱过嘛，‘今日痛饮庆功酒，壮志未酬誓不休’。接下来，才是‘来日方长显身手’。没捉住座山雕之前，人家不也喝上了？”说这话时，曹伯华连说带唱，扬扬自得之情溢于言表。

“好吧。你说个地方，我到时过去。”苏浩正巧没什么事，加之曹伯华酒量不错，能跟自己拼上一拼，便爽快地答应了。

晚上7点，苏浩来到滨海市中心的一家酒店，曹伯华、曹仲华兄弟已等候在包房内，墙壁上的电视正播放足球比赛。苏浩笑着说：“哟，你们哥俩还是球迷。”

曹伯华打趣道：“我别的不懂，也就懂个球了。”

见桌上摆着好几套餐具，苏浩问：“今晚还有谁？”

曹伯华说：“余飞也要来。”

苏浩眉头一皱：“他来干什么？”

曹伯华说：“今天只是朋友聚会，不谈工作上的事，我想着多几个人热闹些。”

苏浩轻摇着头：“赵小轻嘱咐过多次，余飞只负责坐庄拉抬股价，收购的事，别让他搅和进来。”

曹伯华递过一支烟，不以为然地说：“咱们几个大老爷们，干吗什么事都听她一个黄毛丫头的？再说了，什么话该说，什么话不该说，我会没有分寸？今天叫上余飞，一来是他对你仰慕已久；二来这小子酒量不错，还是个段子手，让他凑个场子活跃气氛而已，我不会聊到收购的事。”

“好，好。你定了的事，我没意见。”苏浩只好接下烟，笑呵呵地说道。

半小时后，余飞带着佟小知赶到。对余飞身边这位漂亮的女助理，苏浩忍不住多看了几眼。他倒不是垂涎美色，而是觉得此人似乎在哪儿见过，一时却又想不起来。

一上桌，曹仲华就嚷着说余飞迟到了，要罚酒三杯。余飞爽快地答应下来，自个儿干了三杯。放下酒杯，余飞说："临到下班时碰巧律师过来谈事情，才耽搁了。"

曹仲华说："你和律师在一起，肯定没什么好事，一定又在琢磨怎么钻法律的空子。"

余飞夹了一口菜，说："你这叫什么话？运用法律武器保护自身权益，是每个人的权利。就算钻法律空子，也比明目张胆违法好得多。"

"怎么着，你小子要来给我们做普法宣传？"曹仲华似乎与余飞关系不错，开起玩笑来很随意。

余飞放下筷子："如今讲究依法治国，每个人可真得学点法。事到临头，会受益无穷。你们听说过吧，前不久有个哥们入室盗窃，刚进屋，女主人回来了，他躲到床下，还是被发现了。这种情形，定他个入室抢劫，至少判十年。"

余飞接着说："这哥们找到一个律师，分别给他讲了盗窃罪、抢劫罪、强奸罪的定罪及量刑，结果他立马翻供，说当时入室不是打算抢劫，而是瞄上了女主人，想强奸人家。强奸罪跟入不入室没关系，最后，这小子以强奸未遂，被判了三年。再后来，他又找到一个刑法博士，博士告诉他，你应该这样讲，平常见这女的长相不错，当你想强奸时，发现她卸妆后奇丑无比，便逃跑，这样就可以被认定强奸中止，因无损害后果，可能免于刑事处罚。再后来又有人给他支招，你就说自己看上了这家男主人，想强暴他，没想到女主人先回来了。刑法没有规定强奸男人属于犯罪，二审或有可能被无罪释放。"

众人这才明白，余飞又在展露段子手的本色。苏浩淡淡一笑："这个段子有点意思。尽管在实践中，一个人多次翻供还能被法院采信的可能性几乎没有，但从中却点出了一个世界性难题——刑事主观事实的证明。犯罪嫌疑人的作案动机究竟是什么？除了他本身的口供，还有什么令人信服的证据？全世界至今没有一个统一而成熟的解决方法。"

曹伯华举起酒杯："今晚是朋友小聚，别真弄成普法宣传了。来，我先走一圈。"

在座的都是海量之人，在曹伯华的倡议下，桌上立刻"酒弹横飞"，掀起一波波高潮。就连唯一的女士佟小知也不能幸免，在众人的鼓励下，她端起酒杯挨个敬酒。

佟小知第一个敬的就是苏浩，她客气地说道："一直听闻苏总大名，却无缘相见。"

自打瞅见佟小知，苏浩便有种似曾相识的感觉，再一听她的声音，愈发觉得熟悉。爽快地干掉杯中酒后，他终于忍不住问道："佟小姐，咱们是不是曾经见过？"

佟小知点头道："其实，我也觉得苏总很面熟，只是一开始还不好意思说。"

"这样说的话，咱们之前一定见过。"苏浩放下酒杯，端详着佟小知，在脑海中努力搜索。

"哦，记起来了。"两人几乎同时说道。佟小知问道："是不是在滨海大剧院？"苏浩笑着点头："没错，就在那儿。"

半年多前，在国内艺术界享有盛誉的唐宋名篇音乐朗诵会来滨海巡演。热衷于古典文学的苏浩当然不会错过这种机会，早早预订了门票。演出当晚，坐在他旁边的是一位相貌甜美、楚楚动人的女子。

当台上艺术家朗诵完唐人王之涣的七绝《凉州词》时，苏浩一边鼓掌，一边忍不住问邻座的女子："刚才他念的是'黄河远上白云间'还是'黄沙远上白云间'？"

女子答道："是'黄沙远上白云间'。"

苏浩"哦"了一声，该女子接着说："关于这首诗的原文，一直有争议。有人认为是'黄河远上白云间'，有人认为是'黄沙直上白云间'，两种说法都不能说错。不过，一旦前面用'黄沙'，后面就应当用'直上'而不是'远上'了。刚才台上念成'黄沙远上白云间'，大概是口误吧。"

苏浩颇为惊讶，没想到一名年纪轻轻的女子，对唐诗造诣竟不浅。原本想同对方聊上几句，无奈台上又朗诵起另一首作品，只好打住话头。

朗诵会结束后，苏浩步出剧场，在过道的零售店拿了一杯咖啡。要付钱时，才发现皮包里全是银行卡，竟然没揣现金。司机这时又到车库开车去了，付不了账的苏浩颇为尴尬。碰巧那名女子路过，见状主动掏钱帮苏浩解了围。苏浩连说感谢，还让对方留下联系方式，回头把钱还上。女子莞尔一笑，说几十块钱的事，不必挂在心上。

这名女子，正是佟小知。没想到当初匆匆一面，今日竟又重逢！

“这就叫有缘之人。”听了苏浩的讲述，曹伯华笑着说，“老苏，你欠佟小姐的钱，我看就不必还了。真要感谢，好好敬人家几杯酒。”

“那是一定。”苏浩重新举起酒杯，对着佟小知说，“谢谢你相助，帮我解了围。”

“一点小事而已。要不是我运气好，怎么能让苏总这样的大老板欠我的钱？”佟小知的回答既得体还带着几分幽默。

“佟小姐，你也喜欢唐宋名篇？”苏浩问道。

佟小知说：“我父亲是个唐诗迷，甚至自己在家里写过一本研究唐诗的书，只是一直没有出版。我打小也受到一些熏陶。”

“都是雅士啊。”曹仲华插话道，“我平时也爱附庸风雅，可比起你们差远了。那场朗诵会来滨海巡演时，我之前也订了票，临时有点事便没去。真要像你们那般痴迷，甭管什么事都能推掉。”

曹仲华又说：“我知道，唐宋名家中，苏总独厚苏东坡。他对于苏东坡的那一股子迷恋，寻常人可比不了。”

“佟小姐，你喜欢苏东坡吗？”遇到爱好诗词的同道中人，苏浩难免会与之交流起对苏东坡的看法。

佟小知稍作停顿，才说：“还行吧。”

苏浩微笑着说：“看样子，你没说真心话。咱们是文友之间的交流，你有什么话尽可以说。”

佟小知说：“在唐宋名家中，苏轼的文学造诣当然称得上出类拔萃。但与他才学相当的，也有不少人。后世喜欢苏轼的人很多，甚至因为自身好恶，对苏轼的许多瑕疵也视而不见。”

“苏东坡有哪些瑕疵？”苏浩追问道。

佟小知说：“苏轼风流成性，这也就罢了，关键是他对自己的小妾还颇为绝情。每当遇到贬官时，就将身边姬妾全部送人，一个不留。”

身为苏东坡迷，苏浩自然要为偶像辩护几句：“你说的的确是事实，不过苏东坡也有不得已的苦衷。被贬官后颠沛流离，自己都顾不过来，怎么照顾小妾？”

佟小知说：“一般的小妾也就算了，将那些已经怀有身孕的小妾也送人，就太不近人情。以至于后来，冒出了许多苏轼之子，都自称是苏轼送人之妾所生。”

“女人自己睡，儿子别人养。狗日的，苏轼这小日子过得舒坦嘛。”原本风雅的场合，被曹伯华猛戳这么一句，令人哭笑不得。

曹伯华接着说：“我虽然读书不多，但觉得不能在生活作风上苛求古人。男尊女卑了几千年，男人风流一下，偶尔下流一点，只要不下作，我看问题不大。”

“大哥说得有道理。”曹仲华附和说，“那些大才子，哪个不是妻妾成群。李白这种放浪形骸的就不提了，据说那个号称中规中矩的白居易，早年还写诗回忆在长安妓院寻花问柳的情形。那首诗是怎么写的，我一时倒忘了。”

学富五车的苏浩立即给出了答案：“是白居易写的《江南喜逢萧九彻因话长安旧游戏赠五十韵》。诗中写道：结伴归深院，分头入洞房。彩帷开翡翠，罗荐拂鸳鸯。留宿争牵袖，贪眠各占床。绿窗笼水影，红壁背灯光。索镜收花钿，邀人解袷裆。暗娇妆靥笑，私语口脂香。怕听钟声坐，羞明映缦藏。”这是一首长诗，苏浩信手拈来，背出了其中最香艳的一部分。

白居易的诗，以通俗易懂著称，据说他写完诗后，都要念给巷口的老太太听，直到不通文墨的老太太能大致听懂，再拿出去发表。一代诗魔的功夫果然没白下，即便跨越千年，当文化不高的曹伯华听到这首诗时，依旧能领会个中意味。什么“邀人解袷裆”，“私语口脂香”，如此浅白的遣词造句，曹伯华听后笑得合不拢嘴。

“好诗，好诗！”曹伯华称赞道，“逛窑子太难听了，就叫‘分头入洞房’，既雅致又贴近。还有那一句，‘怕听钟声坐’，要是嫌时间短，加钟不就行了？只是不晓得，唐朝的青楼像不像如今的按摩房，有没有加钟这一说？”

此语一出，桌上哈哈大笑。佟小知毕竟是女生，憋着没笑出来，而是继续说：“我觉得苏轼还有一个缺陷，就是太狂妄。”

苏浩摇着头：“有才之人都狂妄，我觉得这不能算缺陷吧。”

佟小知说：“狂妄或许没什么不好，但不能靠着贬损别人来抬高自己。在中学语文课本里，收录了苏轼的《石钟山记》。以文而论，的确是佳作，可惜最后两句话实在是败笔。”

“你是说‘盖叹郦元之简，而笑李渤之陋也’那一句？”或许因为《石钟山记》入选了教科书，许多人都有印象，沉默了好一阵子的余飞也开口问道。

“是的。”佟小知说，“石钟山位于江西湖口，外界认为它的得名是因为山体会发出钟声。对于这一自然现象，北魏的郦道元与唐朝的李渤都做出过解释。苏轼对两人的说法十分怀疑，决定亲自去考察。于是在一个月明之夜，他带着儿子苏迈乘坐一叶小舟，出没在绝壁深潭之间，进行认真的实地勘察。后来，他自认为解开这千年之谜，找到了石钟山‘钟声’的真正原因，故作《石钟山记》，批评郦道元考察过于简单，讥笑李渤立论过于因陋。”

苏浩对于《石钟山记》这样的名篇自然熟记于心，听着佟小知的描述，脑海中不禁又浮现出那美轮美奂的场景以及苏东坡笔走龙蛇的功力——至莫夜月明，独与迈乘小舟，至绝壁下。大石侧立千尺，如猛兽奇鬼，森然欲搏人；而山上栖鹘，闻人声亦惊起，磔磔云霄间；又有若老人咳且笑于山谷中者，或曰此鹳鹤也。余方心动欲还，而大声发于水上，噌吰如钟鼓不绝。

只听佟小知继续说：“可惜后人发现，苏轼当时的结论并不正确。甚至指他六月访山，适逢水涨，未见全貌。”

佟小知又说：“苏轼在《石钟山记》中提出，事不目见耳闻，而臆断其有无，可乎？这种实事求是的精神当然是对的。无论最终结果如何，能够亲临实地考察，都值得提倡。但因此把前人贬得一文不值，说什么‘盖叹郦元之简，而笑李渤之陋也’，未免太狂妄。况且，苏轼自己不也和郦道元、李渤一样，没搞清楚真实状况。”

“说得太对了。”曹仲华拍掌道，“因为这是教科书里的文章，卷子里也经常考。我记得有一道选择题，是问应该如何看待苏轼自己也犯了错。我选的答案是：像嘲笑郦道元、李渤那样去嘲笑苏轼。结果一分未得，正确选项是：学习苏轼的探索精神。”

曹仲华打小成绩平平，谈起考试一肚子火：“我看出题的人脑袋被门板夹了。有句话说得好，以牙还牙，以眼还眼，苏轼可以嘲笑别人，凭啥我就不能嘲笑你？还去学习什么探索精神，真是扯淡。”

多年来，随着地位尊崇，苏浩已听不到什么逆耳之言。有些所谓的专家学者、国学大师，得知苏浩喜爱苏东坡之后，更是刻意逢迎，说什么凡是不喜欢苏轼的人就是没格调。没想到今天，佟小知却抛出另一番论调。

对佟小知的话，苏浩无法完全赞同，却惊讶于一个小女子有这番见识。他没再反驳，而是投去一缕赞许的目光。

“李白斗酒才能诗百篇。咱们光聊诗词歌赋，耽误了正事也不行。”曹伯华又在吆喝喝酒，众人兴致颇高，纷纷响应。

又喝了一阵子，佟小知起身去洗手间。曹仲华借着酒兴，拍着余飞的肩膀调侃道：“你这个女助理长得不错，又有才情。她是不是你女朋友？”

余飞岔开话题：“包间里的电视一直在播足球赛，这是哪一场比赛，是直播还是录像？”

“我问的是小球的事，别扯到大球上去了。”曹仲华对余飞的隐私似乎很有兴趣刨根问底。

余飞盯着电视荧幕，依旧避而不答：“这球踢得不错。专心看球，扯那么多没用的干吗？”

“我明白了。”曹仲华哈哈大笑，“你是不是经常深更半夜，和佟美女一起看球呀？”

“你怎么知道的？就算我和女朋友看一下球，又怎么了？”余飞呵呵一笑。

见余飞不介意，曹仲华说话更没有顾忌：“我劝你少和女朋友一起看球。

人家看得来劲了，非要拉着你，让你今晚也射门，到时可就得考验你啦。”

“这个简单。”曹伯华插话道，“余老弟可以一把推开，吼着说，你懂个球啊，射自家门算输，射别人门才叫厉害！”

曹伯华的话不多，但每一句都能戳中笑点，余飞口里的茶忍不住喷了出来。苏浩自顾着夹菜，并没有笑，心中甚至泛起一丝遗憾惋惜之情。

这时，曹伯华的手机响了。他掏出手机看到来电号码，脸色微微一怔。曹伯华快步走出包间，滑动接听键：“王总，你好啊！”

电话那头传来王诚的声音：“伯华，托你的福，我暂时还不错。”

这话的弦外之音，曹伯华当然明白，他继续打着哈哈：“欧洲还不错吧，你什么时候回来？这会儿英国还是中午吧？”

“什么中午？”王诚说，“跟你站的地方一样，华灯初上，愈夜愈美丽。”

“啥意思？你没在英国？”曹伯华问。

王诚说：“昨天我就回国了，现在在滨海的办公室里。明天上午，咱们见一面吧。”

曹伯华知道自己的事瞒不了多久，却没料到王诚竟然已经回到国内。他并不想见王诚，或者说双方见面实在没什么好说的，只能随便撒了个谎：“明天啊，我明天不在滨海。我现在在上海出差，明天赶不回去。”

王诚冷笑一声：“怎么？如今想见你一面，都不行了？”

“这说的哪里话！”曹伯华说，“我真是在出差，赶不回来。明天一早我让仲华过来。你有什么事，直接吩咐他便是。”

“好啊。”王诚挂断了电话。

◎4　舞台有多大，风险就有多大

王诚的办公室，位于滨海市中心千城大厦的28层。推门进去，巨大的落地玻璃窗外，滨海湾的景色一览无遗，几十座摩天大楼一同分割出滨海标志性的天际线。

多年以来，王诚都是商界的传奇人物。关于他的办公室，外界一直流传着两种截然不同的讲法。有人说，王诚的办公室很大，大到像一座迷宫。也有人说，王诚的办公室很小，只有不足20平方米。其实，这两种说法都对。

整个千城大厦28层全是王诚的专属办公楼层，里面办公室、休息室、小型会议室、餐厅一应俱全。除非有特定的保安人员陪同刷密码卡，否则电梯根本无法抵达。这层楼里还设有五道门，分开很多区域。许多去拜见王诚的访客，还没见着人，只是看到办公室的规模，心里就开始哆嗦了。

王诚平常办公的地方位于楼层尽头处，面积只有18平方米。里面的摆设像个西式酒吧，除了办公桌椅，就是一张专供打桥牌的桌子，墙壁上挂着几张王诚与家人的照片，并无豪奢之气，却显得颇为温馨。办公桌上甚至没有电脑，电话是最显眼的现代科技发明。王诚说，自己需要的只是纸质文件和电话，至于邮件或是各种电子文档，全部交给下属处理。

狭小的办公室内，还摆放着一台电视。近年来王诚苦学英语，电视里能收看到 CNN、BBC 等台的各种节目。酷爱运动的他还命令下属，无论何时打开电视，都要保证第一眼看到的频道是 ESPN 体育直播。

曹仲华来过王诚办公室几次，今日一见面，他依旧将腰弯下，双手握住对方，一副毕恭毕敬的样子。王诚从冰箱里拿出一瓶矿泉水，递给对方，问道："最近怎么样？"

曹仲华不知王诚具体问的什么，一脸懵懂的模样。王诚笑着说："我没问生意上的事，是问你们身体怎么样？"

曹仲华点头答道："还行。"

王诚拧开矿泉水瓶，用力喝了一口："到了咱们这个岁数的人，什么都不重要，身体最重要。在这一点上，你哥就不如你。听说你每周都去打网球，不像你哥那样，总是从办公桌到酒桌，两点一线的生活。"

曹仲华嘿嘿笑了两声："我大哥这个人吧，是个工作狂，不懂得享受生活。"

"你的网球打得怎样？"王诚问道，"我的网球打得不行，但公司里有几个副总，据说是网球高手。你和他们交手过没有？"

"我也听说千城的几位老总网球打得不错，可惜一直没有切磋机会。"曹仲华说。

曹仲华揣着满腹心事而来，甚至做好了王诚暴跳如雷的准备。没想到王诚一上来，竟闲庭信步般聊起体育运动，这倒让曹仲华愈发忐忑不安。他抿了一口矿泉水，有意将话题往生意上引："你不是在英国吗？怎么突然回来了？"

王诚微笑着说："我倒想心无旁骛、纵情山水，可惜人家不给我这个机会呀。"

"怎么了？"曹仲华硬着头皮装傻充愣。

王诚的目光咄咄逼人："还需要问我吗？"

毕竟是成名日久的江湖大佬，谈笑间有股不怒自威的气势。尽管曹仲华认为暗度陈仓的计谋已经奏效，在股权大战中华海系占得上风，王诚被逼到墙角，可面对王诚咄咄逼人的目光，自己竟有些心虚。他双手搓着膝盖，缓缓说："你是说股权收购的事吧？王总，这里面恐怕有些误会……"

王诚十分霸气地挥了挥手，打断了曹仲华："不用说了。"

曹仲华表情尴尬，心里寻思道：大哥知道来见王诚凶多吉少，自己躲了起来，才叫我顶上来。真要大哥亲自来，和王诚一言不合谈崩了，就没有一点转圜余地。得，无论今天的局势如何凶险，我也暂且忍气吞声吧。

王诚跷起二郎腿，脸上的表情依旧轻松："我从英国赶回来，的确是为了股权收购的事。但在这件事上，我并不指望你告诉我什么。"

王诚接着说："你和你大哥，已经骗过我一回。此时无论说什么，无非再骗我一次。你挖空心思编谎话累，我听着更累。所以呀，没必要浪费大家时间。"

曹仲华愈发紧张，下意识地把手伸向皮包，打算掏出一支烟点上。但很快，又把手缩了回来。这里是王诚的办公室，人家可是从不吸烟的！

王诚说："股权收购的事，已经很清楚了。你们用的是明修栈道暗度陈仓的计谋，而我呢，一开始大意了，或者说你们的演技太好，把我给骗过去了。商场里不问是非，只论成败。我老眼昏花，只能怪自己，怨不得别人。"

"不，不！"哪怕是假话，曹仲华还得继续说，"或许双方在沟通上有不到位的地方，但绝不是存心骗你。"

"你们的目的，我一清二楚。"王诚冷笑一声，"曹伯华还有他背后的赵小轻，不就想通过不断增持夺取千城的控制权，进而把我踢出局吗？事到如今，如果我连这点都看不出来，就白在江湖上混了这么多年。"

曹仲华闷不作声。对面坐着的，毕竟是精明过人的商场老手，你可以骗人家一时，还能骗人家一世？事到如今，任何遮掩都是徒劳！

王诚说："人在商场，谁都想用最少的成本赚取最大的利润，但能否成功就不一定了。有句话是这么说的，心有多大，舞台就有多大。我在后面再加一句，舞台有多大，风险就有多大。"

王诚脸上始终挂着笑容，但这笑容看在曹仲华眼里，犹如一头暴怒的狮子。王诚继续说："你们敢打千城的主意，想必有备而来。既然有人上门踢馆，我只能兵来将挡水来土掩。谁胜谁负，看各人本事吧。你也知道，我岳父是老公安，当年曾负责抓捕过几名轰动全国的越狱犯。把人逮回来后，有记者采访问道，这些人还会再次越狱吗？我岳父回答道，想不想越狱，是他们的事，能不能越狱，是我的事。”

“你息怒。”慑于王诚的气势，曹仲华只能退避三舍，“你是商界前辈，我们尊重还来不及，哪敢有什么非分之想。”

王诚坐在椅子上，看上去稳如泰山，说话的音调却拉高了些：“我刚才说了，不打算和你谈股权收购的事。你们已经打定主意，我多说无益。今天找你来，只是想和你聊聊后面的事情。”

“后面的事？”曹仲华不解地问。

王诚说：“你是曹伯华的左膀右臂，也是华海的大军师。这战火一开，日后怎么收场？应当想过吧？”

“请王总赐教。”曹仲华心想，王诚说是不聊股权收购的事，实则句句话紧扣主题。既然自己决心示弱，不妨再把姿态摆低一点，看王诚怎么说。

王诚接着说：“如今这架势，势必拼个鱼死网破。假如我输了，最后的结局就是卷铺盖滚蛋，把自己辛苦创立的千城拱手让给你们。”

“我不是一个把钱看得很重的人。”王诚又说，“这些年的年薪，足够我安度晚年，悠游自在了。再说凭我这张老脸，随时弄几个零花钱，也跟玩似的。”

王诚继续说：“甚至我想学一学褚时健、史玉柱，来个重出江湖，东山再起，自问也不是太难。如果离开千城自立门户，只要我一句话，可以轻松募集十几亿启动资金，千城集团一多半高管会来投奔。你信不信？”

“当然相信。”既然不想同王诚撕破脸，曹仲华索性吹捧对方几句，“可口可乐说过，哪怕把资产抽空，生产线全部关闭，就凭可口可乐的品牌，几年时间就能再展雄风。在中国商界，王诚两个字就是品牌，就是不可比拟的号召力。”

王诚笑了笑：“我说这些倒不是王婆卖瓜，只是分析局势。假若我败了，绝非世界末日。退，能安享晚年；进，东山再起亦未可知。”

王诚变换了一下坐姿：“可要是在股权大战中，我王某人侥幸获胜了呢？

你们的结局又会怎样？”

不待曹仲华反应，王诚便自己作答：“先说赵小轻吧，无疑会亏得一塌糊涂。她通过各种渠道，源源不断输送给华海的资金，会在这场资本大战中赔个精光。”

“但是，”王诚话锋一转，“赵小轻最不缺的就是钱了。赔掉这一单，她依旧吃香喝辣，况且以她的背景，还能从其他生意上把钱赚回来。人家金枝玉叶，又嫁了个好老公，咱们可比不了。”

王诚抿了一口水，接着把矿泉水瓶拿在手中，仿佛讲台上的老师在挥舞教鞭：“你们可就不一样了。赵小轻的钱到了你们手中，经过层层加杠杆，短期看，资金效应放大了好几倍，长期看，实则背负了沉重债务。收购千城失败后，赵小轻看在难兄难弟的分上，或许不会逼着你们还钱，但那么多杠杆利息总该自己负责吧。华海的资金实力，大家心知肚明。光这些杠杆利息，就能让你们破产好几回。”

曹仲华沉吟了一会儿，说道：“平心而论，你说的有危言耸听的成分，但也绝非毫无可能。”

“可不可能的，自己掂量吧。”王诚说，“刚才我算的只是经济账，还有另一笔账也不要漏掉。华海和赵小轻联手，调动如此庞大的资金，里面是否有洗钱嫌疑？最近千城股价剧烈震荡，是否有人操纵股价，涉嫌内幕交易？层层加杠杆，将资金无限放大的过程中，有没有违法之处？这些，我目前不得而知。但在不久的将来，一定会查个水落石出。”

曹仲华微微一笑：“你这是在威胁我们吧？”

王诚摇了摇头：“光打雷不下雨，叫威胁。说到做到，那就不是威胁，而是打预防针。你应该知道，多年前也有人想在资本市场闹出点动静，来夺取千城的控制权。最后时刻，我抓住对方建老鼠仓、从事内线交易的证据，一举反败为胜。战端一开，自然是飞机大炮一起上，能用的武器，谁也不会晾在仓库里。”

曹仲华耸了耸肩：“你真要去查，我也不介意。”

王诚微笑着说：“我当然清楚，你们之前一定经过精心谋划，那些法律红线，也会想方设法规避。但是，百密难免一疏，这么大的动作，战线拉得如此之长，真能保证万无一失？没露出破绽也就罢了，一旦露出破绽，我绝不会手软。到时谁该承担法律责任，可就不是咱们说了算。”

曹仲华大口喝着水，王诚见他瓶子快见底了，又递上一瓶。王诚接着说：“赵小轻人在海外，早就入了美国籍。即便出了什么事，起码牢狱之灾还能躲掉。只是，这替罪羊总得有人来当吧。实不相瞒，我怎么看都觉着你哥俩来当替罪羊最合适不过。”

曹仲华微笑道：“你的口才果然了得，佩服，佩服！”曹仲华既称赞了王诚，却也一语双关——如今可是你着了别人的道，四面楚歌。从你口里说出来，似乎最该着急的反而是占得先机的对手？你的辩才纵然上佳，但现实终究是现实。

王诚把身子往后一仰：“之前我同你大哥聊过几次，他说过，一个优秀的企业家一定得具备赌徒心理。这话不能算错，但赌徒跟赌鬼可大不一样。”

“有何不同？”曹仲华问。

王诚说：“赌徒好赌，却从不拿自己输不起的东西去赌。赌鬼呢，经常在赌桌上输掉输不起的东西。”

王诚这话再清楚不过，无论是自己黯然离开千城，或是赵小轻大赔一回，都还是各自输得起的东西。而曹伯华放在赌桌上的，却是输不起的身家性命。

曹仲华不是被吓大的，他回应道：“说来说去，无非想让我们知难而退。”

“错了！”王诚立刻纠正道，“诸葛亮演空城计，尚且抱着一把古琴，身后站着两个书童。就凭我王诚空口白话，就能让对手鸣金收兵？我没这么天真。再说了，如今你们也是骑虎难下，想退也不那么容易。”

“那你的意思是？”曹仲华问。

“进退之间，从容有度。每进一步，不妨给自己留条退路。”王诚的话云山雾罩，不知是真有禅机，还是他打肿脸充胖子在故弄玄虚。

“怎么个从容有度？如何进，又如何退？”曹仲华追问道。

王诚挥了挥手：“有些事情，说白了就没味道了。走一步，看一步，步步惊心，那才有意思。”

王诚抬腕看了看表："言尽于此，好自为之吧。一会儿荣鼎的小方要过来，我就不留你吃午饭了。"

曹仲华问："你说方玉斌？"

王诚点点头："他心急火燎地过来，想必也是为了这事。你看这一出闹的，让大伙都没有安生日子过。"

送走曹仲华后，王诚回到办公室。他面朝窗外，时而瞅瞅脚下的车水马龙，时而又眺望远方滨海湾的海景，鼻孔里不停冒着粗气。转过身，见桌上有两瓶没喝完的矿泉水，他挥起手臂，一把将瓶子扫落在地。

在公众场合，王诚一直以谦谦君子的形象示人，刚才面对内心憎恶至极的曹仲华，也竭力控制住情绪。如今，周围没有旁人，他终于能毫无顾忌地宣泄一通。

王诚胸中燃烧着愤怒的火焰，他恨暗藏祸心的赵小轻，也恨两面三刀的曹伯华，但最恨的，却是自己！

我王诚精明一世，到头来怎么会干出引狼入室的蠢事？没有自己的默许与纵容，曹伯华以及他背后的赵小轻，连千城的一个门缝都撬不开。偏偏是自己为了平衡股权结构，暗中引入了赵小轻。没想到，这伙人竟是狼子野心，他们的最终目的是赶走自己，独占千城。

王诚被赞为儒商，但儒商可不是书呆子。能把千城做到今天，他见惯了大风大浪、尔虞我诈，甚至自己也是个中高手。玩世人于股掌之上，行诈术于谈笑之间，这样的事没少干，许多叱咤风云的江湖大佬，当年也栽在了自己手上。可惜呀，玩了一辈子鹰，最后被鹰啄瞎了眼睛。王诚啊王诚，这一回，你怎么就让乳臭未干的赵小轻和泥腿子出身的曹伯华给彻彻底底地骗了？

勇立潮头这些年来，王诚头戴无数光环，该享受的都享受了。山珍海味吃腻了，名山大川游遍了，就连那种能够指挥千军万马、调度亿万资金的至高无上的权力快感，对他来说也毫不新鲜。近些年，他无数次有过隐退念头，小舟从此逝，江海寄余生，企业的未来就交给年轻人吧！

但是，有些东西，自己可以主动放出去，如果有人要从自己手里抢走，却绝不能答应！

当对手图穷匕见，王诚立刻飞回国内，他要亲上火线，展开绝地反击。这既是为了企业，更是捍卫自己的荣誉！强大如王诚者，绝不能在赵小轻、曹伯华面前俯首称臣。

如果说身家性命是曹伯华输不起的东西，那么对于自信、自负甚至自恋的王诚，名声、荣誉同样是输不起的东西！他可以归隐林下，却无法接受被他人扫地出门的结局。

今天找来曹仲华敲山震虎，算是打响了反击第一枪。接下来最重要的，就是争取企业大股东荣鼎的支持。想到这里，王诚的眉头皱得更紧。

如今的费云鹏可不是当初的丁一夫，荣鼎还会毫无保留地支持自己吗？更何况，整件事是自己欺瞒费云鹏在前。一开始引入赵小轻，正是为了平衡荣鼎的势力。事到如今，人家还会仗义出手吗？

更不妙的是，华海系大举增持，荣鼎却无动于衷。王诚有种预感，赵小轻一定去找过费云鹏，两人达成了某种默契。真要是那样，事情将愈发棘手。

回国后，王诚第一时间联系了费云鹏，说是打算亲赴北京拜访。费云鹏却推说自己参加什么摄影采风活动，人不在国内。我这边火烧眉毛，你还有心思去采风？可惜如今有求于人，除了隐忍也没有别的办法。费云鹏还说，会安排荣鼎创投的方玉斌飞来滨海面见王诚，自己出国前，已经委托方玉斌负责处理此事。

王诚当然清楚，费云鹏是在耍滑头，把级别稍低的方玉斌推到前台。但转念一想，耍滑头总比撕破脸要好，能拉来一个朋友是一个，最不济，也不能给自己添一个敌人。

此时，敲门声响起。王诚将打落在地上的矿泉水瓶捡起，坐回椅子上深呼吸一口，再叫了声“请进”。在下属面前，他必须展示出泰山崩于前而不变色的风度，不能流露出一丝惊慌。

走进来的是千城集团常务副总裁虞东明，他恭敬地点了点头，接着问：“和曹仲华谈得怎么样？”

王诚整理着袖口：“曹氏兄弟投向敌营，一时是拉不回来的。今天找他来，不过是敲一敲警钟，希望他不要一条道走到黑。他们是聪明人，应该能听懂我的话。”

“目前这局势，也只能如此了。”虞东明说道，“对华海，我们原本不抱多大希望，能实施一点干扰就算达到目的。但对于荣鼎，可一定得拉住了。”

王诚的手指敲击着办公桌：“费云鹏如今躲了起来，把方玉斌这个青瓜蛋子推到前台。我看他是铁了心做墙头草。”

虞东明说：“不管怎么说，在荣鼎没有站队之前，咱们都得尽力争取。”

“这是当然。”王诚说，“这次方玉斌过来，不妨和他好好谈一下。”

“对了，”王诚问道，“我见过方玉斌几面，但印象不深。他是这些年才冒出来的人物，以前压根就没听说。他有什么背景吗？”

虞东明答道：“在荣鼎，方玉斌是后起之秀，这两年蹿升很快。他是丁一夫的爱将，丁一夫过世后，外界一度不看好此人。但不知为什么，在荣鼎近期的组织架构调整中，他又被费云鹏委以重任，出人意料地当上了荣鼎创投总经理。”

“有点意思。”王诚眉毛一扬，仿佛陷入沉思。隔了一阵，他才重新开口：“方玉斌是中午到，对吧？”

虞东明点了点头：“他中午12点半在滨海机场落地，我亲自去机场接他。”

“你亲自去接他干吗？”王诚说，“我们千城的企业文化，向来不搞迎来送往这一套。以往开董事会，荣鼎的代表过来，都是派个部门经理去机场迎接。这一回，也不要例外。”

王诚又说：“就说我下午有事，不要安排他来见我，让他在宾馆休息一下。晚上，带他去公司食堂吃个工作餐，然后来办公室见我。”

“这样安排，方玉斌会不会觉得被冷落了？”虞东明当然清楚王诚的心思，自己是和丁一夫、费云鹏一块儿喝酒的人，对辈分尚低的方玉斌，不用太过殷勤。但今时不同往日，方玉斌毕竟是荣鼎的代表。

“不用在乎繁文缛节。”王诚满不在乎地说。

虞东明“嗯”了一声。看来老板目空一切的性格，并未因为身处险境而有丝毫改变。

王诚站起身，双手搭在窗台上，背对着虞东明："还有一件事，你赶紧去查一下。近期千城的股价波动剧烈，这中间，有没有老鼠仓？有没有人在搞内线交易？"

王诚一句话，立刻把虞东明的思绪拉回到十多年前。当年，有人同样在资本市场发难，意图夺下千城的控制权。激战正酣时，王诚使出奇兵，拿到了对方关键人物从事内线交易的证据，一举扭转形势。正是在那一战中，虞东明冲锋陷阵，崭露头角，并由此在千城青云直上。多年过去了，相同的剧情还会重复吗？

虞东明说："我会立刻去查。只是这一招，过去咱们用过，赵小轻、曹伯华不会蠢到重蹈覆辙吧？"

王诚并未转身："赵小轻与曹伯华或许不会这么蠢，但其他人呢？你知道，为何太阳底下没有新鲜事，历史经常会重复，甚至屡次出现阴沟里翻船的事情吗？"

王诚自问自答："那是因为，有些阴沟其实是绕不开的必经之路——比如，一个人在利益面前所流露出的贪欲。千城股价剧烈波动，中间的利益太诱人，总会有人禁不住诱惑。"

"我明白了。"虞东明说。

王诚依旧眺望窗外，滨海的天空无比湛蓝，连一片云彩都没有。清晨时，天空中还翻卷着一团团云，有的连在一起，有的分开，有的像正在发光的金字塔，有的像小鸟一样飞来飞去。此刻，这些云彩都没了踪影。少了云儿的陪伴，太阳独居天空，显出了它宇宙之父的威严。

迎着刺眼的阳光，王诚在心中默念：我就是千城的太阳！过去是，现在也是！

◎ 5　对于上司的生活习惯，方玉斌一问三不知。王诚由此断定，此人绝非费云鹏心腹

飞机正在缓缓下降。方玉斌拉开座位旁的遮光板，阳光射进舱内，几乎让人睁不开眼。早上辞别上海时，天空中下着淅淅沥沥的小雨。这会儿，窗外已是晴空万里。

阳光明媚的景致，并未让方玉斌的心情有丝毫改观，刺眼的阳光甚至加重了心中的阴霾。目前的局势，可谓乱花渐欲迷人眼。这一趟滨海之行，更有一股不知为何而战的无力感。

事情原本不复杂，一句话就能说清楚——华海大举增持千城的股份，荣鼎身为最大股东的地位已然不保。但是，事件中各方的态度却是反复无常，令人难以琢磨。

曹伯华之前不是信誓旦旦地说，要减持千城股份吗？为何最近却大动作抢货，一副不达目的誓不罢休的样子？

王诚以及千城的高管团队，之前对于华海的进入漫不经心。当初在钓鱼台国宾馆的宴席上，费云鹏主动提及此事，王诚却顾左右而言他。在滨海的董事会上，虞东明与曹仲华又几乎一唱一和。如今，他们为何突然反目？

最令方玉斌不解的，是费云鹏的态度。一开始，费云鹏很看重荣鼎在千

城的大股东地位，甚至在局势尚不明朗时，就未雨绸缪下令增持。如今火烧眉毛了，费云鹏反倒不急不慢，还在关键时刻外出云游。

出国前，费云鹏给方玉斌打了电话。恰恰是这一通电话，让自己更加无所适从。费云鹏说，见到王诚后，要表达出荣鼎对千城管理团队的认可。怎么认可，是道义支援抑或实际行动，费云鹏语焉不详。费云鹏还交代，要尽力确保荣鼎的最大股东地位。可当方玉斌请示，是否组织资金进场，与华海展开抢筹大战时，费云鹏又推说没有这一项资金计划，暂且按兵不动。缺枪少炮还不提供后勤支援，却要人坚守阵地，这不是强人所难吗？

最要命的是，费云鹏吩咐说，自己出国这段时间，不便于处理工作上的事。小事自己做主，大事给总部的副总裁汇报。来滨海前，方玉斌给副总裁打去电话，问见到王诚后怎么谈。副总裁却说，这事他做不了主，最好等费总回来再说。

方玉斌彻底陷入迷茫。大战在即，自己已经举枪跃出战壕，主帅却临阵脱逃。迷茫过后，方玉斌又似乎变得无比清晰。费云鹏不就是存心躲起来，再把自己当块挡箭牌推在前面吗？既然如此，不妨揣着明白装糊涂。反正该报告的都及时报告了，以后真要追究责任，板子也打不到自己身上。

遵照王诚的指示，虞东明没有来机场，只派了一名层级较低的主管来接方玉斌。双方握手寒暄后，便登上了驶往市区的轿车。

刚上机场高速几分钟，方玉斌的手机响了起来。掏出来一看，竟是佟小知打来的。方玉斌接起手机：“小知，什么事？”

佟小知语气急促：“不好意思打搅你。有件事想麻烦你一下。”

“别着急，慢慢说。”方玉斌说。

佟小知说：“你能不能借我 30 万？”她接着强调：“只借一两天，很快就还你。”

“你借钱干什么？”方玉斌问。

佟小知支支吾吾地说：“我……我遇到了一点事。”

“究竟什么事？”方玉斌追问。见电话那头沉寂了下来，方玉斌又说：“你找我借钱，总得告诉我原因吧。”

隔了好一阵，佟小知才重新开口："其实不是我，是余飞借钱。"

"余飞借钱干什么？他干吗叫你来借？"方玉斌愈发疑惑，余飞这样的大庄家，怎么连 30 万都没有，还让部下出面借钱？

佟小知说："前几天余飞去澳门赌钱，几天不见人影，今天才打回电话。他说自己手气太背，输了几百万。不仅把现金输光了，连信用卡都刷爆了。这会儿人被扣着，没有 30 万，连赌场都出不来。"

"不过，你不用担心。"佟小知接着说，"公司账上资金充裕，只是因为余飞人不在，没有他的签字，这些钱动不了。等他回来，马上就能把钱还你。"

佟小知特别强调："公司的财务状况我心里有数，借你的钱我一定能还上。"

方玉斌真有些哭笑不得，像余飞这样的老板，竟然因为 30 万被赌场给扣住了，还得到处打电话求救，找人替他赎身！方玉斌说："余飞好歹有几个朋友吧，拿出 30 万救急不是什么难事。干吗他自己不打电话，却叫你四处搬救兵？"

遇到这种事，佟小知颇为羞愧，她低声说："余飞说这种事太丢脸，他都不好意思找朋友开口，所以才让我想办法。还说不要把事情声张出去，就说是我有事急用钱。可我认识的朋友中，除了你，实在想不到还有谁能一下子拿出 30 万。"

佟小知说得有些哽咽："余飞本来叫我保密的。我也是实在没法子，才把什么都告诉你了。"

"好了，别着急。"方玉斌说，"江湖救急，没什么丢脸的。你把卡号发过来，我马上转 30 万过去。"

放下手机，方玉斌不禁摇了摇头。余飞这种赌鬼犯不着担心，倒是佟小知的神情，令他颇为惋惜。前几次见面时，方玉斌便隐隐有种感觉，余飞与佟小知之间，似乎不是单纯的上下级关系。今天，见佟小知如此着急的样子，这种感觉愈发强烈了。总之，方玉斌心里有些不是滋味。他不知道，自己是出于对前女友与其他人越走越近的嫉妒，还是担心像佟小知这般善良单纯的女孩会遇人不淑？

想到这里，方玉斌又哑然失笑。佟小知是自己的前女友吗？顶多算单相思而已吧，人家可从没接受过你。再说了，自己马上要和苏晋结婚，过往的事就让它烟消云散吧。

短信声响起，佟小知将银行卡号发了过来。方玉斌一看，银行卡的户名既不是佟小知，也不是余飞，而是一个叫杨韵的人。

方玉斌有些疑惑，重新拨通了电话："杨韵是谁呀？"

佟小知说："是我们公司的总经理助理。上回在上海余飞请你吃饭时，她也在场。"

方玉斌想起来了，不就是那个如交际花一般打扮妖艳的女人吗？他不解地问："干吗把钱打到她卡上？"

佟小知说："余飞去赌场时，通常会带好几张银行卡，除了他自个儿的，其他都是用别人名字开的户。为什么用杨韵的卡，我也不明白，大概是他随便抽的一张吧。"

见佟小知急得像热锅上的蚂蚁，方玉斌没再多问，说道："好吧，我马上用手机银行转钱过去。"

"谢谢了！"佟小知十分感激。

"不用跟我客气。"方玉斌笑了笑。

方玉斌在宾馆百无聊赖地待了一个下午，直到5点过后虞东明才现身。两人在食堂用过工作餐，又一起来到王诚的办公室。

握手之后，王诚开门见山地问道："小方，你这次来到底拿到了多少授权？老费在电话中说，他出国期间，由你负责处理此事。我是否可以理解，你如今是荣鼎的全权代表，有临机决断的权力？"

对王诚这种居高临下的态度，方玉斌颇为不满。一上来就问我是否可以临机决断，听这意思，如果自己没有获得充分授权，人家连谈都不屑于和我谈！

王诚的江湖地位毕竟摆在那儿，方玉斌再不爽，也不能表现出来，只能不硬不软地回敬道："王总的问题，恕我难以回答。费总是我的老板，我拿到了多少授权，以费总说的为准，我自己说了不算。”

王诚似乎意识到失言，颇有风度地道歉说：“对不起，一上来这么问，不太礼貌。”他接着说：“对于华海近期大举增持千城的行为，你们怎么看？”

方玉斌说：“华海的举动的确有些蹊跷，但在局势尚未明朗之前，我们的态度与之前千城管理层的态度一样——有人在资本市场增持千城股份，只要合法合规，对于正常的市场行为我们不持立场。”

方玉斌有意将了王诚一军。当初华海在资本市场动作不断，方玉斌代表荣鼎在董事会上提出质疑，虞东明就用一句“不持立场”来搪塞。如今，这一招正好还给你们。

王诚没想到，年纪轻轻的方玉斌在谈判桌上的气场如此强大，说出的话也滴水不漏。他笑了笑：“过去的事就让它过去吧。你说局势尚未明朗，那我不妨把话点明。华海的目的十分清楚，就是要拿下千城的控制权。对此，你们怎么看？”

方玉斌说道：“我们当然在乎自己的最大股东地位。费总也交代，要尽力保住这个地位。”

王诚问：“华海的持股比例如今已超越荣鼎，你们用什么方法抢回最大股东，老费有说吗？”

见方玉斌摇了摇头，王诚又问：“如果我提出要求，希望荣鼎的资金立刻进场展开抢筹大战，阻击华海的收购行为。能办到吗？”

方玉斌依旧摇了摇头：“荣鼎希望维持在千城的最大股东地位，但是目前并没有调集资金入场的计划。”

一旁的虞东明坐不住了：“华海那边气势汹汹，荣鼎要夺回大股东地位，凭的可不是几句空话。这会儿不拿出真金白银，还在等什么？”

方玉斌耸了耸肩：“我也明白目前的情形，但公司的确没有动用现金进场的计划。”

虞东明追问道：“你能否把我们的要求转达给费总，请他尽快做出决断？”

方玉斌说：“我当然会转达，但就我的分析，在费总出国这段时间，荣鼎大概不会有你们期望的大动作。”

虞东明不满地说：“既然做不出任何决定，那你的此番滨海之行，岂不是白跑一趟？”

方玉斌笑了笑：“话也不能这么讲。不是说，资本市场里，信心比黄金还宝贵吗？尽管我们拿不出真金白银，但提供一些道义支持还是没问题的。”

虞东明觉得既可气又好笑。在讲究丛林法则的资本市场，什么信心、道义，简直狗屁不如！他正欲发作，却被王诚挥手拦下了。王诚说：“小方，你所说的道义支持，究竟是什么？”

方玉斌说：“费总让我向你们转达，荣鼎对于千城管理团队的表现，始终是高度认可的。”停顿一下，他又说：“如果需要，荣鼎方面可以对外发布一则声明，表达对管理团队的支持。”

“谢谢你的好意。”王诚笑着说，“声明什么的，还是缓一缓吧。如今股权纷争还没有浮上台面，声明一旦发出去，反倒把矛盾公开化了。”

王诚又说：“信心比黄金还宝贵，这句话有些道理。在目前的形势下，你能为我们送来信心，感激不尽了。”

与之前的咄咄逼人不同，王诚突然变得慈眉善目起来。方玉斌反倒有些不好意思，将手一摊：“我能够做的，的确只有这么多。如果没能帮上忙，还请谅解。毕竟，费总不在家，大事情我们不敢擅自拍板。”

“哪里话！”王诚愈发和蔼，“你的难处，我全明白。有些事，还是等老费回来再说吧，反正也不急于这一时。”

王诚岔开了话题：“老费出去这么久，晚上可没人给他熬鲫鱼汤喝，他能习惯吗？”

方玉斌愣了一下，有些不明就里。什么鲫鱼汤，啥意思？王诚说：“怎么，你还不知道老费的这个习惯？我告诉你之后，可得记住了。下回他去上海考察，一定记得熬一碗雪白的鲫鱼汤。”

王诚继续说：“许多人有睡前喝牛奶的习惯，老费却不一样，他喜欢睡前喝一碗鲫鱼汤。而且不放盐、不加葱，就喝原汁原味。只要在家里，每晚都会让保姆熬上一碗。他的这个习惯，我还是多年前听他夫人讲的。”

“是吗？我还不晓得费总有这个习惯。”方玉斌如实说。

“所以呀，下回他来上海，你安排人熬上一碗端去宾馆，他一定很开心。”王诚笑呵呵地说，“你们荣鼎的这些大老板，一个个都有不少臭毛病。费云鹏睡前爱喝鲫鱼汤，之前的丁一夫呢，每晚十点过后还要吃一碗担担面，而且出差时，从不用宾馆的牙膏，随身带着从德国进口的牙膏。”

“不会吧。”方玉斌说，“丁总十分注意控制饮食，尤其晚上九点之后，绝不吃东西。说他晚上吃担担面，大概是以讹传讹。至于说牙膏的事，倒不是他奢侈，而是丁总患有慢性口腔病，医生建议他使用一种特殊的医用牙膏。”

“哦，是这么一回事呀。”王诚说，“说到老丁和老费，我和他们十多年的交情。他们也是你的上司，你评价一下，两人谁更好？”

“都很好。至于管理风格，自然各有千秋。”当着外人的面，怎么能去评价两位老板？方玉斌选择了最稳妥的答案。

“让你做出评价，的确强人所难了。”王诚脸上始终挂着笑容，“其他的咱们就不说了，你说说两人的酒量谁更好？”

方玉斌有些纳闷，火烧屁股的王诚，怎么突然对这些琐事感兴趣？他回答道：“他们的酒量都不错，应该在伯仲之间吧。”

王诚摆了摆手：“他俩可不是伯仲之间，而是术业有专攻。老丁擅长喝白酒，老费的强项是红酒。老丁最喜欢喝一款贵州的酒，但不是茅台，这酒叫什么名字来着？是不是习酒？”

方玉斌摇了摇头：“不是习酒，是赖茅。”

“对，是赖茅。”王诚说，“记性不好，一时给忘了。你一说就对上了。”

王诚又流露出一丝哀戚：“可惜呀，再没有机会同老丁青梅煮酒了。”

提到对自己有知遇之恩的丁一夫，方玉斌的表情也变得凝重。王诚又说：“老费也有一款十分钟爱的洋酒，每天在家里都会喝，叫什么牌子来着？”

方玉斌毕竟与费云鹏接触不多，一般的场合，费云鹏对酒并不挑剔，至于在家中有何偏好，自己就不得而知了。方玉斌微笑着说：“我也不大清楚。”

“得，下次我亲自问一问老费吧。”王诚接着言归正传，“华海来者不善，我只能迎战了。虽说荣鼎暂时拿出不真金白银，但能够提供道义上的支援，对我们也是莫大的帮助。”

王诚站起身：“我看今天先这样吧，接下来咱们保持沟通。千城与荣鼎是多年的合作伙伴，希望无论出现什么情况，咱们都能风雨同舟。”

“好的。”方玉斌一面与王诚握手话别，一面又有些诧异。原本以为，费云鹏躲了起来，王诚急得像热锅上的蚂蚁，一定会苦苦相逼，自己夹在中间，这挡箭牌不好当。没想到，才几句话就把王诚打发了，人家压根没再往下说。

王诚把方玉斌送到电梯口，接着吩咐虞东明：“代我送小方下楼。”

几分钟后，虞东明又回到王诚的办公室，脸上难掩一股愤怒：“荣鼎是什么意思？关键时刻，难道就拿几句话敷衍咱们？”

王诚倒显得十分平静：“从费云鹏出国，到派个方玉斌过来应付，就能猜到他们的态度。这一切，原本不在预料之外。”

“荣鼎袖手旁观，咱们可就不好办了。”虞东明愁眉苦脸，没有大股东的支持，单凭管理层，何以应付来势汹汹的野蛮人。

王诚抿了一口水：“费云鹏在要滑头，但正因为他躲起来，反倒给了咱们机会。比如这个方玉斌，看似无关紧要，没准还能派上大用场。”

“他能有什么大用场？”虞东明颇为不解，暂且不说方玉斌有多大本事，起码跟咱们不是一条心。

王诚说：“你之前说过，方玉斌是丁一夫的爱将。想也知道，丁一夫的爱将和费云鹏的关系好不到哪儿去。可是后来，方玉斌又在费云鹏手下得到重用。有一种可能，方玉斌见风使舵，改换了门庭。但今天一试探，发现并不是这么一回事。”

“怎么说？”王诚与方玉斌谈话时，虞东明也在场，并未发觉老板在试探对方。

王诚说：“你看方玉斌，对丁一夫的各种习惯熟悉得很，老丁喜欢喝什么酒，用什么牙膏，全都一清二楚。我还故意拿话套他，说丁一夫有晚上加餐的习惯，他立刻做出澄清。但是，他对费云鹏却有些搞不清楚状况。”

“这些都是小事，但背后却有大文章。”王诚接着说，“领导白天喝什么酒，晚上读什么书，真正称得上心腹的下属，多少是会知道一些的。像方玉斌这种，我敢肯定不是费云鹏的心腹。他能够获得重用，并非自己改换门庭，或许是费云鹏出于某种不得已的考虑。”

“有道理。”虞东明心悦诚服地说道。跟随王诚多年，自问在企业管理方面，自己已能独当一面，可在察言观色、人情世故方面，姜还是老的辣。

王诚加重语气：“费云鹏把方玉斌推到前面做挡箭牌，偏偏方玉斌又不是他的心腹，这或许是我们的机会。要是能把方玉斌争取过来，倒能趁着费云鹏不在家，玩出点花样来。”

虞东明点了点头，旋即问道：“怎么争取方玉斌呢？这小子同咱们素来没什么交情。无论怎么说，费云鹏才是他的老板，他可不会为了帮咱们，去开罪自个儿的老板。”

王诚陷入了沉思，隔了半晌，才缓缓说道：“有些事情急不来，甚至还得靠机缘。丁一夫虽然走了，但咱们在荣鼎还有许多老朋友。这批人大忙帮不上，但从他们那里打听点消息还不成问题。跟他们联系一下，请他们搜集方玉斌的消息，到时没准就能派上大用场。”

◎6　跟想的一样叫童话，跟想的不一样才叫生活

方玉斌正在酒店房间收拾行李。昨晚见过王诚后，这一趟滨海之行可以交差了。他订了中午的航班，打算飞回上海。这会儿，千城派来送机的车已等候在下面。

突然，手机响了起来。方玉斌一看是余飞打来的，不免心中暗笑，这家伙大概被赌场放出来了吧。他滑动接听键，说道："余总，你好呀！"

余飞十分感激地说："昨天的事，小知都告诉我了，多谢你仗义相救。"

"小事情，不值一提。"方玉斌说着客套话，"你现在还好吧？"

"还好，还好。昨天下午就回来了。"余飞说，"你现在在哪儿呢？"

方玉斌笑呵呵地说："我在滨海。"

余飞的语气中忽然有一股难掩的兴奋："怎么，你在滨海？"

方玉斌说："我昨天来滨海出差，今天就要飞回去。"

余飞问："几点的航班？"

方玉斌说："中午。"

"那不行。"余飞说，"你帮了我这么大的忙，怎么着也得好好答谢一番。赶快把机票改签了。中午，我请你吃饭。"

"不用。"方玉斌说，"咱们以后找机会再聚，我下午回上海还有事。"

"我可把话撂这儿。"余飞拉高声调,"今天你要不给兄弟这个面子,那30万我绝不还了。从此咱们不再往来。只当你瞧不起我这个朋友。"

余飞又说:"我马上订地方,到时叫小知一起来。她也应该好好感谢一下你这老领导。"

借钱不还自然是玩笑话,但余飞的确是一副盛情难却的样子,方玉斌只好说:"行吧,我把机票改在下午,吃顿午饭再走。"

"好,就这么说定了。"余飞高兴地说道。

中午12点,方玉斌按照余飞发来的地址,来到滨海的一家江湖菜馆。馆子的装修很一般,但二楼的包间还算清净。

佟小知并没有出现,包间里坐着余飞、杨韵以及一个大腹便便的黑衣男子,余飞介绍说是自己的司机。

余飞十分殷勤地拉着方玉斌入座,并解释说:"小知临时遇到一点事,走不开,让我代她表达歉意。"

佟小知没有现身,方玉斌不免有些惆怅,但他不想让周围人觉察出自己的情绪,强装出笑脸说:"没事。余总能来,已经很给面子了。"

杨韵穿着一件浅色紧身衬衣,双峰傲娇。她笑吟吟地说:"有段时间不见,方总愈发潇洒帅气了。"

"谢谢美女的夸奖。"方玉斌说,"你也越来越漂亮。"

菜还没上,余飞就端起酒杯。方玉斌见状赶紧制止:"咱们中午就别喝酒了吧。"

"你不喝没关系。"难得余飞不来劝酒,反而爽快说道,"这酒是我感谢你的,满满三杯。你下午有事,不喝酒就算了。"

余飞自个儿干了三杯,又吩咐黑衣男子:"方总下午还有事,不喝酒咱们也别勉强。快去,给他沏一壶茶上来。"

放下酒杯,余飞又说:"光顾着喝酒,倒把正事忘了。给我一张银行卡,马上把钱还你。"

方玉斌笑着掏出银行卡,余飞拿起手机点了几下,把钱汇了出去。这时,一盆麻辣小龙虾被端上桌。余飞拿手抓了一只,放到方玉斌面前。他说:"这个麻辣小龙虾，北京人叫麻小，尽管早就风靡全国，起初我却不以为然。不过如今，我越来越喜欢这道菜，尤其是请好朋友，几乎是必点。”

“有什么讲究吗？”方玉斌问。

余飞说：“吃这玩意，双手弄得油乎乎的，再也没法玩手机，只能聊天。”

方玉斌点了点头：“怪不得麻小这道菜，能火遍大江南北。”

杨韵说：“麻辣小龙虾这道菜，起初是湖北人爱吃，后来传到北京簋街，终于具有了全国影响力。得亏这么多吃货喜欢，否则真是件麻烦事。”

“怎么说？”余飞问。

杨韵说：“小龙虾是存活于淡水中的甲壳类动物，摄食范围很广，不仅吃其他动物的尸体，真要饿极了，还能自己吃自己。因为繁衍速度快，适应能力强，容易在生态环境中形成绝对竞争优势。”

杨韵接着说：“小龙虾每到一地，几乎就成为公害。前些日子，苏格兰河流中的小龙虾泛滥成灾，一些河流中出现了踩着小龙虾过河的盛况，令当地政府头疼不已。小龙虾抢食光了河里的食物，其他鱼类大量饿死。政府出动人员去捕捞，可捕捞速度还赶不上这家伙的繁衍速度。”

杨韵又说：“还有一回，云南省元阳县的哈尼梯田遭受小龙虾入侵，生态环境出现急剧变化。部分梯田田埂被蛀空而垮塌，一度影响到哈尼梯田申请世界文化遗产的进程。”

杨韵笑着说：“自打中国的吃货们爱上了小龙虾，一切烦恼就烟消云散了。咱们发明了麻辣小龙虾这一菜肴，用重味掩盖了小龙虾本身的腥味。加上国人早练就了一身铁齿铜牙金刚胃，小龙虾肚子里那些脏东西更不在话下。于是，在全世界横行霸道的小龙虾就这样栽倒在吃货嘴下。当苏格兰为了小龙虾头疼时，就有人说，派中国的吃货大军过去，分分钟搞定。”

“美女这番话，让我长见识了。只是听你这么一说，又是腥味重，又是吃动物尸体的，弄得我不敢下筷子了。”方玉斌开着玩笑。

“没事。”杨韵说，“中国的吃货太厉害，早把野生小龙虾吃光了。如今餐桌上，全是人工养殖的。”

余飞插话道：“还别说，咱中国人真是厉害。那些外国人压根不敢尝试，甚至得花大价钱去捕杀的东西，全叫吃货们一扫而光。比如说牛蛙，长得又丑，腥味又重，国外根本没人吃。加上这家伙繁殖能力强，一度泛滥成灾。可到了中国，厨师用泡椒、辣椒、花椒这些东西轻易化解了牛蛙肉的腥膻。至于长得丑嘛，反正切碎了吃，谁也看不见。”

“是啊！”方玉斌也有感而发，“鲤鱼这东西，在中国哪儿还有野生的？几乎全是人工养殖。真要吃上野生鲤鱼，真得谢天谢地。可美国人从不吃鲤鱼，导致亚洲鲤鱼在美国河流泛滥。据说美国政府还要斥资上百亿美元，专门治理这玩意儿。”

众人正聊着天，黑衣男子拎着一壶茶回到包间。余飞亲自给方玉斌斟上：“中午你不喝酒，就品品茶吧。这种小菜馆，做菜的手艺将就，却没什么好茶。我特地让司机去沏了一壶，这是上好的浙江安吉白茶，你尝尝。”

方玉斌抿了一口，点头说：“味道不错，大家都尝一下。”

余飞和杨韵同时摆手：“我们喝酒，不喝茶了。”

方玉斌又问司机：“你开车也不能喝酒，喝点茶吧。”

司机举起面前的可乐瓶：“谢谢。我从不喝茶，平常只喝可乐。”

“这怎么好意思？”方玉斌说，“余总的好茶，到头来我一个人独享。”

接下来，余飞和杨韵端起酒杯轮番相敬。方玉斌以茶代酒，应付起来倒也轻松。

午餐接近尾声，方玉斌抬腕看了看表：“时间不早了，我得赶去机场。”

余飞又说了一通感谢的话，然后吩咐道：“我下午有事，没法去机场送行。就让司机开车，杨总代我送你去机场。”

方玉斌推辞说：“不用了，我自己打个车去机场就行。”

余飞坚持道：“让你去打车，那不是在打我的脸吗？那哪行！”

方玉斌又说：“让司机送我就行。杨总工作忙，不必去机场了。”

杨韵喝了酒，妩媚的瓜子脸上泛起一丝红晕，她娇嗔地笑道：“人家想多陪方总一会儿，跟着你学习一下，难道都不给我机会？”

余飞也说：“大美女一片盛情，你可不能拒人于千里之外。”

“好，好。恭敬不如从命。”方玉斌只好说。

上车后，方玉斌与杨韵坐在后排。车上的冷气远比餐馆强劲，但杨韵却扇动玉手，抱怨说天气热。接着，她又松开衬衣上的一颗纽扣。方玉斌出于本能，不免朝杨韵衬衣的缝隙处瞟了一眼。

汽车启动后，杨韵问道："你的夫人一定很漂亮吧？"

方玉斌摇了摇头："我还没结婚，哪来什么夫人。"

"是吗？"杨韵眨了眨眼，"像你这么优秀的男人，居然还是单身。这对许多女同胞来说，可是一条好消息。"

方玉斌笑了笑："是不是看到产品积压，都盼着厂家降价促销？"

"你真幽默。"杨韵咯咯地笑起来，"没人指望你打折，只是想着怎么把宝贝抢到自己家里。"

杨韵又问："你的女朋友，一定把你盯得很紧吧？"

方玉斌刚想回话，却觉着脑袋发昏。他拿手揉了揉太阳穴，并没有丝毫好转。

杨韵还在追问："你交往过几个女朋友？"

方玉斌感觉头疼得厉害，连说话的力气都没有了。杨韵似乎还在耳边说着些什么，自己却一点也听不清。

当方玉斌清醒过来时，发觉自己赤身裸体躺在一张床上。他挣扎着翻起身，只见杨韵穿着睡袍，倚靠在沙发上，粉嫩的大腿裸露着，其中一只就搭在床上。

"你总算醒了。"杨韵说道。

方玉斌显得十分紧张："这是哪里？我为什么在这儿？"

"你还说呢。"杨韵说，"刚才送你去机场，你说自己脑袋晕得厉害，我就把你送来宾馆休息一会儿。一进屋，你就不老实了。"

停顿了一下，杨韵略带羞涩地说："倒没想到，你干那事挺厉害，把人家折腾得死去活来。"

"你说什么？"方玉斌警觉起来，"你说咱们刚才做了什么？"

杨韵掏出一支女士烟点上，贪婪地吸了一口："你们这些臭男人，想干事时什么都顺着人家。事情一做完，裤子还没穿，就翻脸不认账了。”

杨韵一边说着，一边调整了一下坐姿。除了裹一件睡袍，她并没有穿内衣。当他挪动身子时，身上的敏感部位若隐若现。方玉斌的心扑通直跳，脸上露出尴尬神情。

“瞧你那样。”杨韵用脚软软地踢了方玉斌一下，“怎么着，又不老实了？这些东西，刚才不都给你了吗？”

方玉斌努力平复着情绪，说道：“对不起，我真的不记得，自己刚才做过些什么。”

“记不记得的，随你便吧。像你这种翻脸不认账的男人，我也没打算要你负责。”杨韵掐灭了刚吸几口的香烟，一把扑到方玉斌怀里。

方玉斌有些惊慌失措：“别，别。”杨韵却爆发出一阵浪笑：“我就喜欢你这种男人，一会儿像野兽，一会儿又特清纯。老实说，你女朋友是不是也被你折腾得受不了？”

杨韵可是个美人坯子，这样的大美人躺在自己怀里，不断做出撩人动作，方玉斌的身体不可能没有反应。他的呼吸变得沉重，下半身也有昂扬向上的迹象。

杨韵似乎觉察到方玉斌身体的变化，语气愈发娇柔：“怎么着，再来一次？”她解开睡袍，两眼直勾勾地盯住方玉斌：“你这么厉害，我真怕招架不住。不过既然是你的人了，只要你乐意，就再陪你疯一回。”

雄性的本能，让方玉斌蠢蠢欲动，但理智却告诉他，今天的事太蹊跷。究竟之前有没有和杨韵颠鸾倒凤尚且搞不清楚，此刻千万不能再干出什么荒唐事。

方玉斌告诫自己，不能再和杨韵纠缠在床上。孤男寡女，赤身裸体，只要一念之差，难免越过红线。他狠了狠心，一把掀开被子，站起身来。

穿好衣服后，方玉斌慢慢镇定了下来。他点燃一支烟，问道：“中午给我喝的茶里面，是不是加了什么东西？”

“什么意思？不认账还倒打一耙是吧？”杨韵并不急于裹上睡衣，依旧一丝不挂地躺在床上。

方玉斌说："该我认的账，一定会认。但不该认的账，我也没法认。不瞒你说，今天这事，我始终觉得奇怪。"

杨韵终于披上睡衣："你把人家睡了，自个儿倒觉得奇怪。怎么着，是不是还要我向你负责？"

方玉斌不知如何回答，沉吟片刻后，只得起身离去。出门前，他转头说了声："对不起。"

伴随着房门"砰"的一声，杨韵从床上缓缓站了起来。她的表情有些懊恼与失落，隔了良久，才恨恨地骂了一句："不知好歹的东西。"

杨韵整理好衣服，坐电梯下到地下停车场。拉开车门，她坐到副驾驶的位置上。旁边驾驶位置上坐着余飞，正一个人抽烟。见杨韵上车后，他把自己抽到一半的烟递过去："瞧你气冲冲的样子，怎么了？来，抽根烟，压压火。"

"我只抽女士烟。"杨韵并没有领情，而是从自己兜里掏出一支烟点上。

余飞微笑着问："你干得很漂亮啊，为什么还闷闷不乐？"

"我哪有闷闷不乐？"杨韵说道。

"用不着骗我，女人的眼睛不会说谎。"余飞抖了抖烟灰："事情早就办妥了，你干嘛还在房间里待那么久？该不是动了情，来真的了吧？"

余飞似笑非笑："方玉斌倒挺有女人缘。能让你这种万花丛中过、片叶不沾身的人动心，也是他的福气。不过有些事，是勉强不来的。人生不如意者十之八九。跟想的一样叫童话，跟想的不一样才叫生活。我劝你还是走自己的路，和爱情兵分两路。"

杨韵白了余飞一眼："你交代的事，已经办妥了。我的事，不需要你操心。我看你还是管好佟小知吧，方玉斌对她才是一往情深。"

"没那闲工夫。再说接下来，方玉斌一个头两个大，也没空一往情深了。"余飞冷笑一声，驾车离开了停车场。

方玉斌离开酒店后，拦了一辆的士朝机场赶去。路上，他回忆起今天的遭遇，越想越不对劲。去问余飞吗？这个念头刚冒出来就被自己否定。如果这是陷阱的话，余飞便是始作俑者。此时去问他，能问出什么东西来！

思前想后，方玉斌决定给佟小知打个电话，或许从她嘴里能得到什么消息。电话一接通，佟小知就十分热情地说："昨天的事，太谢谢你了。余飞现在没事了。"

"我知道。"方玉斌说，"他昨天下午就回来了。"

"你怎么知道得那么清楚？"佟小知问。

方玉斌说："今天中午我就和余飞在一起呀。"

"你和余飞在一起？你来滨海了？"佟小知显得颇为诧异。

电话那一头，更为诧异的是方玉斌。昨天佟小知打来电话求救时，方玉斌并未告诉对方自己身在滨海。可是今天，余飞不是说原本佟小知也要出席午餐，只是因为临时有事走不开吗？难道佟小知压根不知道这事？

方玉斌说："中午我和余飞在一起吃饭，余飞说你临时有事来不了。"

"他真是的。"佟小知抱怨道，"请你吃饭的事，也不跟我说一声。"

"没事。"方玉斌故作镇定地说，"我正在去机场的路上，一会儿就要回上海了。我就是临走前给你打个电话，以后有机会再聚。"

放下电话，方玉斌愈发忐忑。照目前的局势，余飞存心给自己下套的可能性越来越大。他这么做究竟是为什么？难道在上回的饭局上，金元攻势没有奏效，这次改用美人计了吗？

◎ 7　最保险的投资，绝不是去跟风，而是投资自己的兴趣

怀揣着满腹心事，方玉斌登上了返回上海的飞机。坐到座位上以后，方玉斌特别嘱咐空姐："我想睡觉，一会儿不必给我送餐食和饮料。"

其实，方玉斌哪里睡得着？他不过是闭目沉思，不想让任何人打扰自己。今天发生的一切太蹊跷，他很想一个人静一静。

可惜飞行途中，后排座位的争吵声不断传来，令原本心烦意乱的方玉斌更加焦躁。侧耳听去，大概是一位旅客对空姐的服务不满。这位旅客购买的是经济舱机票，只不过因为旅客人数太多，办票人员免费把他升为头等舱。能够免费升舱，自然是难得一见的好事。不过升舱之后，除了座位更宽敞，旅客并不能享受头等舱的各种服务。其他头等舱旅客拥有的拖鞋，空姐不会发给他，更加精致的头等舱餐食也没他的份。

空姐一直在解释，旅客的声音却越来越大："头等舱有什么了不起？不就是给钱吗？多少钱，我马上补一张头等舱机票。"

空姐无奈摇头："对不起，先生。在机场，您可以补票。飞机起飞后，我们不再办理补票业务。"

其他旅客纷纷投来异样目光，那眼神似乎在说，这种无理取闹的家伙，

真该把他赶下飞机。旅客或许自知理亏，但越是面对外人嘲讽的目光，他的火就越大。

方玉斌也觉得旅客过分，但听这声音，又觉得有些熟悉。他睁开眼，回头望去，一张熟悉的面孔立刻映入眼帘。这不是何兆伟吗？方玉斌招呼道：“兆伟！”

怒气未消的何兆伟也看到了方玉斌，他很是讶异，隔了半天才叫出方玉斌的名字。

尽管心里一堆烦心事，但空中遇故知，还是令方玉斌又惊又喜。这个老同学，当年靠着一款新软件在互联网业异军突起。尤其经过方玉斌的牵线搭桥，与荣鼎资本合作后，业务蒸蒸日上，俨然成为行业霸主叶云来的头号劲敌。不过后来风云突变，袁瑞朗基于利益最大化的考量，将荣鼎持有的何兆伟公司的股份高价卖给叶云来，昔日仇敌反而成为这家公司的最大股东。何兆伟愤而离开公司，之后便出国了。他出国那一天，方玉斌去浦东机场送行。也就在同一刻，刚回国的金盛集团董事局主席华子贤在浦东机场被逮捕，并引发一系列风波，方玉斌的人生轨迹由此改变。

方玉斌立刻与后座的旅客交换了座位，坐到何兆伟旁边。他拍着老同学的肩膀：“回国了也不同我联系，是不是还生我的气？”

何兆伟脸上终于有了笑容：“当年的事我早就释怀了，否则，我出国时不会跟你打招呼，也不会让你来机场送我。再说了，要不是你干的那些操蛋事，我也不能从叶云来那里拿走5000万真金白银。那可是好多人一辈子赚不来的钱。”

方玉斌问：“刚才怎么回事？怎么和人家空姐吵起来了？”

何兆伟说：“我不过是看到其他人的餐食和我不一样，随口问一下，空姐啰啰唆唆一大堆，说我是免费升舱的旅客，真是狗眼看人低。不就是一个头等舱嘛，老子早就坐腻了。”

同学之间开起玩笑来很随便，方玉斌说：“你好歹也是几千万身家，比我有钱得多。怎么买票的时候也不弄个头等舱，到头来为难人家空姐？”

“别提了，什么千万身家！”何兆伟苦笑道。

方玉斌又问："这几年你究竟在干什么，何时回国的？"

何兆伟摇头叹息，说起自己的经历。带着5000万，他来到枫叶之国加拿大，本想着好好休整一段时间，可早上睡到自然醒，白天遛狗做菜，晚上在家追电视剧的生活实在索然无趣。不到几个月时间，他便按捺不住，琢磨着要做点事情。

这几年移民加拿大的华人很多，中餐馆生意火红。碰巧何兆伟认识了一个从台湾过去的厨师，整日怂恿他投资开一家高档餐馆。他最终下定决心，在温哥华的黄金地段租下一家餐厅，准备大干一场。

餐馆装修豪奢，菜品的味道也不错，但不知为什么，生意就是没有起色。开业不过半年，便已支撑不下去。无奈之下，只能挂牌转让。最后散伙时，那名台湾厨师又坑了何兆伟一笔钱。这一单生意，让他足足亏了几百万，虽然谈不上伤筋动骨，却也锐气大挫。

痛定思痛之后，何兆伟也在寻思，市面上机会多，陷阱更不少，有些行业貌似红火，但未必适合自己。最保险的投资，绝不是去跟风，而是投资自己的兴趣。做自己感兴趣与擅长的事，远胜过进入一个看似遍地黄金的陌生行业。

何兆伟的兴趣，无疑还在互联网领域。他认真分析行业趋势后，认为视频网站在中国大有可为。于是，他怀揣全部资金杀回国内，再战江湖。

一开始，何兆伟的事业顺风顺水，他投资建立的梦剧场视频网站吸引了不少眼球。但很快，伴随着优酷、爱奇艺等行业霸主地位的形成，梦剧场举步维艰。

方玉斌这才知道，原来何兆伟已经回国有不短时间了。他埋怨道："你真是的，回国这么久也不联系我一下。"

何兆伟说："起初网站建起来，工作太忙，便想着等自己干出一番成就，再来联系老同学。这半年多，生意一日不如一日，烦心事太多，我也没脸来见大伙。"

方玉斌寻思，怪不得文质彬彬的何兆伟，竟然会同一个空姐大动肝火。他这人最在乎脸面，要是事业有成，人家轻慢几句也能一笑置之。赶上诸事不顺，或许别人一句无心之言，他也认为是在轻蔑自己。至于梦剧场网站，去年的确红火过一阵，方玉斌电脑里也下载过播放器，只是不知道它竟然是何兆伟创建的。这段时间，自己再没登灵过这个网站，看来真是江河日下。

方玉斌问："那个梦剧场，怎么突然走下坡路了？"

何兆伟叹了一口气："如今国内的视频网站，根本不是拼技术、拼服务，完全就是拼资本。谁舍得烧钱，谁就是老大。有了钱，就能砸钱做营销，进行线上线下的推广，就能购买好的影视剧播放权，就能升级服务器。"

方玉斌点头说："如今是资本时代，没有资本做靠山，就仿佛拿着大刀长矛对抗飞机大炮。想当初，要不是资本加持，你的公司也不会迅速崛起。"

"道理谁都懂，但做起来太难。"何兆伟说，"看着人家来势汹汹，我只能迎战了。前期赚的钱，还有我的全部身家都砸进去了。我也找了几家风投来注资，打算和优酷、爱奇艺大干一场。最起码，要在行业内保住一席之地。"

何兆伟越说越懊恼："前前后后，我投了接近一个亿，但越投心里越没底。后来才发觉，自己是把一场马拉松当成百米冲刺。爱奇艺、优酷的资本太雄厚，它们有足够体能跑完一场马拉松。我铆足劲，只不过在前一百米不掉队，后面就再也坚持不下去了。"

身为投资界精英，方玉斌立刻点出问题："老同学，人家练过九阴真经，内力强得很，巴不得所有人来和自己比烧钱、拼内力，赢家自然是他们。你怎么傻乎乎就凑上去了！"

"现在说这些已经晚了。"何兆伟拍着大腿，"风投已经不肯再投钱，外面还有一堆债主。员工的工资没着落，连服务器的租金也欠着。不瞒你说，为了应付那些上门打官司的债主，我和法院的法官都成了熟人。"

方玉斌有些惊异，没想到何兆伟竟沦落到这般田地，老本亏光不说，还欠下一屁股外债。转念一想，资本为王的时代，今日上天堂，明日下地狱，本是再正常不过的事。

方玉斌问道："你这次来滨海做什么？"

何兆伟说："做一单小生意。"

"什么生意？"方玉斌追问，"你又投资什么新项目了？"

“我哪来钱投资新项目！”何兆伟说，“只是帮一个客户做一场视频直播。”

何兆伟接着说：“一家德国的汽车企业，有款车在滨海首发。德国总部的CEO来了，还请了章子怡和好莱坞明星，现场非常炫。为了这个新车首发式，人家花了几千万。但是，这么多钱砸进去，只能服务现场几百人。车企去找电视台，电视台当然不可能直播一场企业活动。最后，就找到我们。我们的技术手段、摄影器材能够和电视台比肩，通过我们的直播，成千上万的网友都能看到这场新车首发式。”

“开始做直播了？不错嘛。”方玉斌夸赞道。

“别埋汰我了。”何兆伟自嘲道，“堂堂一家互联网视频网站，沦落到去接这种活。要不是员工几个月没发工资，打死我也不干。”

说话间，飞机已降落在上海虹桥机场。在宾馆里和杨韵那一幕，始终是方玉斌的一块心病。尽管遇上了老同学，他也没心思请人家吃饭，两人留下联系方式后便道别。

滨海之行已过去半月，千城股权大战如火如荼，华海丝毫没有收手的意思，继续在二级市场疯狂吃进千城股份。但余飞与杨韵再没联系过方玉斌，一切仿佛从没发生过。

一天下午，吴步达匆匆走进方玉斌的办公室，报告说：“千城的股价昨日大跌，今天先抑后扬，又逼进了涨停板。更关键的是，华海的持股比例不仅早已超过荣鼎，而且已经接近25%。”

按照千城的股权分布与公司章程，25%的持股比例是一个重要关口。谁拿下25%的股权，就将获得提请召开董事会议、罢免现任管理层的权力。形势越来越明朗，华海绝不甘于做一名财务投资者，他们念兹在兹的，是夺取这家巨无霸企业的控制权。

方玉斌无奈地摇头：“上面决定袖手旁观，我又能做什么？”他接着说：“我不是让你把有关千城的股权交易情况，每天向总部进行书面汇报吗？”

吴步达说：“我一直按时提交报告。”

方玉斌点了点头："未来有谁追究责任，这些报告就是咱们的辩护状。反正我是早请示、晚报告，真有什么不测，也不能怪罪我。"

"我明白。"吴步达说，"但还有一件事，我有些纳闷。千城的股权之争，已经杀到刀刀见骨了，怎么媒体上一点动静都没有？"

"这有什么好纳闷的？"方玉斌跷起二郎腿，点拨部下，"据我所知，无论千城还是华海，都动用了媒体关系，给事件灭火，希望媒体不要报道。所以直到现在，媒体上静悄悄的，仿佛什么都没有发生。"

方玉斌接着说："起码在现在，双方还没想把矛盾公开化。真到了有一天，无论华海还是千城，主动把事情捅出来，就意味着彻底撕破脸，而且到了决战时刻。"

方玉斌又说："这也说明了一个道理，凡是见报的消息，早就反映在股价中。报纸一刊登，市井百姓都知道了，这消息还有含金量吗？最近千城的股价波动剧烈，反映的正是背后的股权之争，只不过这个消息一般股民不知道而已。"

吴步达一副受益匪浅的模样："方总这一番分析透彻。"

股权大战自己是使不上什么劲了，杨韵那边又风平浪静，方玉斌不自觉想起了何兆伟。当天心绪太乱，仅在飞机上聊了几句，如今老同学处境堪忧，应该多关心人家。况且，方玉斌更凭借着自己的灵敏嗅觉，从何兆伟身上闻到了一股商机。

接下来两天是周末，方玉斌查阅了大量资料，又打电话咨询了许多专业人士。自觉心中有底后，星期天晚上，他联系上何兆伟，约好晚上见面。

何兆伟依旧是愁眉不展的样子，头顶上头发稀疏，已略微谢顶。看得出来，他最近的日子越来越不好过。两人一边喝酒，一边聊着家乡往事。何兆伟的酒量倒是比过去进步不少，甚至不需别人劝酒，说着话自个儿就灌下几杯。方玉斌担心他喝醉了，赶紧说起正事："你需要钱时，干吗不来找我？"

何兆伟说："刚开始那会儿，风投抢着往视频网站投钱。事到如今，没人再投钱进来，找你恐怕也是无济于事。"

"未必。"方玉斌说，"假如我现在打算投钱给你呢？"

酒杯到了嘴边，何兆伟的手却停下来："当真？"

方玉斌点头说："我可不是开玩笑。"

"还是老同学够意思。"何兆伟放下酒杯，"只要有资本注入，我一定能打一场翻身仗。"

何兆伟越说越激动："我怎么把你给忘了！其他风投不敢投钱，是明知竞争不过优酷、爱奇艺背后的资本。你的背后可是荣鼎呀，正儿八经不差钱。有你们做后盾，我还怕什么？快说，打算投多少钱？"

方玉斌伸出三根手指。何兆伟思忖之后说："如果是一年前，三个亿还能干一番大事，如今投三个亿，只怕杯水车薪。"他接着说："不过也好，有了这笔钱，咱们先坚持下来，以后的事从长计议。"

方玉斌撇嘴道："不是三个亿，是300万。"

"300万？"何兆伟瞬间像泄了气的皮球，"这点钱还不够塞牙缝的。我自个儿都往里投了几千万，你们这么大公司才投300万，亏你想得出！"

方玉斌笑起来："你是往里投了几千万，可如今钱呢？"

何兆伟最受不了别人轻蔑，顿时火冒三丈："经营无方，我认栽，可不用你来取笑。你那300万，还是留着吧。我缺也不缺这点钱。"

方玉斌知道老同学的脾气，赶紧赔不是，接着说："我可不是取笑你，而是正儿八经谈生意。别看300万少，没准就能让你东山再起。"

"你且听听，看我说得有没有道理。"方玉斌说，"事实明摆着，纵然如今砸三个亿，也撼动不了优酷、爱奇艺的霸主地位。人家不仅资本实力雄厚，关键还抢占了先机。它们坐上霸主地位，大概砸了10亿，可后来者要造反成功，把人家拉下来，自己坐上去，就得花20亿乃至30亿。机遇已经过了，指望钱生钱的投资公司，不会做这种费力不讨好的生意。"

方玉斌说得在理，何兆伟无从反驳，但他仍旧不服气地说："既然大局已定，你还跟我说这些干吗？"

方玉斌说："在飞机上我就说了，人家练成了九阴真经，你还去拼内功，那不是傻吗？你得赶紧学学凌波微步，能从人家手下溜走就不错了。先成功撤退，再另辟战场。"

何兆伟不以为然地说：“我倒是想跑，但背着一身债，往哪儿跑？你说另辟战场，又在哪里？”

方玉斌微笑着说：“就是直播呀。”

“拜托，能不能说点靠谱的。”何兆伟说，“那种业务，做一单利润撑死几十万，况且还不是每天都有活儿接。先不说挣钱了，就说我得做多少年，才能把债还清。我当时也说了，要不是员工急等着发工资，这种活儿根本不会接。”

“不是每天都有活儿接，是因为你压根没用心思揽活儿。”方玉斌说，“你那天不是告诉我，德资车企的一个经理和你手下一个员工是亲戚，人家主动找上门，你们才答应下来。如今有这种直播需求的人很多，企业会议、商业活动乃至个人婚礼，都可以做直播。如果成立一个专业营销团队主动出击，业务量一定会激增。”

在投资行业多年，聊起各种经济模式，方玉斌头头是道：“你可别小瞧这种挣快钱的生意。那些互联网大咖，多半还在烧钱，别说赚钱，有些连赢利模式都没弄清楚，纯属赔本赚吆喝。那些建筑企业，谁不是一屁股三角债，去年做了工程，后年都收不到尾款。还有传统企业，小到做服装批发的老板，大到钢铁厂，声称一年赚多少钱，但细究下去，有多少钱压在库存里，真正能变现的有几个？为什么新经济模式层出不穷，还有那么多人热衷投资餐饮，不就因为餐饮是挣快钱的行业。一个客人来，就有一笔利润，开门一天，就有现金流进账。”

方玉斌又说：“反正你的人员、设备都是齐的，晾在那儿不产生一分钱效益。可做一次直播，就有几十万利润。这种现金奶牛干吗嫌弃？尤其对于你这种资金链快要断裂的企业，持续稳定的现金流太重要！好比伤员进了急诊室，开刀做手术的事还能缓一缓，第一步就是输血，把命保住。”

何兆伟认真听下去，觉得不无道理，他说：“我好歹曾经是互联网视频业的弄潮儿，转行做直播，的确是掉价。但运作得好，每个月倒可以有几百万现金流，起码不会为工资、租金发愁。”

方玉斌接着说：“视频网站已经是红海，杀得血流成河。你干不过优酷、爱奇艺，就得转而去开拓蓝海。到了直播领域，你的优势立刻出来了。外面那些个散兵游勇，能和你比吗？”

“根本不是一个档次。”何兆伟也来了劲，“有些小公司，拿个几十万的设备，也在做直播，我的那些设备，都是一水的日本进口货，花了好几百万。”

“对嘛。”方玉斌说，“做视频网站，你现在充其量是个凤尾。搞直播，你的实力就是带头大哥。况且，这只是第一步，利用稳定的现金流，让企业得以支撑下去，接下来咱们还有大动作。”

“怎么做？你快说。”何兆伟追问道。

方玉斌说：“最近互联网上冒出不少网红，别看人家小打小闹，人气旺得很。这些网红，全是被直播捧红的。你有自己的网站，有那么先进的直播设备，为什么不打造一个高大上的直播平台？”

方玉斌又聊起当初执掌昊辰影视的事，他说：“这家影视公司的管理精英，我可以介绍几个给你，大家一起合作。如今那些网红，好些还没有自己的营销包装团队，有人甚至拿着手机就在自拍。你有先进的设备，再加上专业影视人才，咱们按照包装明星的方式包装网红，难道干不过那些野路子？如今可是眼球经济，直播、网红本来就容易集聚人气，等你的平台火了，估值立马翻几十倍。到时随便出手一点股权，还怕还不了旧债？”

何兆伟被方玉斌说得激动起来：“的确值得一试。咱们说干就干呀，把梦剧场转型成一个直播平台！既然专心致志捧网红、聚人气，我看也不必出去揽什么新车首发式、企业会议直播的活儿，那多没劲。”

“不行。”方玉斌摆手道，“生意不止远方的田野，还有眼前的苟且。做直播平台，前景不错，能挣大钱，但前期会有一个不太短的培育过程。接一些商业活动直播的活儿，是挣快钱，你得靠这笔现金流，挺过眼前的难关。起码在目前，咱们得两条腿走路。”

何兆伟嘿嘿笑起来：“你总是很务实，不像我，是个理想主义者。我怎么就没想到这些？”

方玉斌笑着说：“我是做投资的，分析各行各业的前景是我的专业。再说我也是受你启发，你说视频网站做不下去了，又说去滨海帮一家车企做直播，我把事情串联起来一想，思路慢慢就出来了。不瞒你说，这个周末我一直在研究直播行业，越来越感觉里面蕴藏机遇。别说互联网了，就说传统电视吧，现在电视广告卖得最好的是体育赛事、奥运会、世界杯、春晚，这些东西全是直播。这就说明，大众对于直播的东西感兴趣。”

何兆伟畅快地喝下一杯酒，说：“就按你说的，先救命，再治病，300 万也不够呀。直播平台虽不比视频网站烧钱，但没个几千万，也聚不拢人气。”

方玉斌说：“先说这 300 万，并不是投给你的，而是借给你。”

见何兆伟一脸茫然，方玉斌解释说：“我现在是荣鼎创投的总经理，我们公司只做大型财务管理，不会投几千万的项目。当然了，荣鼎系旗下有专门做风投的公司，我也可以帮你们引见，不过真要是风险投资，前期调研过程复杂，再说以你们资不抵债的现状，十有八九过不了关。”

方玉斌接着说：“我只能利用手中的一点小权力，从荣鼎创投账上借 200 万给你。剩下 100 万，我自己掏腰包。按照我说的，先从承接各种直播业务入手，让资金流转动起来，再逐步往直播平台方向摸索。等企业渡过难关走上了正轨，我再把荣鼎旗下风投公司的老总约出来，促成你们合作。这就叫，饭得一口一口吃，生意要一步一步做。”

“就这么干！”何兆伟拍着桌子说道。

第四章 合纵连横

真正的强者，不能一直仰人鼻息，应当把命运牢牢抓在自己手中。方玉斌脑海中浮现出一个念头，今日的自己，已非昔日的吴下阿蒙，凭借引以为傲的投资眼光，丰富扎实的职场历练，乃至手中掌握的深厚人脉，或许是时候去走出一条属于自己的路了？

◎1　方玉斌没想到自己居然陷入了艳照门

身为荣鼎创投总经理，200 万以内的资金拆借，不必请示总部，方玉斌就能做主。公司的借款很快打到何兆伟账上，方玉斌也把个人的 100 万积蓄投了进去。方玉斌相信自己的眼光，在他看来，这笔投资一定会取得不俗回报。

接下来几天，方玉斌下班后都会与何兆伟见面。在不断碰撞中，关于梦剧场转型的思路愈发清晰。

方玉斌还给昊辰影视的老部下打了电话，约他们出来与何兆伟见面。双方说好，星期一晚上在新天地附近的一家咖啡馆详聊。

快到下班时间，方玉斌收拾起桌上文件，打算早早赶去咖啡馆。这时，吴步达却走了进来，说道："总部办公室的通知，请你明天去北京一趟。"

"去北京干什么？"方玉斌颇为疑惑，费云鹏人在国外，谁会急着找自己？

吴步达回答说："总部的人说，是副总裁伍俊桐找你，说有急事。"

"他找我干吗？"方玉斌说着便抄起电话，直接拨给伍俊桐，他要问一问，究竟有什么事？

如果是费云鹏召见，方玉斌只会准时赶到，绝不会打这通电话。不过在费云鹏的一手操弄下，各地诸侯权力渐增，副总裁的权力却被大大限缩。以至于召见下属这种事，人家还要打电话问个原因。

电话那头的伍俊桐倒没表现出多少不悦，只说有重要事情，电话里不方便讲。方玉斌只好答应下来："我今晚赶过来，明天一早到你办公室。"

梦剧场的事，只能算方玉斌的私活儿，总部领导召见，才是正事。方玉斌给何兆伟打去电话，说要赶去北京，今晚的聚会没法参加，让他自己和昊辰影视的人谈。

第二天一早，方玉斌出现在伍俊桐办公室。两人早有心结，关系并不融洽，因此一见面倒要故作热情地说上几句客套话。

方玉斌恭维道："伍总荣升副总裁后，我还是第一次到你办公室。这地方好气派呀。"

伍俊桐笑着说："哪有什么气派，只不过你来了，蓬荜生辉而已。"

寒暄了一阵，方玉斌问道："急着叫我过来，有什么吩咐吗？"

伍俊桐掏出烟，先递给方玉斌，接着又自己点上。他脸上的笑容越来越少："玉斌，这次叫你过来，是因为有人反映了一些对你不利的事情。"

"什么事？"方玉斌警觉起来。

伍俊桐说："这段时间，千城集团的股价波动很大，我们荣鼎丢掉了千城集团最大股东的位置。千城的业务，可一直是荣鼎创投在负责。"

方玉斌立刻说道："荣鼎的确失去了大股东位置，但板子可不该打到我身上。之前我就向总部汇报过，是总部决定按兵不动，静观其变，我不过是执行而已。"

"不要急嘛。"伍俊桐挥了挥手，"又没人说要为这事打你板子。"

"我要说的，是另一件事。"伍俊桐深吸一口烟，表情变得异常严肃，"千城股价上下波动，身为荣鼎创投一把手，你可掌握了不少内幕消息。你有没有在这里面，搞什么名堂？"

方玉斌一头雾水，问道："什么名堂？能不能说得具体一些？"

伍俊桐说："那我就直言不讳了。你有没有利用内幕消息，建老鼠仓从事内线交易，利用股价波动为自己捞好处？"

建老鼠仓，搞内线交易，这可是极其严厉的指控！方玉斌毫不迟疑地说道："我绝对没有干过这些事！"

接着，方玉斌拉高声调："伍总，我好歹也是荣鼎的高级管理人员，总不能无凭无据地怀疑我吧！"

"当然！"伍俊桐一副稳如泰山的样子，不疾不徐地说道："这么严厉的指控，怎么会是无凭无据呢？我们向来的原则是，不放过一个坏人，也不冤枉一个好人。"

伍俊桐接着说："有人写来举报信，说近期在股票交易所有两个账户，一直在炒千城股票，而且判断极为精准，总是在低点买入、高点卖出。来来回回几个回合，赚了上百万。"

"这两个账户和我有什么关系？难道开户人是我方玉斌吗？"方玉斌说道。

伍俊桐摇了摇头："开户人当然不是方玉斌，而是一个叫杨韵的女人。这个人，你认识吗？"

当伍俊桐说出杨韵两个字，仿佛在方玉斌耳边炸开一声巨雷，一种不祥的预感顿时萦绕全身。并非方玉斌同杨韵有什么瓜葛，而是从当初在宾馆的那一幕，到今日伍俊桐来势汹汹的指控，方玉斌感觉到，一个巨大的阴谋正向自己袭来。

"我认识。"缓过神来的方玉斌缓缓说道，"但她炒股和我有什么关系？"

"这我倒要问你，这个女人和你什么关系？"伍俊桐抖了抖烟灰，嘴角露出一丝浅笑。这个笑容看在方玉斌眼里，显得无比狰狞。

方玉斌说："我和她能有什么关系？仅仅是认识而已。"

"不对吧。"伍俊桐摇了摇头，"举报信里可是说，杨韵是你的情妇。"

"胡说八道。"因为太过气愤，方玉斌一巴掌拍到桌子上。

伍俊桐说："不要激动嘛。有些事情你没有做，谁也冤枉不了。可要是自己做了，也抵赖不掉。"

伍俊桐一边说着，一边打开桌上的笔记本电脑。他把笔记本摊在方玉斌面前，点开一个文件夹，说："你自己看吧。"

文件夹里有几十张照片，全是方玉斌和杨韵的。照片中，两人赤身裸体，拥抱在一起。再看周围环境，正是那天方玉斌迷迷糊糊进入的宾馆房间。

伍俊桐说："这些照片，不是P出来的吧？"

看到这些照片，方玉斌的肺都快要气炸了，他几乎是在怒吼："这完全是一场陷阱。有人在我喝的茶里下药，我迷迷糊糊被弄进房间，发生了什么自己完全不知道。"

"你的意思是说，你被人下套了？拍下这些照片，自己不知情？"伍俊桐问。

"没错！"方玉斌答道。

"那你又如何解释这件事？"伍俊桐接着说，"举报信中提到，你通过手机银行，给杨韵转账了30万。什么样的关系，才会给一个女人30万？如你所说，两人仅仅是认识，讲得通吗？你说拍这些照片毫不知情，转账总是你自愿的吧？"

面对伍俊桐连珠炮般的发问，方玉斌陷入了沉默。然而正是在此刻，他不再有一丝一毫的迷惑，却把整件事看得无比清晰。这就是一个精心设计的局，始作俑者毫无疑问是余飞！先安排佟小知出场，以借钱为幌子，骗自己往杨韵的户头汇钱。接着趁宴请之际，在茶中下药，使得自己进入宾馆，和杨韵拍下那些不堪入目的照片。至于用杨韵的名字在股票交易所开几个户，低买高卖赚上一笔，对余飞来说更是易如反掌。而把这些所谓的"证据链"串联在一起时，一切就仿佛成了方玉斌的如山罪状。

离开滨海之后，方玉斌曾经猜测，余飞当初直接送钱被拒，是不是打算改用美人计？没想到人家却是苦肉计、美人计、连环计，一套组合拳打出来，已经不是要攻下一座山头，而是直接把山头夷为平地。手段毒辣呀！

办公室里沉寂了几分钟，方玉斌才重新开口："所有的事情都是诬陷，我相信很快就有真相大白的一天。我也会给费总打电话，解释这一切。"

伍俊桐说："你要给费总打电话解释，那是你的权利。不过在此之前，我已经向费总汇报过，正是他让我负责调查此事。因此今天，我是代表公司和你谈话。"

伍俊桐接着说："你说自己被冤枉，大家同事一场，我也希望你能洗刷掉不白之冤。可要是确有其事的话，后果也十分严重。内线交易已经触犯了法律，是要蹲监狱的。"

伍俊桐又说："如今我负责调查这件事，说心里话，我自己并不想把事情闹大。你是荣鼎的高级管理人员，真出了什么事，也是整个公司的丑闻。如果你能知所进退，我是倾向于内部处理的。"

方玉斌说："这是在跟我谈交换条件吗？只要我引咎辞职，事情就能不了了之？"

"话不用说这么难听。"伍俊桐说，"调查这种事，摆明了是得罪人。我可不想大家最后成为仇人，因此才站在朋友的立场，向你提出一些建议。当然了，路在你脚下，最后的选择也由你来做。"

伍俊桐接着说："另外，这段时间你就留在北京吧。上海的事情，总部会安排人临时负责。你如今的主要工作，就是把这件事说清楚。"

"这是限制我的人身自由吗？"方玉斌问。

伍俊桐掐灭烟头："公司不是检察机关，哪有权力限制谁的人身自由。这只是一种工作安排，总部认为，在事情没有做出正式结论之前，你不适宜继续主持荣鼎创投的工作。你留在北京，方便调查工作的开展。需要你配合的事情，相关人员会通知你来公司说明。"

方玉斌离开办公室后，伍俊桐笑逐颜开地拿起电话。电话接通后，他说道："刚才我已经和姓方的谈过了。吃了这一记闷棍，他已经慌了神。"

电话那头传来余飞的声音："伍总，兄弟这次没让你失望吧？"

"好得很！"伍俊桐哈哈大笑，"你这一通连环计，方玉斌大概跳进黄河也洗不清了。"

余飞说："姓方的已经是过去时，现在就等着喝你老哥的庆功酒了。"

"应该快了吧。"伍俊桐显得志得意满。此番他与余飞联手，不仅是要把方玉斌扳倒，更重要的还是替自己夺下荣鼎创投总经理的位置。

伍俊桐与余飞认识的时间不算短，可之前并无深交。直到最近，两人才突然走近。捞着一个有名无实的副总裁，伍俊桐过得并不如意，他朝思暮想的，就是外放出去兼任荣鼎创投总经理。余飞在方玉斌那里碰了钉子，更是恨从心头起。两人一拍即合，精心设下这个局。余飞负责把方玉斌拉下水，而一旦伍俊桐成功上位，自然会投桃报李，为余飞敞开方便之门。

见伍俊桐喜形于色，余飞仍不忘提醒："我可听说，方玉斌的命硬得很，好几次他都大难不死。这一回，咱们可不能有一丁点儿手软。要整，就把他往死里整。"

伍俊桐说："已经这样了，还能怎么整？"

余飞说："我安排人，把那些照片寄给荣鼎员工，做到人手一份。先不说内线交易的事，光这些照片就是不折不扣的丑闻，让他没脸待在总经理位置上。"

伍俊桐犹豫了一下，说："这是不是太毒辣了？"

余飞坚持说："无毒不丈夫！现在可是鱼死网破的关键时刻，给敌人一条活路，就是把自己往死路上逼。"

伍俊桐思忖了一会儿，说："你和方玉斌无冤无仇，都下得了手。老子和他新仇旧恨，更没道理手软。"

"不过，也不用撒下大网。"伍俊桐又叮嘱说，"动静搞太大，容易引火烧身。我看就给荣鼎的副总裁们寄一份吧，其他人就算了。"

◎ 2 面对位阶、辈分都差着自己一大截的方玉斌，王诚竟然破例了

电话铃声又响了起来，方玉斌有一种不寒而栗的恐怖。

就在几分钟前，他接到一个电话，是苏晋打来的。苏晋问他为何急匆匆赶去北京。以往，哪怕是工作中的麻烦与委屈，方玉斌都会讲给苏晋听，甚至请她为自己出谋划策。然而这一次，面临职场最大危机的方玉斌，却有口难开。尽管中了别人的奸计，但他能告诉女朋友，自己和一个女人赤身裸体滚在床上，被人拍下艳照吗？方玉斌只能随便敷衍几句，说自己来总部参加培训，还说这段时间都会在北京。

对此事一无所知的苏晋，让方玉斌出差在外保重身体。往日听来倍感温馨的叮嘱，此刻却让方玉斌坐立不安，甚至充满羞愧。他无法想象，一旦事情闹出去之后，如何面对对自己一往情深的苏晋？

因此，当电话铃声再次响起，方玉斌唯恐又是苏晋打来的。或者，远在上海的苏晋已听闻到什么风声？

还好，打来电话的不是苏晋，而是何兆伟。何兆伟欣喜地说，昨晚与昊辰影视的人交流得很好，包装网红的事已经提上议事日程。他们还写了一个策划方案，何兆伟打算发过来，让方玉斌把关。

此刻的方玉斌，实在没心思去看什么策划方案，只让何兆伟自己做决断，便匆匆挂断电话。电话刚放下，又响了起来。方玉斌心想，这个老同学，真是太磨叽，如今我心烦意乱，哪还有空同你啰唆。他没好气地拿起电话，却见屏幕上闪烁着费云鹏的手机号码。

方玉斌仿佛抓住了救命稻草一般，立刻滑动接听键。离开伍俊桐的办公室后，方玉斌第一时间给费云鹏打去电话。此时此刻，他无比需要费云鹏的支持。然而，正在海外云游的费云鹏却一直没接电话。这会儿，费云鹏回电话过来，方玉斌自是既紧张又激动。

方玉斌说道："费总，有件事情想跟你汇报。今天上午，伍总找我谈过了。那封举报信是彻头彻尾的诬告。"

费云鹏说："有关这件事，俊桐给我汇报过了。你是我信赖的部下，我也希望举报信的内容不是真的。"

"事情是这样的……"方玉斌急不可耐地要跟费云鹏解释。

"事情的具体经过，就不要对我说了。"费云鹏打断了方玉斌，说道，"我一直说，在荣鼎这样的大企业里工作，每一个人都得讲规矩。什么是规矩？按程序办事就是规矩。有人寄来举报信，里面还貌似有一些颇有说服力的证据。尽管我信任你，但还是得按规矩办事，让伍俊桐进行调查。"

费云鹏接着说："既然俊桐负责调查，你有任何委屈，可以去告诉他，他自然会转达给我以及所有班子成员。如果调查组的工作仍在进行当中，我却越级听取你的汇报，那就是我不讲规矩了。"

"所以呀，"费云鹏又说，"具体的事，你去找俊桐谈。今天打来电话，我只是表明一个态度：如果你真有什么事，我帮不了你；你要是被人栽赃陷害，我也会替你撑腰到底。"

方玉斌说："白的黑不了。我相信自己，一定能把事情说清楚。"

费云鹏说："有这个信心就好。我希望你能经受住这次考验。"

放下电话，方玉斌不自觉地摸出一支烟点上。他一边吞云吐雾，一边回想着费云鹏的话。这通电话里，费云鹏说了不少，但仿佛又什么也没说。费云鹏说的每一句话，他都听懂了，可把这些话串联在一起，又让人摸不着头脑。说了等于没说，让听的人似懂非懂，这大概就是打官腔的一种境界吧。转念一想，自己远算不得费云鹏的心腹，人家能有这种态度，也不必再去苛求什么了。

费云鹏指望不上了，洗清冤屈还得靠自己。方玉斌自然想到了佟小知。在余飞的连环计中，让佟小知找自己借钱无疑是重要一环。但方玉斌无论如何不相信，佟小知会同余飞沆瀣一气来冤枉自己。极有可能的一种情况是，佟小知只是一枚棋子，她被人利用了。对，只有找到佟小知，才能把30万的事情说清楚。

方玉斌立刻给佟小知拨去电话，但一连好几次，电话始终拨不通。方玉斌心急如焚却又无可奈何，最后，他只能用短信和微信给佟小知留言，说有急事，让对方立刻回电话。

接下来的几天，方玉斌每天都去总部报到，配合调查人员的工作。但联系不上佟小知，自己的说法就无法得到印证。更要命的是，调查人员飞到滨海见过杨韵，对方已经承认，和方玉斌是情人关系。有人甚至暗示，方玉斌再硬扛下去，他们只能选择报案。而一旦司法机关介入，就不会是内部处理这么轻松了。

白天在办公室接受询问，晚上回到宾馆还要写材料，方玉斌焦头烂额，度日如年。有好几次，他都想抄起电话，打给余飞、杨韵，痛骂对方一顿，最后却忍住了。摆明了人家设局害你，此时打电话过去，除了宣泄情绪，还能有什么用?

一天晚上，方玉斌正在宾馆写材料，手机响了起来。拿起一看，竟是王诚打来的。自己一箩筐的麻烦事，哪还有心思去管千城集团的股权纷争？只是出于礼貌，方玉斌接起电话，说道："王总，您好！"

王诚说道："小方，听说你在北京？"

方玉斌说："我在北京。您怎么知道的？"

王诚说："你就别管我怎么知道的了。我刚到北京，你到我这儿来一趟吧。"

方玉斌问："王总有什么事吗？"

王诚说："别问那么多了，快出来吧。"

王诚说话的语气总是这样居高临下，方玉斌并不喜欢，他坚持问道："究竟什么事？"

王诚说："有关那些照片的事。最近你留在北京，不就为这事吗？我有好消息给你。"

方玉斌心头一紧，这事王诚怎么知道的？接下来，他又充满希望，王诚说有好消息，莫非他掌握了什么对我有利的证据？方玉斌说："好，我马上过去。"

王诚进京时，通常都住在由千城集团投资兴建的一座高档会所内。

会所坐落在皇城根下，顺着故宫旁的北河沿大街往北走，仅数分钟车程便可抵达。会所有六层楼，以不起眼的灰砖砌成外墙。会所并不对外营业，当年方玉斌只是跟随丁一夫进去过一回。站在楼顶的天台上，四周放眼过去全是低矮的四合院与小楼，往西可看到景山，往西南可俯瞰故宫，地理位置和景观都算得上绝佳。

晚上9点多，方玉斌来到会所。门口的工作人员早就得到招呼，径直将方玉斌带到5楼的一间会客厅。王诚正与几位朋友打桌球，见到方玉斌后，他微笑着打了招呼，又让方玉斌坐一会儿，待自己打完这一局。

不知是天性使然，还是功成名就后的习惯，总之王诚的待人接物，往往令周围人很不舒服。方玉斌这边已经火烧眉毛，又是被你叫过来的，你却非得坚持把这一局桌球打完？方玉斌接触过华海的曹仲华，人家的待客之道，可比王诚殷勤许多。

十分钟后，王诚拿着一瓶矿泉水，笑呵呵地坐到方玉斌面前。王诚说："你最近的日子，不太好过吧？"

方玉斌没有作答，只是耸了耸肩。王诚又说："你晓得，我的日子也不好过。这大概就叫同是天涯沦落人吧。"

方玉斌开口问道："我的事，你怎么知道的？"

"岂止我知道。"王诚说，"如今荣鼎的高层，哪个不知道你的艳照门？"

方玉斌顿时紧张起来。当初伍俊桐不是口口声声保证，在事件调查阶段会暂时保密吗？怎么王诚会说，荣鼎的高层全都知道了？

王诚说："有人把你的那些艳照，给荣鼎的副总裁们都寄去了。虽然丁总撒手而去，但我在荣鼎里还有不少老朋友，是他们把这个风透出来的。"

"王八蛋！"方玉斌恨恨地骂道。自己这几日忙于应付调查，没想到余飞一伙竟动作不断。

"这事如今是伍俊桐在负责吧？"王诚问道。

方玉斌点了点头："费总身在海外，他委托伍俊桐调查此事。"

"你落在他手里，结局可不太妙啊。"王诚说，"我和荣鼎是多年的合作伙伴，对你们公司里的种种纠葛，多少有些耳闻。听说你跟伍俊桐之间有过节，你就不担心人家借机报复？"

方玉斌拧开矿泉水瓶，喝了一口："你对我们公司的事，了解还蛮多。"

王诚笑了笑："我不仅知道你同伍俊桐的恩怨，还知道伍俊桐捞了个副总裁的空衔并不甘心，近来上蹿下跳，一直谋划着能外放出去。人家鞍前马后当了这么多年费云鹏的大管家，也想过一过一方诸侯的瘾了。把你扳倒，岂不是给他腾出位置了吗？"

方玉斌眉头紧皱，伍俊桐在这件事里究竟扮演了什么角色，自己一直吃不准。只是单纯的出面调查，抑或根本就是幕后黑手？既然王诚说到这里，方玉斌顺势问道："你是说，这件事表面是余飞捣鬼，背后却是伍俊桐一手策划？"

王诚摆了摆手："我没有任何证据，不敢下定论。只不过是一种基于直觉的怀疑。"王诚抖了抖衣袖："不过没关系，事情总有水落石出的一天，到时什么都会清楚。"

"怎么个水落石出？刚才在电话里，你说有好消息，究竟什么好消息？"方玉斌追问道。

王诚跷起二郎腿："你们这些年轻人，总这么心急。饭要一口一口地吃，问题也得一个一个来解决。"他接着说："事情还得从你的滨海之行说起。你受我之邀来滨海，自然就是我的客人。前一晚咱们谈过之后，你说第二天中午去机场，公司还派了司机，在宾馆楼下等着你。”

方玉斌点了点头：“没错，是这么回事。”

王诚接着说：“可就在中午，你却给楼下的司机打电话，说自己改签了机票，暂时不回上海了。你还把司机打发走，说是送机的事他不用管了。”

当天发生的事，方玉斌一辈子也忘不了。他几乎是咬牙切齿地吐出一句话：“是余飞给我打电话，他说有事跟我聊。”

王诚说：“你不仅是我们尊贵的客人，更是荣鼎资本的代表。千城正逢多事之秋，你的身份又那般敏感，因此虞东明得到司机的汇报后，便自作主张，让司机偷偷跟着你。当时东明并不知道你要去见余飞，还担心你私下去密会华海的曹氏兄弟。”

“我也是事后才知道的。”王诚接着说，“为此我还批评了东明。情势再怎么危急，也不能去跟踪一个人！如此偷偷摸摸的行径，绝不是千城这种企业应有的做派。”

放在平时，方玉斌得知自己被跟踪，一定火冒三丈。偏偏此时，他心中没有一丁点恼怒，倒是充满感激与庆幸。王诚的司机真要能跟踪出什么有价值的线索，无异于帮了自己大忙。方玉斌在心中嘀咕，王总啊王总，你就别再假正经，扯什么做派了。

方玉斌焦急地询问：“司机发现了什么情况？”

王诚说：“司机一路跟着，看见你去一家小菜馆见了余飞。吃完饭，你又和一个女人上了车。车子在一家宾馆门口停下来，你被人搀扶着走进去。几个小时后，你又从宾馆走了出来，拦了一辆出租车去机场。司机看到的，就这么多。”

原本激动不已的方玉斌，仿佛被浇了一盆凉水。仅凭司机看到的这一切，远不足以替自己洗清冤屈。难道，这就是王诚口中的好消息？

王诚整理着自己的衣袖：“当初我听了汇报后，也没觉得有什么不对劲。”接着，王诚猛然加重语气：“可就在几天前，荣鼎的老朋友给我发来那些艳照，我才意识到，后面大有文章。”

王诚又说：“我安排人拿着照片去宾馆，稍微比对便能发现，这些照片正是拍摄于这家宾馆的房间内。”

方玉斌说：“没错，照片就是在那家宾馆拍的。当时我被人下了药，失去了知觉。”

王诚嗯了一声，接着说：“只要确定相片在那家宾馆拍的，事情就简单了。”

“怎么说？”方玉斌重新燃起希望。

王诚露出得意的神情：“千城集团的总部就在滨海，我来滨海几十年了，自问熟人还有几个。这家宾馆的老板，就是我的一个好朋友。一个电话的事，他就把当天宾馆内的所有监控视频调了出来。司机守在外面没有看到的事，摄像头可瞧得一清二楚。”

“有什么发现？”方玉斌激动地快要站起来。

“你自己看吧。”王诚挥了挥手，招呼秘书拿过来一台笔记本电脑。指着电脑屏幕，王诚说：“喏，就是这段视频。”

方玉斌迫不及待地点开。视频中，自己站都站不稳，被几个人抬进房间，杨韵则一直跟着身后。自己进房间后仅仅几分钟，又有两三个人走了进去，他们手里拿着摄影器材。直到十多分钟后，一行人有说有笑地离开，房间内只剩下方玉斌与杨韵两人。

“这帮狗娘养的。”当视频播放完毕后，方玉斌一个巴掌拍到茶几上，不过他的嘴角，已露出一丝笑容。凭着这份证据已能大致证明，自己落入了别人圈套。视频中的方玉斌，连步子都迈不开，显然是被人下药。还有好几个人拿着摄影器材进进出出，现实中，有这种对外直播的情人幽会吗?

王诚托着下巴，微笑着说：“希望这份资料能够帮到你。”

“当然。”方玉斌感激地说，“这是天大的好消息。工总，谢谢你。”

王诚又问：“你打算拿着这段视频，直接去找伍俊桐吗？”

方玉斌点头说：“他负责整件事的调查，我只能去找他。”

王诚轻摇一下头：“从程序上来说，你去找伍俊桐汇报没错。但万一咱们之前的怀疑成立，伍俊桐并非一个客观中立的调查者，而是和余飞沆瀣一气，仅凭这段视频，似乎不能让人家偃旗息鼓。”

方玉斌暗自思忖，王诚所说确有道理，假若伍俊桐与余飞是一伙的，自然不会善罢甘休。再说了，人家可是有备而来，除了这段视频，还有自己给杨韵的转账记录。

方玉斌问："你觉得我应该怎么做？"

"都说好事成双。这里还有一件东西，也一起送给你。"王诚说，"因为股权大战的事，千城股价近来波动很大。我也在暗中调查，看是否有内线交易的情形。曹氏兄弟乃至余飞，看来都很谨慎，没让我抓到把柄。"

"可是，"王诚话锋一转，"在调查过程中，真让我逮到一个老鼠仓。而建老鼠仓的人，你我都认识。"

"难道是伍俊桐？"听王诚这口气，方玉斌脱口而出。

王诚点了点头："没错，就是他。近来，伍俊桐投入了数百万资金炒千城的股票，而且总能低买高卖。"

方玉斌恍然大悟："如果真是伍俊桐与余飞联手整我，那一切就解释得通了。伍俊桐与余飞走得很近，自然能从余飞那里得到不少内幕消息。"

"有些道理。"王诚抿了一口水，"伍俊桐素有贪名，眼前摆着这么大的利益，看来他是按捺不住，旧病复发了。"

方玉斌问："你是让我拿着内线交易的证据，去逼退伍俊桐？"

"没错。"王诚说，"走出这一步，便是一箭双雕。一来，小辫子被人攥住，伍俊桐一定会改弦更张。他不仅不会再查你，还会拼死保护你。二来，也能试探出，伍俊桐与余飞之间究竟是什么关系。"

王诚接着说："如果这件事是余飞一手策划的，即便伍俊桐想保你，余飞还会不依不饶。毕竟，咱们只抓住了伍俊桐的把柄，却奈何余飞不得。可要是两人早有攻守同盟，只需制伏伍俊桐，余飞就会收手。"

方玉斌附和说："先把这些证据摆在伍俊桐面前，再来看余飞的反应。到时候，就水落石出了。"

王诚说："此事唯一的弊端在于，假若伍俊桐之前并没搅和进去，这么一弄，反倒冤枉好人。你和伍俊桐之间的梁子，就会越结越深。不过，听说你们俩早就势同水火，应该不在乎再添点仇怨吧。"

方玉斌哈哈大笑："我同伍俊桐注定当不成朋友。旧恨一箩筐，添点新仇也无所谓。"

王诚也笑了起来。笑声过后，他挥了挥手："对了，你要抽烟吗？到我这儿来不用拘束，请随意。"说完，王诚又扭头对会所的侍者说："给这位先生拿一包烟过来。"

一分钟后，侍者便用托盘送来一包高档香烟。王诚亲自撕开包装，掏出一支烟，递给方玉斌。方玉斌刚接过烟，立在一旁的侍者便划燃火柴，替他把烟点上。

不过是递烟这样一个寻常动作，却让方玉斌颇为惊异。众所周知，王诚不吸烟，因此与他谈话时，朋友、部下乃至一些领导都不得不克制自己的烟瘾。丁一夫曾对方玉斌讲过，有一回，新任滨海市委书记去千城集团拜会王诚，刚在会议室坐下，市委书记掏出烟，问道："可以抽烟吗？"王诚指了指房间里的禁烟标志，说："这里是禁烟区，从没有人在这里吸过烟。但如果你的烟瘾犯了，可以为你破一次例。"

听了这话，贵为副部级高官的市委书记只好笑呵呵地把烟揣回兜里，还摇头叹道："我也不能搞特殊嘛。"

没想到今天，面对位阶、辈分都差着自己一大截的方玉斌，王诚竟然破例了！

一开始，方玉斌还在犹豫，是否要推辞一下？但转念一想，以王诚的个性，可不是平白无故给谁面子的人。无论是找出这段视频，还是其他的礼遇，大概都是需要自己有所回报的。反正烟瘾上来了，况且这烟又不是白抽的，那就不抽白不抽。

◎3 资本市场里，信心比黄金更宝贵

方玉斌抖了抖烟灰，说："王总，这次你帮了我大忙。有什么需要我做的，尽管吩咐。"

王诚笑起来："刚才我说，如今的年轻人挺心急，这话真没说错。你瞧，我还没说呢，你倒主动提了。"顿了一下，王诚又说："不过，有话直说也算优点，省得大家兜圈子。我的确有事要你帮忙，至于什么事，我不说你也应该明白。"

方玉斌说："你是说千城股权之争的事？"

"当然。"王诚说。

方玉斌面露难色："我欠你一个人情，按说你吩咐的事，应当义不容辞。不过这件事，我实在人微言轻，使不上什么劲。"

王诚说："今天我是真心实意来和你交朋友的，既然交朋友，自然要先交底。暂且不说你使不使得上劲，先说这件事的来龙去脉，你清楚吗？"

方玉斌回答说："清楚一些，但或许不够详尽。"

"那好！"王诚说，"就说说你清楚的有哪些。"

"你真要我说？"方玉斌反问道。

"当然。想到什么说什么，不用有顾忌。"王诚说。

方玉斌整理了一下思路，说：“我同王总以及华海集团都有过接触，但个人感觉，你们都没对我说实话。我推断，事件的大致经过是这样：起初，曹伯华大举增持千城，是得到你默许与纵容的，其目的就是为了抗衡荣鼎。可当华海的股份增加到一定份额时，曹伯华却没有停步的意思，甚至连你的招呼也不听。照目前的局势，曹伯华是打算一口吞下千城这个庞然大物。”

王诚点了点头：“以你掌握的信息，能分析到这一步，已经不容易了。后生可畏，怪不得丁一夫生前对你如此器重。你的分析大体没错，但整件事情的拼图并不完整。”

方玉斌问：“还有哪些事是我不知道的？”

王诚说：“交朋友贵在交底。在你面前，我不打算有任何隐瞒。先说这件事的主角吧，并非台面上的曹伯华，而是台面下的赵小轻。曹伯华兜里才几个钱，哪敢蹚这浑水。是赵小轻一直躲在幕后，不断注入资金支撑着华海的收购行为。”

“原来是她。”整件事情中，至今仍令方玉斌困惑的便是，名不见经传的曹伯华从哪儿筹集到这么多资金？经王诚一说，方玉斌心中疑团顿时消解。

“是我没有识人之明，干了引狼入室的蠢事。”王诚叹了一口气，“赵小轻身份特殊，不便于抛头露面，所以需要曹伯华这只白手套。我起初的计划，只是希望赵小轻能持有一定份额的千城股权，与荣鼎形成互相制衡的局势。没想到，她却狼子野心，得陇望蜀。”

“如今的局面很清楚了。”王诚继续说，“赵小轻与曹伯华就是要拿下千城的控制权，把我踢出局。除了这俩人，大安人寿的苏浩以及余飞都扮演了为虎作伥的角色。”

王诚又说：“赵小轻的钱来路不正，不能直接交到曹伯华手上。大安人寿的保险资金，就是他们最重要的资金流通渠道。而这段时间在股市上兴风作浪，屡屡操控股价，为华海的收购出力的，就是那个臭名昭著的庄家余飞。赵、曹、苏、余，三公一母，可以称他们为四人帮。”

“吕布再厉害，也不过一个人对付刘关张。王总可好，凭一己之力大战四人帮。”方玉斌故作轻松地说道，心中却是五味杂陈。在这个四人帮中，有自己切齿痛恨的仇人余飞，也有苏晋的哥哥苏浩。在一场注定将惊天动地的大战中，自己何去何从？

王诚挥了挥手：“四人帮不足挂齿。我现在关心的，反而是老友费云鹏的态度。只要他不和赵小轻站到一起，局面尚可收拾。只是这位老朋友，近来却去海外游山玩水。你是聪明人，费云鹏究竟打的什么主意？”

方玉斌摆头说：“自古天意高难问。我这个做下属的，怎能去揣度老板的心思？”

王诚的眼神中露出一股咄咄逼人的气势：“让下属去揣摩老板的心思，的确为难你了。但看在我出手相救的分上，你就不能破例一次？”

王诚这样说，方玉斌再也不好推辞。其实，当王诚把整件事的来龙去脉和盘托出时，方玉斌对费云鹏的算盘，已然心中有数。

方玉斌思忖一下，开口说：“一开始，对于华海的大举增持，费总的确很紧张。可是最近，他却摆出袖手旁观的样子，坐视华海成为千城的最大股东。”

“费总这样做，其实是冒着风险的。”方玉斌继续说，“荣鼎毕竟不是家族企业，即便费总贵为董事长，说到底也仅仅是个经理人。眼睁睁看着荣鼎丢掉大股东地位，且不说外面的议论，仅仅董事会内也会有杂音。”

方玉斌又说：“费总之所以甘冒风险，想必是受到了一股不小的压力。我私下猜测，赵小轻曾去找过费总，两人达成了某种默契。说来这也不足为奇。打这样一场大仗，如果赵小轻不事先去寻求费总的支持，反倒是咄咄怪事。”

“有道理。”王诚说，“经你这么一分析，费云鹏近来的种种举动就顺理成章了。”

“过奖了。”方玉斌笑着说，“这些都是很浅显的道理。不用我说，王总早已洞若观火。”

王诚似笑非笑地问：“照你这么说，费老友已经上了贼船，而我注定孤立无援喽？”

方玉斌也笑了。他清楚，以王诚的精明，许多事早已了然于心。这会儿与其说是征求意见，不如说是一种试探。方玉斌调整了坐姿，说：“费总的确上了贼船，却未必要死心塌地跟着贼走。费总不是年轻气盛的赵小轻，更不是泥腿子出身的曹伯华，他的选择很多，犯不着把筹码一次全押进去。”

“继续说。”王诚颔首道。

方玉斌说：“费总应该还在观望。你可以说他要滑头，两边不愿得罪，也可以说他在坐山观虎斗，等待最有利的出手时机。”

王诚追问道：“你就直说，费云鹏最后会站在哪一边？”

方玉斌加重语气：“如果胜负已明，他会站在胜者一边，如果两败俱伤，他会站在自己一边，出来收拾残局。”

当方玉斌说完后，房间内陷入短暂的沉寂。旋即，王诚纵声长笑：“费云鹏自以为聪明，可他的小算盘，瞒不了我，也瞒不了你，更瞒不过世人。”

王诚接着说：“你的话已经说到点子上。只要打退了来势汹汹的曹伯华，举棋不定的费云鹏就会乖乖坐回来跟我联手。你是丁一夫信赖的青年才俊，更是公认的金牌投资人。究竟如何击退曹伯华，给我支一下着如何？”

虽然关注千城集团有些日子了，但方玉斌此前只是隔岸观火，想的是如何不让火烧到自己身上。如今，他却要转换角色，帮王诚寻思一下灭火之道。

这一细想，方玉斌发觉王诚当真是坐困愁城，岌岌可危。他摇着头说：“反击恶意收购，方法倒是不少，比如白衣骑士、毒丸计划、反收购，等等。可这些方法，如今全都行不通。”

方玉斌接着说：“先说反收购吧，纵然千城财大气粗，完全有实力实施反收购，吞下曹伯华的华海集团。可偏偏华海与千城不一样，人家不是上市公司，你有钱也买不到。至于寻找新投资人的白衣骑士或是稀释股权的毒丸计划，也错过了时机。”

方玉斌又说：“比如白衣骑士，需要经过董事会表决的程序。华海的动作太快，已经拿下千城最大股东的位置，在董事会里拥有举足轻重的地位。只要他们在董事会上投下反对票，任何计划都无法付诸实施。”

王诚面色严峻，自责道：“人家的戏演得太好，我之前的确大意了。如今是没地方买后悔药吃。”

方玉斌说：“为今之计，我看只有两条路。第一条路，就是想方设法抓住华海的弱点，逼它犯错。”

方玉斌解释说：“虽说华海蓄谋已久，但始终有一个命门，就是它的资金，这也是它最容易犯错的地方。赵小轻再有钱，也不足以一口吞下千城这样的巨无霸。他们四处筹集来的钱，终究是要还的。速战速决，时间在华海一边，要是打持久战，胜利天平就会倾向王总。”

王诚点头说：“这个法子我之前想过，的确不错。再说说第二条路。”

方玉斌说：“第二条路，就是焦土政策。尽管华海抢去了董事会的表决权，但千城从上到下的管理层，依旧听命于王总。趁着董事会还没改选，将千城的业务全线放缓，低价出售所有资产，把企业变成一个空壳。我想到时，谁也不会有兴趣来接这样一个烫手山芋。”

“不行！”面对这项建议，王诚斩钉截铁地拒绝，“千城走到今天，花了20多年。要我一把火把它烧成焦土，亲手毁了自己多年的心血，无论如何办不到！”

王诚把身子往座椅上一靠，说：“小方，你知道这一回，我为何非要同他们拼个鱼死网破吗？”不待方玉斌作答，王诚继续说道：“一半是为了自己，一半也是为了千城。”

王诚又说：“我不是一个贪财之人，否则当年就不会自动放弃千城的股权。纵然如今离开董事局主席的位置，也不过每年少拿一点年薪。那点钱，对我来说根本不值一提。我年纪不小了，这些年甚至有过退休的打算。”

“但是，”王诚将腰板挺直，手臂在空中挥舞，“我可以自己退休，却绝不接受任何逼宫。”

缓和了一下语气，王诚说：“除了自己，我更放心不下千城。赵小轻、曹伯华打的什么算盘，难道我还不清楚吗？把千城交到他们手里，最后的结局，就是眼睁睁看着这家企业坠入深渊。别同我扯什么资本运作，资本运作到天上去，欠债还钱这一条不会变。为了收购千城，他们借了多少钱，背了多少利息？这些钱怎么还？还不是打算吞下千城后，用千城的优质资产去还债。一来二去，千城还不得被他们掏空？”

平常以儒雅著称的王诚，此刻却越说越激动：“千城能有今天，靠的是脚踏实地做实业。他们那帮人，懂得做实业吗？让他们掌舵千城，绝对所托非人。我的心血与汗水，我人生中最美丽的年华，都献给了千城，我能看着它就这么垮掉吗？”

方玉斌没有搭话，但在心中对王诚却多了一份敬重。尽管此人桀骜不驯甚至自以为是，但那股企业家情怀，倒是难能可贵。王诚说得没错，把千城交到赵小轻手里，前途当真堪忧。傻子都明白，既然华海是举债收购千城，那么拿下千城后，第一件事自然是用千城的资产去还自己的债。退一步说，赵小轻真有心经营好千城，但以他们的经验与专业，比起如今的管理团队可差了一大截。

王诚的语气恢复平静：“我不允许别人毁了千城，更不会自己去毁了它。我不会采取什么焦土政策，摆在我面前的路只有一条，就是和对手真刀真枪地干一场。”

方玉斌分析说：“如果决定走第一条路，千城最应该做的就是争取时间。要把速决战打成一场持久战、消耗战。”

王诚说：“我已经下定决心，千城会在适当的时机宣布停牌。一旦停牌，他们加杠杆弄来的钱，就会陷在里面，动弹不得。”

“是个好主意。”方玉斌称赞道。

王诚说：“主意虽好，也得有人共襄盛举才行。”

方玉斌问：“需要我做什么？”

王诚说：“荣鼎的资金即刻进场扫货，与华海展开抢筹大战。同时对外宣示，荣鼎支持千城的管理团队，并将重夺大股东地位。”

王诚比画着手势，对自己的计划踌躇满志：“资本市场里，信心比黄金更宝贵。单单由我宣布停牌，声势还不够大。如果你按我说的做了，就会让外界觉得，荣鼎与管理团队站在一起，共同抵御野蛮人的进攻。这样一来，人们会对千城充满信心，那些借钱给华海的人会不自觉地恐慌，华海的资金杠杆就更容易被打爆。”

方玉斌苦笑道：“这么大的动作，没有费总点头，我怎么敢自作主张？再说了，我现在也拿不出这么多钱。”

“钱的事情你不用担心。”王诚大手一挥，“我已经筹集了几个亿的资金。你执掌的荣鼎创投是独立法人，到时双方签个借款协议，钱直接打你账上。”

王诚强调说：“几个亿投下去，虽说买不到多少股权，却可以营造出一种氛围。谁叫荣鼎财大气粗呢？以管理团队的名义砸几个亿，外界都知道，这大概就是全部家底了。荣鼎投几个亿，所有人都以为是牛刀小试，真正的大部队在后面。”

“王总，你真打算让我先斩后奏，背着费总干这么大一票买卖呀？”方玉斌略显惊讶地问道。

王诚没有直接回答，而是说：“你倒说说，费云鹏出国前，究竟怎么跟你交代的？”

方玉斌说：“费总出国前，在一次公开会议上，的确嘱咐我尽力保住荣鼎的大股东地位。但刚才咱们分析过，他的真实想法是作壁上观，至于让我尽力保住大股东位置，不过是为了堵住别人的嘴，随便做做样子。他当然明白，没有资金做后盾，大股东地位必丢无疑。”

“那不得了。”王诚说，“他让你尽力保住大股东位置，你去借钱抢筹，也算落实领导指示。费云鹏搞的经营组织架构改革，不是口口声声说权力下放吗？小方，既然权在手，不妨把令行。”

“开什么玩笑！”方玉斌苦笑着说，“我真要这么干，就是把老板的话断章取义。王总，就算我欠你人情，也不能干出砸自己饭碗的事情吧？”

方玉斌又拉高语调：“我这样做，恐怕在荣鼎的日子就混到头了。”

王诚将跷二郎腿的姿势左右调整了一下，又以一副轻松的口吻说道：“说得没错。你这样干，在荣鼎混到头了。可不这样干，就在荣鼎混得长久吗？”

方玉斌吃了一惊：“什么意思？”

王诚说：“你凭什么坐上荣鼎创投总经理的位置，伍俊桐又为何视你为眼中钉、肉中刺？这些，你都没想过吗？”

王诚接着说：“费云鹏屁股下面的董事长位置，原本是意外得来。上台之初，他为了稳住局势，不得不推行一些过渡政策，用一些过渡人选。而你，正是这样的过渡人选。你是丁一夫的爱将，却不是费云鹏的嫡系。为了安抚人心，费云鹏可以用你。一旦局面稳定以后，你的利用价值也就没有了。”

王诚又说：“费云鹏真正的嫡系，是伍俊桐他们。正因为背后有费云鹏撑腰，他才有恃无恐。看着吧，最终在荣鼎得势的，还是伍俊桐等人，这就叫一朝天子一朝臣。”

方玉斌再度陷入沉默。王诚的话，无疑戳中了自己的心口。如果说对自己有知遇之恩的丁一夫，尚且安插眼线暗中监视的话，那么费云鹏对自己，恐怕更谈不上任何信任。原本不是一条船上的人，无论自己如何掏心掏肺，在人家眼中，终究非我族类，其心必异。

王诚眼见方玉斌有所触动，进一步加码说：“这次你帮了我，费云鹏心里纵然有一百个不痛快，可明面上抓不到你的把柄。事情过了，不用他赶你走，你自己去辞职。出去散散心，好好休整一下。接下来，可以来千城上班。”

王诚诚意十足地说道：“千城这座庙，不会比荣鼎小。你过来之后，如果想留在总公司，我直接封你一个总经理助理。你要想去分公司，千城下面的各大区总监，随你挑。”

王诚终于把底牌掀开。方玉斌明白，人家已经不是找你帮忙，而是直接策反。与其说是先斩后奏，不如说王诚正挑唆自己上演一出身在曹营心在汉。事关重大，方玉斌不愿马上做出答复，他搓着手，缓缓说：“容我想一想。”

“当然。像这种事，谁都得深思熟虑一番。”王诚说，“再说你目前迫在眉睫的事，还是应付伍俊桐的调查。过了这一关，赶回上海重新主持荣鼎创投的工作，咱们才能展开下一步计划。”

“是啊。”方玉斌说，“如果我被伍俊桐困住，后面的一切就无从谈起。”

“不用担心。”王诚从怀里掏出一个 U 盘，递给方玉斌，“刚才在笔记本上播放的视频，还有伍俊桐从事内线交易的证据，全在里面。我相信，当伍俊桐看到这些东西，一定是两岸猿声啼不住，而你呢，轻舟已过万重山。”

◎4　真正的强者，应当把命运牢牢抓在自己手中

方玉斌离开会所时，已是深夜1点多。平日里车水马龙、拥堵不堪的北京街道，此刻变得无比清静与畅通。车内的方玉斌毫无困意，方才王诚的话，还有近来所经历的一件件事，全都在脑海中翻涌。

王诚刻意拉拢自己，当然是出于自身利益，但荣鼎资本是否真是久留之地呢？费云鹏刚上台那一阵，方玉斌经历过忐忑乃至惶恐。鞭子高高举起，却迟迟没有落下。

偏偏最后的结局出人意料。费云鹏对昔日恩怨既往不咎，甚至对方玉斌破格重用。荣鼎创投总经理的位置，可是令好些总部的副总裁也眼红不已。一时间，被喜悦冲昏头脑的方玉斌竟忘了去想，自己得来的这一切，究竟是凭什么？

直到今天，王诚的一番话才惊醒梦中人。自己不过是费云鹏权力棋盘上的一枚棋子，费云鹏需要重用个把前朝宠臣，借以安抚势力庞大的丁系人马。不过，当费云鹏真正坐稳董事长的宝座，这枚棋子恐怕就到了舍弃之时。非常之时用非常之人，非常之人又大多死于非命。

如此肤浅的权谋之术，自己竟没有识破，何况当初苏晋和袁瑞郎还曾提醒过！唉，这大概就是当局者迷、旁观者清吧。当上荣鼎创投一把手的喜悦，

让自己忘乎所以。对千城股权之争，尚且能看出些端倪，反倒对自己身边的陷阱视而不见。

在经历了艳照门事件后，方玉斌的不安全感又急剧升高。伍俊桐磨刀霍霍，费云鹏置身事外，一副爱莫能助的样子。幸亏王诚出手，自己似乎可以应付过关。下一次没了王诚的援手，自己朝中无人，舅舅不疼、姥姥不爱，又靠什么躲过明枪暗箭？只要自己坐在这个位置上，就注定会是一些人的眼中钉、肉中刺。这一回，看起来只是伍俊桐使坏，费云鹏并不知情。可真到了有一天，费云鹏没准会亲自动手。到时，自己又哪来半点还手之力？越想，方玉斌越感觉不寒而栗。

“你这样干，在荣鼎混到头了。可不这样干，就在荣鼎混得长久吗？”王诚的话，又一次在方玉斌耳边响彻。王诚自有王诚的心思，但这话，也道出了实情。

与王诚联手，将来去千城谋个一官半职？方玉斌思忖再三，觉得这条路也并非坦途。从现实来说，股权大战正酣，鹿死谁手尚未可知。华海一方有备而来，王诚未见得稳操胜券。将来千城谁当家还说不准呢，王诚这句承诺，弄不好就成了空头支票。

即使王诚大获全胜，最终也兑现承诺，给了方玉斌一个好位置，但是，自己真能在千城站稳脚跟吗？在费云鹏眼中，自己是个异己，在王诚眼中，自己也不过是个降将。表面上客客气气，心中能有多少信任？古往今来，有几个降将飞黄腾达？为了收复台湾，康熙可以重用施琅。可一旦功成，施琅的待遇比起郑成功的后人也好不了多少，都是锦衣玉食地晾在一边。

内心深处，方玉斌更对这种寄人篱下的生活充满厌倦。当初一心一意追随袁瑞朗，可袁瑞朗丢了乌纱帽，自己还险些被牵连。后来阴差阳错，投到丁一夫门下，眼看时来运转，没想到丁一夫却遭遇车祸。至于燕飞、费云鹏这些人，原本就把自己玩弄于股掌之间。

真正的强者，不能一直仰人鼻息，应当把命运牢牢抓在自己手中。方玉斌脑海中浮现出一个念头，今日的自己，已非昔日的吴下阿蒙，凭借引以为傲的投资眼光，丰富扎实的职场历练，乃至手中掌握的深厚人脉，或许是时候去走出一条属于自己的路了？

一阵电话铃声，打断了方玉斌的思绪。这么晚了，谁找自己？方玉斌拿起电话一看，竟然是佟小知打来的。联系了她好几天，一直没回音，这会儿终于现身了。方玉斌立刻接起电话："小知。"

佟小知说："你那里是晚上了吧。不好意思，这么晚来打搅你。我看到你的留言，是不是有什么急事？"

"我这里是晚上，难道你那儿不是？你在哪儿，怎么之前电话一直打不通？"方玉斌问。

当佟小知解释完自己的手机为何打不通时，方玉斌才明白，原来人家那儿真还不是晚上，而是大白天。上周，佟小知被余飞安排进一个企业高管拓展营，去巴西参加拓展训练。这几天，佟小知和同学们一起，正在穿越一座大峡谷，手机也通通被收缴。

偏偏佟小知在训练中不慎扭伤胳膊，只好退出训练，撤回后方医院。正是在医院里，她看到了手机上的留言。

方玉斌关切地问："你的伤势怎么样？不严重吧？"

佟小知笑呵呵地说："当时疼得厉害，还肿了一大块。不过在医院照了片，说骨头没事，休养几天就能复原。"

"那就好。"方玉斌松了一口气。

佟小知问："你急着找我，有什么事？"

一听说佟小知受伤，方玉斌连正事也没顾得上说。他不免有些自嘲，是不是太儿女情长了？方玉斌不禁想到苏晋对自己的一次测试。有一天，苏晋打来电话，说："我刚刚吃药的时候看到一则新闻。"当时电话信号断断续续，方玉斌只听清了前面说的"刚刚吃药"，便问道："你吃药了，怎么回事？"没想到苏晋却嘻嘻笑起来："没事，刚在朋友圈看到一篇文章，就来试一下。文章说，告诉心爱的人，说自己'吃药的时候看到一则新闻'，如果对方问'什么新闻'，说明他心里没你。要是问'为什么吃药'，说明他在乎你。"当初方玉斌误打误撞，通过了苏晋的测试。但今天关心佟小知的伤势，却是发自肺腑。

接下来的十多分钟，方玉斌把艳照门的前前后后告诉了佟小知。隔着半个地球的佟小知，在电话里都快气哭了。她一面对方玉斌说着对不起，一面大骂余飞、杨韵。

佟小知的态度，印证了方玉斌当初的想法。佟小知并不知情，她也是被余飞利用。方玉斌说："余飞之所以把你安排到万里之外去参加什么拓展营，就是把你支开，让谁也联系不上你。"

"余飞这个王八蛋，我真是瞎了狗眼。"文弱的佟小知，竟然爆出粗口。她接着说："你需要我做什么吗？"

方玉斌说："公司正对我展开调查。如果你能出面说明一下，就再好不过了。"

"没问题。"佟小知说，"我立刻订机票，飞回国内。"

"能行吗？你现在可还在医院。"方玉斌依旧放心不下佟小知的伤势，"你刚受了伤，长途飞行吃得消吗？"

佟小知说："没事，这点伤算不了什么。"

"谢谢你。"方玉斌感动地说。

第二天上午，方玉斌来到公司，径直前往伍俊桐的办公室。比起之前的懊恼与愤懑，这一次他显得信心十足。方玉斌笃定，自己手中的牌，足以令伍俊桐屈膝求饶。

伍俊桐不改笑面虎的本色，热情地同方玉斌打着招呼。寒暄几句后，他才板起面孔："我听下面人说，你对调查很抵触。这可不太好！咱们都是好兄弟，但调查这件事是上头的命令。你总不能让我这个当大哥的为难。"

方玉斌说："伍总说到这事，我倒要跟你汇报。据说就在前几天，有人把那些不堪入目的照片，给总部的每一位副总裁都寄了一份。这是什么意思？"

"这事你也知道了？"伍俊桐叹了一口气，"对这种做法，我也很气愤。公司正在组织调查，还没有做出结论。四面八方寄照片，不是毁人家吗？可当初对你的举报信，都是匿名的，如今寄照片的人是谁，一时也查不出来。

我也着急呀。”

伍俊桐又说：“我跟技术部的人说了，让他们通过IP地址追踪，尽量把寄邮件的人找到。另外，我还给每位副总裁打了电话，请他们务必保密，把事情控制在小范围内。我跟大家说，玉斌是咱们公司的希望之星，未来有可能要挑重担。假若这些举报是捕风捉影，我们还要还玉斌清白。一旦这些照片流传开来，对他的工作不利。”

伍俊桐演得逼真，方玉斌自然也得假模假样一下。他双手作揖：“都这种时候了，还不忘为我考虑。等我迈过了这道坎，一定要好好感谢你。”

伍俊桐摆了摆手：“咱俩谁跟谁！说这些就生分了。”

方玉斌掏出烟，递给伍俊桐：“今天来找你，是有一件事汇报。”

“你说。”伍俊桐一边点烟，一边说道。

方玉斌说：“不是我抵触调查，而是这件事根本就是栽赃陷害。我实在冤啊。”

伍俊桐做出一副情真意切的模样：“我也希望你是被冤枉的。可既然是调查，还得凭证据说话。”

方玉斌自己点上烟：“我已经拿到能证明自己清白的关键证据。”

伍俊桐双眉微皱，手也不自觉地抖了一下。旋即，脸上又浮现出欣慰的笑容：“是吗？什么证据？”

方玉斌掏出U盘：“伍总，你自己看吧。”

伍俊桐接过U盘，插入自己的电脑。视频播放完毕后，方玉斌说：“事情已经很清楚了，我被人下药，稀里糊涂进入宾馆。对方还专门安排人来摄影，拍出那些所谓的艳照。”

伍俊桐左手托着下巴，右手轻轻敲击办公桌：“这份证据很重要，能够从某种角度印证你的说法，但似乎又不够。”

方玉斌问：“事情明摆着，这就是一场彻头彻尾的陷害。还有什么不够的？”

伍俊桐说：“就说给杨韵汇钱的事吧，又如何解释？”

方玉斌早就料到对方会祭出这一招，不慌不忙地说：“我说过多次，是前同事佟小知找我借钱，让我把钱打到杨韵的卡上。”

伍俊桐摇着头：“这些话，你同调查人员说过了。但毕竟是一面之词，连个佐证也没有。”

“怎么没有？”方玉斌说，“之前我的确没联系上佟小知，但如今已经联系上了，她在国外，听说这事后很气愤。就在咱们说话这会儿，人家已经坐上飞机，往国内在赶。”

方玉斌接着说：“佟小知明确表示，她愿意到公司来，在调查人员面前证明我的清白。”

“是这样。”伍俊桐一脸平静，实则怒火攻心。他在心里破口大骂，余飞呀余飞，你个龟儿子！怎么办事这么不靠谱，让人家轻而易举抓到破绽！多好的机会，眼看就能扳倒方玉斌，难道竟要功亏一篑？

“证据就留在我这儿，佟小知回国后，请她立刻到公司来一趟。如果你真是被冤枉的，我一定会还你清白。”伍俊桐并未死心，不过拿话敷衍方玉斌。尽管局势已出现逆转，可调查大权毕竟握在手里。伍俊桐盘算着，得赶快联系余飞，想一想还有什么后手没有。

“好的。”方玉斌点了点头，却并未起身。

“还有事？”伍俊桐问。

方玉斌说：“有一件事，不知当说不当说？”

“说吧。”伍俊桐抑制住内心的烦躁，摆出和颜悦色的模样。

“是这样的。”方玉斌抖了抖衣袖，“这几天，我的电脑里也收到一封莫名其妙的举报信。我看了一下，全是胡说八道。不过我想，这事还是得跟你通报一声。”

“举报信？举报谁的？”伍俊桐心头一紧，他从方玉斌的语气中，读出一股来者不善的味道。

方玉斌又掏出一个U盘：“都在这里边。”

伍俊桐打开U盘内的文件夹，仔细看起来，才看第一眼，便有五雷轰顶的感觉。这不是自己搞内线交易的整套证据吗？方玉斌怎么查出来的？

一个多月前，伍俊桐与余飞在北京喝酒。席间余飞提到，最近千城的股价会剧烈波动。一听说这话，伍俊桐立刻蠢蠢欲动。不过，余飞当时就提醒他，当务之急是斗垮方玉斌，别节外生枝让对手抓到把柄。

余飞的话自是没错，但摆在眼前的真金白银又的确诱人。伍俊桐思前想后，决定冒一次险。当然，他与余飞也做出了精心设计，比如用人头账户，并去北方中小城市的股票营业部交易。伍俊桐盘算着，总部这边有自己罩着，不敢有人去查。方玉斌掌控的荣鼎创投，业务都在南方，触角不至于伸那么远。

看着一件件确凿无误的证据，伍俊桐额头上开始冒汗。方玉斌哪儿来的神通，能把这事查个底朝天？他哪里知道，整件事竟是王诚在背后捅了一刀。

看完资料，伍俊桐强装出镇静，说道：“给我看这些，是什么意思？”

方玉斌笑起来：“伍总，犯不着为这些东西生气。所谓的举报信我也看了，全是胡说八道，没一件靠谱的。你身正不怕影子斜，这些捕风捉影的东西，能奈你何？”

证据可谓铁板钉钉，方玉斌却睁眼说瞎话，说什么捕风捉影。伍俊桐当然只能附和：“没错，清者自清，我有什么好怕的。”

方玉斌继续编着谎话：“不知道写举报信的人是何居心？不过看样子，似乎只有我一个人收到了这封信。我把邮箱里的删了，只在U盘里拷了一份。东西已经交给你了，你自己处置吧。”

方玉斌的话，白痴也不会信，但这话的弦外之音，伍俊桐却能听懂。伍俊桐赶紧说：“谢谢兄弟呀。”

“我觉得这事不简单。”方玉斌说，“你瞧这段时间，栽赃我在前，诬陷你于后，是不是有什么别有用心的人在捣鬼，甚至破坏咱们管理层之间的关系？”

“有这个可能。”人家给个台阶，伍俊桐赶紧顺着往下走，“这些人居心险恶，咱们可不能中了他们的诡计。”

“是啊。职场险恶，防不胜防。幸亏这次是伍总主持调查，我相信最后一定能还我清白。要是落在其他人手里，结局还真不好说。”方玉斌故意把最后一句说得很重。

对方已经把话挑明，这场交易，无论愿不愿意，伍俊桐也只有做下去。他说：“你放心，有了这些证据，很快会还你清白。”

“清白有什么用哟！”方玉斌还在得寸进尺，“我的那些艳照，副总裁都收到了。指不定哪天，公司上下都会传开。你说到时，我怎么有脸见人？”

“这个不用担心。”伍俊桐几乎是拍着胸脯保证，“我之前给副总裁们打了招呼，接下来，我还会挨个去说。如果需要，我也会请费总出面。”

方玉斌双手作揖：“大恩不言谢。”接着，方玉斌说：“佟小知明天到北京，你看我是让她先去调查组，还是直接上你这儿来？”

“不用了，不用了！”伍俊桐摆着手，“有你送来的这段视频，我就能交差了。事情很清楚嘛，为了几张破照片再查来查去，没这个必要！”

方玉斌又问：“接下来，我不用再待在北京了吧？”

“当然不用。”伍俊桐答道。

方玉斌伸了个懒腰：“那敢情好，我正说回家一趟。”

“不过，”伍俊桐加重语气，两眼射出一道凶光，“你确定，刚才的举报信就你一个人收到过？”

方玉斌并不畏惧伍俊桐的目光，而是直视对方：“我保证，就我一个人收到。”

“对了，我也想问一下。”方玉斌说，“你还了我清白，可要是举报人还不善罢甘休，四处告状怎么办？”

“这个你放心。”伍俊桐说，“我们一定会保护认真干事的好同志。”

“好！”两人同时笑了起来。双方都摸清楚了对方的底牌，又完成了一场各取所需的交易。

◎ 5　天底下，哪有被下属带坏的老板?

艳照门风波算是过去了，方玉斌却没有离开北京，他还要等候着急归国的佟小知。国际航班的到港时间不比国内，经常在深夜或凌晨才抵达。佟小知的航班原本是深夜 2 点到达，可因为晚点，降落在首都国际机场时已是凌晨 5 点多。方玉斌因此在机场熬了个通宵。

胳膊的伤势未愈，加之长途奔波，佟小知的脸色看起来很差。她见到方玉斌后却坚持说："我没事。上午咱们就去公司，替你做说明。"

方玉斌颇为感动，笑了笑说："不用了。事情已经摆平了。"

"怎么回事？"佟小知惊讶地说。

具体的经过，自然不方便告诉佟小知。方玉斌只是说："就在你回国的路上，我又找到一些新证据。有了这些证据，事情就算过去了。"他接着说："实在不好意思，让你白跑一趟。"

"说什么呢！"佟小知说，"是我对不起你。没想到我被余飞利用，竟然差点害到你。"

方玉斌拉起佟小知的拉杆箱："这个时间，该吃早饭了。走，咱们去市区填饱肚子吧。"

天刚蒙蒙亮，京城的早餐摊点便已遍地开花。不过，北京的早餐比不得南方，品种少得可怜。除了煎饼、豆腐脑、豆浆、油条、小笼包，几乎没什么其他品种。两人下了机场高速，就在三元桥附近随便找了家早餐店。

尽管熬了通宵，方玉斌的心情却不错，吃起早餐来也是狼吞虎咽。佟小知却心事重重的样子，在餐桌上仍不断问道："真的没事了？你可不要骗我。"

"真没事了。"方玉斌笑着说，"余飞想整垮我，还没这么容易。"

提到余飞，佟小知的眼眶有些红润："想不到，他竟然是这种人。"

"擦擦眼睛。"方玉斌给佟小知递去一张餐巾纸，"从你的表情来看，你和余飞的关系不一般。否则，也犯不着为他流眼泪。我说得对吗？"

佟小知擦拭着眼角的泪水："你都知道了，还要我说什么。"

尽管早已是八九不离十的事，但佟小知的亲口承认，仍令方玉斌心头泛起惆怅。他问道："你和他什么时候认识的？"

佟小知说："离开荣鼎后，我一个人去西藏旅游散心，就在那里认识余飞的。当时，他也一个人去西藏旅游。"

方玉斌又问："你的那个美国男朋友，是故意编出来骗我的吧？"

佟小知没有出声，只是轻点了下头。

方玉斌叹了一口气："我倒宁愿你有个美国男朋友，也不愿你和余飞这种人走到一起。"

佟小知的泪水愈发止不住："我也想不到，他竟然是这种人。"

方玉斌觉得不应在此时再去刺激佟小知，便宽慰道："余飞纵然心术不正，但只要对你好就行。我们男人之间的事，你不用搅和进来。"

"不，这件事因我而起，是我对不起你。"佟小知愧疚地说。

"过去的事就别提了。"方玉斌岔开话题，"那个杨韵是怎么回事？她跟着余飞有多长时间了？"

佟小知说："杨韵以前是一个车模，五年前就跟着余飞了。她不是什么好东西，公司里每个人都讨厌她。余飞干的好多事，其实都是杨韵的馊主意。"

佟小知不经意间流露的情绪，令方玉斌心中更加苦涩。或许在佟小知的潜意识里，认为余飞干的坏事，大多是杨韵唆使。小知呀小知，你是太单纯，还是被余飞蒙蔽太深？天底下，哪有被下属带坏的老板？余飞绝对比杨韵阴险恶毒一万倍。

“让你白来北京一趟。接下来，你要去哪儿？”方玉斌问。

佟小知说：“我回滨海。我一定要找到余飞，让他当面把这事说清楚。”

方玉斌关心地说：“你旅途奔波，身上又有伤，先在北京休整一下吧。上午回宾馆睡个觉，下午我陪你去医院，做个全面体检。”

“我没事。你不用管我。”佟小知说。

“我也没什么事。”方玉斌说，“你为我跑一趟，我总不能丢下你不管吧。”

“好吧。”佟小知低声说道。

晨曦初露的北京城，有着别样的风情与活力。此时的方玉斌，却有一种时空错置的感觉，他仿佛回到了江州，回到了当初与佟小知相处的日日夜夜。不过，他更无比清楚，谁都无法回到过去。

将佟小知送到宾馆时，已经早上 7 点多。苏晋却在这时打来电话：“玉斌，起床没有？”

听着苏晋的声音，再看着面前的佟小知，方玉斌总会不自觉地紧张。他说：“起来了。”

“今天不错，没睡懒觉。”苏晋说，“你这一周都在北京。今天是星期五了，周末要回来吗？”

“周末有什么事吗？”方玉斌问。

苏晋说：“我上周不就跟你说了，周末是我妈的生日，我要去滨海给她过寿。你去吗？”

“你妈的生日啊……”方玉斌念叨着。一来因为艳照风波，这几日忙得昏天黑地，竟把苏晋之前说好的事忘了。二来方玉斌更打不定主意，是留在北京照顾佟小知，还是去滨海给苏晋的母亲祝寿？

“你怎么了，一大早起来说话吞吞吐吐的？”苏晋问道。

“没什么。”或是被苏晋一逼，方寸已乱的方玉斌不由自主地说道，“周末我和你一起去滨海。”

苏晋笑呵呵地说：“好吧。你就不用回上海了，直接飞到滨海吧。咱们在滨海机场碰面。”

放下电话，看着面前的佟小知，方玉斌不禁生出一股愧疚。刚答应留在北京，却不得不临时变卦。

“你有事就去忙，不用管我。”佟小知大度地说道。

“不好意思。”方玉斌忙不迭道歉，“我之前答应过人家的事，实在没办法推。”

“我都说了，有事你就忙你的。”佟小知强挤出笑容，“刚才打来电话的，是苏晋姐姐吧？”

方玉斌点了点头：“她妈妈周末过生日。”

佟小知说：“苏晋姐姐人挺好的。在江州时我就看出来了，她对你一往情深。”

方玉斌腼腆地笑了笑，接着说：“要不我上午陪你去医院检查一下？”

“不用。”佟小知说，“我坐了这么久的飞机，上午让我休息一会儿吧。”

佟小知又说：“下午我自己去医院就行，你不用陪我。岳母的生日可是大事，你这当女婿的不到场可不行。早点动身去机场吧。”

“你一个人真能行？”方玉斌始终放心不下。

“当然能行。”佟小知说。接着，她又说：“好了，别在我这儿耽搁了。你昨晚熬了夜，下午还要坐飞机，赶紧去休息一会儿吧。”

禁不住佟小知再三催促，方玉斌只好离开。从酒店大堂到门口的路并不长，但就这短短的路程，方玉斌竟多次回头，凝视佟小知的背影，心中似有深深的牵挂。佟小知没有回头，只是走向电梯的脚步格外缓慢。

下午，方玉斌来到滨海。尽管在飞机上睡了一会儿，可下飞机后依旧哈欠连天。苏晋见着方玉斌这副模样，问道：“你不是一大早就起来了吗？怎么像没睡醒似的？”

为了接佟小知而熬夜的事不方便告诉苏晋，方玉斌只能敷衍说：“起来太早，这会儿反倒困了。”

苏晋母亲的生日是星期天，不过因为苏晋与方玉斌的到来，一家人星期六就坐到一起，提前吃起了团圆饭。平时工作繁忙的苏浩，今天难得亲自下厨。苏晋好几次想去厨房帮忙，都被苏浩拦住了：“别进来添乱。”方玉斌更是好奇，在商场上叱咤风云的苏浩，厨艺究竟如何？

中午时分，佳肴摆上了餐桌。单是红红绿绿青青素素的搭配，叫人看着就有食欲。龙井虾仁、铁观音酥鸭、茶叶烤野生鲫鱼、茶汁米糕。碧绿生青的海鲜羹，用的是恩施蒸青玉露，现打的粉，吃起来口感比抹茶粉清鲜得多。

用大红袍烹饪出来的红烧肉，肥而不腻，入口即酥。因为血脂偏高，本应少食油腻的苏晋父亲苏定国，把医生的话抛到脑后，将一大碗带着厚厚肉膘的红烧肉吃了个底朝天。方玉斌更是连碗底的汤汁都不放过，拌着米饭吃得津津有味。

最后端上一锅番茄山药炖小排汤，上面竟也绽放着芽茶。苏浩说：“家里的葱用完了，随手放了今年的安吉白茶。”

苏晋的母亲立刻说道：“不会吧？我昨天去菜市场刚买了葱，就放在厨房拐角的菜篮子里，你没看到？”

苏晋笑起来：“妈，哥在同我们开玩笑呢。以茶入菜，可是如今最时髦的吃法。”

对于苏浩的厨艺，方玉斌不禁啧啧称奇，没想到自己未来的大舅子，既能在商场纵横捭阖，还是厨艺高手。方玉斌说：“这一顿以茶入菜的佳肴，可不是什么地方都能吃到。上海北外滩上有家茶宴馆，生意好得很，得提前几天订座。今天尝了咱哥做的菜，感觉一点不比茶宴馆的味道差。”

苏浩说：“你说的那家茶宴馆我知道，以前开在一个小弄堂里，前几年才搬到北外滩。不客气地说，我做的菜，绝不比那里的厨师差。”

苏浩又扭头对婶婶说：“今天我不光在厨房忙活，也给酒店打了电话，把明天的宴席订好了。除了家里人，还有伯父在滨海的一些老同事、老部下，一共两桌。”

“好，你安排了就行。”侄儿如此体贴孝顺，当婶婶的笑得合不拢嘴。

苏定国却摇着头：“怎么又去那些大酒店？我在大酒店里吃了几十年，早就腻味了。不瞒你们说，一进到酒店大堂，闻着那股空气清新剂的味道，我就浑身不舒坦。”

老伴白了苏定国一眼：“你这个老家伙，安排在哪儿吃饭，是儿女们的孝心。你哪儿来这么多废话？”

“让人说话，天塌不下来嘛。”苏定国依旧不改当年领导干部的派头。

方玉斌插话说：“伯父，你觉得去哪儿合适？你说了算。”

苏定国想了想说：“吃什么不重要，关键是亲朋好友聚在一起，大伙图个热闹。酒店的饭真没什么吃头，我看就在家里做些家常菜。浩儿呀，把你的手艺，在我的那些老伙计面前也露一下。”

“亏你想得出！”对于苏定国的提议，老伴觉得不妥，“今天光家里人，浩儿就花了一上午工夫。明天可有两桌人，那得忙成什么样？你以为浩儿跟你这个退休老头似的，整天闲得没事干。”

苏定国说：“明天不是周末吗？浩儿工作再忙，也得学会劳逸结合。”

“伯父说得对。”苏浩说，“明天我亲自上阵，再为大伙做一顿。与其花钱去健身房，不如下厨房。既锻炼了自个儿身子，还服务了别人肚子。”

“哥，你说你事业有成，人长得也不算太丑，又做得一手好菜，怎么一大把年纪却讨不到老婆呢？”苏晋又拿堂兄开涮。

苏浩说：“你自己的事不也拖了好多年？竟然还有心思嘲笑我？”

“这两个孩子，到一块儿就斗嘴。”苏晋的母亲笑呵呵地说。

苏定国放下筷子：“晋儿的嘴巴是刻薄了些，不过终身大事，浩儿也要认真考虑。天底下女孩子那么多，就没一个你满意的？我看还得从自身找原因。”

“未来一定努力。”苏浩的脸微微发红，点着头说。

或许在长辈眼中，孩子永远长不大。方玉斌很难想象，已是商界大佬的苏浩，在家中也会被伯伯、婶婶逼婚。而他自己，就像一个腼腆的小男生，只能点头附和。

苏定国继续说：“浩儿什么都好，只是有些完美主义，有时还容易认死理。久而久之，就会变得固执己见。别看你在这儿点头答应，我心里可清楚，你不过是把这些话当耳边风。”

“哪能呢！”苏浩说道。

苏定国说："别看我一大把年纪，没准思想比你们年轻人还豁达。就说看书吧，我是个杂家，什么书都看。至于诗词歌赋，我喜欢唐诗宋词，对现代诗也不反感。不像浩儿，一门心思扎进古诗词里，仿佛读现代诗就是没档次。"

苏晋瞅着机会，插话说："听见没，咱爸可把你单身的思想根源找到了。因为你才是个真正的老古董。"

苏定国又说："前不久，我和浩儿还辩论过一次。他说到如今的简体字，总是长吁短叹，说把民族文化的精髓丢了。他说汉字简化后，亲不见，爱无心，产不生，厂空空，面无麦，飞单翼，有云无雨乡里无郎，可魔仍是魔，匪还是匪。我就告诉他，你怎么不从进步的眼光来看，简化后的汉字，党内无黑，团中有才，国含宝玉，爱因友存，办事左右不辛苦，垦荒何必靠豺狼。"

"在这些问题上，个人见解不同没关系。"苏定国接着说，"但在婚姻大事上，你可得听我们的，一定要抓紧行动。"

"玉斌，你们的好日子定下来没有？"苏浩不敢反驳伯父的话，只好岔开话题，"听妹妹说，她可都在选婚纱了。"

方玉斌知道苏浩盼着自己帮他解围，便说："应该就在半年后吧，但具体日期还没确定。你也知道，在上海预订婚宴酒店，麻烦得很。"

苏晋的母亲说道："这事还得抓紧，先把时间定好，才能通知亲朋好友。"

见成功转移话题，苏浩又起身说："灶上煲的汤快好了，我赶紧去端出来。"

午饭之后还是老规矩，苏定国与老伴去厨房洗碗，苏晋也进去帮忙。客厅里只剩下苏浩与方玉斌两人。苏浩递过一支烟，问道："玉斌，最近怎么样？"

方玉斌接过烟，说："公司里出了一点事，我在北京待了一段时间。"

"什么事？"苏浩问。

方玉斌说："一点小事，都已经过去了。"

既然方玉斌不愿说，苏浩自然不便打破砂锅问到底。他只是"哦"了一声，接着把自己手中的烟点燃。

"哥，你最近应该很忙吧？"方玉斌主动问道。

“还是老样子。”苏浩一脸轻松的表情。

“千城的股权大战如火如荼，你又是曹伯华的合作伙伴，压力肯定小不了。”此番滨海之行，除了给苏晋的母亲祝寿，方玉斌也想同苏浩推心置腹地谈一次。这一潭水太深，方玉斌不想让苏浩陷在里面。他更担心，有朝一日自己与苏浩会成为大战中的两方。

苏浩漫不经心地说道：“我们大安人寿与华海集团只是战略合作关系，又不是合并成一家企业。千城股权的事是曹伯华鼓捣的，我用不着费什么心思。”

“不对吧？”见苏浩不肯说实话，方玉斌索性把底牌掀开，“你的大安人寿，在股权大战中可是至关重要的角色。要是没有这条资金管道，赵小轻的钱怎么送到曹伯华手上，华海又拿什么去市场抢筹？”

苏浩脸色一怔，旋即又恢复平静：“你知道得倒不少。”说这话时，苏浩脸上再没有被长辈逼婚时的腼腆，而是恢复了一个商界枭雄的本色。

“赵小轻的事，是谁告诉你的？费云鹏还是王诚？”苏浩问道。

“谁告诉我的不重要。”方玉斌说，“关键是事情演变下去，极有可能会上演一幕血腥厮杀。我怕到时候会波及你。”

苏浩笑起来：“我怎么看不到你说的那种可能？如今大局已定，任王诚有再大的本事，也只能认栽。你应该清楚，华海已经坐稳了千城大股东的位置。”

方玉斌摇着头：“我倒觉得，战局不过刚刚开始，谁胜谁败很难说。一开始，王诚的确被赵小轻骗了。但他绝不会坐以待毙，一定会奋起反击。”

“反击？”苏浩摇头道，“王诚手里无牌可打，拿什么来反击？你倒说说，王诚能有什么反击手段？”

王诚下一步的动作，方玉斌不便透露出去，他只好说：“王诚心高气傲，聪明绝顶，不会轻易吞下这个结果。”

苏浩说：“我从未将王诚视为对手，也无意去得罪他。冲在前面的，是赵小轻、曹伯华，我不过是为他们提供一条顺畅的资金渠道。王诚要恨，也恨不到我头上。”

方玉斌吸了一口烟：“王诚恨谁不重要，因为他不是一个会被情绪左右的人。重要的是，他会选择拿谁开刀。”

苏浩哈哈大笑："你的意思，他会拿我开刀？"

方玉斌丝毫笑不出来，一脸沉重地说："王诚接下来怎么做，谁也猜不到。但我真不希望你卷入太深。天底下赚钱的生意多的是，干吗非去蹚这浑水？"

"谢谢你的好意。"苏浩说，"不过事情到了这一步，我还能退出吗？"

"倒是你，现在退出还来得及。"苏浩又说，"以前有些话，我不方便说太多。如今既然你什么都知道了，我也不妨把话挑明。你的老板费云鹏葫芦里卖的什么药，谁也说不清。千城这把火已经烧起来，稍有不慎就会殃及池鱼，我劝你还是躲得越远越好。"

方玉斌真是哭笑不得，分明是自己劝苏浩，到头来苏浩却劝起自己！他们心底都清楚，这是一场恶仗。两人又把彼此视为家人，不希望对方受到伤害。

"谢谢你的忠告，我也是骑虎难下。"方玉斌说道。

苏浩掐灭烟头："看来咱们都有难言之隐。生意上面的纷纷扰扰，就不要带到家里了。"

"我明白。"方玉斌与苏浩似乎达成了君子协定。

正好这时，苏晋从厨房走了出来。看到两人面色凝重，说道："你们在谈什么呢？"

苏浩立刻浮现出笑容："顺便聊了点工作上的事。既然谈工作，难道嬉皮笑脸不成？"

方玉斌也笑起来："怎么，你把碗都洗完了？"

"还没呢。"苏晋说，"我刚才在厨房听妈说，哥明晚也要去上海，就出来问一下。"

"没错。"苏浩点头说，"星期一要参加一个会议，明晚就得赶过去。你和玉斌也是明晚回去吧？"

苏晋说："对，我们订的晚上 7 点之后的航班。"

苏浩说："我还没订机票呢。你把航班号发给我，我让秘书也订这趟航班，咱们一块儿走。"

"好啊。"苏晋与方玉斌异口同声地说道。

◎ 6　在谈判桌上纵横捭阖的方玉斌，却在两个女人之间破绽频出

星期天中午苏母的寿宴自是热热闹闹，赴宴的宾客兴致颇高，下午还要搓麻将。为了凑搭子，苏浩与方玉斌都坐上桌，陪着叔叔阿姨们。不会打牌的苏晋，就在一旁为客人端茶递水。

下午 5 点多，苏浩兄妹与方玉斌同客人们告别，赶往机场。三人订的都是头等舱，在机场贵宾室稍事休息后，广播便通知登机。头等舱的旅客，自然是经过优先通道，第一拨登机。

方玉斌刚在座位上坐好，经济舱的旅客便陆陆续续走了进来。在人群中，方玉斌猛然发现一个熟悉的身影，这不是佟小知吗？自打两人在北京分别后，这两天一直没再联系。她何时到的滨海？干吗又去上海？是出差还是回家？

佟小知手上缠着绷带，想必是胳膊的伤势加重了。方玉斌心中，不禁涌上一股愧疚。更奇怪的是，今天滨海的气温不算太高，佟小知却戴着一个大框墨镜，进到机舱内也没有摘下。

机舱内空间不大，方玉斌看到了佟小知，佟小知也看到了方玉斌以及他身边的苏晋，方玉斌与佟小知目光相接的情景，苏晋更是看在眼中。不过因

为关系敏感，三人似乎又都在犹豫如何开口打招呼。

“小知，你的手怎么了？”苏浩的一句话，倒化解了所有尴尬。更令方玉斌与苏晋讶异的是，他俩怎么会认识？

佟小知扭过头，见到了苏浩，挤出一丝笑容：“苏总，你好！我的手前几天摔伤了，没什么大碍。”

“怎么摔的？”苏浩站起身，关切地问道。

“去参加公司组织的野外拓展，不小心受伤了。去医院检查过，没什么大碍的。”佟小知答道。

“小知，你也回上海？”见佟小知与苏浩聊上了，方玉斌终于鼓起勇气，主动打招呼。

佟小知侧过身子，装出一副才看见的表情：“方总、苏总，是你们啊？”

苏晋并未起身，只是淡淡笑了下：“小知，你好。”女人的妒忌心，令苏晋对佟小知天然缺乏好感。尤其佟小知此刻的表现，令她更是不悦。大家分明老早就看见对方，非得装出才瞧见似的，太矫情！

就这几句寒暄，已经影响到登机速度，后面的乘客开始抱怨。苏浩把佟小知拉到自己的座位旁：“你在这儿坐一下，让后面旅客先走。”苏浩接着问：“你身子有伤，怎么还去挤经济舱？”

“我的这点伤不碍事。”佟小知回答得不卑不亢，但她戴着的墨镜，始终没有摘下来。

旅客登机结束后，佟小知从暂时坐着的位置上站了起来，并同苏浩告别：“我回自己的座位。”

“别忙。”苏浩却说，“飞机舱门都关闭了，这个位置看来没人坐了。你刚受了伤，就坐这里吧，毕竟要宽敞些。”

“不用。”佟小知当然明白，头等舱的座位即便空着，也不是经济舱乘客能随便坐的。

苏浩招呼空姐过来：“这位小姐是我的朋友，她身子有伤，我想帮她升一个头等舱。”

佟小知手缠绷带的样子，令方玉斌心里既疼惜又有些愧疚。见苏浩主动帮佟小知升舱，他立刻顺水推舟地说：“对，你就坐这里吧。”

空姐却面露难色，对苏浩说：“对不起，先生。升舱必须在航站柜台办理，我们没有这个权力。”

“反正座位空着也是空着，让人家坐一下也没什么关系嘛。需要补多少钱，我们补就是。”苏浩说。

空姐脸上挂着职业性笑容，但事情似乎看起来没法通融：“对不起，先生，我们客舱服务人员是不允许收钱的，就是给钱也升不了舱。”

“我是你们公司的白金卡客户，就不能行个方便？”苏浩说道。他这一问，却令旁边的方玉斌与苏晋颇为讶异。苏浩既不爱显摆，更不会轻易开口求人。今天为了一件升舱的小事，却异常坚持。

“先生，对不起，真没办法。”空姐也是一脸无奈。

“苏总，真不用麻烦。我就在后面坐，没事。”佟小知一边说着，一边起身朝后头的经济舱走去。

苏浩叫住佟小知，接着又对空姐说，“假如不能升舱的话，可以换座位吗？这位小姐有伤，我让她坐我的位置，我去后面坐。”

空姐说：“交换座位是乘客自愿，我们无权干涉。”

“好，就这样办。”苏浩笑着对佟小知说，“你来坐我这里，我去后头坐。”

佟小知却说什么也不干，坚持要坐回自己座位。苏浩哪里知道，佟小知一来不愿麻烦别人，二来更不愿坐到方玉斌与苏晋旁边，省得尴尬。

苏浩拗不过，不再坚持，他护送佟小知到座位，还帮着把行李放到架子上。回到头等舱后，苏晋问道：“你怎么认识佟小知的？”

苏浩回答说：“我和她是在一个诗词朗诵会认识的，后来在滨海的一次饭局上又见过一面。”他接着问：“你们怎么也认识她？”

“我们当然认识了。”苏晋说，“在江州那会儿，佟小知是荣鼎的员工。”

“这么说，大伙儿还挺有缘分的。”苏浩说。

“没啥缘分。”苏晋冷冰冰地说，“哥，我可告诉你，佟小知名花有主，你别动什么歪脑筋。”

尽管兄妹俩平时打嘴仗惯了，但这一回苏浩却有些生气：“我知道佟小知是余飞的女朋友，更从没动过什么歪脑筋。不就是看到一个熟人身体不方便，帮人家一把，怎么被你说得乌七八糟。”

“好，好，你是学雷锋。”苏晋就此打住。一旁的方玉斌装作什么都没听见，绝不加入这场讨论。

飞机在空中平稳飞行，方玉斌心中的牵挂却始终放不下。佟小知的伤势究竟怎么样？当初在北京，佟小知说要找余飞讨说法，如今她回到滨海，却又匆匆折返上海，是不是有什么隐情？

方玉斌几次想去找佟小知，可碍于苏晋就在身旁，不得不忍住。后来见苏晋眯着眼睛，似乎睡着了，方玉斌轻唤了几声，苏晋仍没反应，他终于鼓起胆子，溜到后面的经济舱。

佟小知戴的大墨镜很显眼，方玉斌一眼就看到了。他径直来到佟小知座位前，关切地问：“你的手怎么了，不严重吧？”

方玉斌毕竟不是苏浩，佟小知不用强装笑颜。她低沉着声音说：“肿得厉害，医生说软组织发炎。”

方玉斌抱歉地说：“都是因为我，害得你伤势没有痊愈，就跑了半个地球。”

“说什么呢！”佟小知说，“要不是因为我，你也不会遇到那些麻烦。”

佟小知又问：“那事苏晋姐姐知道了吗？”

方玉斌知道佟小知问的是艳照的事，表情有些尴尬：“她还不知道，我没敢告诉她。”

“那就好。”佟小知说，“要是因此影响了你们的关系，我就更过意不去了。”

方玉斌问：“你什么时候到滨海的？”

佟小知说：“我今天搭早航班，从北京回的滨海。”

“既然身子有伤，就在滨海好好休整一下，干吗又往上海跑？”方玉斌追问道。

“我……我要回家。”隔了半晌，佟小知才开口答道，语气中带着哽咽。

方玉斌说：“你是不是见着余飞，和他吵架了？”

佟小知没再说话，泪水却挂在脸庞。方玉斌顺势抬手摘掉了佟小知的墨镜，只见她的两眼红肿，右眼角处还有一小块青紫。“怎么回事，余飞动手打你了？”方玉斌强压住怒火。

佟小知摇头说：“他没打我，只是推了我一把，我自己撞到了茶几上。”

“这个王八蛋！”方玉斌骂道。

佟小知说：“我先回上海，在家里住一段时间。”

“这样也好。”方玉斌说，“我就在上海，有什么事随时联系我。”

“我知道了。你快回座位吧，别在我这儿待太久。”佟小知善解人意地说道。

方玉斌依依不舍地走回头等舱，却发现座位上的苏晋早已睁开眼睛。方玉斌几乎是下意识地说道：“你醒了？我刚去了趟洗手间。”

苏晋扭头盯着窗外，直到方玉斌落座后，才缓缓说道：“真要去洗手间，你也走错了方向。头等舱的洗手间在前面，你干吗舍近求远，跑去经济舱的洗手间？”

方玉斌真是恨自己，在谈判桌上一向纵横捭阖，却在两个女人之间破绽频出，连个谎话也兜不圆。他支支吾吾地说：“我是去后面看了一下佟小知。我瞧她伤势挺重，不去问候一下也不好。”

“去就去，用不着跟做贼似的。”苏晋努力压低声音，但眼神中的不满却任谁都看得出，“去之前还装模作样地叫我两声，看我是不是睡着了。用得着这样吗？”

敢情苏晋压根就没睡！方玉斌知道，自己这回糗大了。更苦恼的是，有些事是解释不清的。佟小知为什么受伤，自己与佟小知在北京的见面，还有那些艳照，方玉斌可不敢拿出来跟苏晋解释。

见方玉斌耷拉着脑袋不说话，苏晋愈发气恼，她转过头不再说话。飞机落地后，苏晋一声不吭，拉着行李就往外走。苏浩原本打算等着佟小知，没想到妹妹气冲冲地走了，自己只能跟着。不明就里的苏浩在过道上拉住方玉斌，问：“她怎么了，刚才不还好好的吗？”

方玉斌有苦难言，只是摇头说：“我也不清楚。”

◎7　为了争取盟友，王诚决定投资方玉斌

回到上海后，无论是安抚苏晋，抑或慰问佟小知，方玉斌一时都顾不上了。离开公司一个多星期了，手头一大摊子事要处理。更关键的是，王诚那边还等着自己的答复。

经过深思熟虑，方玉斌终于下定决心，给王诚拨去电话。王诚笑呵呵地说："小方，考虑得如何？"

"考虑好了。"方玉斌答道。

"怎么说？"王诚问。

方玉斌说："有些话电话里不方便说。您抽空到上海来一趟，咱们面谈吧。"

王诚说："面谈可以，但你能来滨海吗？你也知道千城目前的局势，我担心抽不出时间。"

方玉斌坚持道："还是您过来一趟比较好。"

王诚犹豫了一下，说："好，我立刻订机票，晚上就飞过去。不过咱们只有一晚上的时间，明天一早我还得赶回滨海。"

"没问题。"放下电话的方玉斌，绽放出笑容。无论江湖地位还是商界辈分，王诚都远胜自己。方玉斌更清楚，近来王诚的确焦头烂额，于情于理，自己身为后辈去滨海拜访前辈似乎理所应当。但正因为地位悬殊，尤其两人

所谈的还是台面下的交易，方玉斌才不得不端起架子。如果此时自己屁颠屁颠跑到滨海，那就压根不叫合作，而是卖身投靠。而卖身的价码，通常是不会高的。

王诚乘坐的航班晚上 8 点多抵达上海浦东机场。王诚并没有通知千城集团上海分公司的人员接机，而是让一位上海友人开着私家车等在停车场。朋友载着王诚一行人在机场高速上兜了一圈，最后又绕回机场附近的华美达酒店。下车后，王诚扣住鸭舌帽，在秘书和保镖的簇拥下穿过酒店大堂，上到顶楼的总统套房。早在一个小时前，方玉斌已等候在套房内。王诚吩咐随从等候在外，自己一人走了进去。

方玉斌递上早已沏好的茶，说："让王总舟车劳顿，着实不好意思。浦东机场附近，连个五星级酒店也没有，只有这家华美达，勉强算个四星半。"

王诚摘下帽子："没事，这家酒店不错，离机场近，我明天一早的航班回滨海，住这里挺方便。"停顿一下，王诚又说："这次我来上海，没有通知分公司的人，刚才还让车子在机场高速上兜了一圈。"

方玉斌发觉，王诚的确比之前谨慎许多。过去几乎从不带保镖的他，如今却是保镖寸步不离地跟着。甚至对千城内部的人，他也不是百分百信任。这些老江湖，别看平时一副举重若轻的样子，真到了关键时刻，心思却细密如发。

方玉斌抿了一口茶，打趣道："看来我要是同王总合作，也得变成地下工作者。"

王诚没有喝面前的茶，而是从冰箱里取出一瓶矿泉水。他拧开瓶盖，说道："听你这口气，已经答应我的条件喽？"

方玉斌说："就算是吧。"

王诚坐回沙发，跷起二郎腿："那咱们一言为定！事成之后，你可以到千城来，任何一个分公司一把手的位置，随便你挑。"

方玉斌微笑着说："这么多年，我都在投资公司工作，千城的那些地产生意，我是一窍不通。不瞒你说，真让我去当个分公司老总，恐怕干不下来。"

王诚问："那你是打算？"

方玉斌说：“我目前没什么具体想法，既然之前你帮过我，这次就当我帮你吧。至于说今后，我也不打算再去哪里谋个差事，最好能自己干一番事业。”

王诚眉头一皱，旋即嘴角又露出笑容，缓缓说道：“你如果有自己创业的打算，那咱们可真是想到一块儿去了。”停顿了片刻，他接着说：“你也知道，我没多少钱，但认识的有钱朋友不少。这些朋友一直有个想法，各自拿出一些闲钱，成立一家投资公司，把钱投到具有增长潜力的新兴产业。”

王诚接着说：“这事谋划了好久，却一直没有付诸实施，缺的正是一个适合的投资公司负责人。我的那些朋友个个生意很忙，肯定没有精力来管投资公司的事。再说他们做传统行业时间久了，眼光局限在固定领域，并不适合亲力亲为来管理投资公司。比方说我吧，做地产可以，做投资未必在行。”

王诚开始侃侃而谈：“有一次与青年座谈，有人提议我当创业导师，我也跟青年朋友说了实话。假若我来做导师，那个创业项目一定前景堪忧。千城是个超大型企业，我作为董事局主席，近年来一直思考的是企业大战略。让我给某家大企业做战略顾问，自问还可以，来辅导创业项目，一定会一败涂地，两者的玩法截然不同。还是那句话，专业的事得让专业的人来做。”

王诚继续说：“以你的能力与资历，管理这家投资公司再适合不过。当然，你既然有创业的打算，我也不会让你只做个普通高管。我们可以设计一套灵活的股权奖励方案。比方说，你身为这家投资公司的董事长和总裁，自动获得 5% 的股权。两年之内，公司利润达到某一个水平，你的股权将自动增长，有可能是 15% 乃至 30%，总之一切凭绩效说话。反之，两年内经营绩效不佳，那 5% 的股权也会被压缩。如今不是流行对赌协议吗？这也算是一种对赌吧。”

听王诚说了这么多，方玉斌心中暗喜，问道：“没想到千城对投资业务也感兴趣？”

王诚摇头说：“千城公司没有入股投资公司的计划，我个人拿不出多少钱，自然也没法入股。只是我的几位朋友感兴趣，我从中牵线搭桥而已。”

王诚又说：“我和几位朋友聊过，只要物色到合适的高管，初期他们打算投两三个亿进来。只要你这边没意见，公司可以马上运作起来。当然，你现在还在荣鼎任职，不方便抛头露面，可以先找个副总负责日常工作，你在后头遥控指挥。等到千城的股权大战告一段落，无论结果如何，你就去新公司创业。”

王诚一口气说完，房间内陷入短暂沉寂。两人默默品茶，心中的盘算却一刻也不停。王诚的聪明，不仅在于管理企业，洞察人心的本事更是炉火纯青。多年来，外界对他或许有不谙人情世故的印象，其实，非不能也，乃不屑也。

昔日的王诚高高在上，何必在意他人感受。我行我素便好，别人开不开心、介不介意，关我屁事。现在不同了，身处险境的他需要援手，也不得不设身处地替别人着想。所幸这些看家本领，王诚并未丢弃。刚才与方玉斌几句对话之后，他便猜出了对方心思。

方玉斌无疑是倾向于同自己合作，否则不会安排这次见面。但千城大区总监的位置，显然无法令对方心满意足。这个年轻人，看来是有自立门户、不再寄人篱下的打算。

此时的王诚，太需要争取到方玉斌。而且越是这种时候，越要押上足够多的筹码。王诚狠狠心，端出了组建一家投资公司这个笃定让方玉斌无法拒绝的条件。

当然，花两三亿争取一个方玉斌，代价毕竟太高。千城再有钱，也不能这般挥霍。所以，王诚脑筋一转，想出了股权激励方案。如此一来，这笔钱就不再是收买，而是一种合作，也是一种投资。投资就是投人，选择投资方玉斌，王诚还是充满信心的。他从许多荣鼎老朋友口中，了解到此人的人品、能力，甚至前几天，还专门抽时间通读了方玉斌写就的《财富没有神话》，深感这是一个不可多得的人才。未来假若投资公司蒸蒸日上，势必形成一个双赢局面——方玉斌个人累积起不菲身家，王诚今日的投资更会获益颇丰。

王诚的盘算，方玉斌自然明白。人家不仅开出了足够诱人的条件，甚至把许多自己的担忧都一一化解掉。那套股权激励方案，美其名曰对赌协议，其实谁都明白，天底下没有这种赌法。通常的对赌协议，双方都会把筹码摆在桌上，投资方投下真金白银，创业者拿出企业控制权。假若创业者的业绩足够亮眼，自然皆大欢喜。一旦经营业绩不佳，投资人的股权就会按照对赌协议骤然增加，甚至取得企业控股权。而这套股权激励方案，对方玉斌是只有收益没有损失的。原本那 5% 的股权，也是人家送你的。就像上桌打牌一样，还有人先给你发本钱？

王诚专门提到，自己以及千城集团和这家投资公司没有关系。在方玉斌看来，这又是对方给自己的一颗定心丸。谁都知道荣鼎在千城股权大战中扮演的角色，假如方玉斌离开荣鼎后，立刻加盟具有千城背景的投资公司，难免有瓜田李下之嫌。心思缜密的王诚，既然看出了方玉斌不愿意加盟千城，自然明白方玉斌是担忧这一点，于是通过所谓朋友出资的方式将一切问题处理妥帖。

最令方玉斌动心的，无疑是立刻组建投资公司的承诺。股权大战前景未明，假若王诚败了，是否意味着所有一切化为泡影？而王诚已经明言，无论股权大战结局如何，都不会影响组建投资公司，方玉斌离开荣鼎后，也能立刻去新公司。况且以王诚的实力，即便没有千城，也足以支撑起一家小小的投资公司。这位地产大亨，这一回卖的可不是期房，而是现房！

继续待在荣鼎，只能小心提防明枪暗箭，但自己在明处，敌人在暗处，总是防不胜防，说不定哪天就会中箭倒地。之前燕飞利用财务问题来找茬，都令自己百口难辩，若不是丁一夫出马，自己已经被扫地出门。这次艳照门事件如果没有王诚施以援手，自己又一次在劫难逃。你不仁，就别怪我不义，看来是到了接住王诚伸来的橄榄枝，做一番自己的事业的时候了！

方玉斌不再犹豫，放下茶杯，打破沉默："谢谢王总的信任。"

"好！"王诚喜形于色，说道："从现在开始，咱们就是一条船上的人了。就按之前说的，我用其他人的名义，借一笔钱给荣鼎创投，你拿着这笔钱入市抢筹，把声势造起来。"

"从操作层面来说，应该没有问题。"方玉斌说，"荣鼎经营组织架构改革后，各分公司的权限增加了许多。加之目前费总不在国内，像这种事，我自己能做主。"

"看来，还得多亏老费上台后大刀阔斧推行的改革，否则，你哪能施展开拳脚？"王诚哈哈大笑，心里更出了一口恶气。当初轻信赵小轻，干了搬起石头砸自己的脚的蠢事。不过，你费云鹏也好不到哪儿去！为了权力斗争鼓捣出个什么改革，这段时间又躲到国外，等着摘落地桃子。这些小聪明，一样被人钻了空子！

“但愿这一招，能够击退曹伯华还有他背后的赵小轻。”方玉斌说。

“给你看一样东西，你的信心就会更足。”王诚从皮包里掏出一份文件，“为了在市场抢筹，华海使用了多个资管计划，而且全部是劣后级资金。所用杠杆率之高，完全超乎想象。这是我目前调查到的部分华海资管计划的资料。”

接过文件，方玉斌认真看起来。所谓资管计划，也叫资管产品，是获得监管机构批准的公募基金管理公司或证券公司，向特定客户募集资金的一种标准化金融产品。

作为一类融资手段，资管计划近年来十分流行，风头甚至盖过了之前的信托。究其原因，就在于资管计划的路子更野、风险更大。信托是银监事前审批，资管是证监事后备案。尤其信托由于有刚性兑付的潜规则，整体来说风险控制更严。

曹伯华运用了多项资管计划，这并非什么秘密。但令方玉斌吃惊的是，资管计划的杠杆率几乎都在 30 倍以上，远超外界预估。而且在这些资管计划中，全部约定了差额补足条款，曹伯华与华海系的企业是多个资管计划的差额补足义务人。也就是说，为了获取更多的资金，曹伯华不惜拿身家性命去兜底。

在所有资管计划中，参与的银行与金融机构都是优先级资金，华海则为劣后级资金。单从这一点来看，曹伯华简直在进行一场杠杆加杠杆的豪赌。所谓优先级资金与劣后级资金，属于金融产品的分级。打个比方，A 和 B 两个人合伙炒股，A 拿出 100 万，B 也拿出 100 万，总金额 200 万，但 A 和 B 的要求和约定不同。

A 的要求是，不管股票涨还是跌，你都要给我年化 5% 的利息，这就叫作“优先级资金”，因为在遇到风险的时候，具有优先得到回报的权利。按照一年期来计算，不管这 200 万变成 300 万还是 400 万或者 120 万，A 总是要拿走 105 万元钱。

相比之下，B 愿意承担更大风险，假定 200 万股票炒股炒到了 400 万，那么刨除 A 的 105 万收益，还有 295 万元，刨除 B 自己 100 万的成本，B 今年的收益率将高达195%。当然，如果股票跌了，比方说200万的股票市值跌到了120万，总金额缩水了40%，但A的那个105万还是要照付不误，B的100万本金就亏得只剩下了15万，亏损率高达85%。因为承担了更大风险，所以B的钱就叫作“劣后级资金”。

在资管计划中，华海全部为劣后级资金，无怪乎方玉斌会为他捏一把汗！一旦出现损失，劣后级资金必须首先承担损失。

方玉斌不由得想到，2008年金融危机，大名鼎鼎的雷曼兄弟，在华尔街五大投行里排名老四，够牛 × 了吧。结果瞬间倒闭！雷曼兄弟的杠杆率是多少呢？25倍！比如今的华海可低得多。

1999年的时候，还有一个比雷曼兄弟更厉害的对冲基金公司，叫作长期资本管理公司。美联储的一个前副主席在这里当高管，两个诺贝尔经济学奖获得者给这家公司当顾问来设计产品。拥有这么牛气冲天的团队，该公司又选择了金融领域里公认的最安全国债（利用各国国债极其微小的收益率之差进行套利）来做交易，于是他们大胆使用了60倍杠杆。结果呢，前4年赚了无数钱；到了第5年，遇到俄罗斯国债违约事件冲击，一下子完蛋，因为使用了高杠杆资金，22亿美元的本金，却持有1400亿美元资产，几乎把整个华尔街都拖下了水。

放下文件后，方玉斌说道：“想不到，华海的资金杠杆率竟然高到这么离谱的地步。”

“这就叫玩火自焚。”王诚说，“宣布停牌后，我会立刻向证监会举报华海，指控内容就是他们的资管计划风险。”

“你的组合拳，招招奔着要害去。”方玉斌当然清楚，凭王诚手里的证据，并不能告倒华海。他这样做的目的，也是醉翁之意不在酒。

一旦公开举报，相当于直接揭示出资管计划风险，把难题抛给了银行与证券公司——这些资管计划，华海是劣后级资金，你们可是优先级资金。事情到了这一步，你们就得想想，是否继续和华海成为一致行动人？如果成为一致行动人，在股价岌岌可危的时候必须与华海共担风险锁定12个月，在华海劣后级亏光了以后承担后续的全部风险；如果不是一致行动人，则应该立即与华海划清界限，随时平仓走人。

这一招，且不论证监会最终是否认定华海违规违法，至少在资管计划层面把配资的出资人、管理人和华海这个劣后管理人切分开了，甚至有可能削弱华海在未来董事会的投票权。

方玉斌思忖了一会儿，又摇起头："早就知道华海的资金杠杆率很高，但高到这种程度，还是出乎意料。但越是这样，我反而越觉得不对劲。"

王诚说："这并不难理解。千城不是一般的企业，盘子太大。以他们的资金实力，如果不使用高杠杆，根本玩不动。"

"未必。"方玉斌说，"我当然清楚，千城的盘子很大，但华海的资金实力总不至于差到这个份上。别忘了，曹伯华的背后，还有一个赵小轻。如果他们的资金实力差到非得使用超过 30 倍的杠杆，一开始也不敢贸然打千城的主意。"

"你认为他们还有后手？"王诚听出了端倪。

方玉斌点了点头："我看着像。好比两军对垒，我们当然知道对手没有百万雄师，但三五十万人总该有。现在看起来，似乎敌军只有十来万，剩下的人去哪儿了？"

一瞬间，王诚变得面色沉重。但很快，他又恢复信心满满的神态，大手一挥说："料敌从宽是对的，但也不必太多虑。千城的规模太大，他们不得不铤而走险。赵小轻就一黄毛丫头，曹伯华不过是个土鳖，没必要把他们看得过于厉害。我来滨海创业时，赵小轻应该路都不会走，曹伯华还在大山里扛锄头。"

方玉斌并不认同王诚的说法，赵小轻虽然年轻，可绝不是一般的黄毛丫头，人家不仅家世显赫，更是喝过洋墨水，从华尔街真刀真枪杀出来的。至于曹伯华，土则土矣，却绝非一个鳖，再怎么说，也够得上一个豪字。只是见王诚满不在乎的样子，方玉斌也不便多说。

王诚拍着方玉斌的肩膀："一场奥运会是否精彩，开幕式起码占一半分量。如今开幕式的担子，可压在你肩上。只有你登台闹出了动静，接下来的戏才演得下去。"

第五章 股权大战

“21世纪什么最贵？人才！”方玉斌念叨起《天下无贼》中葛优的台词，接着又说，“如今许多做互联网+的人没弄明白，互联网+的关键不是网，而是加号怎么写。互联网好比一栋气势恢宏的商业综合体，修起这座大厦的是美国人，直到现在，核心技术还掌握在硅谷那帮人手里。咱们做互联网+，不是去修房子，而是在商业综合体里租个地方，要么开专卖店，要么开餐厅，要么做影城。”

◎1　互联网 + 的关键不是网，而是加号怎么写

大战之前，总会有一段诡谲的平静。或许前一阵时间发力过猛，华海系近来在市场抢筹的步伐似有放缓。王诚频频在公开场合现身，对股权大战却未吐一词。原本就没有听闻风声的媒体，对台面下的厮杀更是浑然不觉。

方玉斌在这段时间却显得异常忙碌。一方面，他要代表荣鼎创投，既光明正大又偷偷摸摸地与相关方签署借款协议，为即将到来的抢筹大战准备资金。所谓光明正大，是说一切按程序办事，让人抓不到把柄；所谓偷偷摸摸，是把借款的事控制在小范围内，尤其不能把风声传到北京总部。

另一方面，方玉斌还在忙着成立新的投资公司。按照王诚的意见，新公司马不停蹄组建起来，方玉斌在幕后遥控指挥，甚至新公司的名字也是他取的。这家投资公司叫作星阑资本。方玉斌读书时看到南朝诗人谢灵运的《夜发石关亭》，里面有一句"鸟归息舟楫，星阑命行役。"星阑意为夜将尽，方玉斌以此寓意，希冀自己能走出长夜，迎来一轮旭日。

公司总部设在上海，第一期的启动资金 1.5 亿元很快到位。王诚告诉方玉斌，半年之内，还会有 1.5 亿元投过来，届时星阑资本将坐拥 3 亿资金。"够了吧？"与其说王诚在询问，不如说是一种兑现承诺后的信心满满。

方玉斌自然无比兴奋，答道："够了。一家新成立的投资公司，拥有 3 亿

资本金，已经很不错了。”

方玉斌不仅拥有新公司5%的股权，还获得了预期股权激励。一旦完成业绩，他的股权会同步上升，这让他与一般的公司高管截然不同，也符合自己干一番事业的初衷。新公司的其他股东，有好几个是在东北和云南从事建筑业的企业家。方玉斌没同这些股东碰过面，更认为没这个必要。是人家看在王诚面子上投的钱，抑或根本是王诚投钱，只不过借用了这些人的名义，方玉斌不清楚也不想弄清楚。

如今，方玉斌还不便抛头露面。王诚为他推荐了一名副总裁，在台前负责新公司的组建工作。这名副总裁叫宋祥超，此前在千城集团财务部任职。方玉斌觉得，宋祥超既是来为自己分忧的，也是王诚派来的监军，许多事索性就交给他打理。方玉斌只交代了一条——一切从简。从办公地点选择到公司机构设置，只要能满足工作需要，能将就就绝不讲究。

方玉斌清楚，自己能执掌星阑资本，靠的是与王诚携手合作，但这绝不是一张可以无限透支的支票。未来要真正站稳脚跟，还得拿实实在在的业绩说话。低调做人，高调做事，赶紧选项目、做投资，将公司推上正轨才是大事，此刻绝不是讲排场的时候。

对星阑资本的第一个投资项目，方玉斌已然心有所属。一天下午，他给何兆伟打了电话，便径直前往梦剧场公司。

这是方玉斌第一次来到梦剧场，公司位于浦西一栋普通写字楼中，面积不大，里面堆满了各种技术器材。何兆伟的办公室仅有20余平方米，摆上办公桌与一套沙发，便没有多余空间。

见面寒暄后，方玉斌揶揄道：“你这办公室太寒酸了。你一直在这里，还是后来见生意没起色，迫不得已搬来的？”

何兆伟摇了摇头，说：“一直就在这儿。一开始，我认为做互联网嘛，网站才是自己的脸面，办公室环境不妨将就一下。到了后来，连工资都发不出了，就更没法挪地方了。”

方玉斌呵呵笑起来，心中却寻思，何兆伟比起当年成熟不少。即便生意还能维持时，也没有图虚名，弄个富丽堂皇的办公室。

落座后，方玉斌喝了一口茶，问道："最近一个多月，梦剧场怎么样？"

何兆伟脸上露出笑容："拿了你的救命钱之后，我按照你的方法去做，效果几乎是立竿见影。就这一个月，已经接了好几单直播生意，收入百八十万没问题。虽说没法填过去的窟窿，起码工资发得出。"

"不错嘛。"梦剧场形势好转，体现的正是自己经营思路的正确，方玉斌自然喜形于色。他接着说："承接商业活动直播这一块业务不要停，但接下来，打造直播平台的事也该进行了。"

何兆伟面露诧异，说："当初你不是说，等商业活动直播这一块运作个小半年，公司逐渐走上正轨，再谋划下一步吗？这才一个多月，怎么你倒心急了？"

与王诚合作，成立星阑资本的事，自然不便告诉何兆伟，方玉斌只是说："计划赶不上变化。既然直播行业极有可能大火，咱们就争分夺秒。"

"好啊！"何兆伟兴奋地拍起大腿，"我早就想干一票大的。快说说，什么时候把荣鼎风投公司的人引见给我？"

方玉斌摆了摆手："不要找荣鼎的风投公司，我联系了另外一家投资公司。在这家公司，我说话还能算数，程序也不会太麻烦。"

只要有人投钱，何兆伟才不在乎是哪家公司。他问道："打算投多少？钱什么时候到账？"

方玉斌缓缓说道："咱们是老同学，之前又合作过，梦剧场的财务数据，我也很清楚。尽职调查的程序，我看就不必了。第一期投 3000 万，下个星期就可以把钱打到你公司账上。"

何兆伟起先是高兴，接着又搓起手，问道："这家公司什么来路，跟我面都不见，凭你几句话，就肯投 3000 万？玉斌，给我说实话，你是不是就是这家公司的负责人？"

"你问这个干吗？"方玉斌颇为不解。

何兆伟说："如果是其他人，钱投得越多越好。但咱们是老同学，你对我又屡次雪中送炭，我不想坑你。做直播平台，其实用不了 3000 万。梦剧场和其他公司不一样，硬件设备是现成的，这就节约了一大笔开销。至于软件投入，无非是多找些网红进驻平台。可找网红，眼下根本花不了多少钱。”

何兆伟接着解释：“通行的模式，就是公司提供平台但实行零底薪，网红多劳多得。通过直播节目，网红如果能吸引关注度，甚至有粉丝送礼品，现金充值，平台从中抽成便是。反正平台没有薪资成本，网红挣不到钱，我也不损失，他们挣得多，我就多抽成。”

方玉斌思忖了一会儿，说：“对这个行业我也了解过。今天听你这么一说，更发觉 3000 万并不多。网红这一块，别人怎么玩我不管，但咱们一定得玩出新花样。我有两点建议：首先，只要入驻梦剧场的网红，都发底薪，让人家有起码的生活保障；其次，平台尽量少抽成甚至不抽成。”

何兆伟点燃一支烟，说道：“我明白你的意思，前期放水养鱼，先把人气聚起来。但要聚人气，是不是就一定得提高网红待遇？其他平台也有砸钱的，但人家是升级服务器，把页面做得更漂亮，倒没人去给网红涨工资。”

“21 世纪什么最贵？人才！”方玉斌念叨起《天下无贼》中葛优的台词，接着又说，“如今许多做互联网 + 的人没弄明白，互联网 + 的关键不是网，而是加号怎么写。互联网好比一栋气势恢宏的商业综合体，修起这座大厦的是美国人，直到现在，核心技术还掌握在硅谷那帮人手里。咱们做互联网 +，不是去修房子，而是在商业综合体里租个地方，要么开专卖店，要么开餐厅，要么做影城。”

方玉斌继续说：“就说直播平台吧，不在于技术如何，关键在于内容。影视公司的影响力，在于有没有大牌签约明星；网络论坛的兴盛，在于有没有牛 × 的版主；一家直播平台的前景，就看能否培育出一线网红。那些不肯给网红高收入而去花钱弄什么页面的，才是本末倒置。”

“既然人才宝贵，没道理舍不得给钱。”与费云鹏打交道久了，方玉斌讲什么事也喜欢引经据典，“国民党败退台湾后，弄了一个蝙蝠中队，就是派侦察机来大陆搜集情报。飞机由美国提供，飞行员由美国培训，到最后，美国人还提出一点，军饷要由他们发。蒋介石老大不乐意，军饷也由你们发，究竟算谁的部队？美国人的解释是，你们给飞行员的工资太低了，让他们没有职业荣誉感。另外，去大陆搜集情报风险很高，不发高薪，谁肯替你卖命！还有曾国藩组建湘军，为什么战斗力远胜之前的八旗、绿营？一大原因是曾国藩一开始就咬紧牙关，给士兵发双饷，湘军士兵的收入通常是八旗、绿营的两到三倍。”

何兆伟沉思了一会儿，说：“你说得有道理。重赏之下，才有勇夫。”

“那好，咱们就抓紧行动。”方玉斌说。

何兆伟说：“你的钱一到位，我这边就开足马力。万事开头难，接下来的几个月可是关键时期，有什么事拿不准的，咱们再商量。”

方玉斌却摆手说：“大方针已经定了，剩下的事你做主便是。如果连这点信心也没有，我投你做什么？再说接下来这段时间，我应该会很忙，恐怕抽不出精力。”

“好吧。”何兆伟是个自视甚高的人，见方玉斌放手让自己大展拳脚，无疑正中下怀。他接着问：“接下来你要忙什么？”

方玉斌要忙的，自然是千城股权之争。他微笑着摇头：“现在不便多说，到时你就知道了。”

◎ 2　华尔街的名声在美国已经烂大街，几乎成为贪婪的代名词

初冬的白天大大缩短，夜幕说来就来。刚刚还像一个巨大的红心鸡蛋蛋黄的太阳，一转眼就滑了下去。藕荷色的云彩迅速遮住了暗红的夕阳余晖，市区里五光十色的路灯亮了起来。

滨海市中心千城大厦 28 层，王诚坐在宽大的办公椅上，眼光聚焦在桌面上的文件。在他的对面，方玉斌与千城集团常务副总虞东明分坐在茶几两头的沙发上，各自瞄着掌中的手机。

注定将载入史册的千城股权大战，终于迎来了决战时刻。一周前，方玉斌以先斩后奏的方式，将借来的资金投入市场，与华海系展开正面激战。正如之前所预料，尽管方玉斌手头的资金少得可怜，但荣鼎的强大背景依旧让市场充满紧张。荣鼎已与王诚结盟，将夺回千城大股东的消息，在坊间甚嚣尘上。

而在昨天，王诚更是连发三箭，以一股破釜沉舟的气概，将自己送上火线，也让原本暗流涌动的股权之争摊上桌面。第一箭，千城向证监会提交举报信，质疑华海收购资金的来源，并指控华海采用高杠杆；第二箭，就是宣布停牌，千城集团当晚发布停牌公告，称本公司正在筹划重大资产重组事

项，因有关事项尚存不确定性，为了维护投资者利益，公司股票于次日下午13点起开始停牌；第三箭，王诚发表了一封措辞强硬的公开信，指责华海的恶意收购行为，表达出管理层与野蛮人势不两立的态度。

这封看似豪气干云、态度决绝的公开信，自然少不了犹抱琵琶半遮面。信里只字未提赵小轻，只是把火力集中到曹伯华身上。另外，自己当初与华海联手，以至于引狼入室的奇耻大辱，更被王诚遮盖得严严实实。

三箭齐发，立时将千城集团与王诚本人推向风口浪尖。过去一段时间，尽管抢筹大战几近白热化，但相关当事方不过是在桌子下踢腿。即便荣鼎入市抢筹，方玉斌公开称赞千城管理层，一些猜测也不过是在圈内流传，外界依旧不明就里。这一封公开信与对华海的举报，将所有矛盾彻底曝光。

千城的企业规模以及王诚的江湖地位，让这则新闻极具爆点，短短一天之内，千城股权大战便成为公共事件，占据了各大媒体头条。过去几个小时，王诚的手机响个不停，有人关切询问，有人表达支持，更多的则是媒体记者的采访要求。王诚只得把手机交给秘书，否则自己光应付这些电话就无暇他顾。

股权大战所引发的新闻轰动效应，王诚早有预料，甚至是他所希望的。事情停留在资本层面，自己始终处于下风。说到底，如今华海才是千城的大股东。可进入公共事件的层面，胜利的天平就可能会倾斜。赵小轻躲在幕后，绝不敢出头。曹伯华一个泥腿子，能有什么号召力？而我，才是成名日久的商界教父，振臂一呼，理应应者云集。

为此，王诚曾约见过好几位重量级媒体人士，希望自己亮剑后，老朋友能出手相助。一开始，事态的确朝着他的预期发展。公开信发布后，数家具有影响力的财经媒体刊登报道，对千城管理层的支持态度显露无疑。好些企业家朋友也相继发声，表达对王诚的力挺。王诚的微信朋友圈收获了无数个赞，那些点赞的人几乎个个是声名赫赫、雄踞一方的商界大佬。

然而就在几小时前，风向却发生改变。尽管正式报道对王诚颇为有利，但在新闻后面的跟帖区，对王诚的负面评价甚至谩骂却如潮水般涌出：

“整日游山玩水的董事长，早他妈该滚蛋。”

"突然宣布停牌，就是绑架中小股民的流氓行为。"

"新闻全是收了红包，但一看评论就放心了。"

……

被网友顶到最上方的一条跟帖，几乎是对王诚的道德指控："那些臭钱，只能找几个帮他洗地的记者，却堵不住天下悠悠众口。"

素来爱惜名声的王诚，对舆论风向颇为看重。原本盼着一边倒地支持，怎么事与愿违？决战来临，第一场仗似乎就出师未捷？王诚看着下属整理的网络舆情，脸色阴沉得可怕。

"主席，这些跟帖显而易见都是华海雇的水军。"虞东明赶紧开口宽慰自己的老板。

王诚的眼睛从文件上移开："人家是有备而来，连水军都准备好了。"

虞东明说："网友发几句牢骚，有什么影响力？其实，从昨天到现在，凡是对此事表态的重量级企业家与财经大刊，都是挺我们的。"

"都有哪些人说话了？"王诚问道。

虞东明掏出另一份文件："这是我统计的，截至目前表态支持我们的商界重量级人士。"

王诚拿过文件，瞟了一眼，欣慰地说："患难见真情呀。回头我会挨个打电话感谢这些老朋友。"

虞东明说："这些水军，不过是拿人钱财，替人消灾。赶明儿咱们也撒点钱，把舆论风向扭过来。"

对虞东明的提议，王诚不置可否。以他孤芳自赏的性格，花钱雇水军的话自然说不出口。闭口不言，实则已是一种默许。

方玉斌却摇起头："找几个水军就能扭转舆论？我看未必。"

见方玉斌提出质疑，虞东明不甘示弱地说："人家雇的水军上蹿下跳，难道我们坐以待毙？"

方玉斌说："我不否认，对手的水军十分活跃。但那些不利于千城的言论，难道全是水军发出来的？依我看，许多发声的人并没有拿谁的钱，不过是凭个人好恶行事。"

方玉斌拿起自己的手机，说："我朋友圈里有篇文章，是上海一位专栏作家写的，传播很广，如今阅读量已是10万+。这篇文章中，他把千城股权大战形容为屌丝与贵族的战争。作者通篇对曹伯华不吝赞美，甚至盼着他在股权大战中获胜，来一场酣畅淋漓的逆袭，为天下屌丝出一口恶气。"

"荒谬！"类似的言论，王诚已经看到。他实在想不通，曹伯华是哪门子屌丝？还有他背后的赵小轻，难道也算屌丝？倒是我自己，早就放弃了唾手可得的股权，多年来仅有年薪收入。要说个人财富，远逊于曹伯华。写这些文章的人，眼睛难道瞎了吗？

方玉斌毕竟不是王诚的属下，不用像虞东明那样，凡事顺着老板心思。他笑了笑，说："王总息怒。这篇文章的观点固然可笑，但也表达出一部分人的观点，否则点击率不会这么高。这位作者是我的朋友，刚才我跟他微信聊天，问他是否收了华海的公关费。他一口否认，说自己连曹伯华长什么模样都不晓得。"

方玉斌接着说："我举这个例子只想说明，并非所有骂王总的言论都出自水军。水军嘛，有奶就是娘，谁出钱就替谁说话。可怕的是，舆论风向已经逆转，而我们仍浑然不觉。"

王诚斜着头，似乎并不认可方玉斌的说法："这个曹伯华，此前压根没有一点名气。怎么一夜之间，冒出来那么多粉丝？这些人不是水军，又是什么？"

方玉斌思忖了一下，说："其实那些粉丝并不是真心喜欢曹伯华，只不过是讨厌王诚。看着有人出面教训王诚，他们便欢呼雀跃。不妨这样说，谁能够挑战王诚，他们就支持谁。至于此人是曹伯华还是张伯华、李伯华，已经不重要了。"

此言一出，办公室顿时陷入沉寂。王诚的脸色愈发铁青，虞东明几乎屏住了呼吸。在千城集团，王诚是众人口中的"主席"，是不容置疑的红太阳，可从没人敢这样同他说话。

隔了半晌，王诚才缓缓开口："难道我就这样招人恨？"

"对不起，请原谅我的直率。"看到王诚一脸痛苦的表情，方玉斌真有些于心不忍。他知道，王诚不爱钱，但一个不爱钱的人，追求的东西一定比钱更值钱。王诚在乎的，就是名声。这些年来，他苦心经营自己的形象，比起什么商业教父、地产领袖，他更喜欢扮演人生导师的角色。即便在一本正经的财经峰会上，他也会大谈各种公共议题，以凸显自身的特立独行。所有这一切，不就为了赢得生前身后名吗？面对这样一种人，告诉他你其实并不招人喜欢，或许比商场上的失利，更加让他难以接受。

但是，方玉斌觉得，既然如今与王诚身处同一个战壕，就必须直言相告。他抿了一口水，说："并不是王总你有多么招人恨，而是社会思潮变了。"

"这是一个复杂问题，我尽量简单来说。"方玉斌接着说，"从 20 世纪 80 年代开始，全世界走入了一个精英化时代，各领域的精英层出不穷，推动了时代的进步。而普通大众也发自内心地膜拜精英，甚至渴望通过奋斗，自己也成为精英。"

方玉斌又说："这一波精英化浪潮，伴随着 2008 年的金融危机彻底终结。越来越多的年轻人发觉，自己并没有成为时代发展的获益者，反而充满相对剥夺感，房价炒高了，工作机会变少了，日子越来越难过。那些大财团、大企业家累积了那么多财富，过着纸醉金迷的生活，到头来却弄出个金融危机，让普通人承担后果！更关键的是，阶层的固化让众多年轻人绝望。过去，他们渴望通过奋斗，让自己成为精英中的一员。现在他们却认定，无论如何努力，精英的大门已向自己关闭。在西方，这批年轻人被称为愤怒的一代。套用国内的话，应该叫愤青吧。"

停顿一下，方玉斌继续说："正是愤怒的一代，发起了'占领华尔街'运动。尽管这个运动持续时间不长，却在全世界激起回响，乃至于改变了整个社会思潮。比如在美国，十年前提起华尔街精英，人人竖起大拇指，认为他们代表了美国梦。现在呢，华尔街的名声在美国已经烂大街了，提起华尔街，几乎成为贪婪的代名词。你看美国总统大选，两党候选人都声称要约束大财团，捍卫平民利益，只是各自的激烈程度不同。这在资本主义最发达的美国，过去是绝对无法想象的。"

"还有香港，"方玉斌滔滔不绝地说道，"仅仅十多年前，李嘉诚还是香港人心中的骄傲。提起李超人，香港人觉得与有荣焉。现在呢，还有几个港人把李嘉诚当偶像？倒是工人游行时，把李嘉诚画成青面獠牙的样子，踩在脚下。”

“不知你们发现没有，近年来国际政坛总会不时冒出一些‘怪咖’。原本默默无名，只因为长了个大嘴巴，语不惊人死不休，加之行为乖张，于是瞬间爆红。一人一票的选举中，那些政坛老鸟反倒溃不成军，这些‘怪咖’倒一个个选上了市长乃至总统。没办法，如今的选民就好这一口。那些精英政治家的代表，诸如里根、撒切尔夫人，可以在30年前叱咤风云，换到现在，估计也不受选民青睐。”方玉斌一口气把心中所想都说了出来。

许久没有说话的王诚终于开口：“这个世界越来越乱了，充满了一种民粹的思潮，反商、反富，乃至于反智。”

方玉斌说：“这种思潮究竟对不对，谁也说不清。但它已然泛滥，却是不争的事实。在许多年轻人心中，反传统、反偶像就是一种时髦。所以，像王总这样成名日久的教父级人物，恐怕是很难讨好。”

“况且在中国，还有另一种情形。”方玉斌又说，“所谓人人是顺民，个个有反骨。别看那些偶像人物走到哪儿都有一大帮粉丝，其实不安的因子早已种下。一旦从舞台上跌落，立刻会卷起千堆雪，往日顶礼膜拜的粉丝会毫不犹豫地踏上一万只脚。”

“你是在说我吧？”王诚苦笑道。

“不光是你，换作谁都一样。”方玉斌说，“去年我出去自驾游，在公路上，看见一辆大货车追尾法拉利。不过十多分钟就围拢数百人，一个个比过年还兴奋，拍掌的、叫好的，总之欢声笑语，不绝于耳。”

方玉斌接着说：“如今很多人的心态，就像围观车祸的群众，他们才不管大货车是否违反交通规则，只要撞的是法拉利就欢欣鼓舞。一直以来，王诚是高高在上的偶像，如今冒出个曹伯华，竟敢向偶像宣战？看热闹的不嫌事大，当然要鼓掌叫好。至于谁是谁非，反倒不重要。”

王诚叹了口气：“你说得有些道理。”

“水军当然有，不过推波助澜而已。但这股浪潮本身，实则酝酿已久。”

方玉斌说。

王诚说："照你这么说，这场舆论战我们应该怎么打？"

"我以为当务之急就是放低身段。"方玉斌说，"王总的公开信，其实充满了一种高高在上的优越感。比如质疑曹伯华的实力、信用，认为他不配做千城的大股东。客观来讲，这些道理都对。但正是这种优越感，才让那些以反传统、反偶像为时髦的年轻人愤愤不平，甚至把曹伯华当成了同路人。"

"你的意思，是让我们故意示弱？"虞东明说。

"没错。"方玉斌说，"从双方第一天舆论战的攻防来看，对方稍占上风。他们的战术，就是把舆论引向屌丝逆袭。而我们这边，无论是商界大佬的力挺，还是那封公开信，某种程度来说配合了对方的表演。"

方玉斌又说："为今之计，我们要塑造出一种悲情形象，才能唤起同情。对于曹伯华，与其质疑他信用不够，不如有意无意地暗示他背景深厚，手眼通天。总之，咱们要以一种被欺负了的受害者形象出现在公众视野。"

虞东明说："这个好办，我立刻叫人组织文章。"

方玉斌说："我还发现一个现象，在传统媒体上，支持咱们的稿件不少。那些支持华海的言论，大多是微信朋友圈的文章与网友跟帖。两相比较，后者的传播效果更大。看来，为了打舆论战，对方主动适应了新媒体的特点。"

"这一点我们的确做得不够。接下来，不仅要组织一批有分量的文章，还得在运用新媒体手段上下功夫。"对于争取舆论，王诚无比在意，他立刻吩咐虞东明。

王诚从办公椅上站起来，扭了扭腰杆，又对方玉斌笑着说："刚才光顾着聊舆论战，倒把你此番滨海之行的主题忘了。你可是衔命而来。"

方玉斌微笑着说："没错，我的确肩负使命。远在海外的费总很关注股权之争，让我来问一问王总，下一步有何打算？"

王诚哈哈大笑："费云鹏竟然让你来问我的话。不是此地无银三百两吗？"他又问："这一回你不跟总部打招呼，直接入市抢筹，费云鹏有什么反应？"

方玉斌耸了耸肩："费总对我一定失望透顶，不过目前也没什么特别的反应，否则也不会让我跑一趟滨海。"

“既然费云鹏让你来了解情况，你就把我的话带给他。”王诚说，“第一，我同华海的矛盾不可调和，没有任何妥协的空间；第二，为了阻击华海，我会发行新股，并引入一家有实力的战略合作者。”

发行新股并引入合作者，说白了就是稀释股权，这一招实在谈不上有多高明。这套计划真要付诸实施，将会面临重重阻力。发行新股事关重大，必须经过董事会同意。那些利益受损的原股东能同意？尤其是已经成为最大股东的华海，能投下赞成票？

方玉斌并不相信，这套既谈不上高明又没有可操作性的方案会是王诚真实的想法。他说：“你的话我一字不改地带回去。只是费总信不信，我就不知道了。”

王诚笑道：“甭管他信不信，我都得这么说。两人起了争执，最后怎么解决是一回事，起码先得扔出几句狠话，这就叫输人不输阵。”

方玉斌会心一笑：“明白。”

◎ 3　判断一场战役的成败，一定是从战略着眼，而非战术细节

植被苍翠的雨林，崎岖不平的山丘，远处中国南海绵延至天际，迷人的海岸线在热带阳光下闪闪发光。如此美丽的风景，让伍俊桐暂时忘却了旅途的疲惫。

从昔日的小职员到后来的总裁办主任，直至如今贵为荣鼎资本副总裁，伍俊桐的职场生涯几乎都在费云鹏的荫庇之下。因此，对于费云鹏的每一句话，自然不敢有丝毫马虎。昨晚接到费云鹏的电话，他便马不停蹄地赶路，历经七八个小时的奔波，终于来到如世外桃源般的民丹岛。

民丹岛位于印度尼西亚，不过因为距离新加坡很近，向来被称作“新加坡的后花园”。优雅的环境、迷人的风景，使它成为全世界高端游客热衷的旅游地。

伍俊桐与秘书在新加坡樟宜机场下飞机后，连新加坡市区都没进，便直奔距离机场 10 分钟车程的丹娜美拉码头。坐上轮渡，仅仅 45 分钟，民丹岛的风景就已映入眼帘。

费云鹏下榻在民丹岛上的悦榕庄酒店。为了便于汇报工作，伍俊桐自然也把房间订在这里。因为在中国的香格里拉、西溪湿地等旅游景区接连兴建

奢华度假酒店，悦榕庄的名气在大陆富豪圈中甚为响亮。但论起历史，悦榕庄比起传统欧美酒店品牌还稚嫩许多。这个由华人创建的高端度假酒店品牌，直到 1994 年才在泰国普吉岛经营起第一家酒店。2006 年，悦榕集团在新加坡证券交易所挂牌上市。

民丹岛上的悦榕庄是悦榕集团旗下继普吉岛悦榕庄之后的第二家酒店，于 2000 年正式营业。民丹岛悦榕庄是岛上唯一的别墅型度假村，能够俯瞰美丽的南海景观，还拥有纯白私密海滩、锦标赛高尔夫球场及享有盛誉的悦榕 SPA。

酒店设计受民丹岛传统渔村建筑启发，建于桩柱之上，隐现于丛林浓荫之中。为避免切入陡峭的山坡及防止土壤侵蚀，别墅建于平台之上，由桩柱支撑，因此客人在房间内即可观赏令人愉悦的树顶风光。建筑物尽量保持了原有地貌，许多巨石保留在原地，甚至度假村内有一处壮观的泳池，就是从岩石中凿刻而成。

再巧夺天工的设计与奢侈装潢，对于经常出没于各大豪华酒店的伍俊桐来说，也是见怪不怪。甚至一进到房间，他还忍不住抱怨，洗手池水龙头的水流太小，比起国内悦榕庄差多了。唯一令他满意的，大概就是酒店的迎客方式。客人一到，酒店会敲锣以示欢迎。接下来，除了印尼人的双手合十礼，还有跪式服务。酒店服务员半跪半蹲，为伍俊桐递上薄荷蜂蜜柠檬茶和冷毛巾。

跪式服务原本是悦榕庄酒店的标配，不过进入中国后，由于各种原因没能推广开来。对于这项服务，伍俊桐显然很满意。因为自己身材矮胖，在国内的悦榕庄酒店，与身材高挑的服务员站在一起，始终感觉气场差一截。这一跪，让伍俊桐体会到不常见的高高在上的感觉。

费云鹏的秘书在酒店等着伍俊桐一行。见面后，秘书说："费总正在打高尔夫，麻烦您稍等一会儿。"

伍俊桐绽放出招牌式媚笑："没事。应该的。"

民丹岛上有四座高尔夫球场，每一个均是出自名家之手的设计。这座小岛，也被誉为东南亚的高尔夫天堂。赤道的阳光十分火辣，费云鹏却流连其中，直到下午 5 点多才回到宾馆。

费云鹏的秘书提前给伍俊桐打来电话："费总回来了，让您在酒店大堂等着。"

伍俊桐急忙来到前台。几分钟后，一辆中巴车驶进酒店，费云鹏一行人有说有笑地从车上下来。紧跟在费云鹏身旁的，是一位模样俊俏、身材苗条的年轻女子。伍俊桐定睛一看，这不是赵小轻吗？

赵小轻露出笑容，主动与伍俊桐打起招呼："伍总，你从北京风尘仆仆赶过来，一路辛苦哟。"

伍俊桐伸出双手："赵总也在这里呀！"

赵小轻说："我昨晚到的。"

"俊桐，一路上顺利吧？飞机没晚点？"费云鹏一面卸下高尔夫球杆背包，一面问道。他穿着浅色高尔夫球衫，气色颇为红润。看来这一段时间他以摄影采风为名在海外云游，日子过得十分惬意。

"一切顺利。首都机场国际航班的准点率，可比国内航班高多了，飞机一分钟也没晚点。"伍俊桐一边说话，一边伸手打算接过费云鹏的背包。

"那就好。"费云鹏点着头，手却轻轻一挡。他没把背包交给伍俊桐，而是递到秘书手上。自打伍俊桐荣升副总裁后，费云鹏多次语重心长地告诫部下，如今你不再是总裁办主任了，而是领导班子成员。当领导的，身上就得有股子官味，即便在我面前，拎包端茶的活儿也不要干了。

不知是出于忠诚还是多年来习惯成自然，尽管对外面，伍俊桐的官架子越来越大，可一旦碰见费云鹏，总会把秘书的活儿抢着自己干。费云鹏也不得不多次"出手"，替自己的心腹"挽回形象"。

费云鹏接过服务员递上的毛巾，擦拭着手："这段时间，跟着艺术家朋友海外采风，收获很大。可惜呀，总有些人要闹出点动静，让人不得安宁。没办法，还得千里迢迢把俊桐找来谈工作。"

"都怪我。"赵小轻嘴上说着抱歉，脸上却洋溢着笑容，"是我上门求助，扰了费总的清净时光。"

"跟你没关系。"费云鹏挥着手，"打扰我的另有其人，不是你！"

费云鹏接着说："又到饭点了，我已经让秘书订好了餐。这里的印尼菜与泰国菜，味道都不错。小轻，咱们一起用餐吧。”

“不了。”赵小轻说，“我还有事，得离开民丹岛。”

费云鹏说：“再忙总得吃饭吧？”

赵小轻说：“我现在搭轮渡去新加坡，还能搭晚上的航班去香港。”

“哦。”费云鹏说，“你要赶时间，我就不强留了。一路多保重。”

“谢谢。”赵小轻说，“等费总结束云游归国，我再设宴为你接风洗尘。”

“好啊。”费云鹏哈哈笑道。

送走赵小轻后，费云鹏的秘书却在一旁嘟囔：“费总，刚才您那一句话，可把我吓着了。”

“怎么了？”一旁的伍俊桐问道。

秘书说：“费总压根没安排我订餐，却邀赵小轻吃饭。这里的餐厅很紧俏，必须提前预订。如果赵小轻答应了，那多尴尬呀。”

“这话你也当真！”费云鹏手指着秘书，脸上笑容和蔼，“我早就知道她要赶回香港，才故意这么说。没把握的话，我能随便出口？”

“听见没有？你们年轻人还得跟着费总好好学。”伍俊桐说道。

费云鹏又吩咐秘书：“安排几个菜，送到我房间吧。赵小轻走了，我和俊桐还得边吃边聊。”接着，他又拍了伍俊桐的肩膀：“走，去我房间。”

费云鹏下榻在海边风化石上的巨石别墅，是民丹岛悦榕庄里景致最好的地方。窗外，海浪轻拍岩石，高处的阳台连着树梢，不经意间能与猴子偶遇，到了夜晚，还能听到蟋蟀清脆的歌声。

一进入房间，费云鹏的脸色僵硬下来：“我出国之前，叫你把家看好。你是怎么看的？方玉斌背着我们闹出这么大动静，以至于赵小轻都跑上民丹岛了！”

伍俊桐一脸惶恐：“是我疏忽大意。也不知道方玉斌从哪儿弄来一笔钱，而且不跟总公司打招呼，由荣鼎创投出面，直接入市抢筹。”

“不是疏忽大意，简直是猪脑袋！”费云鹏的领导风格素以温和著称，对关系一般的下属向来和颜悦色，但面对真正的嫡系爱将，却什么重话都能骂出口。他接着说：“方玉斌的钱从哪儿来的，这还用问吗？方玉斌和王诚已经搅和到一起，荣鼎创投上周组织资金进场，千城这周就宣布停牌，两人分明是一唱一和。”

伍俊桐脸上红一阵白一阵：“方玉斌的胆子也太大了，竟敢吃里爬外！”他接着说：“荣鼎创投的资金进场后，我就觉得不对。我给方玉斌打了电话，让他写一份详尽的情况汇报。”他一边说着，一边从皮包里掏出这份报告。

费云鹏没好气地说：“这份报告，我的邮箱里几天前就收到了，这会儿用不着再看纸质版。”

伍俊桐的确被骂昏了头，分明早就传给费云鹏的报告，哪里用得着再拿出来？几天前，方玉斌按照总部的要求，提交了这份材料。报告开头，是对千城股权纷争的回顾，没什么新鲜内容。接下来，方玉斌表示，为了夺回荣鼎的大股东地位，他以荣鼎创投的名义对外融资，并利用这笔钱入市抢筹。同时，荣鼎创投对外发布公告，称对千城管理层多年来的工作业绩充分认可。报告末尾，方玉斌说，公司经营组织架构调整后，荣鼎创投有权单独对外融资。总公司费云鹏董事长更多次指示，要尽力维持荣鼎的最大股东地位。自己的行为，既在权限之内，更是落实费云鹏的工作要求。

伍俊桐提到这份报告，又勾起了费云鹏的怒火，他恨恨地说：“什么叫玩文字游戏，打着红旗反红旗？方玉斌的这篇报告就是范文。通篇都在说如何贯彻费总的指示，实际上处心积虑跟我对着干。”

费云鹏或许意识到，如此大动肝火既伤身，又自降身份。他缓和了一下语气，冷笑道：“说到玩文字游戏，大概全世界没有谁能超过中国人。有一则故事，说朱元璋在鄱阳湖大破陈友谅，俨然已成一代雄主。趁着好心情，他去一座寺院郊游。寺中主持有眼不识泰山，多次问朱元璋姓名。朱元璋在墙上题了一首诗：杀尽江南百万兵，腰间宝剑血犹腥。山僧不识英雄汉，只顾哓哓问姓名。朱元璋登基后，又想起此事，派人去寺中探望，发现诗句已经被白灰抹去，他立时恼羞成怒。眼看庙里僧众性命不保，亏得有个机智的小和尚，赶紧写了一首诗：御笔题诗不敢留，留时深恐鬼神愁。故将法水轻轻洗，尚有龙光射斗牛。这马屁拍得朱元璋十分舒服，僧众不仅保住了性命，还获得封赏。”

费云鹏抿了一口茶：“几千年传下来，以至于人人都会玩点儿文字游戏。

我和丁一夫搭班子时，他老丁就是个中高手。方玉斌是丁一夫一手带出来的，看来也深得其中精髓。”

朱元璋的典故，伍俊桐之前并不知道，但对丁一夫玩弄文字的手腕，他却是印象深刻。时任荣鼎资本总裁的费云鹏在一场会议上发表讲话，伍俊桐整理出讲话材料，准备印发给各分公司。几千字的材料送到丁一夫手上，人家只改了一个字，立时让费云鹏郁闷到极点。

讲话中，费云鹏曾批评一家分公司负责人：“丁总的话你们不听，我的话你们也不听。”可丁一夫大笔一挥，改成：“丁总的话你们不听，我的话你们更不听。”将“也”字改为“更”字，一把手同二把手的差别，立刻被彰显出来。

费云鹏手里抖着伍俊桐呈上的报告，说：“方玉斌能玩这一套把戏，我并不奇怪，但却想不通，他为何要这样干？我当上董事长后，对这小子不薄呀。荣鼎创投总经理的位置，多少人眼巴巴望着，我却交到他手里。他更应清楚，如此阳奉阴违，自个儿在荣鼎的日子也就到头了。”

“非我族类，其心必异！这小子原本和我们就不是一条心！他就是一条喂不饱的狗。”提到方玉斌，伍俊桐简直咬牙切齿。尤其在艳照风波中，自己处心积虑，到头来不仅竹篮打水一场空，还被人家反将一军。

“是吗？”费云鹏语气严厉地问道，“前段时间，方玉斌闹出个艳照门，后来又不了了之。究竟怎么回事？”

提到这件事，伍俊桐背上开始冒虚汗。自己的把柄还被人抓着，即便对方玉斌恨之入骨，在这事上也得替人家缓颊：“那是一个误会。有人拍了方玉斌的照片，不过后来证明，都是些捕风捉影的东西。”

“照片我看过，拍得清清楚楚，怎么说捕风捉影？”费云鹏追问道。

伍俊桐赶紧说：“照片是真的，但经过调查，当时方玉斌被人下药，那是一场陷阱。”

“陷阱！”费云鹏鼻子轻轻一哼，“是你设下的吧？”

“没有，没有！”房间内冷气强劲，伍俊桐背上的汗却越来越多。

沉吟半晌，费云鹏以一道异常锐利的目光盯住伍俊桐：“怎么，你现在当了副总裁，在我面前也不说实话了？”

伍俊桐吓得双腿发软。隔了一阵回过神来，又哭丧着脸说：“费总，是我一时糊涂。我看方玉斌太嚣张，想教训他一下。”

“还在扯淡！”费云鹏猛地拍了一下桌子，“方玉斌哪里嚣张了，我怎么看不出来？你不是一时糊涂，而是鬼迷心窍，分明是瞧上了荣鼎创投总经理的位置。”

费云鹏的怒吼，听在伍俊桐耳里犹如五雷轰顶。若不是手扶着木椅，大概他已经跪倒在地，亲自为费云鹏上演一幕跪式服务。他结结巴巴地说：“是，是我鬼迷心窍，我对不起你。”

费云鹏缓和了一下语气：“老人家说过，与天斗，其乐无穷；与地斗，其乐无穷；与人斗，其乐无穷。你要和方玉斌斗，也没什么错。丢脸的是，你没斗赢人家。”停顿一下，他接着说：“最后，你的把戏被人拆穿，甚至自己的把柄也被人家抓到，只好偃旗息鼓了吧？”

伍俊桐既羞愧更惊讶，没想到远在海外的费云鹏，对于荣鼎发生的一切，竟是了如指掌，洞若观火。

“还有谁？”费云鹏追问道。

“谁？”伍俊桐一脸木讷，不明白费云鹏问话的意思。

自己这个心腹，机灵劲可比方玉斌差远了。费云鹏恨铁不成钢地说道：“我是问，参与这个计划的，还有谁？”

此刻的伍俊桐，不敢再有一丝保留。他答道：“这事是我和余飞一起商量的。”

“这就说得通了。”费云鹏说，“赵小轻打算吞下千城，余飞正是马前卒。你和他沆瀣一气，不是逼着方玉斌去投靠王诚吗？”

费云鹏叹了一口气：“方玉斌终归和我不是一条心，用他不过是权宜之计。因此一开始，瞅着你去整他，我也就睁一眼闭一眼。是我大意了！没想到你弄巧成拙，把方玉斌彻底给逼反了。”

费云鹏将身子往沙发上一靠，陷入了沉思。与赵小轻结盟，毕竟是上不得台面的事。因此，在华海举牌千城的过程中，自己一面按兵不动，一面还得装装样子、打打官腔，在内部会议上说些尽力确保最大股东地位的漂亮话。不拨一分钱，却要守住大股东地位，这话只能骗鬼！可没想到，方玉斌还有他背后的王诚竟然比鬼还精。人家将计就计，来了个假戏真唱，让你哭不得，笑不得，恼不得，怒不得。

方玉斌的报告，纵然其心可诛，却是认认真真说假话，踏踏实实走过场，让你抓不住把柄。保住大股东这话，费云鹏的确说过，难道还能因此去责怪方玉斌？这个臭小子，竟然让我尝到了哑巴吃黄连的滋味。

“这一招狠毒呀！”费云鹏重新开口，“方玉斌入场抢筹，还有王诚宣布停牌，所有人都会以为，荣鼎和王诚站到了一起，要力抗华海。”

伍俊桐附和道：“局势突变，难怪赵小轻坐不住了，跑到民丹岛来兴师问罪。”

费云鹏白了伍俊桐一眼：“赵小轻的确坐不住，但到我这儿来问罪，她既没这个胆子，更没有资格。”

“是，是！”伍俊桐真想给自己一耳光，是不是被费云鹏给训蒙了，居然口不择言，说什么兴师问罪？

“现在的局势很清楚了。”费云鹏说，“方玉斌已经同我离心离德，甘愿上了王诚的贼船。下一步，咱们如何应对？”

伍俊桐鼓足勇气，说：“我觉得吧，别看王诚、方玉斌闹腾得欢，主动权依旧在赵小轻手里，毕竟，华海如今才是千城的最大股东。”

“你还不算太糊涂，终于说对了一件事。”费云鹏难得肯定了伍俊桐一次，“王诚策反方玉斌成功，乃至于制造荣鼎与他联手的假象，只能算战术上的成功，但在战略上，他依然处于被动。如你所说，华海才是货真价实的大股东。”

“判断一场战役的成败，一定是从战略着眼，而非战术细节。”费云鹏又开始引经据典，“第一次世界大战时的日德兰海战，关于谁才是海战胜利者，百年来一直争议不断。但在我看来，这是再清楚不过的。”

费云鹏说：“一战开始后的两年半时间里，英国凭借海军优势对德国实行海上封锁。英国的主力舰队像一条看门狗蹲在斯卡帕弗洛港，死死盯住德国的公海舰队，使其多半时间困在威廉港和不来梅港。随着陆战陷入僵局，德国统帅部认为，必须突破英国人的海上封锁，让德国舰队前出大西洋，才能扭转颓势。”

费云鹏接着说：“海战开始后，德国军舰的优良设计以及舍尔上将出神入化的指挥，一次次创造了以少胜多的经典战例，打得皇家海军满地找牙。海战结束后，英国舰队损失 11 万吨，德国舰队损失 6 万吨。但英国人毕竟家底厚实，遭遇如此重大的损失，还有预备队补上来，继续封锁住了德国海岸线。而德国人一次海战就元气大伤，从此再也不敢出海。”

“关于日德兰海战，美国报纸有过经典论断——囚犯痛殴了狱卒，却还关在监狱里。”费云鹏说，“无论德国海军如何英勇，但从战略层面分析，英国人才是胜利者。而王诚，不过是那个痛殴了狱卒的囚犯。”

“没错。”好不容易得到费云鹏的认可，伍俊桐总算松了一口气，也有了继续献计献策的勇气，“千城停牌早在众人预料之中，算不上什么撒手锏。两边都还藏着后手，接下来这出戏一定会越来越精彩。”

伍俊桐接着说，“至于咱们的应对之策，我觉得有两件要紧事。第一件，就是立刻剥夺方玉斌的权力。千城的事，再不能交到他手上。”

费云鹏点头说：“方玉斌不能继续用下去，但也不能硬来。马上摘掉方玉斌的乌纱帽，无异于让外人看荣鼎笑话。方玉斌多次表态力挺千城管理层，此时罢他的官，会让外界以为荣鼎和华海是一路人，对我们也未见得是好事。”

费云鹏把玩着茶杯盖子：“王诚与方玉斌也是算准了这一点，知道我不会立刻拿人开铡，才有恃无恐。”

“你的意思，要做到不动声色，只缴方玉斌的枪，却留住他的人头？”伍俊桐问。

费云鹏点了点头，说：“留着方玉斌也还有点用处。阴差阳错之间，他已经成为我和王诚之间最好的一条沟通管道。如今我们两人不便碰面，留下这条沟通管道，能派上用场。王诚宣布停牌后，我就派方玉斌去了解情况。王诚心里一定明白我的用意，他有什么话，不妨通过方玉斌转达给我。”

尽管疏于业务，但对于权斗这一套，伍俊桐还是一点不含糊。脑筋一转，他说道："荣鼎创投总经理的位置，暂且给方玉斌留着。只说股权之争事关重大，总公司必须直接过问，不妨在北京成立一个专门的领导小组统筹负责。这样堂而皇之地把权力收上来，方玉斌再也沾不到边，外面也不会有闲言碎语。"

费云鹏今天第一次对伍俊桐露出笑脸："是个办法，既把权力收回了总部，牢牢控制在我们手中，又让旁人无话可说。当初丁一夫应付金盛集团危机时，用的不也是这一招？"

费云鹏又说："这个领导小组，也要把方玉斌吸纳进来。领导小组的组长由你来当，给方玉斌一个副组长干。"

"让他当副组长？"伍俊桐不明白，费云鹏为何把一个已经投靠别人的叛徒塞进这个要害机构？

费云鹏说："领导小组设在北京总部，方玉斌在上海，重大决策插不上手。再说有你当组长，他这个副组长，翻不起什么风浪。让他进入领导小组，既是挂个名，也是给王诚一个面子。未来需要这小子在我和王诚之间穿梭，更能名正言顺。"

"高，实在是高！"伍俊桐忙不迭地送上奉承。

费云鹏说："刚才你说有两件事，另一件是什么？"

伍俊桐说："第二件事，我觉得费总应该尽快回国。如今形势风云变幻，没有你坐镇，谁也掌不了这个舵。"

伍俊桐这既算建议，更是马屁。费云鹏笑了笑说："回国这件事，还得缓一缓。越是两边杀得刀刀见骨，我越要躲得远远的。战况越激烈，我手里的筹码才越多。从这个意义上来说，方玉斌虽然吃里爬外，对我却未见得是坏事。之前赵小轻一副稳操胜券的样子，好长时间不和我联系了。方玉斌这么一闹，她不是乖乖上门搬救兵？既然有求于我，是不是就得往我碗里多放一块肉？"

"我现在只需两边敷衍着。"费云鹏又说，"今天之所以让你提前到前台等着，和赵小轻打个照面，就是告诉她，你的事我正在办。这不，急着把伍俊桐从国内召来了！但是，姿态归姿态，到底怎么做，却由不得她。"

伍俊桐笑起来："赵小轻在你面前，就是个乳臭未干的小屁孩。"

◎4　投资人观察一家公司，一看行业，二看团队，三看模式

提醒旅客登机的广播响起，方玉斌从休息室的座位上站起，伸了个懒腰。这一次来北京，他是以副组长身份参加领导小组会议的。伍俊桐回国后，立刻成立起领导小组，他身兼领导小组组长，大权收归总部，方玉斌则被封了个副组长。

对于费云鹏与伍俊桐的算盘，方玉斌自然一清二楚。此次赴京参加会议，形式远大于实质，方玉斌认认真真地走起过场，在会议上踊跃发言。不过他的发言，都在称赞总部决策英明，成立领导小组时机得当，对于下一步的工作几乎不置一词。伍俊桐一宣布散会，方玉斌便立刻动身赶往机场，急着回到上海。这个地方，他已不愿多待一刻。

方玉斌刚走进机舱，手机便响起来。打来电话的是袁瑞朗，两人有段时间没联系了。方玉斌接通手机，说道："袁总，什么事？"

"在哪儿呢？晚上一起吃饭。"袁瑞朗说。

"今晚不行。"方玉斌说，"我还在北京，回上海赶不上饭点了。"

袁瑞朗说："那就明天下午，咱们见一面。"

"到底什么事？"两人的关系非同寻常，方玉斌尽可以直截了当地发问，

用不着客套。

袁瑞朗却卖起关子："见面再聊。"

第二天下午 3 点，方玉斌准时来到华尔道夫酒店内的浦江汇茶室。袁瑞朗早已帮他点好西湖龙井，自己要了一杯印度大吉岭茶。

位于外滩的华尔道夫酒店，其精致的下午茶闻名沪上。对于曾留学海外、追求生活品位的袁瑞朗来说，将会面地点安排在这里，很符合自身品位。

外滩华尔道夫酒店始建于 1910 年，是当时上海最豪华的俱乐部——上海总会。2010 年，华尔道夫酒店入主，在档案图片和历史记录的帮助下精心复原了这栋历史建筑，并配备了当代最奢华的设施。酒店内的浦江汇茶室，摆放着天鹅绒沙发和古色古香的瓷器柜，有一股浓浓的怀旧气息。偌大的茶室内，只有 12 张桌子，而且只有原价享用下午茶才能进入浦江汇，其余持有折扣的宾客通通被赶到了大厅或者走廊上。

服务员把茶点端了上来。红丝绒蛋糕是 20 世纪 20 年代纽约华尔道夫酒店的经典招牌甜点。蛋糕以甜菜根汁与可可粉天然加色，各层之间采用香草奶油覆盖。如今，这道甜点也跟随华尔道夫酒店来到上海。袁瑞朗拿起一块红丝绒蛋糕，一边品尝一边说："玉斌，今天找你来就想问一问，你是不是遇到什么麻烦了？"

方玉斌对红丝绒蛋糕不感兴趣，他嚼着一块普通的英式松饼，说："你怎么会这么问？"

袁瑞朗说："千城集团一直是荣鼎创投负责的项目，我怎么听说，费云鹏在海外遥控指挥，把这项权力收归总部了？"

这只是荣鼎内部的分工调整，从未对外披露，袁瑞朗的消息还真灵通。方玉斌装出一副无所谓的样子："最近千城的股权大战纷扰不断，费总出于大局需要，让总部直接介入也是正常。"

"不对吧。"袁瑞朗摇着头，"我可是听说，伍俊桐出任领导小组组长，而且他一接手，就把之前的政策推翻，要求荣鼎上下对此事保持沉默，这可和你当初力挺千城管理层的态度截然不同。"

方玉斌笑了："袁总，你怎么什么都知道？"

袁瑞朗的表情却很严肃："我好歹在荣鼎待过那么长时间，给我通风报信的人还有几个。"

方玉斌抿了一口茶："对这些事，我倒没太在意。"

袁瑞朗跷起二郎腿："在这种敏感时期，费云鹏突然收权，我总觉得不寻常。"他加重语气道："玉斌，不可掉以轻心呀。我早就提醒过你，费云鹏玩起权术可是一等一的高手。"

方玉斌佩服袁瑞朗的洞察力，更感激他对自己的关心，但整件事的来龙去脉，实在不便吐露。他点头说："有些事情，我会有所防范。"

"只怕防不胜防呀。"袁瑞朗说，"你和费云鹏的过节，我可是清楚。他竟然重用你，一开始我就觉得里面透着一股邪味。如今的事态发展，证明我的预感没有错。"

听了袁瑞朗的话，方玉斌心中不免自嘲：我在费云鹏手下被重用，许多人都瞧出了破绽，偏偏自己当初还沾沾自喜，浑然不觉。这是当局者迷，还是利令智昏？

方玉斌苦笑着说："事到如今，只能走一步看一步了。"

袁瑞朗抖了抖烟灰："从你的表情我就能看出来，你近来处境微妙，心里藏着事。不过你不愿说，我也不勉强。但有些事，与其走一步看一步，不如早做打算。"

袁瑞朗又说："费云鹏现在只是削你的权，接下来还有什么动作谁也说不清。君子不立危墙之下，是非之地，当走则走。"

方玉斌托着下巴："怎么走？去哪儿？"

袁瑞朗说："上个月，我已经辞职了。"

"你辞职了？"方玉斌还不知道这个消息，显得有些讶异。

袁瑞朗点了点头："你也知道，我以前供职的创投基金主要由叶云来等人投资。这些年基金业绩不错，股东对我也很信任。但我总觉得，替别人赚钱，不如自己出来干。咱们做投资这么久，一直在场外当教练，也该下场暖暖身，真正当一回运动员。靠着咱们的投资与扶持，多少创业者飞黄腾达，咱们亲自操刀，难道会不如他们？"

袁瑞朗接着说："你如果在荣鼎顺风顺水，我也不好意思打搅。但现在费云鹏摆明对你起了疑心，干吗还留在那里？玉斌，不如咱们联手，一起闯出一片天地。"

方玉斌终于明白，袁瑞朗既是关心自己的处境，更是相邀共同创业。他当然感谢袁瑞朗的盛情，不过自己已在王诚那里找好出路，实在没必要另觅他途。方玉斌也很感兴趣，在投资圈打拼多年的袁瑞朗，这一次自立门户有何具体规划，便问道："你想做什么行业？"

袁瑞朗说："做互联网金融。"

互联网金融是一个近来很热门的概念，方玉斌也颇有关注。他说："互联网金融的门类很多，你准备做哪一块？"

聊到自己即将投身的火热行业，袁瑞朗兴致很高，滔滔不绝地说起来："互联网金融是依托于虚拟支付平台、云计算、社交网络及搜索引擎等互联网工具而产生的新兴金融模式，让理财行为从传统的柜台操作过渡到虚拟的互联网上。互联网金融模式很多，咱们不妨一个个来说。"

袁瑞朗说："第一种模式就是第三方支付平台，简单来说，就是第三方支付企业在收付款人之间作为中介机构提供网络支付、银行卡收单以及其他支付服务。最典型的例子就是支付宝，这也是最为国人熟悉的互联网金融模式。第三方支付是互联网金融的利器，但是这个利器很砸钱，门槛很高，生存概率很低。如今市场有 200 多家，我估计最后能活下来的互联网支付公司不会超过 20 家。市场最终是赢家通吃，不出预料，应该是一大、二中、N 小的格局。一大铁定是支付宝了，只要它不犯错，没人能比得了它。二中，一个会是微信支付，另一个嘛，目前有好几家在竞争，就看谁笑到最后。N 小，就是那些依附于特定垂直型市场的支付模式，捆绑式应用的支付流程系统，会有十几家。"

袁瑞朗接着说："第三方支付市场大局已定，纵然现在进入，最多成为 N 小中的一员，没有多大发展空间。所以，咱们就看个热闹。"

方玉斌同意袁瑞朗的分析，说："第三方支付已经是一个寡头市场，新人没有胜算。即便从投资人的眼光看，也不会去投这一类公司。"

袁瑞朗聊得兴起，续上一支烟："互联网金融的第二种模式就是众筹融资。这种模式的意义不仅在金融创新本身，更在于对传统金融领域和金融业态提出的挑战。其核心逻辑就是，在互联网上通过大众来筹集新项目或开办企业的资金。如今全世界最成功的众筹平台是美国的Kickstarter，这个平台在国内知名度不高，以至于连个正式的中文译名都没有。"

袁瑞朗举例说："有一款叫作《莎木2》的单机游戏销售成绩不理想，投资方终因收益问题无限期暂停了续作计划，但制作人铃木裕一直在为《莎木3》项目重启计划努力。通过Kickstarter众筹平台，这款游戏筹募到650万美元，创下了该网站当年最高众筹金额纪录。"

对于众筹模式，方玉斌也研究过，他说："这种模式很有情怀，不过跟中国的法律似乎有冲突。因此，国内的众筹网站只能在夹缝中找机会，不太可能做到Kickstarter那种高度。比方说吧，在国内，如果作为公募，股东人数不能超过50人，不得向非特定人群募资，不得承诺回报，如果是私募基金还要至少100万以上的起点。"

"你说得没错。"袁瑞朗说，"众筹这种模式情怀可嘉，但经济效益不怎么样。就连Kickstarter最近也宣布，将平台改组为公益公司，永远不追求将公司出售或上市。所以，别人有兴趣尽管去做，反正我不打算涉足众筹这一块。"

袁瑞朗说得口干舌燥，端起茶杯抿了一口："互联网金融的第三种模式，就是虚拟电子货币。虚拟货币是一种计算机运算产生或者网络社区发行管理的网络虚拟货币，可以用来购买一些虚拟的物品，比如网络游戏当中的衣服、装备等，只要有人接受，也可以使用虚拟货币购买现实生活中的物品。"

方玉斌扳起手指头，数了起来："国外的比特币、亚马逊币、Facebook币，国内的QQ币，都属于此类。"

"在我看来，搞虚拟电子货币风险很大。"袁瑞朗说，"搞不出影响则罢，真弄出点动静，会面临异常严厉的政策监管。像比特币早期只是在线商户使用，后来线下实体商户也开始接受，还有兑换的比例。但虚拟货币可能对货币体系产生冲击，有些国家直接宣布其非法。"

袁瑞朗又说："互联网金融的第四种模式，就是互联网金融门户。金融企业直接在互联网平台上销售产品，比如淘宝理财之类，客户通过网络查询、了解、购买各种理财和保险产品。与原来的线下购买相比，网络理财、保险更加便捷、透明，门槛也相对降低。”

方玉斌摇了摇头：“这种模式没什么意思，说白了，就是传统金融企业在网上开个淘宝店而已，把线下交易搬到线上。”

袁瑞朗微笑着说：“所以，我也只是说说而已，没打算去做。”

方玉斌问：“你说了四种互联网金融的模式，都被一一排除了，那你究竟打算做什么？”

袁瑞朗笑着说：“互联网金融大致有五种模式，我排除了四种，自然是做最后一种了。”

“你说是 P2P 金融？”方玉斌问道。

“没错。”袁瑞朗点头说，“咱们都知道，P2P 的英文是 Peer-to-Peer，就是个人对个人，P2P 金融指个人与个人间的小额借贷交易。这种模式的本质其实就是一个互联网平台，通过网络一端对接有小额借款需求的人，一端对接有理财需求的人。拆成两半就是一个理财平台加上一个小额贷款平台。”

袁瑞朗又说：“过去，小微贷款因其成本过高让银行敬而远之，但是在互联网时代这一切将发生根本性改变，有效的技术手段为满足庞大普通个体的金融需求提供了可能。银行不愿意做的事情，P2P 金融可以去完成。目前，全世界最成功的平台是美国的 Prosper。我的目标，就是创建一个中国的 Prosper。”

袁瑞朗越说越兴奋：“众所周知，中国的中小企业一直被借贷难所困扰，而中国的储蓄额又是天文数字，这就说明，民间财富找不到一个适合的投资渠道。最后，大量热钱只能涌向房地产，弄得房价虚高，天怒人怨。做 P2P 金融，就是要把巨额民间财富引导向真正有需求的产业。”

方玉斌不否认，P2P 在中国有广阔前景，但他也不同意袁瑞朗这样自我吹嘘，无限拔高。仿佛自己创建一家公司，就能把高房价、实业疲软这类经济顽疾都给解决。方玉斌提醒说：“P2P 金融最近很火，国内进军互联网金融的企业大多也选取这种模式。但这里有两个问题：第一，准入门槛太低，以至于鱼龙混杂，有些平台注册资本几十万，结果竟吸纳好几亿资金，完全是非法集资，庞氏骗局；第二，美国的 Prosper 之所以成功，是建立在他们拥有完善的信用评级机制的基础上，在美国，欠钱不还的成本很高，但在国内，你把吸纳的钱放出去，真碰上有人不还钱怎么办？”

“如今进入这个行业的，的确良莠不齐，但我能和他们比吗？”袁瑞朗显得信心十足，“有些人说白了就是进来圈钱的，市场大浪淘沙，他们终究会现出原形。而我是实实在在想做事。”

袁瑞朗接着说：“针对你提的问题，我早就想好了解决之道。没错，中国的国情与美国不同，不能照搬人家的模式，我们不可能像 Prosper 那样，做一个纯粹的平台，不介入到交易中，任由出借和借出方直接交易。我必须把商业模式做‘重’，不仅要提供像国外 P2P 公司那样的服务，还要通过线上、线下等手段去获得客户的信用评级，做产业链上多个环节的事情。”

“主动把商业模式做‘重’，可是经营企业的大忌。”方玉斌质疑道。

“重剑无锋，大巧不工。”袁瑞朗说，“面对中国的国情，只有先做‘重’，才能获得持续竞争力。你说的只是常态，但做企业，岂可拘泥于常态？一来就想像 Prosper 那样，当个甩手中介，哪有可能！”

方玉斌说：“如今做 P2P 金融的很多，你有什么制胜法宝？我记得之前在荣鼎，你曾经说过，面对正在找投资的创业者，要让他直接说出来，市场中这么多企业，为什么要投钱给你？”

“这话我说过。”袁瑞朗哈哈大笑，“但你记得吗，我还说过一句，投资就是投人！如今做 P2P 的很多，有些富二代，找老爸要个几百万，也能鼓捣出一个 P2P 平台。但他们能和我比吗？说到在金融圈的资历、能力、人脉，市面上那些 P2P 的老板没一个能和我比。”

袁瑞朗说：“仅仅半个多月，我已经筹到了 3000 多万的启动资金。有家宁波的生物科技公司老板，当初靠着我的投资做大，如今资产好几个亿了。我去找他投钱，还让助理连夜写了份计划书。结果人家把计划书往旁边一扔，说就凭‘袁瑞朗’三个字，立马投 1000 万进来。”

“新公司由你掌舵，投资人当然可以放心。”方玉斌恭维了袁瑞朗一句，接着话锋一转，“但公司光靠一个人撑不起来，下面的管理团队找好了吗？”

袁瑞朗说：“班子基本搭起来了。行政总监由之前我的秘书担任，这小子跟了我多年，也历练得差不多了，可以挑大梁。技术总监是从北京一家IT公司高薪挖来的，清华的硕士。还有财务总监，是从一家外资银行跳槽过来的。人家在国有银行、外资银行都干过，是放贷方面的专业人才。对了，她是一个大美女，回头介绍你们认识。如今高管团队里，只差一个CEO了，这个位置，我可是特意为你留着呢。”

“谢谢！”方玉斌微微一笑，接着又岔开话题，“3000万启动资金，应该差不多了吧。平台打算什么时候上线？”

“先不急。”袁瑞朗摆了摆手，“对于许多P2P平台来说，3000万何止差不多，简直绰绰有余。有人拿个几百万，也能整出一个P2P平台，无外乎租间办公室，弄个网站，再招一帮业务员拉生意。我能像他们那样吗？要干就得正儿八经干出点模样。最近，我还在想方设法筹集资金，等自有资金达到5000万，平台才正式上线。总之，咱们是高投入、高起点，一出生就风华正茂，在整个行业确立起标杆地位。”

袁瑞朗投来殷切的目光：“怎么样，咱们联手干一场？”

方玉斌眉头微皱，双手叉在胸前，陷入了沉思。袁瑞朗只当他在认真思考自己的建议，也没再多说，只是耐心地品茶。

个人的进退去留，并不在方玉斌思考范围内。星阑资本已经上路，在那里，自己是能够主宰乾坤的一把手，没必要到袁瑞朗这儿屈居其下。他所权衡的，却是袁瑞朗雄心勃勃的计划是否值得自己关注与投资。让投资公司的钱趴在账上，无异于把产品积压在库房。方玉斌自然要四处寻找具有潜力的项目，如火如荼的P2P金融会是一座金矿吗？

在投资行业打拼多年，方玉斌早已练就一双火眼金睛。他观察一家公司，通常会从三方面着眼：一看行业，二看团队，三看模式。此刻，他正按照这套逻辑，审视着袁瑞朗的公司。

首先说行业。P2P金融这种热门概念，无疑能符合标准。投资公司的钱都喜欢跟风，这里面有两个原因。其一，世界上傻瓜不少，但不可能所有人都是傻瓜，集体失聪毕竟是小概率事件。所有人都看好的行业，必定有其原因。其二，在眼球经济的时代，只有关注度高的行业，才会出现高溢价估值。无论出售还是上市，投资公司的钱总归是要套现的，既然如此，当然希望溢价更高、更快。

其次是团队。方玉斌有一个原则，两家类似的创业公司，一家的老板是从摆地摊逐渐做大的，另一家是大企业高管辞职后自立门户，他通常更倾向前者。能把小生意做大的人，一针一线计较惯了，别看这些人文化不高，心思却细如发。大企业的高管，尽管具有人脉、见识的优势，却难免大手大脚，好高骛远。说到底，给自己做事与替别人打工，两者大不一样。最怕的是那些高管的脾性没改过来，还把自己的钱当老板的钱花。

正是出于这个因素，袁瑞朗并非自己心中最理想的人选。但除此以外的其他方面，袁瑞朗团队的确胜人一筹。P2P 金融在国内是新生事物，说到经验，所有人都是零。能与 P2P 金融沾边的，大概就是投资公司与银行了，毕竟都属于金融行业。袁瑞朗的才干有口皆碑，他还延揽了银行界的专才，这种团队组合，算得上国内 P2P 行业的最强阵容了。正如之前投何兆伟的梦剧场，直播是个新生事物，谁都没尝试过，但梦剧场毕竟做视频网站出身，算是离直播最近的行业。虽不相同却可相通，一旦转轨就比那些纯粹的新手多出几分优势。

抛开感情因素，对袁瑞朗这个领军人物，方玉斌能打 70 分，对团队，他可以打到 90 分。但愿袁瑞朗的聪明能弥补掉短板，团队的协作可以把专业优势发挥到极限吧。

最后是模式。如今做 P2P 金融的公司很多，你的经营模式有何与众不同之处？吸储、放贷怎么做，中间的风险控制如何把握？所有这些，都需要更详尽的说明。

方玉斌重新开口："你让助理写好了计划书，结果宁波那位老板看都没看。这份计划书还在吗？给我看看。"

"可以。"袁瑞朗一边说一边从皮包里掏出文件，"这段时间我在谈投资的事，计划书一直揣包里。"

这些年，袁瑞朗看过成千上万份投资计划书。读书破万卷，下笔如有神，这一次由他操刀的计划书，果真非同凡响。格式精美规范，仅有十多页，绝不冗长。翻开第一页的目录，每一个小标题都直戳要害。

“我回去认真看一遍计划书。”方玉斌说道。

袁瑞朗点了点头：“我等着你的好消息。”

方玉斌知道对方误会了自己，赶紧解释说：“加入新公司，目前我还没有这个规划。我说的答复，是投资这家公司。”

袁瑞朗这一惊吃得可不小：“投资？你是说荣鼎来投资？”

方玉斌微笑着说：“你刚才不也说了，我如今是被排挤的对象，哪儿还有决定投资的大权。”他接着说：“不过我会联系一家有实力的投资公司，尽快给你答复。”

袁瑞朗诡异地笑起来：“玉斌，你是不是已经找好下家了？”

方玉斌端起茶杯：“时候到了，再直言相告。”

◎5 敌人越强大的地方，朋友就越多

当跑过第 41 公里时，王诚的大脑几近空白，脚下的马路，身旁的绿树、鲜花，似乎都不复存在。人在极限的状态下，再跳跃的颜色也很难构成记忆点。

这是一场国家级马拉松比赛的最后一公里。此时的滨海刚刚下完一场小雨，一层淡淡的白雾正笼罩在滨海大道。

路旁的下属，曾激烈反对王诚参加这项马拉松比赛。此刻，他们又用期待的目光注视着老板，并大声呼喊着“加油”。下属们当初反对的理由很简单，王诚毕竟快 60 岁的人，为了身体着想，实在不应该参加马拉松这样的剧烈运动。王诚却坚持己见。在他的心中，这绝不是一场简单的马拉松比赛！王诚要向外界展示的，是一种临危不乱、成竹在胸的气度。自打股权之争公开化，他就被推到风口浪尖。身处旋涡之中，仍能从容不迫地参加一场马拉松，这不叫大将之风，什么才是大将之风？这更是对外界质疑的有力回击。一个还能跑完马拉松全程的王诚，岂可言老，又怎会在股权大战中轻易认输？

3 小时 58 分 16 秒 21，最终王诚坚持跑完了全程，名列 612 名马拉松全程选手中的第 459 名。

王诚在助手的搀扶下大口喘着粗气，脑海中的意识逐渐多起来。一桩多年前的往事，不禁浮现出来。还是中学生的他，为了减轻家庭负担，已学会了所有农活。一次，他顶着三伏天的高温钻进遮天蔽日的青纱帐中打农药。下午 2 点左右是打农药的最佳时机，效果最好，而这也是一天中最热的时候。青纱帐里不仅气闷，农作物的叶子还会将裸露的皮肤割出一道道血痕，农药喷洒出去落在皮肤上，混着灰尘和汗水，蜇得人直想哭。农村没有洗浴设施，有一次，实在忍无可忍，王诚一头扎进路边的机井，没等浮出水面，冰冷的井水让他瞬间腿脚抽筋。他又惊又怕，一浮出水面，立马用手紧抓石缝儿才爬出井壁。今天咬牙跑完马拉松，倒与当初爬出机井的过程颇为类似。

这时，秘书拿着手机走了过来，向王诚汇报，之前编辑好的文字，已发布到微博：对于我而言，这种漫长而需要强大信念支撑的极限运动，像极了自己创业多年来的心路历程。希望交替着疲倦，极限伴随着下一个极限，还有内心深处对目标的终极渴望……马拉松 40 余公里中的所思所想，就是自己创业多年的一个浓缩还原。

这段文字，是为马拉松比赛专门准备的，也经过了王诚的亲自审定。秘书的工作尽心尽责，王诚跑过终点后几分钟，便把这段“内心独白”发送出去。王诚看着这段文字，心中若有所思，假如不用这些精心编撰的语言，而是把内心的真实想法，比如刚才脑海中浮现的爬出机井的故事写出来，是不是更接地气，更能打动人？后悔是来不及了，只是当初方玉斌批评自己有一种高高在上的优越感，看来不是没有道理。

王诚坐上轿车，准备离开比赛现场。尽管刚才面对记者时，王诚说今天是周末，自己在周末从不会考虑工作，但当汽车缓缓启动后，他的脑海中仍不禁思索起股权大战。

当千城主动出击后，华海系的资金杠杆没有被立刻打爆。王诚心中虽有遗憾，却谈不上太多惊讶。当初在上海时，方玉斌铁口直断，曹伯华把杠杆率用到如此之高，一定不是真实实力的体现，而是留着后手。方玉斌尚且一眼洞穿的事情，自己怎会浑然不知？之所以装出满不在乎，全因为士气可鼓不可泄。本来嘛，对手不是傻瓜，打一场如此规模空前的股权收购战，手里不可能没有预备资金。

但是，纵然对手有备而来，重兵布防，自己仍要不惜一切地攻出去——这也就是王诚的战略。好比一场足球比赛，眼看比分落后，终场哨即将吹响，此时再不出击，就是默认失败的结局。攻出去未必能扳平比分，守下去却无任何意义。更何况，世上原本就没有密不透风的防线，只要自己的攻势够猛，一定会有人犯错。足球界不是有句名言——每一个进球都是因为对手的错误。王诚就是要使出全力碾压对方防线，逼迫他们犯错。

想到这里，王诚的嘴角浮现出笑容。尽管对手的致命错误迟迟没有出现，但千里长堤上，还是被自己发现了蚁穴。如今要做的，就是发起冷酷无情的打击，让微小的缝隙无限扩大。

这时，秘书汇报说："方玉斌已经到了滨海，正在去公司的路上。"

王诚点了点头："让他先等着，我回家换套衣服，立刻赶去公司。"

一小时后，王诚出现在办公室，他笑容满面地说："今天叫你过来，是有一条好消息。"他从抽屉里取出一份资料，"余飞坐庄千城股票的证据，终于被我们逮到了。"

方玉斌接过文件，认真看起来。才翻了几页，心里便兴奋异常。尽管余飞坐庄千城股票是人尽皆知的事情，但之前却一直没有逮到能一剑封喉的铁证。王诚拿出的这份文件，却出人意料地详尽。从资金流向到坐庄细节，白纸黑字写得清清楚楚。

对方玉斌来说，余飞不仅是对手，更是曾陷害自己的主谋，他对此人的厌恶与憎恨已到无以复加的地步。方玉斌挥舞着拳头："有了这份资料，余飞死定了！"操纵股价可不是小事，一旦有了真凭实据，余飞就得准备吃牢饭。

方玉斌问道："这份资料怎么来的？"

"得来全不费功夫。"王诚说，"余飞这家伙刻薄寡恩，手下人对他早有不满。他的公司总部也在滨海，千城的几位高管和他的一个手下也算认识。股权大战打响后，此人主动把资料交了过来。"

"如今，我算认清了一个道理——敌人越强大的地方，朋友就越多。"王诚说，"强大的敌人，必然得罪过不少人，只不过有许多敢怒不敢言。股权大战公开之后，我收到了不少材料，都在背后捅曹伯华与余飞的刀子。只不过其中捕风捉影的东西太多，唯独这一份资料价值很大。”

方玉斌喜笑颜开地说：“接下来，你打算怎么做？”

王诚说：“当然是把内容公布出去。且让有些人再蹦跶几天，先灭了余飞这个马前卒，也是一场胜仗。”

能够目睹余飞败落，方玉斌自是欢欣鼓舞。但他脑筋一转，一个计谋又跃上心头。没错，余飞这种人，即便是死，也不能让他死得太痛快。方玉斌重新拿起材料，说：“从里面的内容来看，千城股票停牌后，余飞的资金链很紧张。”

“这是自然。”王诚点头说，“余飞的资金实力，比起曹伯华尚且差多了。千城停牌，首当其冲的就是他。”

方玉斌目光中露出杀机，说道：“既然如此，何不等余飞的资金链彻底断裂后，咱们再把手里的东西抛出去。”

王诚思忖一下，微笑道：“我大概明白你的意思。就像抓老鼠，可以下夹子、放鼠药，也不妨以毒攻毒。抓一只个头大的老鼠，用一粒黄豆塞进它的屁眼里，然后用线缝上，几天以后，黄豆发胀了，老鼠疼得像发疯似的，从这个洞钻进那个洞，见着老鼠就咬，咬死一大批之后，自己也疼死了。不让余飞痛痛快快完蛋，而让他当那只屁眼里塞黄豆的老鼠。”

方玉斌也笑起来：“余飞资金链告急，一定会向曹伯华求援。曹伯华如若出手，没准就能让我们抓住他俩串通一气的证据。再不济，也能浪费曹伯华的资金。他把钱借给余飞，到头来余飞还是在劫难逃，他的钱也打了水漂。”

“你这一招，可比我之前的想法高明。”王诚点头说，“在战场上，一颗子弹消灭一个敌人就是神枪手，到了资本市场，最好一枪干掉两个敌人。”

方玉斌说：“当务之急，就是让余飞的资金链尽快断裂。”

王诚手指敲打着办公桌，说：“余飞的状况已够糟了，但我们还得使点巧劲，推一下波助一下澜。”他接着说：“不妨让一条消息在圈内广为流传。就说余飞的现金流遭遇空前危机，他的公司破产在即。”

方玉斌问道：“这么一条消息就能推波助澜？”

"岂止是推波助澜！"王诚志得意满地回忆起一段往事，"2008 年金融风暴后，全球知名的大投行贝尔斯登被摩根大通收购，延续了 85 年的品牌被终结。我在纽约出差时，与贝尔斯登的几名前任高管见面聊过。"

王诚接着说："贝尔斯登成立于 1923 年，被华尔街称为'从不冬眠的熊'。次贷危机之前，这家公司安然度过了 1929 年大萧条，甚至在 2003 年，一度超越高盛与摩根斯坦利，成为全球赢利最丰厚的投行。因为次贷危机，市场看空次贷衍生品，贝尔斯登受点冲击原本不足为奇。"

王诚又说："2007 年 6 月，贝尔斯登发布公告，称受抵押贷款市场疲软影响，旗下两只对冲基金受损。不过报告也清楚地说明，两只基金损失资产不过几亿美元，算不得太大的损失。到了 2007 年底，受大环境影响，贝尔斯登自成立以来首次宣布亏损，亏损金额为 8 亿美金。对于一家拥有数百亿美金的大投行来说，这点亏损并没有什么大不了。进入 2008 年 3 月，穆迪公司调减贝尔斯登债券评级。在当时，这也是再正常不过的事情。华尔街的许多公司，都被调减了评级。"

王诚继续说："偏偏在那时，一条致命的谣言出现了，到处有人传说，贝尔斯登遭遇流动性危机。这是不折不扣的谣言，与事实完全不符。更吊诡的是，直到今天也没人知道，谣言究竟来自何处。"

贝尔斯登的结局，在全球投资界无人不晓。方玉斌接过话，说道："就因为这则谣言，全球金融机构几乎同时下达命令，要求任何同贝尔斯登的交易都要经过信用风险经理批准。这样一来，贝尔斯登就被推入险境。贝尔斯登的事情，还惊动了美联储。几天之后，美联储决定向企业提供 300 亿美金借款。"

"是啊。"王诚点头说，"拿到借款后，贝尔斯登的高管还高兴过一下，认为企业的现金流本来问题并不大，又得到了 300 亿美元借款，自此稳如泰山了，他们甚至准备好了一季度的预盈公告。不曾想，就是这笔 300 亿的借款，成为压垮贝尔斯登的最后一根稻草。"

方玉斌接着说："美联储借款的消息，被许多人理解为坐实了传言。你看，美联储都出手了，还敢说贝尔斯登没有遭遇流动性危机？仅仅一个晚上之后，市场出现恐慌性挤兑与抛盘。那些原本心中没底的做空机构，一个个也抡圆了膀子，砸下真金白银，大举做空贝尔斯登。公司股价一溃千里，从48美元跌到2.5美元，几天之后，贝尔斯登管理层就面临二选一的抉择：要么破产，要么出售股份。到了3月底，贝尔斯登不得不被摩根大通收购。”

王诚笑着说：“一条谣言，竟然击垮了曾经的全球大投行。况且咱们说余飞的现金流出了问题，还不是谣言，而是确凿无误的事实。这就叫趁他病要他命！”

方玉斌点了点头：“众口铄金，何况余飞口袋里已经没有金子了。”

王诚说：“余飞的大本营就在滨海，而在滨海商界，想让一条消息不胫而走，我们有的是办法。”

◎6 以德报德，以直报怨

夕阳西下，香港天星码头驳船停靠处人头攒动。

当人们鱼贯登上驳船后，驳船缓缓驶离码头。几分钟后，驳船会靠近一艘停泊在维多利亚港的邮轮。游客接踵而出，不一会儿，就都身处这艘名叫海星号的邮轮的甲板上了。甲板上除了潮湿的海风，分明还弥漫着一股焦躁不安与兴奋交织而成的情绪。

晚上 8 时 30 分，海星号启动，它将离开维多利亚港，朝大海的深处驶去。随着广播提醒，部分游客从邮轮的客房走出，到达位于 5 层的夜总会，那里将会有一场歌舞表演等待着他们。

时针与分针在表盘上慢慢推进，躁动的气息越发强烈。夜总会里灯光闪烁，歌声雷动。而同在 5 层的另一边，已陆续有人结伴成群排队等候在“游乐场”门口。

汽笛一声长鸣，邮轮终于停止不动。与此同时，夜总会里也曲终人散，人流从几个地方汇到一起，朝“游乐场”方向涌动。

9 时 30 分，“游乐场”的大门准时开启，一夜狂欢即将开始。

海星号船高六层，排水量上万吨，是一家设备齐全、服务一流的海上五星级酒店。核心部分毫无疑问是位于 5 层的“游乐场”——赌场。这艘驰名港澳乃至整个东南亚的公海赌船，自投入运营以来，已接待过数十万来自世界各地的赌徒。

海星号每天自维多利亚港驶出，航行至公海后抛锚停下，赌船上的“游乐场”也会在此时开门营业。经过一夜豪赌，“游乐场”在次日清晨歇业。赌船拔锚起航，驶回香港。

由于驶到公海的“三不管地带”，赌船不必交纳赌税，不需政府授权，不受法律限制，不在警方监管范围内。对于赌博近乎痴迷的余飞，就是这艘赌船的常客。他曾经说过，比起中国澳门、新加坡那些豪华赌场，自己更喜欢赌船的环境。“在公海中纵情豪赌，会有一种下了船就当什么都没发生的心理暗示。”

近来，尽管千城停牌的消息令公司的资金链出现紧绷，但余飞并没有太过焦虑。那么多大风大浪都闯过来了，他笃定这一次依旧会吉星高照，涉险过关。

赌船上的“游乐场”大厅有上千平方米，里面错落有致地摆放着各种各样的赌博设施，包括“二十一点”“大小”“百家乐”等，而在外围则零散安置着麻将台与老虎机等电子博彩机器供单人娱乐。

“游乐场”开门营业后，赌客们蜂拥而入。十来张墨绿色桌子的中间，分别整整齐齐地站好了三名荷官迎客。一侧两名，负责往左右分码，面前是筹码盒；另一侧的一名荷官负责派牌。相较于陆地上的大型赌场，赌船上的“游乐场”规模并不算大。因此，对一些有备而来的赌客而言，抢占位置变得至关重要。

当然，余飞这样的VIP客人，不用为抢位置发愁，他甚至不会挤在熙熙攘攘的大厅。余飞的战场，是在大厅楼上的贵宾室。那里，才是他心仪之所在。

登上邮轮后，余飞在房间内小憩了一会儿。直到晚上10点过后，他才走出房间，乘坐直达电梯来到赌船的贵宾室。

贵宾室内，客人围坐一周，桌上摆着长方形的大额筹码，一摞摞高叠着，身着制服的荷官优雅地将牌派到每个玩家面前。余飞并没有上到赌桌，而是静悄悄地坐到房间东北角。他跷起二郎腿，全神贯注地看着数米之外牌桌上的风云变幻，还不时端起杯中的大红袍抿上一口。两名保镖犹如两座铁塔一般，耸立在余飞身旁。

他此刻正在玩的，是一种叫“托底”的赌局。所谓“托底”，是指本人并不参加台面上的赌博，而是在台下加赌。如果台上的赌客输了10万，那么就得再多输给“托底”的人10万；如果台上的赌客赢了10万，就可以从“托底”人那儿多赢走10万。“托底”是赌场内的潜规则，完全靠赌客之间的信誉。余飞今天的运气不错，短短两个多小时，就赢了上百万。

当时钟指向深夜12点时，广播再次响起，船上的自助餐厅准备了中西荟萃的可口消夜，客人们可以免费享用。心情大好的余飞站起身，说：“走，先把肚子填饱。”

进到餐厅，余飞夹了几块点心，美滋滋地吃起来。此时，一名戴着眼镜、穿黑色西服的男子坐到他对面，一脸殷勤地说：“老板，今晚你的手气可不错哟。”

余飞觉得此人面熟，一时却又叫不出名字。男子自报家门：“我是船上的业务经理小乔，以前替老板服务过。”

余飞点头说：“我记起来了。有什么事吗？”

小乔说：“我看老板今天手气不错，要不要趁手红，打灯笼，玩点更刺激的？”

“有什么刺激的？”余飞问。

小乔说：“有几个大老板，觉得船上的游戏太没劲，准备凑一桌德州扑克。老板要不要加入？”

对于德州扑克，余飞向来很有兴致，并自认为牌技超群。他说：“可以呀。什么时候玩，我也加入。”

“就今晚。”小乔说，“此前一直想玩，却找不到够实力的人。你肯加入，人数就够了。”

“就在船上玩？”余飞问。

小乔摇头说：“船上的环境太嘈杂，我们安排了一艘私人游艇。一会儿咱们直接上那条船，那里很清净，服务也是一流，发牌的都是金发碧眼的美女。”

“好啊。”余飞的兴趣被勾上来。

尽管夜色漆黑，但大功率的照明设备依旧让余飞一行顺利登上游艇。游艇上的装潢果然奢华异常，一起上船的有好几人操山西口音，想必是煤老板。游艇开足马力，在大海上航行，艇内的牌局也如约上演。

不过刚过了几十分钟，游艇突然停下，艇上的灯也全部熄灭。一艘孤船，漂泊在茫茫大海，众人一片惊骇。余飞心里咯噔一下，这该不是一条黑船吧？

又过了一阵，灯重新亮起来，小乔走进舱内，连声说着抱歉：“游艇的发电机出了点小故障。现在在用备用机组发电。”

有个山西老板大声说道：“没什么大碍吧？”

“没事。”小乔说，“艇上的机械师说，电力系统已经恢复没有问题。只是刚才那一下，把发动机里的一个部件导航仪器烧坏了。不过短则几小时，长则半天，就能修复。”

立刻有几人吼起来：“发电机导航坏了，我们怎么回岸上？”

小乔一脸尴尬，说：“机械师说了，他们会加紧抢修。没有导航船就像无头苍蝇，与其乱窜，不如等仪器修复之后返航。”

“能修好吗？”余飞关切地问。

“一定能。”小乔拍着胸脯保证。

余飞说：“出了这档子事，只能等一等了。把电话给我，给岸上的人通报一声。”

余飞所说的，自然是海事卫星电话。普通手机到了大海，早已没了信号。小乔却摇头说：“艇上原本装备了卫星电话，这次出航却没带上。本想着就一晚时间，没带那玩意，不料却出了意外。”

众人抱怨起来，余飞忍不住骂道：“连个卫星电话都不带，搞什么鬼，还他娘的说什么豪华游艇，服务一流！”

艇上工作人员忙着抢修，赌客们陷入了焦躁的等待。更要命的是，这一等就是几十个小时，眼看日出日落，日落又日出，船却趴在原处一动不动。

余飞一开始还骂骂咧咧，到了第二晚，唯恐设备修不好，一个人蜷缩在舱内，像霜打的茄子。

又一轮旭日升起，好消息传来，设备修复了。所有人欢呼雀跃，游艇开足马力，朝陆地驶去。下船后，小乔一个劲赔不是。余飞又精神起来，训斥道："这艘破船，耽误老子两天时间。你们这么做生意，迟早得他妈关门。"

小乔送走余飞后，转身便拿起手机，拨打出去："董哥，按你的吩咐，事情都办妥了。"

电话那头说道："辛苦了！回来之后，我会好好慰劳弟兄们。"

这位董哥，正是当初因为绑架华守正，在江州栽了大跟头的董劲松。他这个混黑道的，在江州被人结结实实修理了一回。原本打算金盆洗手，这一回不得已重操旧业，实在是有人情债要还。

董劲松接完电话以后，又拨通了方玉斌的手机。他客气地说："方总，你吩咐的事，我都办妥了。"

方玉斌道谢之后，问道："没出什么纰漏吧？余飞人没事吧？"

董劲松说："姓余的毫发无伤，已经送回岸上。"顿了一下，董劲松又说："你弄这么一出，究竟为什么？"

"这个你就甭管了。"方玉斌笑起来，"总之，这回要好好谢谢老哥你。"

放下电话，方玉斌摸出一支烟点上。眼看大功告成，他的心情却有些复杂。那天在王诚的办公室，当对方说出用传言整垮余飞的计划时，方玉斌便想到，可以利用余飞好赌的弱点，将他困在海上。传言满天飞，余飞却连辩解的机会也没有，外面的人也联系不上他。这一来，所有人对传言更会深信不疑。想当初，余飞不是用赌场被困做幌子，骗自己给杨韵汇款吗？今天，就让你真被困一回。这就叫以彼之道，还施彼身！

不过当天，方玉斌却没有说出这个计划。他仍在犹豫，这样做是否阴损了一点？行走江湖，谁都会用点手段，但方玉斌素来告诫自己，要使阳谋，少玩阴谋，更不能突破底线。用这样的手段修理余飞，难免为人所不齿。

思前想后，方玉斌迟迟下不了决心。直到佟小知受伤的面孔浮现在脑海，他才咬牙决定，对余飞痛下杀手。为了咱们之间的事，居然连对你一往情深的佟小知都不放过，余飞你还算个人吗！余飞呀余飞，对你我只能破例一回，其实这也不过是孔夫子的教诲而已：以德报德，以直报怨！

那一厢，被狠狠折腾了一通的余飞，气急败坏地回到办公室，见人就是一通火。公司的总经理助理杨韵却急匆匆赶来："这几天你去哪儿了？满世界的人都在找你。"

余飞点燃一支烟，又把打火机用力扔在办公桌上："别提了，运气背到家了。"他大口吸着烟，说起此番经历。

"不对吧？"杨韵坐下来，从余飞的烟盒里掏出一支烟自个儿点上，"我怎么觉得，你十有八九中了人家的道。"

"什么意思？"余飞问。

"就在你不见踪影这两天，外头出了大事。"杨韵说，"不知道从哪儿冒出来一条消息，说余飞的资金链断裂。这消息越传越广，每天我都要接好多电话，全是向我求证的。"

杨韵吸了一口烟，又说："打来电话的人，都说要见你。可在这关键时刻，你却不见了。这一下，外面的传言更是满天飞，有人说你跑路了，有人说你被纪委抓走协助调查。还有些传言讲得有鼻子有眼，说亲眼看见你男扮女装，打算用假护照从机场出境，结果被拦下来了。"

"扯淡！"余飞气得一拍桌子，"都是一帮吃饱了撑的家伙，编出这些鬼话。"

"话是鬼话，但信的人可不少。"杨韵说，"不要说外头那些人，公司里好多员工私底下也在传，老板是不是跑路了？"

余飞简直是怒不可遏："这种员工，发现一个开除一个，绝不手软！"

杨韵哼了一声，说："你想开除哪个员工随你便，但那些债主怎么应付？最近这两天，银行的、信托公司的，全堵到门口来了。"

余飞说："不过才两天不现身，至于这样吗？回头我公开露面一下，让他们都放心。"

"事情可没这么简单。"杨韵说，"这两天你去哪儿了？总得跟外面说清楚吧。你不能说自己困赌船上了吧！更要命的是，银行是上门要债的，咱们账上真是没钱。”

杨韵接着说：“前段时间，为了做千城的股票，砸进去的钱不少。千城宣布停牌，钱套在里面动弹不得。如果外头不逼债，咱们拆东墙补西墙，勉强还能应付。关键是有人故意放消息，加之你连续两天不见踪影，一下子搅得人心惶惶。债主一拥而上，这资金链可真挺不住了。”

余飞越想越不对劲。记得在艇上时，小乔给过他一张名片。他掏出名片，拨出电话，却传来关机的提示音。余飞心里大呼不妙，看来自己真是上了一艘索命的黑船。

“还有一件事，给你提个醒。”杨韵又说，“咱们公司财务部的老汤，最近似乎和千城公司的人走得很近。每天来到办公室，也是一副心事重重的样子。这种时候，他怎么会和千城公司的人搅和到一块儿？”

“老汤不会有问题吧？”余飞说，“他是我从老家带出来的，说来跟我还算得上表亲。”

“这个节骨眼上，防人之心不可无。”杨韵说。

形势之严峻，令余飞大吃一惊。不过才两天时间，自己似乎已来到悬崖边上。几分钟后，余飞掐灭烟头，说：“给曹伯华打电话，说我有急事，立刻要见到他。”

◎ 7　他真有拉上所有人陪葬的本事，就不会有那么多人见死不救

余飞高亢尖锐的怒吼，在整个走廊回荡。尤其是他将玻璃茶杯狠狠砸向地板的声音，把曹伯华的女秘书吓了一大跳。她探出脑袋，想看一看办公室里发生了什么。此前一直隐忍的曹伯华，见到女秘书仿佛找到了出气筒，他拍着桌子大吼："看什么看！"女秘书吓得花容失色，赶紧坐回办公椅上。

又过了几分钟，余飞怒气冲冲地离开曹伯华办公室。上楼来找大哥汇报工作的曹仲华，刚好迎面撞上余飞。尽管心知肚明，但还得装模作样地说："老余，怎么了？谁惹你不开心？"

"少在老子面前演戏。"余飞像一头暴怒的独角兽，"出了什么事，你去问你哥。我还是那句话，老子翻了船，谁都没好日子过。"

曹仲华脸上依旧挂着笑容："消消气，一定是有什么误会。走，去我办公室说。"

"不去。"余飞不打算给谁留面子，"一来和你说不着，二来也没这闲工夫。我是快完蛋了，得急着回去给自己做好棺材。不光做一副，老子还得多做几副，要死一块儿死！"撂下这句话，余飞头也不回地离开。

曹仲华走进大哥的办公室，见到地上的玻璃碴与茶叶，赶紧让秘书进来

打扫。刚才还跳脚大骂的曹伯华，这会儿又对秘书和颜悦色，并主动道歉："没控制住情绪，你多担待。"

"没事，老大。"秘书知道曹伯华的秉性，知趣地说道。其实不光秘书，公司上下都晓得，曹伯华的脾气来得快去得也快。发火的时候地动山摇，火发完了，又会和风细雨地关怀属下一番。你可以说他起于草莽，缺少教养，也可以说他直来直去，性情中人。总之，在他的言传身教之下，华海形成了一套狼性十足的企业文化。

待秘书离开后，曹仲华坐到沙发上，无奈地苦笑："刚才在走廊碰见余飞，他气呼呼的，说要拉上所有人一块儿去死。"

"这是气话，当不得真。"曹伯华冷笑一声，"他真有拉上所有人陪葬的本事，就不会有那么多人见死不救。"

对于如今的结局，曹家兄弟不感到意外。曹仲华叹了一口气："看样子，余飞在劫难逃了。这小子虽说不是什么好东西，但我还是觉得有愧于他。"

曹伯华把脚抬到茶几上，又把皮鞋里的红布鞋垫拿出来，在椅子扶手上拍了几下："正因为有愧，刚才他骂骂咧咧的，我也一直忍着，没和他计较。但目前这局势，谁也帮不了他。"

曹仲华若有所思地说："要不把之前说好的那笔钱，按约定打给他？毕竟咱们有言在先。"

"钱又不是我的，我当然不介意。"曹伯华苦笑道，"可问题是赵小轻不答应。人家说了，现在每一笔钱都要用在刀刃上。像余飞这种已经被判了死刑的人，不值得浪费任何资源去抢救。"

曹氏兄弟口中的这笔钱，的确是当初与余飞的约定。股权大战之初，赵小轻、曹伯华都想到了，王诚会使出停牌这一招，他们也未雨绸缪做了防备。

抢筹大战中华海使用的资管计划，杠杆率如此之高，并非是自身资金实力羸弱不堪，而是有意识地把精锐掩藏起来。对手摆明了设下埋伏圈，自己当然不会傻不愣登地一头扎进去。赵小轻的盘算是，让小部队突前，同时保留一支规模庞大的预备队。当王诚的包围圈合拢时，再把预备队投进去。凭着这些主力资金，双方尚可大战三百回合。

从目前来看，这一招颇为奏效。千城股票停牌后，王诚所期盼的华海资管计划爆仓的局面，迟迟没有出现。庞大的预备资金，通过苏浩所掌控的大安人寿这条稳固的资金渠道，源源不断流入曹伯华手中。手中有粮，心头不慌。你王诚不是要打持久战、消耗战吗？奉陪到底！

甚至对于曾冲锋陷阵、立下过功劳的余飞，赵小轻也并非全然不顾。早在一个多月以前，她就为余飞准备好了一笔应急资金。当然，赵小轻的钱始终有个软肋，就是来路不清，无法通过正规银行光明正大地调拨。为余飞准备的资金，也是绕了地球好几圈，最后才进入位于滨海的一家信托投资公司的户头上。一旦千城停牌，余飞的资金链出现问题，这笔资金还可以顶上一阵子。

正因为早早得到这个承诺，余飞对千城停牌才处变不惊，依然去赌船上逍遥快活。但不承想，计划赶不上变化。一连串的变故，让余飞的如意算盘顿时落空。

先是屋漏又逢连夜雨，在千城停牌前后，股指来了一波大跳水。对于余飞这样在股市混饭吃的人，难免受到波及。大笔钱被冻结在千城的股票里，其他坐庄的资金也在暴跌中不同程度受损。

更要命的是，那则不知道从哪儿冒出来的传言以及自己关键时刻的失踪，让各路债主纷纷上门。潮水猛然退去，光屁股立刻显出原形。当余飞拿不出还债的资金时，无疑坐实了传言，债主们慌作一团。如此恶性循环一番，余飞的资金链瞬间崩塌，传言就此成了预言。

原先按照正常情况准备的应急资金，已经不足以帮助余飞脱离险境。既然盆里的水救不了火，索性不泼出去。赵小轻当机立断，把这笔资金调走另作他用。她还在电话中反复叮嘱曹伯华："余飞败局已定，如今的关键是不能把火引到我们这儿来，不能因为他连累大伙。"

办公室里，曹伯华把鞋垫塞回皮鞋里，对弟弟说道："余飞本来只是一枚棋子，赵小轻对他早就留了一手，许多事的内情他压根不清楚。余飞再怎样乱咬，都伤不到我们。这小子也知道自己手里没有筹码，所以才气急败坏。"

曹仲华摇着头："也怪他不争气。关键时刻掉链子，玩什么失踪？"

曹伯华说："余飞告诉我，他是着了别人的道，在海上漂了几天。"

"下手的人，也忒歹毒了！"曹仲华刚把茶杯端在手上，又放回茶几，"究竟是谁干的？"

"谁知道呢！"曹伯华无奈地说，"余飞行走江湖，口碑不怎么好。他的仇家不少，我哪儿知道是谁在背后捅刀子。"

曹仲华若有所思地说："这事也太蹊跷了。会不会是王诚干的？"

曹伯华掏出烟，递给弟弟一根，自己也点上："时间点敏感，王诚的嫌疑最大。"

"妈的。"曹仲华骂道，"平时一副道貌岸然的模样，到了紧要关头，什么下三烂手段都使得出来。"顿了顿，他又说："现在股权大战已是你死我活，王诚摆出一副拼命的架势。他能用这种手段对付余飞，还不知道会用什么手段对付咱们。许多事，不得不防。"

"是得防着。"曹伯华叹了一口气，"不过要防的，可不只一个王诚。"

"什么意思？"曹仲华问。

曹伯华抖了抖烟灰："方才你说，王诚能用这种手段对付余飞，不知道又会用什么手段对付咱们。话说得没错，但我顺着这思路，想到了另一层——赵小轻能毫不犹豫地抛弃余飞，鬼知道她会不会抛弃咱们？"

"不会吧？"曹仲华觉得大哥似乎过于悲观，"以咱们和赵小轻的交情……"

"交情？"曹伯华挥手打断了弟弟的话，"咱们和她没有交情，只有利益。现在看来，她当然不会抛弃咱们，因为这样做，不符合她的利益。要是有朝一日，抛弃我符合她的利益呢？"

曹伯华继续说："你看王诚，心里对赵小轻恨得牙痒痒，可那封公开信里，硬是一个字也不提，把所有的火力指向我，仿佛这件事，就我一个人鼓捣出来的。"

"那不过是王诚的一种斗争策略。"曹仲华说。

曹伯华笑起来："我当然清楚这是王诚的斗争策略，关键是赵小轻就没有自己的斗争策略吗？他们斗来斗去不打紧，咱们得立于不败之地。还是那句话，既要吃肉喝汤，又不能把骨头渣堆到自己面前。”

曹伯华接着说：“王诚不愧是老江湖，尽管身处劣势，可一招一式仍旧很有章法。才几个回合，余飞就当了替死鬼。股权之争最终谁胜谁负，我看还很难说。”

曹仲华点点头：“王诚曾对我说，这一次他不达目的决不罢休。看来他是豁出去了。”

曹伯华说：“王诚当初找你去，虽说有敲山震虎的意味，但他的有些话却不无道理。比如他说，在这场大战中，赵小轻输得起，王诚也输得起，只有咱们输不起。”停顿一下，曹伯华加重语气：“正因为输不起，所以我们不能输。”

“大哥，你有什么想法？”曹仲华问。

曹伯华说：“我这人读书不多，但电视剧还看过几部。前几年的《雍正王朝》中，佟国维与隆科多叔侄的故事，这几日一直萦绕在我脑海。”

曹伯华接着说：“佟佳氏一门是清朝的政坛豪门，出过好几个皇后与一品大臣，以至于有‘佟半朝’之说。佟国维曾总结家族长盛不衰的秘诀——绝不一条道走到黑。当时正值康熙晚年，皇子夺嫡之争愈演愈烈。佟国维找来侄儿隆科多，决定唱一出双簧。”

曹伯华又说：“八爷承继大统的呼声一度很高，身为当朝大学士的佟国维，自然要去烧这个热灶，他也成为拥戴八爷的重臣。但佟国维还留了一个心思，吩咐自己的侄儿隆科多去向四爷效忠，烧一烧这个冷灶。买份双保险，无论谁当上皇帝，佟佳氏一门依旧位极人臣。”

曹伯华继续说：“最狠的是，当康熙终于亮明自己的态度，八爷失宠在即时，佟国维竟让隆科多大义灭亲，上书弹劾自己。佟国维明白，八爷失宠，自己也就跟着失势。既然政治生命已然终结，不如让侄儿踩着自己的尸体往上爬，延续家族的政治血脉。”

“佟国维真是个人精。”曹仲华附和道，“脚踏两条船，甭管哪条船沉了，他们一家子还可以享受荣华富贵。隆科多凭借拥立之功，成为权势炙手可热的军机大臣。佟国维虽然丢了官，但看在侄儿分上，也没人去难为他，得以在家中颐养天年。”

曹伯华说：“如今风高浪急，咱们也得脚踏两条船了。”

“你是说……”曹仲华紧锁眉头，似乎已听懂哥哥的意思。

“没错。”曹伯华说，“无论怎么说，赵小轻还是占着上风，她的这口热灶，我还得继续烧着。王诚那口冷灶，就交给你了。”

沉吟半晌，曹仲华说：“王诚那口冷灶，究竟怎么去烧？”

曹伯华说：“你和王诚不是一直有接触吗？再说上回在他办公室，你俩也没撕破脸。没准王诚正等着你上门投靠呢！你就说，对我这个当大哥的早就看不顺眼，无奈我固执己见，什么话都听不进去。”

曹伯华站起身，从办公桌上拿起一份文件，交给曹仲华：“这个可以交给王诚，算作见面礼。”

曹仲华拿过文件一瞅，上面是余飞公司的财务数据。曹伯华笑了笑，说：“余飞为了向我求助，刚把这份资料给我，里面应当没有掺假。王诚如今猛打余飞，这份文件或许对他有用。”

曹仲华将文件揣进公文包，叹了口气：“也罢，反正余飞已经是个废物，就权当是废物利用吧。”

◎ 8 多好的一个女人，却要被自己当作祭品摆上祭坛

飞机翱翔在万里蓝天，大概再有一个小时，就将抵达滨海机场。

余飞坐在宽敞的头等舱座位上，眼睛死死盯住前方屏幕。机上影视系统正播放一部喜剧电影，夸张搞笑的情节，却无法令余飞紧皱的眉头有丝毫松弛。感时花溅泪，恨别鸟惊心。此时此刻，余飞决计笑不出来！

过去的几天，当余飞苦苦挣扎在死亡线边缘时，没人肯伸出援手。等待他的，只是接踵而至的冷漠与背叛。曹伯华拍着胸脯承诺的应急资金，到头来一分钱也不见踪影。还有那些昔日在酒桌上“不求同年同月同日生，只求同年同月同日死”的哥们兄弟，全都变成了一毛不拔的铁公鸡。甚至在公司里，一直对自己奴颜媚骨的部下，眼看着大厦将倾，也忙着各寻出路。

最可恨的是，一家媒体居然抖出猛料，称余飞面临好几亿的资金缺口，文章中所引用的数据，精确到了个位数。自己公司的财务机密，外人怎么一清二楚？有可能是内鬼泄密，也有可能是余飞在四处求援的过程中，曾向某些人交过底，这些拒自己于千里之外的所谓朋友，转过头又在背后捅上一刀。

谁在背后捅刀子，余飞无暇顾及。当务之急并非报仇，而是救命。四处

碰壁之后，他更加清楚，自己的命还得自己救！回想过去几天的求爷爷告奶奶，不仅自讨没趣，更是愚不可及。商场中哪来什么朋友？当初从一文不名的穷小子到威震股市的大庄家，靠的是自己。如今，要绝地逢生，依旧得靠自己！

余飞是个苦出身，他的经历更足可称为传奇。余飞的生父去世很早，以至于他打记事起，脑海中便只有那个暴虐易怒、好赌成性的继父。无论继父外出赌博是输是赢，家中都会哀号一片，以泪洗面。输了钱，继父一定找人出气，甚至拳脚相向，余飞与母亲都曾在这个男人的铁拳下苦苦求饶。赢了钱，则是几天见不着人影，在外边和一帮狐朋狗友鬼混。

这样的家庭，无时无刻不在摧残着这对母子的心灵。为了自己，也为了孩子，母亲朝思暮想的就是脱离苦海。可惜没有足够谋生技能的母亲，只能把希望寄托在其他男人身上。但最终的结局，这些男人没一个肯对母亲负责。

正是在继父的拳头与旁人的白眼中，余飞度过了自己的童年。宽容、友爱、尊重、善良……所有这些人世间美丽的情感，别人没有给过余飞，日后他也肯定不会还给别人。在余飞的认知中，世界就是一个弱肉强食的丛林社会，想不被人欺负，只能去欺负别人。

从中学开始，余飞开始混迹街头，凭着自己的拳头，打出一片天地。很快，他就体会到身为强者的好处。自打拳头变硬之后，继父再也不敢在自己面前大呼小叫。余飞还掐住继父的脖子，告诉他不准再动母亲一根毫毛。警告比哀求有用太多！从那以后，继父真的对母亲客客气气。

更令人讶异的是，小混混余飞的成绩始终不落人后。不知是他天赋过人还是掌握了学习捷径，总之他的“江湖威望”与考试成绩总能比翼齐飞。即便高考发挥不理想，依旧上了本科线，被高校录取。以至于日后余飞经常自夸，说从小就掌握了黑白通吃的本领。

但久走夜路终究要遇鬼，大二时，余飞因为打群架被学校开除。他只得孤身一人来到滨海闯荡，先在一家中餐馆打工，后来经老乡介绍，在市区跑起黑车。

有一天，他开着车在证券交易所附近晃悠。一名其貌不扬，看样子着急赶时间的中年男子朝他挥了挥手。这名男子，也成为余飞生命中的贵人。

这名男子是个大户，靠着炒股赚了不少钱。搭车过程中，发觉余飞挺精灵，就叫他不用跑黑车了，来给自己当专职司机。尽管两者的收入差不了太多，但给老板当司机毕竟还算体面活，不像跑黑车那样日晒雨淋，还得时刻提心吊胆，担心被运管罚款。

余飞再一次展现出过人天赋，靠着自身学习与在驾驶座上听老板打电话，他竟然练出一身本领。后来，他用自己那点微薄收入进到股市，小试牛刀一把，却也获利颇丰。除了跟着老板学股市知识，余飞还顺利地把老板的老婆哄上床。只要老板出差，余飞就会爬上他的床榻，搂着他的老婆颠鸾倒凤。

几年后，老板因为卷入一起内幕交易案，不得已远走海外。他老婆并未随行，而是带着自己的私房钱投入余飞怀抱。靠着这笔钱，余飞在股市上掘到第一桶金，并由此踏上了通往江湖猛庄的"锦绣钱程"。

发达之后的余飞，并没和这个女人长相厮守。他用尽各种手段，再加上一点补偿费，把这个女人一脚踢开。

回想发迹历程，余飞有时也会扪心自问，是不是干得太绝了？但很快，他又宽慰自己，这个世界欠我的太多，老子索回一点算得了什么！

飞机徐徐下降，余飞的目光从屏幕移向身旁的佟小知。接触过太多异性的余飞，连有恩于自己的女人也能一脚踢开。在他看来，爱情就是个遥不可及的玩意儿。直到遇上佟小知，他的想法才发生改变。原来在这个世界上，还真有能让自己动心的女人。尽管风流本性不改，但余飞知道，其他人不过是逢场作戏或者追寻生理刺激，只有佟小知，才是与众不同的那一个。

自打在旅途中相识，两人坠入爱河。当初因为方玉斌的事大吵一架，余飞一时失手，把佟小知推倒在地。看着佟小知受伤的模样，余飞既心疼又悔恨。对铁石心肠的自己，这简直难以想象！

座位上微闭双眼的佟小知，依旧是那般美丽。弯弯的柳眉，如樱桃般的嘴唇，让人不禁怦然心动。余飞忍不住伸出手，替她拉了拉毛毯。动作还没完成，佟小知的眼睛便睁开，淡淡地说了声："谢谢。"

"你没睡呀？"余飞说道。

佟小知依旧面无表情："睡不着。还有多久到？"

"十多分钟吧。"余飞回答。

"哦。"佟小知的眼睛重新闭上。

余飞心头的惆怅又深了。多好的一个女人呀，却要被自己当作祭品摆上祭坛！她此刻一定恨透了自己，并在心底大骂，余飞，你算什么男人？

没错，做出这种事，自己的确算不上男人，甚至连人都不够格，但又能有什么办法？四面八方的债主，让余飞走投无路。如果没有一笔现金注入，公司就撑不下去。然而，白花花的银子从哪儿来？

既然求不到别人的施舍，那就凭自己的本事去夺！大安人寿的苏浩，口袋里有的是真金白银。况且，早在第一次见面时，余飞就看出来，苏浩对佟小知有意思。有人觊觎自己的女人，余飞一度恨由心生，不过此时，这却是一根必须抓住的救命稻草。

满面珍珠泪，一片心酸辞，红唇间的湿润，似仍期待着一次甜蜜的亲吻。然而，离别的时候到了，你可以软弱，我必须坚强。且让欢爱如烟云散去，散成飘渺的回忆……

上次吵架之后，佟小知回到上海。无论余飞怎么打电话，佟小知都不接。但余飞心里清楚，佟小知是爱自己的。尤其当自己命悬一线、众叛亲离时，大概只有这个女人，肯为自己付出一切。

就在昨天，余飞飞去上海，找到了佟小知。当佟小知获知其来意后，立刻将一杯水泼到他脸上。余飞依旧静静坐在那里，抽出纸巾擦拭着脸上的茶水。又隔了一阵，余飞跪到佟小知面前，哀求说："小知，我这次是遇到过不去的坎了。除了你，没人能帮我。"这是余飞生平第一次对女人下跪，而他对面的佟小知，早已泣不成声……

飞机在跑道上着陆，接着缓缓滑向停机坪。佟小知终于睁开眼睛，她斜着头，瞅着窗外景色。她清楚地知道，用不了多久，自己就会被送上另一个男人的床榻。从上海到滨海的路途上，她总想哭，却哭不出来。泪水在昨天便已流尽，此时再无一滴。

佟小知不知道，怎么会爱上这样的男人，就如同她不知道，自己为什么会答应他，坐上前往滨海的航班？

两人相识之后，余飞曾向她坦白了自己的过去。佟小知原谅了他。从前种种譬如昨日死，以后种种譬如今日生，就让过去的，全都过去吧！直到方玉斌的事，余飞触碰了自己的底线，她气愤地回到上海。但在佟小知心中，依旧只是想给对方一个教训，好让他迷途知返。

昨天，当余飞把那些污秽不堪的言语说出口，佟小知终于看清楚了这个男人的真面目。按说对这种男人，女人不用再去搭理。但冥冥中似乎又有一股力量，让佟小知没有拒绝到底，甚至一步步退让。是因为昔日的情分，还是自己心太软？当余飞即将走向末路时，自己竟鬼使神差地伸出了手？

这一切，大概就是命，是一段孽缘！

飞机停靠在廊桥，佟小知刚把手机打开，铃声便响了起来。手机里传来苏浩的声音："小知，你到滨海没有？"

佟小知强挤出笑容："飞机刚落地。"

"是我疏忽了。"苏浩说，"昨天忘记问你航班号，本该派辆车来接你的。"

"今晚你有时间吧？如果你有其他安排，咱们就改期，反正也不是什么要紧事。"佟小知说。

在余飞的央求之下，佟小知昨晚给苏浩打了电话，两人聊了半个多小时。佟小知说自己离开了余飞的公司，打算换一份新工作，还问苏浩的公司里有没有合适位置。苏浩一口答应下来，并约她共进晚餐。苏浩甚至隐晦地问道，你为什么离开余飞公司，是不是有什么事？佟小知假装坦然地问答，余飞既是我的老板，也是我男朋友。因为一些事，我和他分手了，也不愿再在公司待下去。

"当然有时间。"苏浩回答得干脆利落，"昨晚说好的事，怎么会临时变卦！"

"那好，咱们到时见。"佟小知挂断了电话。

余飞帮佟小知拎着行李，一副吞吞吐吐、有话却说不出口的模样。佟小知瞟了他一眼："有什么话你就说。"

余飞终于开口说道："今晚和苏浩见面，就好好吃饭，别干其他事。你要是表现得太急，他反而会起疑。”

原本以为早已流干的泪水，此刻又在佟小知眼眶中打转：“我真有那么贱，非得猴急着去跟苏浩上床？”

“我不是那个意思。”余飞躲避着佟小知的目光，“我知道是我对不起你。要不是我走投无路，也不会出此下策。现在除了你，没人可以帮我。”

“别说了！”温婉的佟小知发出了少见的怒吼。

接下去的几日，滨海下起了绵绵细雨。直到第三日，天空微微放晴。可到了晚上，又是电闪雷鸣，暴雨倾盆。正是在这场暴雨中，佟小知与苏浩走进了一家五星级酒店的房间。

酒店对面的马路上，停着一辆黑色轿车，余飞坐在车内，面容憔悴，满眼红丝，表情平静，无悲无喜，只是手上的烟一支接一支。

余飞的内心远不如面容平静。且不说他对佟小知的感情，仅仅作为男人最起码的尊严，便令他心中充满煎熬与挣扎。我还算个人吗？他一遍遍问着自己。一种透不过气来的感觉，令他不由自主地摁开车窗，任凭瓢泼大雨浇进车内。

雨太大，扶手、方向盘上都在滴水，余飞的上衣几乎被雨水淋透。内心的火山终于爆发！他推开车门，独自踌躇在滨海昏暗的雨巷，如野兽般号啕大哭。

◎9　资本之术再复杂，也比不过人性

当我疲倦归来，有人举一壶酒，为我祈福，然而那人将不再是你，你在另外一个男人怀里——这是余飞踏进公司大门时，内心深处的苍凉独白。但在众人眼中，他却成为力挽狂澜的大英雄。心满意足的债主，重新燃起希望的下属，把所有赞美毫不吝惜地献给余飞。

当余飞把爱情与尊严践踏在脚底，苏浩也落入了一个精心设计的陷阱。能够把心爱女人送上祭坛的余飞，对付起苏浩更不会有半点心慈手软。他把一段视频摆在苏浩面前，这位温文尔雅、自命不凡的儒商，爆发出少见的愤怒，不过到头来，还是变成了霜打的茄子。

迫于无奈的苏浩只能出面，与一家金融担保公司签订了反担保协议。再由这家担保公司提供担保物，帮助余飞从银行贷出了急需的资金。有人对余飞的资本运作之术推崇备至，说他简直是资本天才，一个担保、反担保，眼花缭乱之间，就把几亿现金弄到手。但余飞清楚，资本之术再复杂，也比不过人性！

听够了溢美之词的余飞，独自进到办公室。外面的每一张嘴脸，都令他恶心。自己遭难时，一个个落井下石，此刻眼看渡过难关，又跑来抱大腿！

这时，杨韵走了进来。“祝贺你，上演了一出精彩的绝处逢生。”杨韵嘴上说着祝贺，表情却依旧严峻。

这次危机中，杨韵虽没出什么大力，但起码没像其他高管那样，整日盘算着自己的退路。这份忠心，余飞看在眼里。他甚至在心里感叹，救我的是佟小知，杨韵也算不离不弃，这他娘的世道，女人比男人仗义！

“有什么事吗？”余飞问道。

杨韵说：“公司起死回生，下面的员工，无论真情假意，起码都装出欢天喜地的样子。只有一个人，闷闷不乐的。”

“谁？”余飞点燃一支烟。

“财务部的老汤呗。”杨韵说，“我可听说，眼看公司撑不下去那会儿他喜笑颜开，私下里还说余飞有今天，是老天开眼。”

“这个老杂碎！一个中专没毕业的家伙，在乡镇企业当会计都没人要。亏得我把他从老家带出来，还让他在财务部吃香喝辣。”对于自己的刻薄寡恩，余飞绝不会记在心里。倒是老汤近来的表现，他早有所耳闻。

“这种人，不要留在公司，立马开掉。”缓过气来的余飞，认为到了秋后算账的时候。

杨韵说：“开除一个老汤简单，只是有些事，我觉得很蹊跷。”

“怎么说？”余飞问。

杨韵思索着说：“这一次，从你被失踪，到莫名其妙出现的谣言，我总感觉背后有只黑手。想来想去，觉得和千城股权之争脱不了干系。”

“我也想到了。”余飞抖了抖烟灰，“这事情，十有八九是千城在后面捣鬼。君子报仇，十年不晚，老子一定给他记着。”

“先别提什么报仇的事。”杨韵说，“我担心的是，后面会不会还有什么风波。”

“什么风波？”余飞追问，“这事和老汤又有什么关系？”

杨韵说：“我听下面人说，老汤近来和千城集团的人走得很近。有一次他喝醉酒，还说余飞死定了，不管他能不能筹到钱，都是死路一条。”顿了顿，她又说：“我觉得老汤的举动反常，昨天暗地里让人去财务部查了一下。结果发现，那几台存有公司核心数据、从不与外网连接的电脑，竟然有U盘拷贝的痕迹。你也知道，公司有严格规定，那几台电脑的数据是严禁拷贝的。”

沉吟半晌，余飞掐灭烟头：“把老汤弄来问一下，所有事就会清楚。”

“怎么问？”杨韵说，“老汤肯对我们说实话？”

余飞猛地一拍桌子：“几拳头下去，还怕他不招。妈的，这帮人大概忘了老子的出身，十几岁时，我就捅过刀子，放过人家的血。”

对不熟悉的号码，王诚的秘书通常不会接。但今天这号码着实讨厌，短短半个小时，就打来了四五遍。秘书接起电话，自己还没开口，对方已说道：“王总，你好！”

秘书解释说：“我是王总的秘书，你是哪位？”

“立刻请王总接电话，我有要事相告。此事十万火急，与股权之争息息相关。”对方语气急迫且坚定。

秘书犹豫了一下，决定向王诚通报。王诚拿过电话，问道：“哪位？”

“我是余飞。”对方答道。

王诚愣了一下，很快缓过神来：“哦，小余，你好。”尽管同在滨海商界，但以王诚的身份、地位，从前是不屑于同余飞这种小字辈来往的。尽管最近因为股权之争的关系，他专门找来余飞的资料，还多次与部下聊到此人，商量着如何置对方于死地，但两人之间仍是素未谋面。猛然接到余飞打来的电话，王诚有些纳闷，他找我有什么事？

“承蒙王总关照，我最近很不好呀。”余飞倒是直来直去，“在公海上漂了两天，资金链又差点断掉。”

“我不太明白你的意思。”王诚假装糊涂。

余飞说：“不明白也无所谓，反正过去的事我不打算追究。只是你们千城的人，买通我公司一个奸细，弄走了很多商业机密。这样做，不太厚道吧？”

王诚眉头一皱：“小余，我很忙。要没别的事，我就挂电话了。”

“别呀，让我把话说完。”余飞说，“我明白，以王总的江湖地位，轻易不会和小辈计较。能让你大动干戈，一定是我有不周到的地方。”

“我更清楚，”余飞接着说，“余飞才几斤几两，哪儿值得你老人家动手指头。你这样做，无非是为了股权之争的事。其实，你犯不着在我这种小人物身上费心思。池塘里大鱼多的是，随便垂下钓饵，不愁没人上钩。”

王诚紧皱的眉头稍微舒展，语气平缓地说：“你手里是不是有什么钓饵，打算送给我？”

“前辈就是前辈！”余飞说，“我手头确实有东西送给你。电话里不方便说，能否面谈一下？”

“一个小时之后，到我办公室来。”王诚说道。

余飞到达千城集团总部时，比约定时间提前了 10 分钟，王诚却又隔了半个小时才现身。见面后，王诚连手都没握，直接说道：“咱们打开天窗说亮话吧。”

“好，我也不喜欢拐弯抹角。”余飞说，“我公司里的内鬼，就是给你们送情报的老汤，已经把什么都招了。我知道，我的把柄攥在王总手里。以前有什么冒犯之处，都是我不对。请你大人不记小人过，放后辈一条生路。”

王诚跷起二郎腿：“继续说。”

余飞说：“我不过是在股市上低买高卖，赚点小钱。这次股权之争，我一时糊涂，误打误撞闯进来。当初想的，不过是利用千城股价波动，捞一笔就走。曹伯华的真实目的是什么，背后还有哪些人，我不知道，他们更不可能让我知道。在那些人眼中，我不过是个跑龙套的，根本无足轻重。”

王诚倾向于相信余飞的说法。以赵小轻的性格，大概不会向余飞这类人交底。说穿了，他不过是被人家当枪使而已。这家伙，为了一点钱，竟敢跑来蹚这浑水！别人想不到的事，自己想到了，那叫创新；别人不敢做的事，自己去做，那叫犯傻。自诩为精明的余飞，或许傻得厉害！

王诚淡淡一笑：“误打误撞闯进来，那是你的错，并不是我应该高抬贵手的理由。”

“犯错不可怕，改了就好嘛。”余飞也挤出笑容，“何况，王总早就对我高抬贵手了。你并没有把手上的证据抛出去，只是利用资金链的问题对我穷追不舍。看来在你眼中，我依旧是个无足轻重的角色。打我只是手段，目的是要引蛇出洞。”

王诚点了点头："你的分析，还不算太离谱。"

"只是不知，"余飞问道，"你等待的蛇，出洞了吗？"

王诚说："听说你找到了一笔钱，暂时渡过了难关。一旦把这笔钱的来龙去脉搞清楚，应该就能逮住那条蛇了。"

"这一次，恐怕要让你失望了。"余飞摇着头，"给我钱的，并不是曹伯华。那个王八蛋，早就不管我死活。帮我渡过难关的人，是大安人寿的苏浩。"

"是他！"王诚托起下巴，若有所思地说。

"我说过，对股权之争的内情我并不知道多少。但凭直觉，我能猜到苏浩在其中扮演了关键角色。"余飞说，"不过，王总如果指望从我身上打开突破口牵出苏浩，估计会事与愿违。我操纵股价的事，和苏浩压根扯不上关系。况且，王总的对手可是厉害角色，既利用了我，又设置了一道道防火墙。别说苏浩了，即便想从我这儿顺藤摸瓜牵出曹伯华也是难如登天。"

王诚冷笑道："听你这么说，仿佛我已经无路可走了。既然这样，我又怎么给你生路？"

"山重水复疑无路，柳暗花明又一村。"余飞说，"我既然求王总放我一条生路，岂会不给你指一条明路？"

余飞坐直身子，加重语气："我手头有个东西，一定是你想要的。"

"什么东西？"王诚问道。

余飞掏出手机，点开里面的视频："自己看吧。"

手机中播放的，正是苏浩与佟小知在酒店房间内的画面。王诚瞟了一眼，说："大概就因为这段视频，苏浩才肯拉你一把吧？"

余飞没有问答这个问题，而是说："王总对我苦苦相逼，目的是对付曹伯华、苏浩还有他们后边的人。有了这段视频，不用再绕圈子，就能让苏浩身败名裂。大安人寿是股份企业，苏浩只是高级经理人。一旦把这段视频交出去，他立刻会被董事会罢免。"停顿一下，余飞又说："既然目的已经达到，王总就不用再扭住我这个小喽啰不放了。"

"这个苏浩，可是才帮过你。"王诚冷冷地说。

余飞的语气更加冰冷："那个不叫帮。再说既然已经帮过了，也就没有利用价值了。”

余飞的来意已经无比清楚——他交出这段视频，帮助王诚击垮苏浩。而交换条件则是，王诚放自己一马。

王诚沉吟半晌，说：“你操纵股价的证据，我可以不交到监管部门手上。”

“好！”余飞一拍大腿，“从此以后，我退出股权之争，不会做出对王总不利的事情。”

王诚忽然想起一件事，问道：“视频中的女人是谁？”

余飞说：“你管这么多干吗？视频都录下了，还怕他抵赖？”

王诚摇着头，“据我所知，苏浩一直没有结婚，假如这女的也是单身，这段视频顶多算个绯闻。你拿着它去威胁一下或许还行，真想靠它扳倒一个人，还差得远。”

被王诚一逼，余飞只得说：“她是我公司的员工。”

“她是不是单身？”王诚紧追不放。

余飞点了点头，王诚双手一摊：“那怎么办？男未娶女未嫁，你情我愿的事情，咱们瞎起什么哄？”

办公室内陷入短暂沉寂。隔了几分钟，王诚叹了一口气：“余老弟，不是我不放你一条生路，而是你命中注定难逃一劫。”

面对王诚赤裸裸的威胁，余飞真想一拳打过去。但他忍住了，最后涨红着脸憋出一句话：“苏浩咱们管不了，但可以让这女的成为有夫之妇。”

王诚吃了一惊：“有夫之妇？什么意思？”

“我娶了她，我马上跟她办结婚手续。”余飞从牙缝中把话挤了出来。

王诚惊得说不出话，隔了好一阵，才缓缓说道：“她之前应该就跟你有些瓜葛吧？”

余飞阴沉着脸，说：“这下你满足了吧？”

王诚说：“你和这女的结了婚，自然就师出有名了。接下来，你写封举报信，与这段视频一块儿寄出去。”

“干吗让我写举报信？”余飞觉得对方简直得寸进尺。

“你的老婆被人搞了，你不举报，难道叫我举报？”王诚话一出口，又颇为后悔。自己可是个谦谦君子，老婆被人搞之类的话，怎么也从嘴里冒出来？唉，跟余飞这种烂仔说上一阵子话，自己也同流合污了。王诚缓和了语气，说：“知道让你出面，有些难为情。不过这种事，旁人的确说不上话。你去举报，才是名正言顺。”

“好吧。我这黑脸只能唱到底了。我该做的事都做了，你可得信守承诺。”余飞语气低沉，两只拳头死死握紧。

“当然。”王诚已不在意面前的余飞，而是思考起股权之争的走势。苏浩的大安人寿，就是赵小轻与曹伯华之间的资金管道。我倒要看一看，一旦切断了这条管道，这仗你们还怎么打下去？

第六章 自立门户

方玉斌心底泛起涟漪，王诚这几句话，着实令自己受益匪浅。口口声声说不懂投资的王诚，实则道出了投资真谛。身为投资人，除了眼光、魄力，除了给予创业者资金、人脉，还有更重要的一项——放手让创业者发挥，把创业者的潜力挖掘到极致。事事插手，既不按角色，更逾越了本色。

◎1 硬人只会说软话，软人才要说硬话

方玉斌起了个大早，与苏晋一起开车赶往海边。婚纱摄影公司的人，正在那里等着他们。两人的工作很忙，摄影公司约了好多次，才把时间敲定。今天，方玉斌与苏晋推掉了所有事，打算拿出一整天时间，完成这门婚前必修课。

刚拍了一会儿，方玉斌就有感而发："拍婚纱照比上班辛苦多了。"苏晋倒是兴致很高，有些摄影师觉得过关的照片，她还要求重拍，方玉斌也只好配合。

方玉斌心里寻思，拍婚纱照这事，几乎是在给新娘拍写真集，新郎无非就是个摆件。每组片子新郎除了有几张和新娘的合照外，单独出镜的机会基本不超过两次。新娘的服装很华丽，新郎无非就是穿着镶黑边的礼服予以配合，外加一双从 38 到 45 号脚都能穿的大"皮拖"。

此时，方玉斌的手机不合时宜地响起来，苏晋白了他一眼："今天不是说好专心照相吗？我把手机扔车上了，你怎么还揣兜里？"

方玉斌掏出手机，瞟了一眼，说："咦，这不是你爸的手机吗？他怎么打到我这儿来了？"

苏晋立刻拿过手机说："爸，什么事？"

两人说了几分钟，越说苏晋的表情越凝重。挂断电话，苏晋直接对摄影师说：“今天不拍了。”众人还没反应过来，苏晋又对方玉斌说：“咱们现在就去滨海，哥出事了。”

中午时分，两人赶到滨海。路上，苏晋告诉方玉斌，家里来了一伙人，把苏浩带走了。一进屋，苏晋的母亲情不自禁地哭出来：“浩儿究竟出了什么事？他们为什么要抓他走？”

苏晋赶忙安慰母亲，倒是父亲苏定国一辈子见惯了大风大浪，并没有惊慌失措。他先训斥老伴：“妇道人家，就知道哭。哭能解决什么问题？”接着，又对方玉斌说：“小方，不好意思，为了我们家的事还麻烦你。”

方玉斌说：“这是哪里话，我们就是一家人嘛。”

苏定国点了点头：说“今天的事很突然，我散步回来没多久，看到家里来了一群不速之客，要把浩儿带走。你伯母又哭又闹，但我清楚，公家要抓人，哪能拦得住？只是趁着进屋收拾东西的机会，我跟浩儿交代了几句。我告诉他，该交代的老实交代，不该说的不要乱说。”

对于苏定国宦海沉浮数十载练就的冷静沉着，方玉斌不得不佩服。他接着问：“他们把哥带走，究竟为了什么事？”

苏定国摇着头：“滨海不比老家，我想打听一些事，也不是那么容易。上午打了一圈电话，拜托了不少朋友，至今还没有回音。”

正说着，家里电话响了起来。一看来电号码，苏定国说：“是一个北京的老朋友打来的，没准有什么消息。”说完，他赶紧抓起电话。

这通电话打了十多分钟，苏定国一直点头说着“嗯、嗯”，最后，又连说了好多声“谢谢”。

放下电话，苏定国脸色严峻：“事情的来龙去脉大致搞清楚了。”

老伴着急地问：“到底怎么回事？你快说呀。”

苏定国说：“把浩儿带走，主要是因为两件事。一件和外面吵得纷纷扰扰的千城集团股权之争有关系，有人举报浩儿的公司为相关企业违规提供资金。”

苏定国又说：“千城的事闹得挺大，我每天摊开报纸，几乎都能看到。只是没想到，浩儿也和这件事有关系。”接着，他又扭头对方玉斌说：“商界的事我不大清楚，你了解内情吗？”

“不清楚。”苏浩卷入千城股权之争的事，方玉斌自然知道，不过此时，他不便多说什么，以免徒增家人担忧。

苏定国说：“其实，千城的事没什么大不了。朋友告诉我，举报信大多是捕风捉影，没什么真凭实据。如果放在平时，大概查都不会查。关键是第二件事，这件事人家手头可有证据。”

“什么事？”众人异口同声地问道。

苏定国叹了一口气：“浩儿和一个女人搞到一起，还被人拍下视频。这个女人的丈夫，拿着这段视频到处告状。”

“哥怎么会干出这种事！”听完父亲的话，苏晋又急又气。

苏定国脸色铁青：“男女之间的事情处理不好，最容易阴沟里翻船。能录下视频，说明有人存心对付他。”

“事情已经出了，怎么办呀？”苏晋母亲焦急地问道。

苏定国抿了一口茶，缓缓说道：“如果仅仅是这段视频，也就是个作风问题，大不了不当这个董事长。以浩儿的本事，还怕找不到谋生的地方？关键别把其他事牵连出来，否则，谁也救不了他。”停顿一下，苏定国说道：“但愿浩儿能记住我的叮嘱。”

“伯父说得对。仅仅是一段视频，哥应该很快就能回来。”方玉斌赞同苏定国的分析，“不过你们也不用太担心，哥不是一般人，风浪见得多。什么话该说，什么话不该说，他不会乱了分寸。”

苏晋又问：“是谁偷偷录下视频？”

苏定国说：“是一个叫佟小知的女人，他的丈夫叫余飞。唉，如今的年轻人，为了达到目的简直不择手段，一个女娃子轻易就和男人上床，身为丈夫的，还拿着绿帽子满世界张扬。”

“什么，是佟小知？”苏晋大吃一惊。

“怎么？你认识这个女人？”苏定国问道。

“嗯。”苏晋愣了好一会儿，才说，“在江州时和她见过几面，她就在玉斌的公司里。”

“小方，到底怎么回事？这个女人是什么来路？”苏定国追问道。

此刻的方玉斌，脑海中一片空白。当苏定国说出佟小知的名字时，他还以为自己听错了，或是同名同姓的人，直到苏定国接着说出余飞，方玉斌才确定，和苏浩幽会并偷录下视频的女人，正是自己熟悉却又感觉异常陌生的佟小知。况且，余飞还成了佟小知的老公？这中间，究竟发生了什么？

“爸在问你话呢。”见方玉斌老半天不开口，苏晋扯了扯他的衣袖。

方玉斌回过神来：“哦，对，小知以前是我同事。不过到底怎么回事，我也不清楚。”

“别一口一个小知，叫得那么亲热。”苏晋原本不喜欢佟小知，尤其苏浩出事后，更是一肚子火。

“你能否去打听一下，看一看这件事到底有什么背景？”以苏定国的人生阅历，一眼就看出，方玉斌与佟小知之间关系并不普通。但他此刻关心的，仍是苏浩的安危。

“好。”方玉斌点头答应，“我马上问一下。”

方玉斌掏出手机，打给佟小知，对方却一直关机。苏晋仍旧愤愤不平：“她现在哪有脸接电话？估计早躲起来了。”

苏晋母亲说道：“玉斌，当初怎么把这种人招进公司。这种不要脸的女人，可是个祸害，你跟她相处时也要提防一点。”

苏晋母亲的话或是无心，听在方玉斌耳朵里却分外尴尬。一旁的苏晋，脸色也愈发难看。

苏定国却说，“我让你了解一下整件事的背景，哪是叫你给佟小知打电话！她一个女娃子，能知道多少内情？”

关键时刻，还是老爷子头脑清醒！方玉斌打电话给佟小知，几乎是一种条件反射。经苏定国一点，方玉斌才意识到，整件事情中，佟小知只是小角色，幕后一定另有其人。

佟小知、余飞、苏浩，还有千城股权之争……方玉斌把事情简单一捋，立刻就想到了王诚。目前情势，王诚是最大受益者，那么极有可能……

“我出去一趟。”方玉斌站起身。

“你去哪儿？”苏晋问道。

不知是没听到，还是内心太过焦急，方玉斌并未回答苏晋，只是大步朝外走。苏定国拦住了女儿：“让他去！看样子，他心里应该有点儿谱了。”

当方玉斌闯进办公室时，王诚正和几名下属商量工作。见到方玉斌，他把下属打发出去，笑着说：“你怎么突然到滨海了，也不提前打声招呼？”

方玉斌开门见山地说道：“苏浩是怎么回事？为什么余飞到处告他？”

“你怎么关心起苏浩的事了？”王诚颇为不解。

“快告诉我，到底怎么回事了？”方玉斌焦急地说道。

“饭要一口一口吃，话也得容我一句一句说。”王诚招呼方玉斌坐下，接着慢条斯理地把整件事的前因后果说了出来。

说完后，王诚跷起二郎腿：“今天一大早苏浩刚被带走，你下午就到我办公室来，消息够灵通嘛。对了，你还没说，怎么突然对苏浩的事这么上心？”

“苏浩是我未婚妻的哥哥。”方玉斌语调低沉，心中却在翻江倒海。之前的猜测终于被证实，苏浩落入了人家精心设计的陷阱。或许，受害者并不止苏浩一人，自己曾深爱过的佟小知也活生生被推下火坑。

应该恨余飞吗？当然！这个王八蛋，为了自己不惜牺牲掉这么多人。但除了仇恨，方玉斌也有一丝自责。当初王诚掌握到余飞操纵股价的证据时，假如第一时间公布，哪会引出这么多事？偏偏是自己建言，说不能让余飞死个痛快，而要让他临死前多咬几个人。计划果真一步步实现，但被余飞拖下水的，竟全是自己的亲人与朋友！唉，早知今日，方玉斌一定不会献上那条计策。

“我说玉斌，这一层关系你怎么不早说？我都不知道苏浩是你大舅子！你看这弄的，大水冲了龙王庙，自家人伤了自家人。”王诚做出一副捶胸顿足的样子，仿佛方玉斌早点挑明关系，一切就不会发生。但他心里清楚得很，到这一步已经杀红了眼。所谓人挡杀人、佛挡杀佛，别说是你方玉斌的大舅子，就算天王老子，我也照杀不误。

方玉斌知道王诚在演戏，只能无奈地摆手：“过去的事就不提了，反正世上没有后悔药卖。"

王诚说："如果苏浩没扯出其他什么事，估计很快就会出来。看在他是你大舅子的分上，我一定不会再追究。"

方玉斌心中苦笑，苏浩为华海提供资金的事，王诚手里原本没什么证据，以至于那些举报信都语焉不详。只要苏浩口风紧，王诚即便想追究也无从下手。再说利用生活作风问题扳倒苏浩，切断赵小轻与曹伯华之间的资金联系，目的已然达到，没必要穷追不放。只是话从王诚口里说出来，仿佛给了我方玉斌天大的面子。

无论是苏定国的分析，还是王诚的表态，都印证出一点——苏浩的命运，其实掌握在自己手里。只要不节外生枝，乱说一通，事情起码不会恶化。方玉斌只能在心中默默为苏浩祷告，但愿他大事不糊涂。

王诚摇着头，叹息道："余飞为了利益可以把女人送上苏浩的床，后来为了自己脱身，又把那个肯为他献身的女人出卖得干干净净。也不知是哪个女人，倒了八辈子霉，竟然会跟着余飞？"

"妈的，他就是一个禽兽。"方玉斌忍不住爆出粗口。王诚对余飞的奚落，每一句话都像一根针，扎在方玉斌心头。对于佟小知，他既有一种"卿本佳人，奈何从贼"的悲痛与无奈，更有一种令狐冲对待小师妹岳灵珊的怜香惜玉。即便你不喜欢令狐冲，也去找个良善之人，为何非得落入林平之的魔掌？

"的确是个禽兽。"王诚说，"像这种人，若非情势紧迫，我绝不屑于同他谈任何交换条件。"

"可不管怎么说，你毕竟和他达成了一笔交易。"方玉斌说。

王诚明白，方玉斌对余飞憎恶到极点，方玉斌肯与自己合作，向余飞复仇正是重要因素。他笑了笑说："我答应过，要帮你斗垮余飞。我会是一个言而有信的人。"

方玉斌瞪大眼睛，不知道王诚会怎么个言而有信法。照目前情形，他对方玉斌与余飞中的任何一人信守承诺，都意味着对另一方失信。

王诚说："我给余飞的承诺，是不会把他操控股价的证据交给监管部门。这一点，我说到做到。但是，如果我把这些证据交给你，不算违背承诺吧。

至于你怎么使用这些证据，那是你的事情，跟我没关系。”

方玉斌双眉一扬：“难得你想出这么个两全其美的法子。”

“好了，别说余飞了，谈点正事吧。”王诚开心地说道，“苏浩执掌的大安人寿，正是赵小轻资金调度所依靠的渠道。一旦苏浩被从董事长的位置上撵下来，这条粮道就被截断了。”

王诚一边说，一边比画着手势，显得自信满满：“曹伯华已经过了河，赵小轻的主力还在河对岸。靠着苏浩这座大桥，他们原本调度自如，进可攻退可守。可桥一断，曹伯华立刻成为孤军。纵然赵小轻手头不差钱，也只能眼睁睁看着曹伯华的资金杠杆被打爆。”

方玉斌说：“看来你已经稳操胜券。”

“岂敢轻言一个胜字。”王诚的兴奋之情稍有收敛，“从始至终我都明白，这一仗能打个平手就不错了。无论怎么说，华海毕竟持有千城大量股份，还是企业的最大股东。唉，都怪我当初给自己挖的坑太深！”

方玉斌分析说：“能扳成平手已经算是大胜。而眼看着大好形势却被追平比分，对赵小轻来说就是不折不扣的大败。”

王诚说：“几个回合斗下来，我和赵小轻已经精疲力竭，谁都无力发动新一轮攻势。接下来，恐怕该那位老兄出场了。”

“你是说……”方玉斌已经猜到王诚说的是谁。

王诚点着头：“费云鹏躲到海外有些日子了，他等的不就是这个机会。”

王诚将手叉在胸前，说：“你可以向费云鹏转告，为了平息纷争，王诚愿意做出让步。这句话，也可以请他告诉赵小轻。”

方玉斌笑着说：“一开始，你不是让我给费总传话，说你绝不妥协，怎么今天态度大转弯？”

王诚若有所思地说：“硬人只会说软话，软人才要说硬话。当初我四面楚歌，即便坐上谈判桌，等来的不过是一纸城下之盟。既然战场上失去的东西，谈判桌上不可能要回来，索性用强硬立场回击。如今局势逆转，战场上抢到的战利品，不妨在谈判桌上，用协议固定下来。”

◎2　只要站上了风口，猪都能起飞

飞机从滨海机场腾空而起。头等舱座位上的虞东明却愤愤不平，一脸激动："这算什么意思？是存心耍我们吗？早知道他们这种态度，压根不必去台北。"

一旁的王诚阴沉着脸，不发一语。方玉斌托着下巴，也陷入沉思。

这趟台北之行，乃是应费云鹏之邀。不出王诚所料，当苏浩因为那段视频丢了乌纱帽，费云鹏终于出手了。老谋深算的他，清楚股权之争胜负已分，该轮到自己登场了。费云鹏一面继续着云游旅程，一面邀请王诚、赵小轻、曹伯华等人共赴台北，说是要在元宵节吃一顿"团圆饭"。

对于费云鹏的邀约，各方欣然应允。礼数周到的费云鹏，还派方玉斌南下滨海，陪同王诚一起飞赴台北。

不过，就在王诚一行登上飞机之时，公司下属却打来电话汇报，半个小时前，华海公司发布了一则公告，它以大股东的名义，正式提议罢免王诚、虞东明等现任高管，并历数管理团队多年来在经营过程中所犯的错误。

华海公司以及躲在幕后的赵小轻，一边答应去台北面谈，一边却在碰面前几个小时，抛出一份杀气腾腾的公告，难怪虞东明火冒三丈。

飞机完成爬升后，开始在高空平稳飞行。王诚拉上遮光板，挡住刺眼的阳光。又隔了一阵，他转头问道："玉斌，对于华海的这则公告，你怎么看？"

自打听到这则消息，方玉斌的脑筋就没有停过。王诚一问，他立刻答道："这份公告把调子拉得很高，可谁都明白，里面提到的根本无法付诸实施。纵然华海是最大股东，但罢免所有现任高管这种大事，董事会上很难获得其他股东支持。"

王诚又问："明知不可为，还要节外生枝，为什么？"

方玉斌搓着手："在我看来，这份公告与王总当初的'绝不妥协'或许异曲同工。苏浩出事后，赵小轻处境不妙，自打股权之争以来，第一次让出了主动权。赵小轻明白，在即将登场的谈判中，她将处于被动地位。这时候，软人自然得说硬话，把调子拉高，展现出强硬姿态，以增添自己的谈判筹码。"

"《孙子兵法》里说，辞卑而益备者，进也；辞强而进驱者，退也。"方玉斌接着说，"把这话翻译成白话文，就是说敌人使者措辞谦卑却又在加紧战备的，是准备进攻；措辞强硬而军队又做出前进姿态的，是准备撤退。"

王诚点着头："你的分析有道理，他们看似气势汹汹，其实是在谋划撤退。"

王诚笑了笑，接着说："为了去台北吃一顿团圆饭，对手真是煞费苦心。这则公告看似辛辣，其实只是团圆饭前的一道开胃菜。人家有备而来，我可不能空着手去。这不，我也准备了一份餐前甜点。"

王诚从皮包里掏出材料，交给方玉斌。方玉斌快速浏览之后，惊问道："你从哪儿弄来的？"

这份材料是赵小轻与曹伯华之间部分资金往来的记录。从材料上看，苏浩曾经执掌的大安人寿，无疑是资金运输的主要通道，不过与此同时，赵小轻还使用了地下钱庄等灰色管道，将海外资金洗过一遍之后，再交到曹伯华手上。

将材料交给王诚的，正是华海集团的二当家曹仲华。苏浩出事后，王诚又找过曹仲华，希望他认清形势，回头是岸。之前两边势均力敌，曹氏兄弟尚且不忘两头讨好，如今王诚占了上风，曹仲华更是说了一通"大哥糊涂"之类的话，并交上这份投名状。

曹仲华投靠的事，王诚自然不便对方玉斌说，他只是笑了笑："若要人不知，除非己莫为。苏浩挺聪明，进去之后只承认自己与佟小知发生过关系，其他事口风紧得很。赵小轻大概觉得，苏浩没把她咬出来，有些秘密外人永远不知道。看到这份材料，相信她对自己的处境会有更清醒的认识。”

王诚抿了一口机上饮料：“外界对收购资金的来源，早就有各种怀疑。借道地下钱庄这种事，一旦捅出去，她的麻烦少不了。”

王诚表情轻松地说：“前几天，我收到一份邀请，是梦剧场直播平台发来的。直播平台要推出一档大咖秀节目，邀请我去做直播。这家梦剧场，是否就是你投资的第一个项目？”

方玉斌点头说：“没错，星阑资本成立后，第一个投的就是梦剧场。梦剧场的人，并不知道我和王总的关系，只是像你这样的大咖，每个平台都会抢着邀请。如果方便的话，希望你能赴约，也算支持梦剧场的工作。”

王诚笑起来：“你投的项目，我一定大力支持。他们的这档节目，我会参加。之前对直播了解很少，趁着这个机会，我让下属搜集了一些材料，知道这个梦剧场近来发展势头不错，看来你的第一笔投资很成功嘛。”

方玉斌也笑起来：“直播行业方兴未艾，梦剧场也算领风气之先。梦剧场的总经理何兆伟告诉我，以往做视频网站，怎么努力都见不到成效，转型做直播，却觉得事事顺手。如今，他们已经在谋划收购另一家直播平台，进一步确立行业领先地位。”

梦剧场转型的事，方玉斌曾向王诚提过。王诚点头说：“只要站上了风口，猪都能起飞。正因为你眼光独到，才让梦剧场站在了直播产业发展的风口上。”

接下来的时间，王诚兴致勃勃地问起梦剧场的各种情况。方玉斌明白，直播平台的生意，并不能入王诚法眼，他刻意小题大做，或许只是为了展示大将之风。就像历史上那些名帅，前方厮杀激烈，人家却悠然自得地下着围棋。

两个多小时的航程转瞬即逝，王诚一行人来到台湾桃园机场的航站楼。荣鼎资本副总裁伍俊桐迎候在此，他热情地伸出双手：“王总，一路舟车劳顿，辛苦了。”

王诚脸上挂着笑容：“老费的礼数太周到了。既让玉斌到滨海来陪着我一块儿启程，又让你亲自接机。”

“应该的。”伍俊桐与方玉斌异口同声地说道。

“老费什么时候到的？”王诚问道。

伍俊桐说：“费总这半个多月一直在台湾，春节都在这边过的。前几天他住在高雄，昨晚到的台北。”

“小轻与伯华到了没有？”王诚叫起死敌的名字，竟是格外亲切。

伍俊桐说：“赵总在北京，曹总在福建老家，他们都订好了航班，大概下午到台北。”

台北的交通拥堵得厉害，出了桃园机场，走走停停一个多小时，一座黄顶红柱、气势恢宏的牌坊出现在视野前方。看到这座牌坊，众人知道，此行的目的地——台北圆山饭店——终于到了。

费云鹏每次来台北，都会下榻在圆山饭店。这座雕梁画栋、飞檐翘角，金色琉璃覆顶，高达 14 层的庭院式建筑，也成为此次费云鹏做东，招待各路人马的地方。

圆山饭店与 101 大厦，并列为台北的地标性建筑。若论起历史悠久，圆山饭店更胜一筹。饭店位于台北市圆山上，傍依基隆河，是 20 世纪 50 年代由宋美龄亲自选址，确定设计方案建成的，这里一度是国民党政要召开秘密会议或举行政治活动的地方。

饭店的建筑结构采用中式风格，汉白玉的楼梯、红色的柱子、雕龙的屋顶，让置身于饭店中的客人仿佛进入了一座中式宫殿。因为其美轮美奂的装修，饭店跻身“全球十大酒店”之列。尤其是饭店大堂，号称世界最大的旅馆大堂，布置就像帝王上朝议事，大堂当中是一幅周公制礼作乐的铜质浮雕，两旁是几十根朱红圆柱，宫灯高悬，夺目耀眼。天花板上，有一块造型优美、饶有趣味的梅花形藻井。梅花正中有五龙戏珠，象征着“五福临门”。藻井内侧刻有几十条金龙和凤凰，充满着龙凤呈祥的富贵气息。

当王诚一行抵达时，费云鹏已等候在酒店门口。两位老朋友热情握手，言笑晏晏，此前的纠葛，彼此绝口不提。

办好入住手续后，众人先回房小憩一会儿。方玉斌还是第一次来到圆山饭店，饭店正门的牌坊，宽阔的大堂都带给他惊艳之感。尤其是房间钥匙，并没有采用时下流行的磁卡，而是传统的黄铜钥匙牌，钥匙环上挂着一枚类似宝鼎的装饰品，让人感受到浓郁的传统文化气息。不过进到房间，方玉斌却有些小小失望，屋内的家具略显陈旧，设施颇为简单，比起新近开业的五星级豪华酒店逊色不少。

下午 4 点过后，方玉斌与伍俊桐跟在费云鹏身后，走进了饭店内的一间高级套房。房间内，赵小轻与曹伯华、曹仲华兄弟坐在沙发上有说有笑。见到费云鹏，众人起身打着招呼。又过了几分钟，王诚、虞东明一行人走进房间。王诚与赵小轻、曹伯华握手寒暄，彼此互相拜晚年。

费云鹏笑呵呵地说："大家都是老朋友嘛！你看，一见面都用不着我这个东道主介绍。"

王诚说道："没有你这位东道主，这些老朋友真还难得凑到一起。所以呀，还得感谢老费！"

"是呀！"赵小轻附和道，"能有今天这场聚会，都是托费总的福。"

一场事关生死的谈判，就在一种轻松祥和的气氛中开场。各怀心机，斗得你死我活的各路人马，都装出老友相见、其乐融融的样子。

费云鹏一面招呼人上茶，一面说："既然是老朋友，就不用搞那么正式，大家随便坐。"

费云鹏说完后，众人坐到座位上。一如费云鹏所说，全都就近入座，并未在座次上太过讲究。虞东明坐在赵小轻身后，王诚身旁坐着伍俊桐，费云鹏与曹伯华并排坐在一起。

方玉斌心中暗笑，费云鹏让众人"随便坐"，显然是有意为之。比起正式谈判时，各方相对而视，泾渭分明，这样的安排更具亲和力。又或者，在犬牙交错的利益关系中，朋友与敌人的界限原本就不甚分明。比如方玉斌，按理他应该坐在老板费云鹏身后，但实际上，王诚才是他的盟友。还有曹伯华，他似乎应当同赵小轻共进退，但近来发生的一些事，却让明眼人瞧出，曹氏兄弟大概早就跟王诚眉来眼去。从上午到现在，方玉斌就一直怀疑，王诚在飞机上拿出来的材料，是从曹氏兄弟那里弄来的。

落座后，费云鹏微笑着说："最近这段时间，千城股权之争的事纷纷扰扰。在我看来，大可不必。都是老朋友，有什么话摊开来说。你让一点，他退一步，哪有解决不了的事？在媒体上放狠话，太伤和气！再弄一堆会计师、律师在身边，这伙人说着是来帮你出谋划策，实际上还不是赚你的钱。"

费云鹏接着说："对这件事，我原本不想介入。两边都是朋友，帮谁也不是。但看着事情不断延烧，仿佛没个头，只能义不容辞做一回和事佬。"

费云鹏这番漂亮话，把自己洗得干干净净，仿佛之前真就置身事外。王诚心里发笑，嘴上却说："刚才我就说，还得老费出马，才能把老朋友聚拢在一起。"

费云鹏扭头朝着赵小轻："你今天弄那则公告，是什么意思？合适吗？在这方面，老王可比你讲交情。你先看看这个。"

费云鹏手上的资料，正是赵小轻与曹伯华之间的资金往来记录。王诚抵达台北后，将资料交到费云鹏手中，为的就是给对手一个下马威。

赵小轻低头看材料时，费云鹏不紧不慢地说："老王把资料交给我，而不是直接捅出去，说明他心里还是认朋友的。否则，又会闹个满城风雨。"

赵小轻刚下飞机，就接到费云鹏电话，告诉她这份资料的事，并埋怨她办事太不小心。因为有心理准备，赵小轻早就想好说辞。看完资料后，她微笑着说："我和华海之间的资金往来，确实有一部分通过地下钱庄。这些事虽不合规矩，却也是不得已而为之。刚开始收购千城股份时，大安人寿的资金渠道尚未建立，王总那边催得急，让我们务必加快动作。为了完成你的托付，我只能什么法子都用上。"

赵小轻坐直身子，把手轻轻搭在膝盖上："幸亏这些东西在王总手里，如果落到其他人手上，事情就麻烦了。"

对赵小轻这套说辞，费云鹏心里很满意。这小丫头虽然刚吃了败仗，看来阵脚还没大乱。本来嘛，把事情朝前一推，谁也脱不了干系！当初，可是你王诚处心积虑引入赵小轻抗衡荣鼎。真把这事捅出去，究竟谁灰头土脸还不一定！

“毕竟是老朋友，打断骨头连着筋。”费云鹏笑起来，“从某种程度来说，大家算得上利益共同体。因此，让千城的事平稳落幕，符合所有人的利益。”

不出所料，对手一上来就使出撒手锏，逼得自己投鼠忌器。王诚抿了一口水，说：“老费是东道主。怎么个平稳落幕法，你有何高见？”

费云鹏摆了摆手：“你们是当事人，怎么做还得听你们的。要不这样，各自有什么腹案，先提出来。”

赵小轻放下茶杯，说道：“既然你这样说，我就恭敬不如从命。千城的股权之争闹了这么久，我也不愿它继续延烧下去。我和王总是老朋友，对王总的能力、人品素来敬重，但朋友归朋友，眼下还得在商言商。我的解决方案，正像今天公告里所说，召开董事会，对管理层进行改组，使千城的经营尽快走上正轨。”

赵小轻又说：“因为时间仓促，公告在遣词造句上难免有欠斟酌。比如对待王总，我们绝不会扫地出门。即便你从董事局主席的位置上退下来，依旧是千城的精神领袖。我们会以最大股东的身份，提议成立公司顾问委员会，聘请王总担任委员会主任。以后公司的重大决策，还会征询王总意见。”

王诚笑起来：“当初红军队伍里有个洋顾问，叫作李德。毛主席可说了，顾问嘛，就是可问可不问，他的话可听可不听。如今你又给我安排个顾问头衔，我是否还得感谢你？”

王诚收起笑容：“根据公司章程，更换现任高管、改组董事会这样的重大决策，需要召开股东大会，并获得 50% 以上股东的支持才能完成。你们纵然是最大股东，离这个门槛还差得远。”

赵小轻并不示弱：“仅靠我们手里的股份，自然办不到。如果加上荣鼎持有的股份呢？”停顿一下，她又说：“华海与荣鼎所持有的股份，已经接近 50%，再争取一些中小股东，这项提议就能获得通过。因此，只要费总支持，股权之争可以立刻落幕。”

赵小轻这番气势汹汹的表态，同样来自费云鹏的私下鼓励。在这次碰面前，费云鹏与赵小轻联络过几次。眼看赵小轻落入下风，费云鹏向她伸出援手。

在股权大战之初，费云鹏曾与赵小轻订下攻守同盟，如若赵小轻取胜，两人瓜分千城。这是费云鹏的底线，然而他也明白，整套方案的实质，是人家吃肉，自己喝汤。反倒在王诚扳回一城后，费云鹏意外获得了操控大局的实力。王诚与赵小轻既精疲力竭，又难分高下。费云鹏只需维持住谁也不死、谁也不胜的局面，就能把主动权牢牢控制在自己手中。既然赵小轻处境更艰困，自然要扶她一把。

赵小轻明白费云鹏的盘算，心中更狠狠骂着这只老狐狸。可惜形势比人强，比起报仇心切的王诚，尚且愿意利用自己的费云鹏，无疑还算能够合作的对象。

听完赵小轻的话，费云鹏又把目光投向王诚："小轻说了她的意见，你有什么想法？"

王诚清了清嗓子，说道："我们的解决方案也很简单。自打股权之争公开化之后，我一直打算增资扩股。我希望，这套方案能够获得董事会支持。我已经联系了好几家公司，他们对入股千城很有兴趣，滨海市政府也认可这套方案。新投资者进入后，股权结构重新达到平衡。"

赵小轻来者不善，王诚也老调重弹，端出引入新投资者、稀释股权的方案。王诚明白，这套方案不会获得其他股东同意，但既然谈判是妥协的艺术，就不妨把起点设高一些，给自己留下宽裕的妥协空间。

果不其然，费云鹏立刻摇头："所谓增资扩股，实则是稀释股权，牺牲原有股东利益。这不摆明了让荣鼎吃亏？"

"对！"赵小轻立刻附和，"身为千城的最大股东，我们也不会同意这种擅自牺牲原有股东利益的方案。"

见费云鹏与赵小轻一唱一和，王诚趁机发火："老费，你不同意我的方案，那是要同意华海的方案，赶我下台吗？没错，华海与荣鼎的股份加在一起，足够让我卷铺盖卷滚蛋，但在离开之前，我还得做一件事——千城股票复盘。"

王诚装出宁为玉碎不为瓦全的样子："不知是赶巧不巧，还是我的命好，就在千城停牌这段时间，来了一场大股灾。如今千城的股价，比起同类企业，起码有30%的补跌空间。再加上股权之争迟迟没有定论，一旦复盘，必定有五六个跌停板。苏浩已经不是大安人寿的董事长，你们的资金渠道恐怕不太顺畅。一旦股价狂跌，华海又无法获得新的资金，那些资管计划就得爆仓。你们之前砸进去的钱，也是肉包子打狗——有去无回。”

王诚几乎快要拍案而起：“可以肯定地说，在座的某些人，在我被扫地出门前，就得破产关门！”

“当然了，”王诚又缓和了一下语气，“大家都是老朋友，我也不希望走到那一步。”

见王诚发火，费云鹏宽慰道：“都是老朋友，何必呢？真到了那一步，个个是输家。你离开千城，一世英名扫地，华海公司破产倒闭，赵总当初投进去的钱，赔个精光，就连我们荣鼎，都会城门失火殃及池鱼。”

“对，对！做生意嘛，又不是斗气，不必拼个你死我活。”一直没有开口的曹伯华，也出来打圆场。此刻，最心急如焚的大概就是他。这场大赌局一旦走向多输局面，他损失的数字或许不是最多，但境遇一定最惨。毕竟实力有限，人家赔得起，自己却赔不起。

费云鹏又说：“有句话我得跟老王说清楚，尽管我不同意增资扩股，稀释原有股权，但对华海的那则公告更无法苟同。谁都知道，没有王诚就没有千城，况且如今的高管团队经营业绩可圈可点。我看不出任何理由，撤换目前的管理团队。”

“老费不仅是和事佬，更是公道伯。站在中间，不偏不倚。”王诚微微一笑，“这场老友聚会，你是东道主，有什么高见，不妨说一说。”

一旁的方玉斌，听着众人唇枪舌剑，心中不免发笑。这些人各怀鬼胎，一个个恨不能置对手于死地，却偏偏三句话不离什么老朋友、交情之类。其实在他们心中，哪儿还有半点友谊？方玉斌不禁想起在飞机上提到的《孙子兵法》——辞卑而益备者，进也；辞强而进驱者，退也。整日把老朋友挂在口中，或许也是正话反说，实则谁都没拿谁当朋友。

◎3　教皇有几个师？实力才是王道

团圆饭吃到这会儿，已没有一丝团圆气氛。

费云鹏抖了抖衣袖，准备下场收拾残局。他说："目前局势很清楚，再斗下去，只会两败俱伤。所以呀，还得以和为贵，大家各退一步。小轻这边呢，大安人寿这条资金管道已经被截断，我看最好鸣金收兵。姜还是老的辣，几个回合下来，你们知道王总的厉害了吧？"

接着，费云鹏又把目光投向王诚："你也不能得理不饶人，还得给别人一条退路。兔子急了尚且咬人，真把赵总、曹总逼入绝境，也不是什么好事。"

王诚问道："什么退路？"

费云鹏说："小轻与华海当初砸了不少钱，是奔着千城的主导权来的。你三下五除二，让人家的希望落了空。东西没买着，钱总该退吧。真要是鸡飞蛋打，人财两空，任谁也咽不下这口气。"

"我不太明白这话的意思。"王诚耸了耸肩，"这可不是菜市场买东西，觉着不合适，还能原价退货？再说了，他们在二级市场抢筹，钱又没进我腰包，我拿什么去退？"

费云鹏笑了笑："当然不是叫你退钱。只是大家合计出一个办法，帮助小轻与华海的资金安全离场。"

“你倒说说，能有什么办法？”王诚说。

费云鹏抿了一口茶，说：“千城的股票一旦复盘，面临巨大补跌压力。当务之急，只能是想方设法，让千城的股价保持平稳。”

“这可在给我出难题。”王诚说，“刚经历了股灾，所有人都知道，千城的股价明显偏高。这种时候还要强托股价，简直比登天还难。”

“办法总会有嘛。”费云鹏说，“这段时间，我和北京、上海、滨海的好几位企业家沟通过，他们对千城的股份都有兴趣，也愿意成为千城的股东。说来这全是老王的功劳，你把企业打理得井井有条，谁都想来分一杯羹。千城股票复盘后，我可以游说他们投入资金买入千城股票。只要有新资金进场，股价就能企稳，甚至创出新高。”

费云鹏接着说：“同样是引入新投资者，我的方案与老王的增资扩股截然不同。这套方案，不会涉及稀释股权的问题，只是找人接下小轻手里的筹码。旧人退出，新人入场，其他人各安原位。”

赵小轻仿佛抓到了一根救命稻草：“有新资金接盘，那是最好不过。”

费云鹏点了点头：“你们手里大概有 25% 的千城股份，趁着有人接盘，把其中一半抛出来，资金压力就会大大缓解。同时，你们把最大股东的位置让出来，老王也不用整日提心吊胆。皆大欢喜，有什么不好？”

“我没有意见。”赵小轻立刻表态。

王诚思忖了一会儿，才缓缓开口：“华海的持股比例减少一半，这很好。另外，新进入的投资人，应当有两至三家，每家的持股比例控制在 5% 左右。只有这样，才能避免一股独大，形成稳定的股权结构。”

费云鹏明白，上一回前门拒狼、后门迎虎的经验太惨痛，王诚大概心有余悸。这一回，他对新投资人的持股比例，一定会严防死守。费云鹏点头说：“这个意见很好，一股独大不是什么好事，大家都不愿看到。”

费云鹏又说：“这个计划要付诸实施，还需要诸位配合。接下来，大家不要在媒体上放话了，企业运转也得维持稳定，最好让外界忘了这件事。只有齐心协力营造出稳定的气氛，戏才演得下去。”

“只要大家按规矩办事，我不会节外生枝。”王诚做出保证。

费云鹏一拍大腿："我就说嘛，没有解不开的结。你们瞧瞧，各退一步，立刻海阔天空。小轻的资金窟窿补上了，老王也解了心头大患。"

"办法是不错，只是远水解不了近渴。"曹伯华大声说道，"新投资者接盘，需要一个过程。我手头有两个资管计划，还有两个星期就到期。起码得好几亿资金，才能解燃眉之急。"

"是啊。"赵小轻说，"这是目前最急迫的事。一旦到时拿不出钱来，就会发生骨牌效应。"

"几个亿也不多嘛，你们就不能自己想想办法？"费云鹏说。

曹伯华两手一摊："别说几个亿，如今华海的账上，连几百万都拿不出。如果到期无法支付，可不仅是这两个资管计划爆仓，而是整个企业的信用危机。"

赵小轻也面露难色："你们知道，我的钱主要在海外，不能直接打到华海账上。如今失去了大安人寿这条资金管道，大额资金的调动很不方便。一旦稍有不慎，被监管部门逮到，就麻烦了。"

"不把眼前的难题解决，未来的蓝图再漂亮也无济于事。"曹伯华的语气颇为焦急。

虞东明开口道："曹总不用着急。你跟前不就坐着一个大财主？荣鼎实力雄厚，让费总拿出几个亿，想必不是什么问题。"

见虞东明把火往自己这边引，费云鹏笑着摆头："目前的气氛下，我哪儿敢把钱投进去！前些日子，一直有人对外放消息，含沙射影地说荣鼎和华海是一致行动人。千城的新闻越闹越大，方方面面都很关注，此时我把钱投给华海，不知道又会有什么风言风语。"

费云鹏轻描淡写几句话，把球踢了回去。当初不就是王诚的人四处放话，说荣鼎与华海有一致行动人之嫌，现在嘛，我只能避嫌喽。

房间里沉寂了半晌，费云鹏才重新开口："能把钱名正言顺地给华海，解燃眉之急的，大概只有老王了。"

"开什么玩笑。"王诚说，"我要是手里有钱，还会眼睁睁看着人家收购千城股份无动于衷？"

费云鹏说："管理团队手里的确没钱，但千城却有的是钱。马上就到股市分红派息的时间了，如何制定分红方案，这个权力可握在你手里。华海目前是千城最大股东，只要你制定分红方案时大方一点，曹总还怕没钱渡过难关？"

"这回你可得高抬贵手。"曹伯华对王诚投来殷切期盼的目光。

"好吧。"王诚沉吟一阵后，低声答应。

"谢谢王总。"曹伯华一脸激动。

对于王诚的爽快，费云鹏略感诧异。原本想着，让王诚掏钱去救华海，大概并非易事，免不了要费一番口舌。没想到，人家竟然一口答应下来。费云鹏起初就怀疑，曹伯华为了自保，已和王诚勾搭在一起。如今，他对这一点更确信无疑。

费云鹏又在心底轻叹一声，赵小轻呀赵小轻，你还是太嫩！当初告诉你，干这种事，不能把战线扯太宽。你偏不听！让那个余飞搅和进来，到头来，一颗耗子屎，坏了一锅汤。还有曹伯华，早就脚踏两条船，你却蒙在鼓里。

见资金退出方案敲定，费云鹏又说："小轻这边，已经退了一步。老王，你是不是也让一点？"

"我还要怎么让？"王诚知道，费云鹏这个和事佬可不会白当，一定藏着后手，且听他怎么说。

费云鹏说："经过这一番折腾，千城的管理架构的确需要动一下。董事局主席，我们还是支持你来坐，但其他位置，调整势在必行。"

"怎么个动法？"王诚追问。

费云鹏说："即便华海的资金撤出，也还握有 12% 的千城股份，依旧是企业的大股东之一。董事会里，人家派出个代表，参与重大决策，说得过去吧？"

"当然。"对于这一点，王诚并无异议。

费云鹏又说："华海减持后，荣鼎重新成为千城最大股东。在董事会里，我们的代表人数理应增加。"

费云鹏话音刚落，王诚立刻反驳："没这个必要吧？华海之前在董事会里没有席位，如今成为大股东，派出代表理所应当。荣鼎此前一直是企业的最大股东，在董事会里拥有相应席次，为什么还要增加？”

费云鹏并未回答王诚，而是说：“除了增加董事会席位，荣鼎也希望在日常经营中发挥更大作用。千城继续由老王掌舵，东明身为常务副总裁，负责具体经营业务，这都很好。但是，企业分管财务的副总裁与首席财务官，最好由荣鼎推荐的人担任。”当费云鹏把底牌掀开，所有人都明白，他这个和事佬，是要来当大赢家的。

王诚端着茶杯，冷笑道：“你让我们各退一步，怎么自己却步步向前？”

“话不能这么说。”费云鹏语气平缓，脸上始终挂着笑容，“千城之所以闹出这么大动静，就在于荣鼎身为最大股东，没能发挥相应作用。亡羊补牢，犹未晚也！未来，荣鼎必须掌握更多的话语权，这对企业的长远发展，也是有好处的。”

费云鹏继续说：“未来即便我们的话语权有所增加，也局限在财务管理范畴。对于企业日常经营，还是管理团队说了算。”

王诚一脸的不以为然：“说到底，企业是一个经济组织。经济组织的核心就是钱。你把钱袋子卡住，我没法说了算。”

费云鹏说：“荣鼎是一家股份制企业，我这个董事长，必须向方方面面交代。忙活了大半天，如果还是一切照旧，荣鼎不能获取看得见、摸得着的实质利益，真不知道怎么对外交代？”

费云鹏撕下了所有面具，什么交情、友谊，通通滚一边去！老子要的，是赤裸裸的利益。

王诚调整了一下坐姿：“如果我拒绝你的要求，你会怎么做？”

“我相信你不会。”费云鹏声音不大，却有一股稳操胜券的气势。

对费云鹏的狮子大开口，王诚不能说毫无准备，只是形势所迫，实在缺乏抗衡到底的实力。王诚早年读过丘吉尔的回忆录，书中，丘吉尔提到一段往事。丘吉尔曾与斯大林谈起波兰问题，丘吉尔强调波兰是一个天主教国家，希望苏联在解决波兰问题时，考虑到这一层因素。斯大林却不耐烦地打断丘吉尔，质问说：“教皇有几个师？”

实力才是王道！教皇有几个师？王诚也在心中问自己。假如因为这番拒绝，费云鹏与赵小轻公然沆瀣一气，又会出现怎样的结局？

王诚阴沉着脸，问道："对老费的提议，大家怎么看？"

"我原则上同意。"赵小轻回答得异常干脆。她当然明白，费云鹏是在乘人之危。不过瞅着王诚被逼到墙角，自己总算出了口恶气。里子是捞不到了，只能眼看着费云鹏吃香喝辣，但也不能让王诚太得意，否则连面子也输到家。

房间内再次陷入沉寂，隔了好几分钟，王诚缓缓开口："老费的要求，我可以答应。"

"不过，"王诚话锋一转，"我也有个条件，必须修改公司章程。在新的章程中要明确规定，涉及公司董事局主席等高管的人事调整，需获得股东大会60% 以上成员的支持。"

王诚担心的是，这一劫算是过了，但指不定哪天费云鹏又和赵小轻联手，罢免掉自己的董事局主席。要让这个位置坐得稳当，就得抬高门槛。

"可以。"费云鹏并不想立刻撵王诚下台，否则，他早就与赵小轻联手。既然荣鼎已经如愿以偿获得千城的财务控制权，不妨也让王诚吃下一颗定心丸。

费云鹏与王诚又把目光转向赵小轻。赵小轻并未有太多犹豫，便点头答应。事到如今，保证资金安全撤退才是大事，反正董事局主席的位置自己坐不上了，王诚要赖在上面，就随他去吧。

费云鹏哈哈大笑："所有问题都达成一致，这一趟果然成果丰硕。"

"只是光顾着说话，连团圆饭也没吃上。"伍俊桐也是笑逐颜开。之前，费云鹏承诺过，一旦王诚接受条件，就派伍俊桐出任千城的财务副总裁。从端茶递水的大总管到位高权重、吃香喝辣的监军，伍俊桐明白，自己的好日子即将到来。

"没关系。"费云鹏说，"晚餐的时间过了，让餐厅弄点汤圆送来。元宵节嘛，吃了汤圆，接下来一年，大家团团圆圆、和和气气。"

几分钟后，服务员把汤圆送了上来。费云鹏一边吃着汤圆，一边邀请众人走到房间外的阳台，欣赏台北夜景。

台北是盆地地形，四面皆为高山环伺。站在圆山饭店宽敞的阳台上，台北都会的璀璨夜景一览无遗。费云鹏有说有笑，显得兴致很高。王诚心里并不痛快，只是强装出大将风度，还与费云鹏聊起有关台北的典故。赵小轻远没有王诚的修为境界，始终阴郁着脸，少言寡语。

趁着众人聊天之际，费云鹏拍了拍方玉斌的肩膀：“玉斌，这一次你的功劳不小，接下来有什么打算？”

费云鹏话中的弦外之音，方玉斌自然能听懂。他说道：“我的确有些想法，不知待会儿您有没有时间，我想单独向您汇报。”

“好啊。”费云鹏说道。

◎4　我不干坏事，你怎么能当好人

方玉斌走进星阑资本董事长办公室，论气派，这里自然比不上荣鼎，但他却有一股如释重负的轻松与难以遏制的兴奋。尔虞我诈的股权之争还有荣鼎高层的勾心斗角，似乎都成为过去。如今，自己终于拥有了一个可以自由挥洒的舞台来施展平生所学。

手机铃声响起，方玉斌掏出一看，是荣鼎创投的法律顾问打来的。此人是方玉斌的老朋友，也是上海滩一位知名的律师。近来，许多朋友得知自己离开荣鼎后，纷纷打来电话，或关切询问，或鼓励祝福，大律师的电话，想必也是大同小异。

律师名叫明朝华，方玉斌接起电话，亲切地说："朝华，什么事？"

"方总，有件事跟你通报一下。"明朝华的语气听上去有些沮丧。接着，他又说道："唉，这事怎么说呢？我真有些说不出口。"

明明有事，又不知怎么说，搞什么名堂？方玉斌说："没关系，有事直说便是。"

"好吧。"明朝华说，"我是荣鼎创投的法律顾问，昨天，荣鼎的人把我叫过去。去了以后才知道，这事跟你有关。"

"你就快说什么事？"见对方吞吞吐吐，方玉斌追问道。

明朝华说："你离开之后，荣鼎创投这边由副总经理赵海洋主持工作，赵总让我给你发一封律师函，大意是说你是荣鼎的高管，掌握大量公司核心机密。如今你离开荣鼎，出任星阑资本董事长，违反了竞业限制协议。荣鼎创投希望你能立刻辞去现任职务，否则将采取进一步的法律措施。"

所谓竞业限制，是说负有特定义务的员工在任职期间或者离开岗位后一定期间内，不得自营或为他人经营与其所任职企业同类业务。方玉斌没想到，自己前脚离开，人家就用这一招发难。他强压住怒火，说："人家让你发律师函，你就发呗。我现在的办公地址你知道吗，要不我发一个给你，免得寄信时把地址填错。"

明朝华自然听得出方玉斌的不满，赶紧解释说："咱们是好朋友，我可不想彼此法庭上见。其实，只要赵总肯松口，我这边就好办。"

"不用。"方玉斌斩钉截铁地说道，"你不必为难，该怎么做就怎么做。既然咱们是好朋友，难道我还会埋怨你？"

明朝华又试探着说："我想着，你能不能和赵总私下沟通一下？毕竟都在荣鼎干过，过去还是上下级。"

方玉斌冷笑道："谢谢你的好意，但我和赵海洋说不着。"

方玉斌说自己跟赵海洋说不着，倒不全是气话。在他眼中，赵海洋算什么东西！我任荣鼎创投总经理时，你小子还在北京总部给领导端茶递水写材料。要不是走了伍俊桐的门路，能升这么快？到了上海的荣鼎创投当副总，哪一次见到我方玉斌不是点头哈腰，一脸奴才相？

小孩闹事，还得找大人来擦屁股。挂掉明朝华的电话，方玉斌又联系上伍俊桐。按照荣鼎内部的派系站队，赵海洋是伍俊桐的门徒。方玉斌第一个想到的，就是伍俊桐这个小人又在捣鬼。

如今的伍俊桐已身在滨海，他离开了荣鼎总部，出任千城集团分管财务的副总裁。在荣鼎时，可以说伍俊桐是大内总管，也可以说他不过只是费云鹏的大跟班。来到千城，他不仅手握财务大权，更扮演监军的角色，连王诚也不得不给他几分面子。伍俊桐甚至觉得，当初挖空心思要把荣鼎创投总经理的位置捞到手，看重的无非是其中油水。如今到千城掌管财务大权，油水一点不少。何况只当监军不当统帅，大把捞好处的同时，还不用担心出了事担责任，这可真是神仙日子！

电话拨通后，方玉斌立刻抱怨："伍总，你的那个老部下赵海洋在搞什么名堂？我离开荣鼎才几天，他就打算把我送上法庭！"

方玉斌猜得一点没错，整件事的始作俑者正是伍俊桐。对方玉斌，伍俊桐简直恨得牙痒痒。听说方玉斌主动离开荣鼎，还当上了一家新投资公司的董事长，伍俊桐浑身不自在。让对手过得舒舒服服，就是在折磨自己。他决心整一整方玉斌，以解心头之恨。当然在表面上，伍俊桐还得装模作样，他故作惊异地问："怎么回事？"

当方玉斌把事情经过一说，伍俊桐又说："这个赵海洋，搞什么名堂！怎么能这样对待你呢？"

方玉斌说："赵海洋或许一时糊涂，我也不想跟他计较。但我知道，伍总是了解我的，有你在，误会总能消除。"

伍俊桐笑了笑，说："赵海洋乱搞一通，我也很生气。不过，我现在毕竟不是荣鼎的副总裁，没法过问具体的事。"

"谦虚了，你在荣鼎德高望重，赵海洋又是你一手提拔的，他还敢不听你的？"方玉斌也笑起来，"过去为了你，兄弟我可是两肋插刀。如今我有难事，只能拜托你关照。"

方玉斌的前半句是恭维伍俊桐，后半句，几乎就是赤裸裸的威胁了。当初你建老鼠仓的事我可知道，如今，拴好自家的狗。否则，别怪我不客气！

伍俊桐心中暗笑，方玉斌呀方玉斌，我知道有小辫子被你抓住。但是，老子手里要没有真家伙，敢放狗咬人吗？现在，就让你瞧瞧我的手段。

伍俊桐说："老弟，你对哥哥好，哥哥心里忘不了。你为了哥哥两肋插刀，哥哥为了你也是宁肯万箭穿心呀。你成立的那个公司，钱从哪儿来的？别人不知道，我可清楚得很。如今我虽说是千城的副总裁，但毕竟是由荣鼎派出，理应维护荣鼎的利益。但为了你，我把原则都放下了，好多事睁一只眼闭一只眼。"

方玉斌心头一紧，表面上仍故作镇定："这话什么意思？我怎么听不明白？”

伍俊桐心想，你小子装傻，我就给你挑明。他说道：“你的那个星阑资本，出资股东里，有好些都是从事建筑工程的企业，没错吧？”

“没错。那又怎么了？”方玉斌问。

伍俊桐说：“我现在是千城的副总裁，闲来无事翻了一下资料，这些企业全是千城的合作商。千城去哪里建房子，这些建筑商就跟到那儿承包工程。这种紧密的合作关系，已经持续了十多年。”

伍俊桐又说：“你在荣鼎时曾负责千城项目。前脚辞职，后脚便成为一家投资企业董事长，这家企业的股东偏偏又是千城的合作商。这里面，当真只是巧合？”

对于星阑资本股东的背景，方玉斌只知道从事建筑业的很多。今天听伍俊桐一说，才知道人家是千城的合作商。方玉斌思忖，真要是这样倒也合情合理，王诚不便以千城的名义投资，却要在短时间内募集那么多钱，最简单的办法莫过于拜托合作多年的企业。商场无父子，王诚的朋友再多，面子再大，真要一般人拿出真金白银，投给一家完全陌生的公司也非易事。但那些合作商不同，他们多年来靠着王诚发财，只要王诚发话，一定会照办。

伍俊桐接着说：“这件事，目前只有我知道，对谁都没说。老弟，当哥哥的对得起你吧？”

伍俊桐已经把话挑明，竞业限制这点小麻烦，你且先应付着吧，没准后面还有猛料呢。方玉斌嘴上说着“谢谢”，心里却愤怒到极点。

几天之后，明朝华便把措辞严厉的律师函寄来。方玉斌也召集律师，商讨起对策。律师给出的建议不少，比如方玉斌辞去董事长，以顾问身份遥控指挥。方玉斌觉得非到万不得已，绝不能用上这一招。自己怀揣建功立业的雄心，还没来得及大展拳脚，怎么却退居幕后？再说，星阑资本刚创建，自己寸功未立，更谈不上任何威信，真能做到遥控指挥？

也有律师说，所谓竞业限制，新企业与原企业必须是同类且具有竞争关系。只生产经营同类产品而没有竞争关系的企业不形成竞业禁止的前提条件。

如甲乙两企业虽然生产同一种产品，但甲的产品只在国内销售，而乙的产品销往国外。此种情况可以认定两企业不存在竞业禁止，因为他们之间不存在竞争关系。荣鼎创投专注于大宗财务投资，星阑资本可以在登记公司经营范围时，刻意去掉这一项。这样一旦将来对簿公堂，或许还有的一争。

方玉斌没想到，自己刚踏上创业之路，一单生意没做，却被这些烦心事缠住，还要应对即将到来的官司。更令他沮丧的是王诚传来的消息。王诚说，伍俊桐当上千城的财务副总裁后，发疯似的盯住了那些投资给星阑资本的合作商，总想从里面找点麻烦。尽管一时没有得逞，但接下来，原本承诺的投资恐怕难以兑现。当初，王诚答应帮星阑资本募集 3 亿资金，其中的 1.5 亿已经到账，余下的 1.5 亿说好数月后到位，被伍俊桐这么一搅和，好事只怕难以成真。

正当方玉斌焦头烂额时，突然接到费云鹏的电话。费云鹏说自己要来上海视察工作，顺便想见一见方玉斌。身为荣鼎系的掌门人，费云鹏为何此时约见自己？伍俊桐、赵海洋搞的这些动作，背后是不是费云鹏指使？先不管这些了，见面探个虚实再说。方玉斌答应下来，并说以费云鹏的时间为准，自己随时可以去拜见。

费云鹏把见面地点安排在上海市郊的一座度假山庄，因为路上拥堵，方玉斌开了一个多小时车才赶到。在山庄门口的停车场，他老远就瞅见那辆荣鼎创投的奥迪 A8 轿车。这辆车一直是荣鼎资本上海分公司与荣鼎创投一把手的座驾，过去，它也是方玉斌的专车。而当北京总部的领导来沪时，车辆自然要为他们服务。

费云鹏正在露天茶座与人聊天，他让方玉斌等一会儿。半小时后，费云鹏送走客人，转头微笑着对方玉斌说："不好意思，让你久等。"

"哪里，等候领导是应该的。"方玉斌说。

"现在我可不是你领导。"费云鹏说，"顶多也就算个老领导。"

费云鹏又问："自从台北一别，这都几个月了，最近还好吧？"

"还好。"方玉斌口里答道，心中却回忆起当日在台北，费云鹏欣赏完夜景后，将自己召去房间。聪明人之间，是不需要把话挑明的。费云鹏先夸奖了方玉斌一番，说他在股权之争中折冲樽俎，功劳不小。方玉斌自知受之有愧，更明白客套话的背后，实则是驱逐令。他说了一通感谢栽培之类的话，接着提出想离开荣鼎，休息一阵。费云鹏没有只言片语的慰留，只祝愿方玉斌他日宏图大展。最后，费云鹏打破惯例，亲自将下属送到门口，做出一副依依惜别的模样。男人与男人之间的诀别，远比男女之间分手轻松简单。谈笑之间，各自挥手而去，不会有一丁点的肝肠寸断。

费云鹏一副笑容可掬的模样："我看你没说实话。"顿了顿，他接着说："这次我来上海，主要是考察荣鼎创投的领导班子。你走之后，这家公司的一把手得尽快确定下来。有一部分人主张赵海洋接任，还说这段时间他主持工作，表现中规中矩。不过，我却提出反对。"

费云鹏反对，赵海洋的总经理梦自然泡汤了。但方玉斌不明白，费云鹏跟一个已经离开荣鼎的人说这些干吗？只听费云鹏继续说："我反对小赵出任总经理的原因很多，其中有一条，便和你有关。"

"和我有关？"方玉斌愈发疑惑。

费云鹏点点头："听说他寄了个律师函，说你违反了竞业限制的协议。如此处事，简直幼稚可笑。"

方玉斌不明白费云鹏葫芦里卖的什么药，并没有说话。费云鹏倒少见地没打官腔，直接点中要害："我也知道，小赵没这么大胆子。我给伍俊桐打了电话，叫他当好自己的千城集团副总裁，不要操心一些莫名其妙的事。他在电话里，还跟我说了一堆陈谷子烂芝麻的事，我没兴趣听完，直接把他臭骂了一顿。"

费云鹏抿了一口茶，以一副语重心长的口吻说："玉斌，我一直欣赏你的才干。但因为各种原因，你没有留在荣鼎。人各有志，不必强求。我希望你能大展宏图，过去的事更没必要纠结。可惜，伍俊桐就是不懂这个道理，尽干一些自以为是的蠢事。"

费云鹏拿出了荣鼎掌门人的威严："你放心吧，伍俊桐、赵海洋虽然不怎么聪明，但还是听招呼的。我已经打了招呼，他们不会再找你麻烦。"

方玉斌真有些感动，没想到替自己解围的人竟是费云鹏！但眼前这个费云鹏，实在让自己吃过太多苦头，几乎每感激涕零一次，接下来就会发现其实是自作多情。这一次，或许是例外吧？他重重地点了一下头，说道："谢谢费总！"

费云鹏摆了摆手："谢什么！我向来不是一个喜欢回头看的人，有些账越算越明白，但有些账却越算越糊涂，大家一起向前看，有什么不好？"

费云鹏站起身："今天叫你来，就为了这事。总之，你安心工作吧。你是荣鼎出去的人，干得好也是替荣鼎争光。"

方玉斌说了一通感谢的话，正要转身离开，却被费云鹏叫住，他似乎又想起了什么事。费云鹏问："刚才我听司机说，你是开一辆别克来的？那是你新买的车吗？"

"那是我跟一个朋友借的。"这辆别克是苏晋的，方玉斌到星阑资本后，秉持一切从简的原则，并未给自己购置专车。

费云鹏说："这次来上海，我听说他们准备把那辆奥迪 A8 卖了，换一辆新车。我又问了司机，他说奥迪跑了有些年，但车况还不错。"

"嗯。"方玉斌了解车辆的情况，说道，"那辆车挺皮实的。"

费云鹏说："既然车况还行，你如果不介意，就把它拿去开吧。"停顿一下，他又说："你在荣鼎这些年，为公司立下不少功劳。可惜公司有制度，总不能我一开口，就奖励你一大笔钱。但把这辆二手车送给你，应该没问题。"

今天费云鹏真是给自己送大礼来了！方玉斌正愁没车开，像他这种身份，开一般的车掉价，公司初创又不适合买辆豪车，把这辆奥迪 A8 弄来，正好合适。

见方玉斌没有推辞，费云鹏吩咐司机："明天就把车子开过去，手续也赶紧办好。"

方玉斌离开后，费云鹏拨通了伍俊桐的电话，他再次要求伍俊桐立刻停止针对方玉斌的任何行动。对费云鹏的指令，伍俊桐向来无条件服从。但在内心他依然不解，眼瞅着这次能狠狠修理方玉斌，干吗中途停手？

费云鹏知道伍俊桐心中有疑窦，说道："方玉斌已经离开了荣鼎，跟你没有利益之争，此时去修理人家，完全是意气之争，没有任何现实利益，无外乎出一口气而已。”停顿一下，他又以一副嘲弄的口吻说：“以你脑袋的运行内存，要把利益之争算清楚、弄明白，大概都做不到，居然还要分出一部分资源用在意气之争上，不是自找没趣吗？”

伍俊桐诚惶诚恐地说：“我明白，这次我又犯错了。”

“是干了件蠢事，但也谈不上犯错。”费云鹏说。

见电话那头的伍俊桐一头雾水，费云鹏笑了笑：“年轻时有人找到我，说自己是领导的朋友，希望我在一件事情上高抬贵手。我断然拒绝，并告诉他，你怎么说也没用，叫领导给我打电话。事后，我还得了表扬，如果我轻松答应下来，这人未必会记住领导的人情。我拒绝之后，他跑去领导那儿求爹爹告奶奶，反倒更加感恩戴德。”

伍俊桐终于明白——原来我不干坏事，你怎么能当好人？

◎5　做人可以凭本色，做事还得按角色

当日去台北的飞机上，王诚曾答应为梦剧场站台。如今，他果然从百忙中抽出时间，参加了梦剧场的大咖秀直播节目。

尽管身处信息爆炸时代，但有些新闻依旧严重滞后。原因很简单，当事人并不想把消息第一时间透露给外界，甚至刻意隐瞒。当王诚与赵小轻因为股权之争杀得刀刀见骨时，媒体浑然不觉。而当各方已然罢战并实现大和解，外界也觉察不出硝烟散尽的意味。

正因为所有人都以为王诚依旧身处旋涡之中，他的一举一动才格外引人关注。这期直播节目获得前所未有的关注，眼看在线人数不断飙升，梦剧场总经理何兆伟笑得合不拢嘴。

梦剧场人气爆棚，同样开心的还有方玉斌。摆脱掉伍俊桐的纠缠后，他正把全部精力投入工作中。眼看着梦剧场蒸蒸日上，身为投资人的他有一股巨大的成就感。

王诚参加梦剧场直播节目，方玉斌本打算全程陪同。不过顾虑到自己刚从荣鼎离职，股权之争的新闻依旧被热炒，此时与王诚一同现身，或许会引来不必要的麻烦，便打消了这个念头。

得知直播结束，方玉斌立刻给王诚打去电话，连声说着抱歉。王诚笑着

说："时机敏感，你不现身是对的。"

王诚又提到投资款的事："近来伍俊桐的动作收敛了一些，但因为前一段时间的折腾，许多人心里有所顾忌，剩下的 1.5 亿元投资款看来要缓一缓。"

"我明白你的难处，这事都怨伍俊桐。"方玉斌知道，但凡说缓一缓的事，往往遥遥无期，这 1.5 亿元何时兑现，只有天知道了。或许，因为伍俊桐的折腾，王诚必须顾全大局稍作隐忍，这种时候，自己不应该再去为难人家。又或许，王诚是利用了伍俊桐的事做幌子，刻意卡住了资金。当初他危在旦夕，为了拉拢方玉斌不惜画下大饼，如今人家已渡过难关，思考方式自然不同。

如果是后一种情况，方玉斌再去喋喋不休反倒自讨没趣。在商场摸爬滚打这么久，方玉斌认清了一个现实，任何人的话都有可能打折扣。与其怨天尤人，不如靠自己。飞机大炮有飞机大炮的战术，小米加步枪有小米加步枪的打法，总不能说武器装备不如预期，仗就不打了。人家毕竟投了 1.5 亿元过来，运作得当一样能风生水起。

趁此机会，方玉斌又介绍起梦剧场的发展情况。王诚打断他的话："梦剧场经营上的事，不用跟我说。我劝你也少管。"

王诚接着说："今天我同何兆伟碰了面，那是一个很不错的年轻人，对互联网产业有许多真知灼见。做地产，你不如我，做投资，我不如你，所以我才让你当投资公司董事长；做投资，何兆伟不如你，做互联网，你不如何兆伟，所以你才把钱投给他。如果事无巨细亲力亲为，何必投钱给何兆伟，不如你自己做。对投资我是外行，却知道一句话：做人可以凭本色，做事还得按角色。咱们都按角色办事吧。"

方玉斌心底泛起涟漪，王诚这几句话，着实令自己受益匪浅。口口声声说不懂投资的王诚，实则道出了投资真谛。身为投资人，除了眼光、魄力，除了给予创业者资金、人脉，还有更重要的一项——放手让创业者发挥，把创业者的潜力挖掘到极致。事事插手，既不按角色，更逾越了本色。

王诚接着说："星阑资本的副总裁宋祥超，我想给他挪个地方，你有什么想法？"

这个宋祥超，正是王诚当初推荐来星阑的，一来协助方玉斌，二来也是王诚派来的监军。所谓挪地方是指什么？方玉斌问道："不知你是想让他？"

王诚说："当初你还在荣鼎，许多事不方便抛头露面，才让小宋在前面抵挡。如今你都亲自上阵了，他也没必要留下。以后的星阑资本，除了少数财务人员由投资方指派，其他岗位都由你安排，尤其在管理层，别人就不要伸手进来了。"

原来王诚是要按角色办事，对方玉斌进一步授权。虽说 1.5 亿没到，能获得更多自主权也是好事。方玉斌点头说："我同意。"

聊到新公司的人事安排，王诚又说："听说你人缘挺好，从荣鼎离职后，引起了不小骚动，许多人都有意投奔？"

方玉斌点头说："有这回事，但大多被我劝住了。我自己出来创业也就罢了，再带走一拨人，对老东家毕竟不太厚道。"

王诚说："你这样做很对。离职带走一大拨人，不仅对老东家不利，对自己更没有好处。这些人跟着你出来，可以说是共患难，干得好是开国功臣，以后难免尾大不掉；干得不好，你还得对他们担负道义责任，甚至心怀愧疚。"

王诚接着说："那些肯跟着你一道出走的人，都是你的心腹。在你离开后，他们的日子不会好过，十有八九会遭到排挤。当他们走投无路被赶出荣鼎时，你再出面收留，就是另一番景象。不妨这样说，现在带他们出来，是你欠他们的，将来收留他们，是他们欠你的。"

"谢谢指教，我明白了。"方玉斌诚恳地说。

"好了，咱们都忙，就不啰唆了。"王诚说，"你是聪明人，许多事一点就通。"

放下电话，方玉斌认真掂量起王诚所说的话。这些老江湖，洞察人情世事的本领果真炉火纯青。前同事赶来效力，方玉斌大多婉拒，但对吴步达等几名铁杆心腹，他实则已动了心。现在看来，此事不妨缓一缓。

正想着，秘书走了进来，报告说："方总，门口有位姓袁的先生找，说是跟你约好的。"

“请他进来。”方玉斌话刚出口，又站起身，“你别管了，我亲自去迎接他。”

来者正是袁瑞朗。星阑投资的第一个项目梦剧场势头喜人，方玉斌自然谋划再接再厉。可惜的是投资款无法完全到位，只能被动收缩战线，许多项目被忍痛放弃，以便集中使用资金。袁瑞朗的互联网金融，却是方玉斌权衡之后认定必须力保的项目。今日邀袁瑞朗前来，正要敲定此事。

一落座，袁瑞朗就说：“不错嘛，自己搞起了一家投资公司，怪不得以前不和我说实话。直说吧，准备给我投多少钱？”

“你怎么知道我一定会投钱？”方玉斌反问道。

“这不是明摆的事嘛。”袁瑞朗说，“如果你不打算投，一个电话就能回绝我，当面谈反而尴尬。既然你主动邀我，自然是有好消息。”

“什么都瞒不过你。”方玉斌笑起来。他接着说：“你的商业计划书，我反复看过很多次。其他都没问题，只是有一点疑虑。你指定的发展计划，是不是太快了？比如说，两年以内，平台的交易规模达到50亿；三年，交易规模破百亿。”

“这样的速度，我还嫌慢呢。”袁瑞朗说，“现在是互联网时代，我们做的又是互联网金融，一定得摒弃传统思维。那些互联网企业，哪一个不是快速崛起？再说了，互联网经济的核心，就是让羊毛出在狗身上，叫猪买单。全世界最大的出租车公司是优步，但它实则没有一辆车；全世界最大的旅馆是Airbnb，但它也没有一张床。这就叫分享经济！P2P金融平台，钱也不是我们的，是千千万万投资者的。因此，两年做到百亿，完全没有问题。”

提到互联网金融，袁瑞朗立刻滔滔不绝：“互联网时代一定是快鱼吃慢鱼，谁第一个冲过终点，谁就赢家通吃。比方说第三方支付，支付宝动作最快，先把规模做起来，谁再想赶上就很难，到时几乎就是躺着赚钱。”

方玉斌微笑着说：“说得也有道理。不过就像练武，招式再快，脚下的马步还得扎稳。”

“稳是基本功，快才是撒手锏。”袁瑞朗轻点了一下头，接着说，“总之，抢抓机遇是目前公司的头等大事。如今，互联网金融尤其是P2P热潮方兴未艾，这一次机会如果没能把握，可找不到买后悔药的地方。很多时候，时机比战略战术还重要。”

袁瑞朗的谈话风格还跟以前一样，喜欢引经据典来印证自己的观点。他拿起一份文件，指着上面的便利贴说：“这个便利贴，办公室里都会用到，全球一年要卖出几十亿美元。你知道，它是怎么发明出来的吗？”

不待方玉斌开口，袁瑞朗便自问自答：“美国 3M 公司的一名工程师，当年想发明一种黏性很强的黏合剂。他打破了许多经验与教条，用全新的比例来混合化学制剂。可最终的结果，却是一败涂地。他发明的黏合剂，黏性简直弱爆了，比许多普通胶水都不如。不过，新黏合剂的聚合性倒是挺强。用一张纸按住它再拿开，要么被纸全部粘走，要么全部留在原来的地方，不会分开。”

袁瑞朗继续说：“这名工程师看着与自己初衷相去甚远的试验品，心情沮丧到了极点。公司同事也认为，黏性这么差的产品，毫无实用价值。很快，3M 公司便把这款试验品束之高阁。”

袁瑞朗接着说：“直到几年之后，公司的另一名工程师去教会唱诗班唱歌，在厚厚的歌本里，他会夹几张纸条，便于自己查找歌曲。这种方式有一个坏处，就是纸条经常溜出来。工程师想过，将纸条粘在歌本上，但又会遇到另一个问题，一旦不需要纸条了，撕下来时会把歌本一起撕坏。左右为难间，他突然想到，前几年不是有另一位工程师发明了一款黏性很差、聚合性很强的黏合剂吗？用这款黏合剂，问题不就迎刃而解了？他赶快联系上之前的工程师，两人齐心合力，终于发明了便利贴。”

袁瑞朗跷起二郎腿：“这个故事说明，只要时机对了，失败的尝试都会变为天才的创意。如今的互联网金融热潮，就是摆在我们面前最好的时机。”

方玉斌很熟悉这位老上司的风格，知道让袁瑞朗一直说下去，能说一个下午。他把话题扯回投资上：“上次你说过，希望能筹集到 5000 万资金，而距离你的目标，还差 2000 万。”

袁瑞朗一脸得意：“那是老皇历了。如今我又凑了 1000 万，启动资金已达 4000 万。你就快说，打算投多少吧？”

原本的预算被打了对折，方玉斌手里的钱并不宽裕。但是，其他地方能省则省，投资做项目却不能小家子气，其他地方是花钱，投资却是钱生钱，舍不得付出，哪儿来回报？方玉斌狠狠心，说："我们再出4000万，占股50%。如何？"

袁瑞朗放下茶杯，兴奋地拍着大腿："加上你们这4000万，我就有8000万启动资金，比我预计的还要多。这笔钱到了我手里，足够让国内P2P金融的格局为之一变。"

"不过，"袁瑞朗话锋一转，"你们一下出这么多，拿走了相对控股权，对我并非好事。"春风得意的袁瑞朗也摆起谱，开始嫌钱多。

方玉斌说："我们就是奔着控股权来的。这一点，还请你理解。"

袁瑞朗想了想，说道："好吧，这一点上我让步。"

见袁瑞朗答应得如此爽快，方玉斌嘴角露出笑容。只听袁瑞朗继续说："控股地位我都让给你了，其他的事，可得依着我。"

"什么事？"方玉斌问。

袁瑞朗说："我在设计公司股权时，实施了牛卡计划，将股票分成了A、B两类。其他人持有的，都是A类股票，我作为企业创始人持有B类股票。两类股票的市值与收益完全一样，只是在重大事项表决权上，B类股票是A类股票的10倍。"

方玉斌立刻明白，袁瑞朗之前所谓的妥协，不过是让出一块无关痛痒的飞地，真正关乎战略价值的要塞，却被他用牛卡计划守得严严实实。B类股票全在袁瑞朗手上，真要进行表决时，大局仍由人家掌控。这时，50%的股权倒成了一块鸡肋。

牛卡计划的关键，在给予每股的表决权上：流通股每股为1票，而创始人所持股份为B类股票，其表决权每股为10票。这两类股票的投资回报率完全一样，只有在表决的时候，B类股票的表决权才会乘以10倍。这样一来，原始股东在股东会表决重大事务时将具有极大的表决权和影响力。

牛卡计划出现于20世纪70年代的香港，此后20多年间几乎绝迹江湖。近来，随着恶意收购的增加，又重新成为香饽饽。美国的谷歌、Facebook、纽约时报、福特以及股神巴菲特旗下的伯克希尔哈撒韦，均相继推出了牛卡计划。国内互联网企业百度赴美上市时，也使用了该计划。

方玉斌心里寻思，牛卡计划的确是创始人掌控公司大权的撒手锏，当初千城集团如果能使用这项计划，任你赵小轻、曹伯华收购再多股权，王诚也能稳坐钓鱼台，到头来不会这般狼狈。不过，袁瑞朗此时提出牛卡计划，却无异于给自己出了道难题。

方玉斌摇头说："将股票分成 A、B 两类，那我们的控股地位还有什么意义，干吗还要投这么多钱进来？"

"怎么会没意义！"袁瑞朗说，"两类股票的差别，仅体现在表决权上。在分享投资收益时，你们占股越多，得到的利益就越大。"

"我们都清楚，投资公司不是来分享什么投资收益的。"方玉斌说，"未来公司估值溢价或是成功上市，我们肯定会套现离场。涉及到股份交易，当然属于企业重大事项，你的表决权那么高，到时你不点头，我们连股份都卖不出了。"

"你说的情况，理论上不会出现。"袁瑞朗摇头说，"反正我手里是 B 类股票，你们的 A 类股票谁买谁卖，表决权都不会超过我，我犯不着多事。"

方玉斌说："理论上不会出现的事，现实中却不乏先例。有个不怎么地道的互联网企业创始人，利用牛卡计划把投资人坑苦了。股价在高位时，他担心卖盘太多影响股价，便屡屡行使否决权，不准投资人出售股份。而他私底下却大肆卖出股份套现。趁着股价高，他赚得盆满钵满，后来股价下跌，投资人只能叫苦不迭。"

"你说的这家伙我知道。"袁瑞朗说，"那纯属不要脸了，我会是那种人吗？"

"我清楚你的为人，但投资公司的股东们未必清楚，他们有这种担心也很自然。"方玉斌发觉与老上司谈起生意来挺费劲，有些话不好说得太重，有些话还得借他人之口说出。

袁瑞朗说："咱们的投资协议不妨这样写，其他股东出售股份，创始人享有优先购买权，但不得干预。"他对自己想出的解决之道似乎很满意："你们出售股份，同等价格下我有优先购买权，这很合理吧。假若其他人愿意出高价，我也不得行使否决权。”

袁瑞朗双手一摊：“我的让步只能到这里了。总之，牛卡计划一定得付诸实施，这是一条底线。越过这条底线，一切免谈。”

方玉斌知道袁瑞朗的倔脾气，他认准的事，几乎从不松口。更关键的是，熟人之间谈生意，往往下不了狠手。他有些懊恼，今天这次谈判，原本就应该安排其他人来。吃一堑、长一智，不再和熟人谈生意，以后要作为一条准则。

方玉斌权衡之后，答应道：“就按你说的吧。”

◎6 利人利己的事多干，损人利己的事少干

方玉斌驾驶着奥迪 A8 汽车，飞驰在通往浦东机场的高速公路上。大概半小时前，他收到一条短信。发来短信的竟是佟小知，她说自己即将登上前往新西兰的航班，这一走，大概很长时间不会回来。临走前，她只想说声感谢与对不起。

这一段时间，方玉斌一直在联系佟小知。可无论滨海还是上海，都没有她的半点音讯，整个人仿佛从人世间蒸发掉。直到今天，方玉斌终于收到这条短信。正在办公室处理文件的方玉斌，立刻下楼奔向车库。

曾经的方玉斌，无疑深爱着佟小知。即便被对方拒绝，他依旧对这个温婉灵秀的江南女子充满了发自内心的好感。后来，当佟小知成为仇人余飞的妻子，甚至害得苏浩身败名裂，方玉斌不知道，自己心中对她究竟是怎样一种情愫？他只是觉得，在佟小知即将远行时，应该去见一面，送一程。

来到机场后，方玉斌赶紧给佟小知拨去电话，她的手机又一次关机。方玉斌心头一紧，莫非自己来晚了，飞机已经起飞？

方玉斌奔去询问台，工作人员告诉他，下午只有一趟前往新西兰的航班，要两个小时以后才起飞，目前正在办理登机手续。方玉斌松了一口气，顺着工作人员的指引，来到办理登机手续的柜台。

在柜台前转了一圈，方玉斌终于找到佟小知。他快步走过去，一把抓住行李箱拉杆，心里似有千言万语，却一句话也说不出口。

佟小知蓦地一惊，接着挤出一丝笑容："你来了？"

方玉斌总算憋出一句话来："飞机不还没起飞吗，怎么把手机关了？"

佟小知说："我不想和谁联系，这段时间手机一直关着。只是刚才给你发短信，开机了一下。我也没想到，你会赶过来。"

"去多久，什么时候回来？"方玉斌问。

"应该会很久。什么时候回来，我也不知道。"佟小知答道。

方玉斌摇了摇头，心中叹道，这些话，人家在短信里不是说过了吗，何苦再问一遍？是没话找话还是心头尚存一分侥幸？

方玉斌拉动行李箱，一边走一边说："离登机时间还有一会儿。别忙着过海关，咱们去坐一会儿吧。今日一别，不知何日才能相见了。"

佟小知呆呆站在原地，见方玉斌朝前走出几步，才跟了上来。两人走进一家饮品店，方玉斌点了咖啡，又帮佟小知叫了一杯她喜欢的果汁。

四目相对，良久无言。隔了好一会儿，佟小知才低声说道："对不起！真的对不起！"

方玉斌一脸惨笑，心中却压着巨石。他说道："你不用跟我说对不起。要说对不起，也应该去向苏浩说。"

一提到苏浩，佟小知的眼泪再也忍不住。她哽咽道："我对不起他。我也不知道，事情最后会演变成那样。"

"苏浩已经没事了。"方玉斌说，"他毕竟是见过大风大浪的人，知道该怎么应付。事情发生后，他很快就辞职了，如今赋闲在家。听说已经有家外资保险公司找上门，打算高薪延揽他。"

佟小知擦拭着眼角的泪水："他是个好人，但愿他平平安安。"

方玉斌说："其实，你不仅对不起他，更对不起你自己。"

"求求你，别说了！"佟小知几乎泣不成声。

看着佟小知哀戚的神情，方玉斌不禁心生怜悯，但憋在心里的话，还是忍不住吐出："你为什么这样做？把自己一辈子的名声与幸福都搭进去。"

“不要提这件事了，好吗？”佟小知用乞求的口吻说道。

方玉斌又问：“出国的事，你老公知道吗？他今天怎么没来送你？”

“我老公？”佟小知的手微微颤抖。

方玉斌说：“你不是和余飞结婚了吗。”

泪水依旧挂在脸庞，佟小知的目光中却闪过一丝少有的决绝：“他不是我老公，我们结婚一个月后就离婚了。我和他都清楚，当初结婚是为了什么。”

“这个混蛋。”提到余飞，方玉斌心头总有难以抑制的怒火。

佟小知说：“他的确是个混蛋，但也是个苦命的人。离婚以后，我和他再没联系过。”

“别提他了。”佟小知岔开话题，“在许多人眼中，我是坏女人、丧门星。想不到，今天你竟然来送我，我真的很感激。”

佟小知这番话，一下子打翻了方玉斌心中的五味瓶，酸甜苦辣咸，样样在心间。方玉斌忘不了第一次见到佟小知的样子，低眉轻吟，眼中神色清朗，从头到脚，一切都是新的，就像是春天里刚刚发芽的一株绿柳。正是这个可爱可亲的佟小知，让方玉斌情不知所起，一往而深。

无论是在江州医院病床前的守候，还是塞班岛海天一色中的告白，留给方玉斌的甜蜜与痛苦，后来都变成了相忘于江湖的释然。方玉斌只能劝慰自己，每一个青衫公子与鲜衣少女的相遇，并不都需要一个终成眷属的结局。尽管我曾喜欢你，但不一定要在一起。只是坐下来，在某个春日的下午，静静听一曲琴音，足矣。

正因为如此，当方玉斌从王诚手里看到那段改变了无数人命运的视频时，才会那样阴郁与气愤。他恨佟小知，更恨余飞，乃至于有一丝恨自己。如果自己追求佟小知时再坚决一些，她是否就不会落得这个结局？唉，时光的线条梳过，多少次绿肥红瘦，直到春光渐老，才明白得失只在一线之间。

方玉斌的鼻子也有些酸楚，只得强忍住：“咱们是老朋友，送你一程应该的。”

“对了，”方玉斌接着说，“你去了新西兰，以后怎么联系呀？”

佟小知叹了一口气，表情苦涩：“我去新西兰，就是希望一个人安安静静过日子，不想和谁联系了。”

佟小知凝视着方玉斌：“我没脸见你，也没脸见其他人。”

佟小知的态度，既让方玉斌有一丝怅然，更在意料之中。当初佟小知辞职离开公司，尚且杳无音讯，如今经历了这么多事，她更不会和谁联系。这一别，只怕当真不会再有重逢之日。

方玉斌明白，自己不可能和佟小知在一起。过去已不可能，如今更不可能。但一想着从此天各一方，老死不相往来，却又有一股说不出的伤感。

两人就这样坐着，再无一言。最后，佟小知看了看表，起身说：“时间到了，我该走了。”

“再送送你吧。”方玉斌也站起身，拖着佟小知的行李箱缓步向前。

从饮品店到安检门口，不过百米距离，两人却走得异常缓慢。他们似乎还有什么话想说，却又道不出一语。

佟小知心中，默念着村上春村的一首诗：人生种种，如若相爱，便携手到老；如若错过，便护他安好。她希望方玉斌安好，却无力说出。自己已没有资格说这些话，甚至没有资格念泰戈尔的诗。在诗人笔下，爱情何其圣洁，如自己这般被人唾弃的女人，哪儿还有脸提及？

方玉斌的脑海中，正浮现出无数个佟小知。既有曾经头角峥嵘，笑容如桃李春光般明媚鲜妍，也有如今满身伤痕，泪眼模糊。人是有执念的，所以无法超脱。佟小知的执念，让她尝尽苦果。自己的执念，或许到了放下的时候。从此千山暮雪，我的生命再没有你的痕迹。

快到安检门口了。佟小知默默从方玉斌手中接过行李，还是没有开口。我走过山的时候，山不说话。我飞过海的时候，海不回答。让整个世界都沉默吧，只有那些不愿回首的往事伴我走遍天涯。

佟小知的背影渐行渐远，消失在方玉斌的视野中。他转过身，大步流星地朝外面走去。

方玉斌驾车离开机场，正赶上高速路堵车，他的心情越发烦躁。走走停停间，又猛然想到一件事。当初，王诚把余飞操纵股价的证据交到自己手里。这份证据，足以置余飞于死地。对余飞切齿痛恨的方玉斌，曾无数次想把证据公之于众，最终却忍住了。

一切不为别的，只为了佟小知。当方玉斌得知佟小知成了余飞的妻子，他的仇恨之火愈发炽烈，却又平添一股纠结与犹豫。所托非人，佟小知已经够命苦了。正在新婚之际，又要把她丈夫送进监狱，是不是太残酷？

看在佟小知的面子上，方玉斌最终选择了隐忍。可如今，佟小知已经与余飞离婚并远走他乡，自己还有什么可顾虑的，难道眼瞅这个混世魔王继续为祸？

方玉斌心中升起一股快意恩仇的畅快，但隐隐间，似乎又有一股力量在拉扯自己。他反复问，出手干掉余飞，除了出一口恶气，还有什么好处？对这个问题，自己始终找不到答案。

有句话这样说，利人利己的事多干，损人利己的事少干，损人不利己的事绝对不干。按照这个标准，干掉余飞基本就属于损人不利己。余飞对自己已全然没有威胁，是否只凭一己好恶，就要把人家送进监狱？

方玉斌不禁想起了两件往事，第一件是台北的团圆饭。王诚与赵小轻、曹伯华之间，可是不共戴天的深仇大恨，最终，在现实利益面前，他们居然选择了和解。在这些大佬眼中，想必只有利害，没有恩仇。

第二件事，就是自己此刻正驾驶的奥迪 A8 汽车。费云鹏不仅出手制止了伍俊桐，更颇为豪爽地将这辆车送给自己。他还说方玉斌为公司立过大功，这辆车就算奖励。

笑话！难道费云鹏不知道方玉斌早就背叛了他，心底不憎恨这样的叛徒吗？但是，为了平衡派系利益，他可以重用方玉斌；即便分道扬镳，表面上依旧客客气气，甚至以一辆豪车相赠。费云鹏清楚，方玉斌不可能成为自己的朋友，但也不必做仇人。一辆二手车对他不过举手之劳，却能少个仇人少堵墙，何乐不为？

方玉斌心中默念，从这些前辈身上，自己应该学到——一个人不能被情绪支配，宽恕不仅是一份胸怀，更是一种智慧。宽恕余飞，不会增添一个朋友，但向余飞复仇，却会引来一个死仇。操纵股价不是死罪，以余飞的能耐，大概几年后就能重获自由。那时的方玉斌，是否还得时刻分心，提防这条疯狗?

不结死仇，不谋死党——这话自己曾跟余飞说过，可惜对方充耳不闻，四处结仇，最终落得四面楚歌。此刻的自己，何必重蹈覆辙?

高速路上的交通逐渐畅快起来，一如方玉斌的心境，他猛轰油门，疾驰而去。佟小知已经走了，那份证据，也让它永远躲在阴暗角落里吧。

方玉斌刚回到市区，手机就响起来。接通后，苏晋问道："在干吗？"

"在公司。"方玉斌随口说道。

"撒谎。"苏晋的音调不高，口气却异常冷漠，"我刚才在浦东机场送客人，明明看到你了。"

方玉斌脑袋嗡的一下，几秒钟后才回过神，说道："刚才我是去了一趟机场，这会儿已经回公司了。"

"去机场干什么？"苏晋继续问道。

方玉斌知道，此时只能坦白从宽，便说："我去见佟小知。"

苏晋胸中的火山终于喷发："上回在飞机上，你偷偷摸摸去见佟小知，我没跟你计较。后来出了那么多事，你居然还对她念念不忘?她可是害得我哥哥身败名裂的女人，你就不能尊重一下我的感受吗？"

方玉斌赶紧解释："佟小知要出国了，很长时间不会回来。我想大家认识一场，就去送一送。也许，这是我和她见的最后一面，以后再也不会联系。"接着，他又说："咱们都快结婚了，不要为了一个远在天边甚至一辈子见不着的女人弄得不愉快。"

"谁要和你结婚?你要不嫌脏，就去和佟小知结婚!"苏晋少见地大吼起来。

方玉斌又拿出惯用的嬉皮笑脸的招数，说道："我可不和她结婚，我就喜欢你。"

"可我不喜欢你。婚不用结了，咱们分手吧。"这一次，方玉斌的招数失灵了。苏晋冷冷地回了一句，挂断了电话。

◎7 钱放在自己兜里，好比产品积压在库房

方玉斌接起电话，里面传来袁瑞朗的声音："你小子不够意思呀，亿家金控成立的庆典，都不现身。"

半个月前，袁瑞朗筹备多时的互联网金融公司——亿家金控挂牌成立，旗下的 P2P 金融网站也正式上线。这种大喜事，方玉斌原本是要出席的，可偏偏那一天是苏晋父亲苏定国的生日。

因为去机场送佟小知的事，苏晋不仅在电话中和方玉斌大闹一场，还把订好的婚宴都退掉了。方玉斌几次上门解释，也吃了闭门羹。越是这种时候，他越得争表现，苏晋父亲过寿这种事，自然必须到场。

来到滨海，苏家人倒是很热情。苏晋母亲对方玉斌说，婚宴推迟就推迟了，反正请柬还没寄出去，再挑一个好日子，风风光光办一场。苏浩也说，自己这个妹妹心高气傲，个性倔强，请方玉斌多包涵。只是苏晋始终对他不理不睬，弄得好生尴尬。

方玉斌在电话里述说着自己的苦衷，袁瑞朗却哈哈大笑："我知道最近苏老师在跟你耍性子，谁叫你吃着碗里的，还惦记着外面那口。"

方玉斌摇头说："你知道不是这么回事，就别取笑我了。"

"言归正传，明天你在上海吗？"袁瑞朗问。

"在啊。"方玉斌说。

"那好。"袁瑞朗说，"没什么事的话，陪我去一趟江州。"他接着说："江州的一家企业，想从亿家金控贷一笔款子。我对这个项目很看好，你在江州待过，对那里的情况熟悉，帮我去参考参考。"

"好啊。"方玉斌一口答应，身为投资人与亿家金控的最大股东，他也很想了解企业的运行情况。

第二天，两人动身前往江州。从上海到江州的路，当年他们跑了无数趟，如今再次结伴而行，难免触景生情，有许多感慨。追忆完往昔岁月，方玉斌又把话题拉回现在："P2P 平台上线运营后，效果怎么样？"

袁瑞朗立刻手舞足蹈起来，说平台上线才半个月，交易金额就直逼三亿大关。他还讲到上海滩的一位名媛，拿着 2000 万现金，想放到亿家金控的平台进行理财。业务经理看过之后，说如此大额的理财资金，已经超出公司规定的上限。后来，一位领导亲自给袁瑞朗打来电话，希望他关照一下。袁瑞朗才特事特办，把 2000 万资金分拆成数笔，放进了亿家平台里。

袁瑞朗得意地说："再隔两个月，我打算在公司定一条规矩，业务员拉来的资金，低于 10 万的不计人考核，也没有绩效提成。"

方玉斌点头说："吸储这一块看起来很顺利，放出去的钱效益如何？"

袁瑞朗说："P2P 金融平台有一点和投资公司很像，钱放在自己兜里，好比产品积压在库房，必须钱生钱，让资金流动起来。否则，我拿什么去支付投资者的理财收益？所以，我得到处找项目，把钱放出去。咱们去江州见的人，是一家钢铁企业的老板，他需要一个亿的资金，大半年就能还上。"

方玉斌问："利息怎么算？"

袁瑞朗说："年息 40%。"

方玉斌吃了一惊："这么高的利息，他还得出吗？再说这已经超出受法律保护的民间借贷上限。"

袁瑞朗点燃一支烟，轻松地说："他敢借，自然有办法还。至于有些问题，可以用技术手段规避。比方说吧，我借给他一个亿，借款合同上却写成 1.2 亿。最后他即便还我 1.4 亿，账面上的利息也不过百分之十几，并不高嘛。”

袁瑞朗说的，正是民间借贷规避上限常用的方法。按照规定，民间借贷利率应不高于银行基准贷款利率的四倍，折算下来，就是35%左右，超出部分不受法律保护。但用袁瑞朗所说的方法，轻轻松松就能把这条红线绕过。

方玉斌又说：“P2P金融的主攻方向应该是小额信贷，动辄放几千万出去，那不是在跟银行抢生意吗？这与你当初的设计，岂不背道而驰？”

袁瑞朗回答说：“做大额贷款，咱们拼不过银行，所以小额信贷才是P2P的生命线，这一点我自始至终没改变。但在特殊条件下，那些明知有利润的短平快项目，也不妨小试身手。钱这东西，又不会咬手。正餐咱们要认真吃，偶尔弄点下午茶也无不可。”

接着，袁瑞朗聊起江州的项目。客户名叫温玉彪，他的钢铁厂位于江州下辖的江安县境内。温玉彪做钢铁行业几十年，是当地有名的钢铁狂人。去年，温玉彪下决心扩充产能，并从欧洲引进一套先进生产线。如此大规模投资，资金链当然会紧张。企业能够抵押的东西都抵押给了银行，再也贷不出一分钱。经人引见，温玉彪来上海拜访了袁瑞朗，希望从亿家金控贷到一笔急需资金。

方玉斌越听却越不放心：“连抵押物都没有，你就敢把一个亿贷出去？”

袁瑞朗说：“虽然没有抵押物，但这个项目当地政府很支持。我和江安县委书记碰过面，书记说了，温玉彪是县里明星企业家，各家银行都很放心，没有催收贷款的急迫性。从欧洲引进的生产线，技术含量很高。只要设备安装到位，经信委就以奖励高新项目的名义，拨出几千万技改资金返还给企业。温玉彪也表态，这笔钱他不急着还银行，先把欠我的钱还上。”

袁瑞朗又说：“有政府托底，我自然放心一些。再说了，真有抵押物，银行早就抢着放贷，哪儿还轮得到我，人家更不会付这么高的利息。”

说话间，已下了高速公路收费站。只见路边停着一个车队，有一辆奔驰，两辆本田雅阁，最前方还有一辆丰田警车。一个黝黑精瘦的中年男人，站在奔驰车旁边，朝着袁瑞朗挥手。袁瑞朗对方玉斌说：“挥手那个人，就是温玉彪。”

下车后，众人握手寒暄。温玉彪指着旁边一位穿黑色夹克的男子说：“这位是县委办的陈主任。”

陈主任热情地伸出手，说：“欢迎袁总、方总，我代表杜书记来迎接各位。”陈主任又看了看表：“时间不早了，咱们先去用餐。杜书记已经在酒店候着了。”

一行人驱车来到酒店，江安县委书记杜忠河握住袁瑞朗的手说：“如今提倡轻车简从，无论我们下乡调研，还是迎接上级领导，都不允许警车开道。但你们不一样呀！你们是从大上海来的贵客，是到我们这里来投资兴业的企业家朋友，所以要用最高规格接待。”

杜忠河又把参加宴会的人员，向客人一一介绍。人太多，方玉斌也记不住。但瞧这架势，县里许多局委的一把手都到了，还有好几个银行的行长。

经过近年来的整肃，茅台、五粮液等高等白酒不再敢明目张胆地出现在官场宴请的餐桌上，但官员们多年来练就的酒量却丝毫未减。瞧着对方人多势众，方玉斌心里不免发毛，别正事还没谈，就被灌个稀里糊涂。

酒场通例，先喝三杯，接下来各自为战。或许是急中生智，袁瑞朗在喝完第一杯后，说道：“主人如此热情，身为客人，心里真有说不出的感动。趁着气氛这么好，我们来一种新喝法。”

在座的都是“酒精沙场”的老将，心想喝了一辈子酒，还能有什么新喝法？只听袁瑞朗说：“这种喝法叫作举杯同欢。不管是谁，也不管你端着杯子打算敬谁，只要桌上任何一个人沾了一口酒，所有人都陪一杯。”

杜忠河哈哈大笑：“袁总是怕我们打车轮战吧？”接着，他又说：“不过这种喝法倒是新鲜，不妨试一试。”

方玉斌悬着的心总算放下。如此一来，杯杯都是团圆酒，拼的都是硬功夫，再不怕双拳难敌四手。他心里更是暗笑，袁瑞朗身上的江湖味可比之前多了，让人几乎联想不起那个出自书香门第、常春藤名校毕业的投资公司高管。

举杯同欢，开怀畅饮，打的可是消耗战，许多人不一会儿便已微醺。慑于袁瑞朗定下的规矩，桌上也没人敢擅自出头。趁着半场休息，方玉斌问道："温总，据我所知，钢铁行业如今并不景气，钢价长期在低位盘旋，上面的政策也是去产能，你怎么还逆势而为？"

温玉彪说："行业内的人都清楚，所谓钢价低迷其实是个伪命题。如果钢价真低到让所有人都亏本的地步，还用得着去产能？早就关门大吉了。杀头的生意有人做，亏本的买卖没人碰，这是再简单不过的道理。为什么去产能这么难？就因为许多民营钢厂认为有利可图，不仅不缩减产能，还偷偷摸摸扩张。这里面最重要的原因，就是国营大厂和民营钢企的生产成本差距太大。一般来说，国有大厂生产一吨钢的成本在300元左右，有些民营企业能把成本压缩到150元甚至更低。以目前钢价来说，有些企业还是有利润，当然可以铆足劲生产。"

温玉彪又说："当然，政策方向肯定没错，有些落后产能的确需要淘汰。中国的钢铁产量世界第一，可好多精品钢依旧依赖进口。我这次引进的生产线，就是为了填补国内精品钢的空白。为了这事，已前前后后向银行贷了十几亿。"

方玉斌心想，这个温玉彪不愧是钢铁狂人，说起业内的事头头是道。至于最后一句，自然是在炫耀实力，能从银行贷出十几亿，我可不是小老板，找你们借一个亿，只是小意思，纯粹属于过桥贷款性质，不用担心还不出。

温玉彪拍了拍身边一个男子的肩膀，说："这是我妹夫，也是业内有名的专家。当初大学毕业到我厂里工作，几年下来就成了技术骨干。这小子可厉害，凭一双肉眼看锅炉里的火苗颜色，就能把各种化学元素的含量说得分毫不差。看他是个苗子，我不仅把妹子嫁给他，还送他读研究生，后来又去欧洲深造。三年前，他在德国拿到博士学位，进入一家大型钢铁企业做工程师。如今我要做精品钢，他也回国效命。"

此人额头宽阔，一双大眼炯炯有神。他向方玉斌递上名片，说："我叫徐乐水，请多关照。"

方玉斌与对方交换名片，并笑着说："仁者乐山，智者乐水，怪不得你能成大专家。"

方玉斌又问：“在目前背景下，企业上马钢铁项目，会不会和政策有抵触？”

温玉彪笑了笑，说：“政策是死的，人是活的嘛。我听过一则故事，说朱元璋当了皇帝后，一班穷朋友千里迢迢跑来京城，希望讨个一官半职。其中一人跑到皇宫外面，哀求门官进去启奏，说有旧友求见。朱元璋传他进去，见面的时候，他说：‘我主万岁！当年微臣随驾扫荡庐州府，打破罐州城，跑了汤元帅，拿住豆知府，红孩儿当关，多亏菜将军。’朱元璋听他说得好听，心里很高兴。回想起来，也隐约记起一些事，所以就赏了个官衔。”

温玉彪接着说：“朱元璋的另一个穷朋友，听说此事后也跑去南京，一见面就说：‘从前，你我都替人家看牛。有一天，我们在芦花荡里，把偷来的豆子放在瓦罐子里煮，还没等煮熟，大家就抢着吃，那罐子打破了，撒了一地豆子，汤都泼在泥地里。你只顾从地下大把抓豆子吃，却不小心连茳草叶子也送进嘴里去了，叶子哽在喉咙，难受得不行。还是我出的主意，叫你用青草叶子放在手上拍拍吞下去，才把茳草叶子带下肚。’朱元璋嫌他太不会顾全体面了，连声大叫：‘推出去斩了！推出去斩了！’这位天真直率的苦朋友就这样给杀掉了。”

温玉彪夹了一块肉塞进嘴里，总结说：“许多事，变换一下说法就大不一样。引进精品钢生产线，既可以说是上马钢铁项目，也可以说是高新技术项目。”

方玉斌被温玉彪讲的故事逗乐了，但徐乐水却对大舅哥的说法提出异议：“这可不是说法不同，精品钢项目本来就是高新科技。”

温玉彪乐了：“你看我这妹夫，就是书卷气重，什么事都爱较真。”

聊了一会儿，众人的胃似乎缓过劲来。杜忠河把手一扬：“别光顾着说话，举杯同欢的事可不能耽搁。”见领导发话，大伙齐刷刷举起酒杯。

酒宴末尾，杜忠河说道：“尽管袁总定下了规矩，但我还想破一回例。咱们江安县几位银行的同志，一起来敬一下上海的客人。”

袁瑞朗刚要推辞，杜忠河又说：“今天之所以把银行的财神爷们找来，是想给袁总吃颗定心丸。之前我承诺过，一旦玉彪的设备安装到位，就让经信委下拨几千万技改资金。后来我又想，玉彪如今贷不到款，是因为没有抵押物。一旦新设备到位，不正好用来抵押吗？银行的人也是这个意见，只要新设备弄好，马上办放贷手续，没错吧？”

行长们纷纷点头称是。杜忠河接着说：“如此一来，袁总就握有双保险了。一边是政府下拨的技改资金，一边是银行的新贷款，还怕玉彪没钱还吗？你自己说，这杯酒该不该喝？”

一番话说得袁瑞朗心花怒放，他端起酒杯：“就凭杜书记这句话，我一定喝。”

去温玉彪的企业考察一圈后，袁瑞朗与方玉斌次日上午启程返回上海。刚上高速，袁瑞朗就问：“转了一圈，感觉怎么样，这温玉彪还算个人物吧？”

方玉斌思忖了一会儿，说：“温玉彪是个人物，但我始终觉得这个项目很悬。一个亿的借贷呀，又没有抵押物，太冒险了。”

袁瑞朗说：“之前我不就说了吗，人家要是真有抵押，银行早就放贷了，还轮得上咱们？再说，当地政府和银行的态度，咱们也看到了，有他们托底，怕什么？”

方玉斌依旧摇头：“抵押物是实的，态度却是虚的。今天是这个态度，明天又可以翻脸。如今是杜忠河当县委书记，未来他不当县委书记了呢？”

“还真让你说中了。”袁瑞朗笑起来，“我从温玉彪口里听到一个消息，他说杜忠河很快就要离开江安县，高升到江州市做副市长。”

袁瑞朗接着说：“你在江州熟人多，帮我打听一下，看这消息是不是真的。”

方玉斌点头说：“好吧，我问问沈如平。”当年在江州时，方玉斌和沈如平接触很多，这位江州国企的掌门人，对官场消息向来十分灵通。

“问他干吗？”袁瑞朗说，“去问你们家苏晋呀。她从小在江州长大，老爷子又是江州的前任领导。”

袁瑞朗笑着说：“我真想打听，不用麻烦你也能打听来。这不是给你一个机会，和苏晋联络一下感情吗？你得罪了人家，还不抓紧一切机会套近乎？你看我够细心吧，公私两不误。”

方玉斌却耸了耸肩："只怕她现在不肯接我电话。"

袁瑞朗说："好人做到底，我来帮你牵线搭桥。"他拨通苏晋的电话，说道："苏老师，我和玉斌在一起，有件事想麻烦你一下，请你帮帮忙。具体的事，让玉斌跟你说吧。"

方玉斌赶紧抓起手机。或许是经过一段时间，苏晋的气消了一些，又或许毕竟是知识女性，不至于让外人下不来台。总之，她冷冷地说了句："什么事？"

说完正事后，方玉斌还想聊点其他事，却被打断。见此情景，一旁的袁瑞朗窃笑不已。

隔了二十多分钟，苏晋回话过来，三言两语后又挂断电话。方玉斌一脸落寞，袁瑞朗却说："别只顾着儿女情长，说正事。"

方玉斌说："苏晋打听清楚了，上头已经开会通过，杜忠河升任副市长，同时进市委常委班子，分管全市工业、金融等部门。"

袁瑞朗一拍大腿："经信委、银行等部门，还归他老兄管，而且官越当越大。我有什么可担心的！"

杜忠河升官，是否意味着温玉彪的钢铁项目就一帆风顺？方玉斌心中依旧存疑。只是瞧着袁瑞朗兴高采烈的样子，自己又一肚子烦心事，就没再多说。

第七章 互联网金融

蒋若冰果然滔滔不绝道：“当年万达集团向全国扩张时，同时上马几十个万达广场。王健林立下一条规矩，各项目之间的资金不能互相挪用。他的想法是，一个项目资金链断裂，只是局部问题，可项目之间的资金拆来借去，一旦出问题就是一场灾难。袁总推出的扩张计划，让企业的资金链绷得很紧，此时如果还在公司内部拆东墙补西墙，那么稍有闪失，就会出大事。”

◎ 1　下级说上级的坏话，是无德；上级说下级的坏话，是无能

周末，方玉斌打算去旧书市场逛一圈。身为文艺之都，上海的旧书店特色纷呈，令人眼花缭乱。尤其是那些穿戴时髦的文艺青年，俨然把二手书书店捧上了时尚高地的位置。

比如巨鹿路上的渡口书店，长年不换的林青霞海报是它的标志；绍兴路上的汉源书店，集书店和咖啡屋于一体，深藏着许多老式物件，是张国荣迷来上海的必去之处；毗邻上海图书馆的独立书店，把书店做成了一个乱而美的杂货铺，各种稀奇古怪的玩意儿都是书店的收藏品；猫的天空之城书店，比书更有名的，是店内的招牌手工奶茶；还有常德公寓张爱玲故居楼下的千彩书坊，在张爱玲粉丝的心中宛若圣地……

这些风情万种的旧书店，都宣称自己不仅卖二手书，更是贩卖一种情怀。可惜方玉斌既不是文青，也不想秀逼格，只是正儿八经去淘几本书，所以还得另觅他处。

既然投资了互联网金融，方玉斌自然想多了解些专业知识。互联网金融这个概念本身是舶来品，市面上的书，大多是翻译外国学者的著作，属于二道贩子。况且，好些书连中译本都没有。比如诺贝尔奖得主，号称“穷人银

行家”，多年来专注于小额信贷的尤努斯，他的许多著作就没有中译本。

说起上海的旧书店，苏晋倒十分熟悉。昨晚，方玉斌厚着脸皮打电话，向苏晋求教。苏晋告诉他，想正儿八经淘书，上海滩有两个地方不错。一个是位于长乐路上的韬奋西文书局，这里专卖外文原版书。另一个是毗邻复旦大学的复旦旧书店，那里藏书很多，不仅有外文版图书，还有台版书，或许是开放较早的原因，台湾翻译的外文著作更多，翻译水平也不错。

方玉斌欣喜不已，不仅因为找到了满意答案，更因为他发觉，苏晋对自己的态度慢慢在转变。以前连电话都不接，现在虽说冷言冷语，起码能说上两句。女人嘛，就得慢慢去哄，精诚所至金石为开，这话看来不假。

方玉斌的英文水平大概还不足以直接抱起外文原版书啃，就去淘几本台版书吧。纵然都是二道贩子，毕竟也有高下之别。

复旦旧书店位于杨浦区政肃路，旁边就是一座菜市场。书店在二楼，周围开了几家旅馆、网吧。站在书店门口，既能听到楼下菜贩子的吆喝，不时还会传来网吧内打游戏的人的尖叫。比起那些贩卖情怀的旧书店，这家书店的环境简直粗陋无比。

走进书店，里面却别有洞天。店内所有空间都被书架和书籍占领，满眼望去简直是书的海洋。为了拓展有限空间，中间木质楼梯上方的夹层也摆满旧书，店内通道只能单人通过，有些图书实在无处摆放，就堆放在走道两边。

书店的老板并不热情，方玉斌上前询问时，老板只是淡淡地说了句：“店里有多少书，我说不清。你说的那类书，我也不记得有没有。自己去找吧。”

这时，从旁边传来一个声音：“先生，你要找的书，可能在拐角的夹层。”

方玉斌转头一看，只见说话的是一个年轻女子——乌黑的长发，淡雅的连衣裙，标准的瓜子脸，明亮的杏仁眼，脸蛋微微透着淡红。说话时，她的脸上挂着笑容，一双小酒窝看着十分可爱。

“谢谢。”见到如此天生丽质的美女，方玉斌先愣了一下，接着才道谢。

“不客气。”女子微微点头，抱着手中的书转身而去。

望着女子的婀娜背影，方玉斌寻思道，这是店里的服务员吗？看着不大像。是附近学校的学生吗？似乎年纪比一般大学生又要大一些。

店内的柜子横七竖八，方玉斌再抬眼望去，已见不到女子身影。他按照刚才的指引，来到拐角处的夹层。

这里摆放的书，几乎都是金融类的。既有外文原版，也有许多台版书，平常在市面上很少看到。方玉斌蹲下身子，认真翻阅起来。

不一会儿工夫，方玉斌已挑选出七八本书。他心中欢喜，这一趟真是不虚此行。这么多好书，回头必要仔细读一遍。方玉斌抱着书，想去柜台结账，刚才那名女子又闯入他的视野。

女子倚靠在书柜上，手里抱着一本纸张发黄的外文经济学著作，看得全神贯注。在她身旁堆着几本书，大概是她刚挑选的，还没去付钱。在这些书里，方玉斌写的《财富没有神话》竟也赫然在列。

方玉斌原本有些犹豫，主动上去搭讪，是不是有些轻浮？可一看这名女子选中了自己的书，立刻鼓足勇气，走上前去，说了声："你好！"

书店里都是聚精会神的读者，方玉斌有意压低音量。他一时也想不出得体的称谓，只能将"你好"脱口而出。唉，博大精深的汉语言拥有那么多华丽辞藻，可现在的人们想招呼一个人时，却又找不到合适词汇。假若在台湾，方玉斌可以大大方方称呼一声"小姐"，这是最正式也最得体的称谓。偏偏在大陆，"小姐"二字不能轻易出口。姑娘呢？似乎这是长辈呼唤小辈，平辈之间用着不妥。如今最流行的，大概就是叫"美女"了，然而在书店这样高雅的场所，"美女""帅哥"地叫着实在太俗。

或许是方玉斌的声音太小，或许这句"你好"，在旁人听来并不知道他在叫谁，总之对方始终盯着书，连眼睛也没抬一下。

方玉斌并不气馁，靠近一步，又唤了声"你好"。女子终于抬起头，盯着方玉斌，眼神中有些疑惑，接着问道："你在叫我吗？"

方玉斌点了点头，又把怀里的书举了举，说："谢谢你，刚才你说金融类书籍在拐角的夹层，我过来一瞅，果然没错。"

女子莞尔一笑："没事。你找到想要的书就好。"见方玉斌并没有要走的意思，女子问道："还有什么事吗？"

方玉斌说："我只是好奇，见你挑的书都是经济类的。在我的印象中，女孩子似乎不大喜欢这类书。"

"个人爱好不同吧。"像她这般貌美如花的女子，身边不时会飞来几个无头苍蝇，嗡嗡乱叫。女子淡淡回了句，继续低头看书。

方玉斌却说："我看你挑的书里，有许多都是经典著作。只是这本《财富没有神话》，不俗不雅，不上不下，和其他书比起来差出一大截。"

"你倒挺有眼光。"女子重新抬起头，嘴角露出一丝微笑，"这本书我刚翻了几页，深入浅出、通俗易懂勉强够得上，有些观点也比较新颖，但和真正的经典比起来，差了好几个档次。"

见自己的书被人家这样评价，方玉斌争强好胜之气又往上冒，他说："既然这样，你买它干什么？"

女子眨了眨眼："工作需要，买回去瞅一瞅喽。"

"你做什么工作，需要看这本书？"方玉斌追问道。

被一个陌生人打破砂锅问到底，女子心中生出一丝不悦，但看面前这人，举止有度，言语得体，不像是不务正业之徒，便答了句："写这书的人，是我同事。"

方玉斌一听，真是又好气又好笑。骗人不打紧，偏偏李鬼碰上李逵了。他摇了摇头："不对吧，这书的作者好像没有你这个同事。"

女子一听，脸上满是诧异。她又把对方打量一遍，问道："你是谁？"

方玉斌微笑着说："我就是方玉斌。"

"你就是方总呀，不好意思。"女子赶紧放下书："我叫蒋若冰。咱们的确不是同事，但早就应该认识。"

一听蒋若冰，方玉斌立刻回过神来。袁瑞朗早就说过，他聘请了一位大美女，更是银行界精英，担任亿家金控财务总监。此人的名字，正是蒋若冰。星阑资本投资亿家金控后，蒋若冰把财务总监的位置让给了投资方代表，自己升任亿家金控副总裁。方玉斌在各种文件上看过蒋若冰的名字，也听周围人提过，蒋若冰是个貌美如花的大美人，却一直无缘相见。

"原来是蒋总。幸会！"方玉斌礼貌地伸出手，与对方握在一起。

蒋若冰脸上有些尴尬，自己刚才那番话，把人家的书贬得太厉害。方玉斌看出了蒋若冰的心思，用一句玩笑话化解：“幸亏咱们之前不认识，否则你哪会吐露心声？我也听不到中肯的意见。”

蒋若冰笑起来：“好几次方总来我们公司，我都出差去了。公司挂牌成立的典礼，你也没来。否则，就不会闹这个误会了。”

两人的声音不自觉放大，引来周围侧目。蒋若冰吐着舌头，对旁边人：“对不起，对不起。”

方玉斌也压低声音，说：“这里不是说话的地方。咱们选好书后，出去谈吧。”蒋若冰微笑着点头。

离开书店后，方玉斌将两人购买的书拎在手中。复旦旧书店楼下的环境算不得好，菜市场的人进进出出。方玉斌看了看表说：“反正快到中午了，如果你不介意，我可以请你吃顿饭吗？”

蒋若冰点头说：“方总请客，我受宠若惊。”

“那好！”方玉斌说，“咱们一边走一边瞧，见哪儿有不错的馆子就坐进去。”

两人拐过几条小路，见街边有一家上海本帮菜馆，装修还算可以，便走了进去。点菜的事情自然要交给女士，蒋若冰点了蟹壳黄、生煎、年糕、鸭血粉丝汤等本地小吃。放下菜单，蒋若冰说：“之前听过你的很多故事，知道你曾是荣鼎资本最年轻的分公司总经理，和袁总还是同事。”

方玉斌笑着说：“我也听说不少你的传奇，知道你在国有银行、外资银行都干过，年纪轻轻就成为业界精英。”

“对了，”方玉斌又说，“你觉得在银行和如今做互联网金融，有什么不一样？”

蒋若冰说：“按道理来说，银行做大额贷款，P2P平台应该专注小额信贷。不过，如今亿家金控的业务种类比较多，一些大额贷款也在做。”

“比如给江州的一家钢铁厂，一下子就贷出一个亿？”方玉斌笑着说。

“你也知道这个项目？”旋即，蒋若冰又说，“对了，记得袁总上回跟我说过，你和他一起去江州考察过。其实类似的项目，在浙江、安徽，亿家还放出去好几笔，数额都有几千万。”

方玉斌问：“你不太认同这种做法？”

蒋若冰停顿了一下，说：“这些项目是袁总拍板的，自然有他的道理。”

方玉斌看得出来，蒋若冰与自己还远没到敞开心扉的地步。再说人家不是职场菜鸟，深知有些话是不能轻易出口的。方玉斌又问：“我和袁总都是做投资出身的，你介绍一下，做投资和 P2P 金融有什么不一样？”

“最大的差别，应当体现在风险控制的理念上。”蒋若冰说，“投资公司更在乎眼光与魄力，比如一家风投，投资十个项目，哪怕九个血本无归，只要有一个实现挂牌上市，依旧赚得盆满钵满。可在 P2P 金融，放出去十笔款子，如果有一半没能按期偿还，那就是灭顶之灾。”

方玉斌点了点头。风控的确是 P2P 金融的重中之重，他对这个话题很感兴趣，问道：“在你看来，像亿家这样的 P2P 平台，风险控制中有哪些要特别注意？”

蒋若冰不知道方玉斌是诚心请教还是有意考自己，只好一板一眼地回答说：“我认为，P2P 金融平台的风险控制，最关键的就是五要五不要。”

方玉斌坐直身子：“具体说来呢？”

蒋若冰说：“第一条，不要只看借贷记录，要看全面履约能力。中国不像美国，并没有建立完备的个人或企业征信数据。甚至有许多人，在与 P2P 平台合作前，并没有过借贷行为。因此，借贷历史无法覆盖大多数客户，特别是在线小额消费金融客户。所幸的是，随着技术手段发展，已经可以让没有信贷记录的人也有直观量化的信用评价了，比如购物、消费、水电气缴纳、公益等，都可以反馈用户的信用状况。”

蒋若冰接着说：“第二条，不要只重视贷前，要全流程整周期风控管理。客户的风险在贷前、贷中、贷后是不断变化的，P2P 平台必须实时对客户信用状况进行动态监测，并及时响应。”

蒋若冰又说：“第三条，不要只关注风险名单，要洞察一切可能的欺诈风险。新形势下的金融欺诈层出不穷，建立所谓的黑名单只是反欺诈手段的第一步。甚至，好人后面也有可能是坏人在假冒。”

此时，服务员把菜端了上来。方玉斌夹起一块蟹壳黄，放到蒋若冰的盘子里。这道在上海颇有知名度的小吃，是用发酵面加油酥制成的酥饼。只因形似蟹壳，色呈金黄，才被叫作蟹壳黄。在物资匮乏的时代，阳澄湖大闸蟹并非人人吃得起。于是，这道蟹壳黄也被人称作“穷人的大闸蟹”。

这家餐馆做的蟹壳黄蛮不错，咸甜适口，皮酥香脆。蒋若冰轻轻咬了一口，又把它放回餐盘。她继续说：“第四条，不要迷信人工审批，要利用科技实现自动化决策。人工审批时间长、效率低，还有潜在的运营管理风险。当然了，有人会质疑，全部使用自动化审批，连客户的面都见不着，会不会有冒名顶替的问题。其实，这些问题都能用技术手段解决。比方说吧，如今已经可以根据敲击键盘的速度和频率识别是不是用户本人操作。”

方玉斌点头说：“对于P2P金融平台来说，自动化无疑是发展方向。如果始终抱着人工审批不放，那我们比起传统的银行或贷款公司还有什么优势可言？”

“没错。”蒋若冰很认同方玉斌的理念，“如果一直使用业务员去拉投资人，放款时人工审批的线下发展模式，我们比起传统贷款公司，只不过多了一个网站而已，并没有体现出互联网的便捷。”

蒋若冰又说：“最后一条，不要指望一劳永逸的风控策略，要在攻防中动态调整。欺诈、反欺诈是永恒话题，今天是道高一尺，魔高一丈，明天是魔高一尺，道高一丈。建立风控模型可不是装修房子，第一次把材料用好，就能管十年八年。”

听完蒋若冰的“五要五不要”，方玉斌沉思良久。尽管互联网金融头顶新经济的光环，但说到底，互联网金融的本质还是金融，而P2P的本质还是贷款。金融是个很宽泛的行业，做股票的、做保险的，或是像自己这样在投资行业浸淫多年的，真要去做贷款，其实中间还隔着不大不小一道山。

比如在投资公司，或多或少还有些个人英雄主义。只要老板的眼光够毒够准，投对了一个项目，往往能扭转乾坤。而P2P金融业务的链条更长，环节更多，融资端、资产端、风控端，每一个环节必须做到滴水不漏，才能打赢整场战争。这种时候，老板是超人也靠不住，只能依靠团队力量。

方玉斌脱口而出一句话："个人理解，对于P2P金融平台来说，成功80%靠团队，失败80%因老板，只有好的团队才能保证不掉链子，否则风险无处不在。"

见蒋若冰不动声色，方玉斌问："怎么，你觉得我说得不对？"

蒋若冰说："这话你说没问题，如果从我口里说出来，袁总听了恐怕不太高兴。"

方玉斌笑起来："看来你很在乎上司的感受。"

蒋若冰也笑了："在公司里，袁总经常对我们说一句话——下级说上级的坏话，是无德；上级说下级的坏话，是无能。"

这时，方玉斌的手机响了。他一看来电号码，抬头对蒋若冰说："说曹操，曹操就到。"他滑动接听键，说："袁总，什么事？"

◎2　人在江湖，身不由己

袁瑞朗语调轻松：“大周末的，你躲在哪儿潇洒？”

方玉斌笑着说：“我正和你的一位美女部下共进午餐。”

“我的部下？谁？”袁瑞朗问道。

“就是蒋若冰。”方玉斌讲起自己去旧书店，和蒋若冰偶遇的事情。

袁瑞朗调侃道：“你和大美女如此有缘，苏晋不会有意见吧？当心我打你的小报告。”

方玉斌打哈哈道：“随你便。”他接着问：“对了，你找我什么事？”

袁瑞朗说：“我是请你去见另一个大美女。”停顿一下，他又说：“你还记得我之前提过，要请一位明星为亿家金控代言的事吧。人我已经找到了，约好下午碰面。”

请明星代言的事，袁瑞朗之前提到过。方玉斌觉得，金融企业不是卖日用消费品的，花钱请形象代言人大可不必。袁瑞朗却认为，亿家金控秉持高投入、大手笔的原则，凡事都要讲一个气派。况且，请明星做代言人，能向外界传递出不差钱的信号，更有利于吸储。在袁瑞朗的坚持下，方玉斌也没再反对。

“你找的哪个明星？”方玉斌问。

袁瑞朗说："楚蔓呀，咱们都认识。"

"是她！"方玉斌脑海中浮现出这位风情万种的华家少奶奶，如今影视圈里炙手可热的美少妇。自从出演了赵晓宇拍摄的电影后，楚蔓迎来了艺术生命第二春。她接拍多部影片，步入了一线女星行列。

方玉斌很久没和楚蔓联系了，倒是经常从网络、报纸上读到她的消息。如今的楚蔓不仅接戏多多，还时常在微博上和老公华守正秀恩爱。当年金盛集团风雨飘摇，她和华守正不离不弃的故事，也被媒体大书特书，俨然成为娱乐圈的贤妻良母。

每当看到这些新闻，方玉斌总会暗自发笑。华守正和楚蔓是什么关系，自己太清楚了。不过转念一想，既然人家是演员，可以在荧幕上演戏，难道就不能在社交媒体上演戏？

袁瑞朗说："楚蔓这些年走的是成熟稳重、贤妻良母的路线，和咱们企业的定位比较契合。真要是那些火辣奔放的少女，我还不要呢。我跟她说好了，下午 4 点在陆家嘴附近的咖啡馆见面。"

方玉斌说："楚蔓这几年火了，请她代言，估计价格不菲。"

袁瑞朗笑着说："所以才请你来，帮我砍价嘛。既然若冰跟你在一块儿，让她也来吧。"

对于见明星，蒋若冰怀有小小期待。她不停问方玉斌，楚蔓和你是老朋友，之前合作出品过影片，她人怎么样？外界说她和老公很恩爱，家庭生活特别美满，真的吗？

方玉斌不愿回答这些问题，总把话题岔开。去咖啡馆的路上，蒋若冰掏出手机刷微信，看到一条新闻，说千城股权大战烽烟再起，广东一家地产企业突然闯入，大肆收购千城股权。蒋若冰禁不住好奇心驱使，又问道："听说你以前在荣鼎负责千城这个项目，股权大战到底怎么回事？一个华海还嫌不够，怎么又杀出一家企业？王诚是不是真的要被撵走了？"

千城的事，当初在台北便已尘埃落定。如今有新人加入抢筹大战，不过是各方通力合作、兑现各自承诺而已。借新人入局，王诚要恢复股权结构的均衡，费云鹏要重夺最大股东的宝座，赵小轻则要赶紧出货，让资金安全撤退。

这些内幕，自然不能告诉外人。方玉斌依旧摇着头：“我已经离开荣鼎了，这些大生意不是我该关心的。我还是多想一想，亿家金控放出去的款子，怎么按时收回吧。平台上放着的，都是投资者的血汗钱，一刻也不敢大意。”

蒋若冰噘起小嘴：“看来是我问了不该问的问题。”

方玉斌说：“我只能告诉你，无论是股权之争还是楚蔓的私生活，人家怎么说，你听着便是。真要去相信，那可不值当。”

楚蔓和她的经纪人迟到了十多分钟。楚蔓连说抱歉，解释说路上交通太堵。自打有过塞班岛上那段纠葛，方玉斌会尽量回避楚蔓，偶尔见面，还会不自觉脸红。楚蔓倒早把那些事抛到九霄云外，大大方方与方玉斌握手寒暄。

袁瑞朗与楚蔓很早就认识，对这个大明星谈不上什么仰慕之情。好歹我当年是和你公公谈生意的人，后来不是我独具慧眼，投资赵晓宇的电影，你还红个屁！见对方迟到，袁瑞揶揄道：“你现在是大明星，不迟到一会儿成何体统？我原以为要等一个多小时，没想到才十多分钟，已经出乎意料了。”

楚蔓拍了一下袁瑞朗的手臂，撒起娇来：“人家不就迟到一会儿吗？看被你说的！”

楚蔓坐下后，回忆起当年的事，说没有袁瑞朗和方玉斌投资那部电影，自己就不会有复出拍戏的念头。袁瑞朗摆手说：“咱们都是老朋友，叙旧的话暂且留着。今天找你来，是请你帮忙的。如今我下海创业，正在起步阶段，还要你多支持。”

楚蔓说：“你是说给你们公司代言的事吧？不就是拍几张照片，出席几场新闻发布会吗？这种小事你吩咐了便是，我哪敢说个不字。”

“爽快！”袁瑞朗笑道。

楚蔓说：“这种事真不用袁总亲自出面。你安排个人，和我的经纪人接洽不就得了。”

“别介！我最怕和经纪人打交道，还是直接跟你谈好点。”袁瑞朗说，“民国时有位大书法家，据说很是古道热肠，有人上门求字，无不允诺，而且稍微熟悉一点的人，连钱都不收。”

袁瑞朗又说：“此人有个老婆，是个母老虎，为人凶悍。每次书法家帮朋友题完字，人家高高兴兴出门，他老婆总会追上去，向人家讨要题字款，还说老公是个死脑筋，除了写字啥都不管，家里开销大，早就入不敷出。她这么一说，朋友还好意思不给钱吗？这些事传到书法家耳朵里，他长吁短叹，说自己一世英名，毁在这个恶女人手里。但时间一久，大家也回过味来，你两口子不是在唱双簧吗？”

楚蔓的经纪人是个模样俊俏的女子，她听完袁瑞朗的故事，笑着说：“袁总是说我们经纪人跟那个母老虎一样？”

袁瑞朗说：“我是真担心楚大明星和经纪人一起唱双簧。她先满口答应，接着把黑脸交给别人唱，再狠宰我一刀。所以，难得见大明星一面，一定得把事情敲定。”

袁瑞朗这番话，既是玩笑，更是实情。方玉斌附和说：“袁总说得有道理，明星不能光表态，还得把事情落实。”

“好吧！你们说怎么落实？”楚蔓说。

袁瑞朗说：“两年时间，总共500万代言费，如何？”

楚蔓默不作声，身旁的经纪人说道：“如今的行情，国内顶级明星的代言费，通常是两年2000万，一线明星在1000万左右。楚姐刚拍完几部戏，人气、口碑爆棚。当然，你们是朋友，钱多钱少不应该计较。只是500万的价格，相当于把自己降格成了二线演员，传出去可就麻烦了。”

“我就说经纪人厉害。”袁瑞朗笑起来，“楚蔓，别把经纪人推在前面，你就说说，多少钱合适？”

被袁瑞朗一逼，楚蔓只好开口：“上个月我刚签了一个代言合同，两年1000万。如果低于这个价格，我向其他人也不好交代。但咱们的关系不一般，要不这样，合同按1000万签，私下我只收800万？”

以楚蔓的行情，800万的确算是人情价，但袁瑞朗如今自己做生意，每一分钱都计较得紧。他说：“咱们往中间靠一靠，600万如何？公司刚成立，资金很紧张。既然是朋友，还得多支持。”

楚蔓没有说话，脸上却是一股为难的表情。方玉斌这时说道：“袁总，你也不要为难楚蔓，人家给出的，已经是内部价了。”

“玉斌说得对。”楚蔓点头称是，袁瑞朗却一脸诧异。方玉斌呀方玉斌，可是让你来帮我砍价的，怎么反倒替楚蔓说话？是不是见着漂亮女人，脑袋发昏了？别忘了，你如今是亿家金控的投资人，给楚蔓的每一分钱，也得从你腰包里掏。

方玉斌又说：“价格上，袁总就不要斤斤计较了。只是楚蔓拿到钱以后，不妨放到亿家金控的平台上继续理财。将 800 万在袁总这儿放两年，利滚利下来怎么也有 1000 多万。这不是皆大欢喜吗？”

袁瑞朗一听就明白了——亿家金控支付给楚蔓 800 万代言费，接着，楚蔓再把这钱放进亿家的平台，当一名投资者。这么兜一圈，亿家暂时不必掏出真金白银。他心中暗笑，方玉斌这小子，脑子真是太好使了。

楚蔓将信将疑：“如今市面上的理财公司，P2P 金融平台很多，靠谱吗？”

袁瑞朗拉高声调：“如果不靠谱，我会辞去投资公司高管职位，舍弃几百万年薪跑来创业？把钱放到亿家的投资者，哪一个不是喜笑颜开，赚得盆满钵满？”

楚蔓说：“两年期限太久，一年行吗？”

“也可以。”袁瑞朗说，“只不过钱放到我们平台，一年的利率和两年的利率差着一大截。实不相瞒，好多人想投资我们两年期的理财产品，我还不答应呢。”

楚蔓说：“我不大懂理财，只求落袋为安就好。”

袁瑞朗抿了一口咖啡：“这话现在讲可以，以后可别说了。你是我们公司的形象代言人，就是要向大众推广健康理财的观念，怎么能说自己不懂理财？”此话一出，大家都笑起来。

代言的事敲定，众人终于能畅叙友情。说起当初一起拍电影的往事，三人谈笑风生。聊得兴起，楚蔓突然问道：“佟小知那丫头去哪儿了？你别说，我还挺惦记她的。”

后来发生的许多事，楚蔓并不知情，这一问纯属无心。方玉斌听着却不是滋味，脸上的笑容猛然僵硬。佟小知的事，袁瑞朗大概知道些。他知道楚蔓的问题不合时宜，便出来解围："佟小知出国嫁人了。都怪你，当时跟小姑娘说什么女人宁可遇见韦小宝，也不能遇见杨过，害得人家匆匆出嫁。"佟小知出国后，便没了音讯，所谓嫁人云云，自然是袁瑞朗随口说出来的。

"我说玉斌，你怎么什么事都跟老领导汇报？连咱们飞机上的聊天都不落下。"女人宁可遇见韦小宝的话，楚蔓的确说过。当时袁瑞朗并不在场，想来只能是方玉斌传出去的。

方玉斌说："我觉得这番议论很精彩，就跟朋友分享一下喽。"

见自己成功引开敏感话题，袁瑞朗趁机把谈话主题再往外带一带："楚蔓，看来你对武侠小说很有研究，金庸和古龙，你更喜欢谁？"

金庸与古龙的高下，是许多人津津乐道的话题。袁瑞朗这么一问，众人你一言我一语说起来。此前一直少有讲话机会的蒋若冰，也加入到讨论中来。

楚蔓的见解依旧独到："金庸、古龙各有千秋，谁高谁低完全取决于读者口味。不过在有一点上，古龙或许更胜一筹。金庸创造了很多流传甚广的语句，比如'侠之大者，为国为民''欲练此功，必先自宫''为人不识陈近南，便为英雄也枉然'……一提到这些话，人们自然想起金庸。但是，古龙创造出另一句经典台词，几乎成为所有人的口头禅。正因为普及程度太高，以至于提起这句话，人们丝毫不会记起古龙。"

"到底是哪句话？"大伙迫不及待地追问。

楚蔓把手放在膝盖上，优雅地说："人在江湖，身不由己。"

◎ 3　别人恐惧时我贪婪，这种思路究竟对还是不对

一晃大半年过去，亿家金控的业务蒸蒸日上，平台交易金额连创新高。更令方玉斌欣喜的是，自己投资的另一个项目——梦剧场直播平台，也被何兆伟打理得井井有条，在竞争激烈的直播市场稳稳占据一席之地。

这天，方玉斌与何兆伟一前一后走出飞机机舱，两人脸上都洋溢着笑容。此番香港之行收获颇丰，梦剧场成功收购一家电子竞技公司，令自己如虎添翼。

如今的直播市场，融合已成大势所趋，许多直播平台选择与电子竞技公司合作，让直播平台成为游戏爱好者观看电子竞技的地方。何兆伟觉察出这一趋势，联系了好几家颇有影响力的电子竞技公司希望收购，只不过对方开价很高，交易难以达成。

这次收购的电子竞技公司名声不算响，但公司旗下的一款游戏在中国南方很受欢迎，属于小众市场中的佼佼者。方玉斌的投资原则是，收购一定要瞄准行业内的尖兵，如果不能收购大众市场的领导者，也要拿下小众市场的领导者。比如这家公司，起码在某个区域内拥有难以撼动的影响力。凭借此番收购，梦剧场顺势把一拨黏性十足的用户揽入自己怀中。

在香港时，方玉斌还与几位美国投行人士碰面，探讨起梦剧场赴美上市的可能。趁着直播行业火红，他有了推动梦剧场在纳斯达克挂牌的计划。

走在机场通道上，何兆伟指着一块广告牌说："大明星楚蔓代言的亿家金控，广告都打到航站楼了。这家公司也是你投的吧？"

方玉斌抬头瞧了一下这块广告牌，微笑着点头。

"你行啊！"何兆伟说，"星阑投资才成立多久，其他的项目不说，单梦剧场与亿家金控两个项目，已经让你赚得盆满钵满了吧。"

方玉斌说："星阑资本的资金实力算不得雄厚，大部分钱都投给你们这两家公司了，其他都是一些小项目。梦剧场与亿家金控，也是我投入精力最多的。"

吴步达站在机场到达厅，迎候方玉斌一行。方玉斌听从了王诚的建议，当初只身一人离开荣鼎，谁也没有带走。王诚的预言也很快被印证，吴步达身为方玉斌亲信，被新上司穿了数不清的小鞋。迫于无奈，他只好递上辞职信。从荣鼎离开后，吴步达联系了方玉斌。这一回，方玉斌敞开怀抱欢迎，并让吴步达直接做了星阑资本的投资总监。

吴步达走上前来，一面替老板拎行李，一面笑着说："有一则好消息。"

"什么消息？"方玉斌问。

吴步达说："日日金公司出事了，一大帮投资者把公司围得水泄不通，老板都躲起来了。"

日日金公司也是一家 P2P 金融平台，实力颇为雄厚，一度被视为亿家金控最强劲的对手。方玉斌有些吃惊："我去香港之前，这家公司不还好好的？"

吴步达说："P2P 金融平台不比其他行业，垮起来真就是一两天的事。有几千万的款子，日日金公司到期后无法支付给投资人，恐慌情绪瞬间蔓延，没人再把钱放进来，原先的投资者嚷着把钱取走，公司资金链一下就断了。"

方玉斌眉头一皱："你觉得这是好消息？"

"应该是吧。"吴步达说，"日日金一直是亿家金控最大的竞争对手，两边的业务员为了拉生意，还大打出手过。他们垮了，估计袁总一定偷着乐。"

方玉斌停下脚步，说道："步达，你开车送兆伟回家，我自己叫车走。"

“你去哪儿？”何兆伟与吴步达同时问道。

方玉斌说：“我去看看袁总，问他是否在偷着乐？”

走进袁瑞朗的办公室，方玉斌又说起刚才在机场与吴步达的对话，袁瑞朗哈哈大笑：“他说得一点没错，我的确是偷着乐。”

“真的？”方玉斌问。

袁瑞朗得意扬扬地点燃一支烟：“你别说，我从吴步达这小子身上，看到了你当年的影子。那时，你也是负责投资业务的总监吧，人都很精灵，又特别好学上进。当然，吴步达的天赋比起你还是差一些。但只要你好好带一带他，没准日后能成大器。”

“我怎么高兴不起来？”方玉斌说，“P2P 金融是个特殊行业，跟开餐馆、超市不一样。看见街头的餐馆关门，街尾的餐馆不妨高兴一阵子，因为整条街的食客只能来自家消费。可日日金这样的大型 P2P 金融平台倒了，打击的却是所有投资者的信心。人们会想，把钱放在 P2P 平台，还安全吗？恐慌情绪传递出去，亿家难免受到波及。”

袁瑞朗抿了一口茶，说：“佛家有人生三重境界之说，所谓看山是山，看水是水；看山不是山，看水不是水；看山又是山，看水又是水。吴步达还在第一重境界，玉斌你嘛，已修炼到第二重，至于我，如今看山又是山，看水又是水。”

尽管方玉斌的身份早已与袁瑞朗平起平坐，但袁瑞朗不时还会摆出老领导的架子。方玉斌并不介意，说：“愿闻其详。”

袁瑞朗说：“日日金垮了，冲击的是整个 P2P 金融产业。毫不客气地说，整个行业会面临大考，亿家金控也将进入艰困时刻。别说一般投资人恐慌了，连公司股东也心神不宁。我刚接到一个电话，一位股东就提出撤资要求。”

“但是，”袁瑞朗话锋一转，“让鱼龙混杂的 P2P 金融行业来一场大洗牌，对于亿家这样体质优良的企业来说，何尝不是一次机会？”

袁瑞朗又说：“如今的 P2P 金融行业实在太混乱，以至于形成劣币驱逐良币的局面。有些平台对投资人开出 20% 的年息回报，简直跟疯了一样。我算了一笔账，按年息 20% 计算，目前国内 P2P 平台的坏账率平均在 10% 左右，两者相加，就是 30%。另外，平台总还要发点工资、付点租金、给点宽带费吧。这一加，就到了 35%。哪怕平台一分利润不要，纯粹学雷锋，借款人的融资成本也在 35% 左右。现在做什么行业，可以保证 35% 的利润？一旦借款人到时不能按期偿还，又怎么办？”

袁瑞朗接着说：“平台疯狂，投资人也像着了魔似的。一些投资人毫无风险意识，哪家给的利息高，就把钱投到哪里。正儿八经经营的平台吸储越来越难，甚至还得加码跟进。”

袁瑞朗从椅子上站起来：“现在好了，来一场大危机，把那些滥竽充数的公司打回原形。亿家金控虽然也会面临冲击，但良币终于可以驱逐劣币，我为什么不开心？”

方玉斌明白袁瑞朗的意图，他说道：“你说的道理没错，但做起来却不简单。”

袁瑞朗说：“沧海横流，方显英雄本色，现在到了考验我们决心跟意志的时刻。我已经决定，趁着整个行业步入调整期，来一次逆势扩张，抄一回大底。人家尸横遍野，我却不退反进。等调整期结束，亿家将真正确立在国内 P2P 金融行业的霸主地位。”

别人恐惧时我贪婪，这种思路究竟对还是不对？中外投资案例中类似做法不胜枚举，成功的和失败的概率几乎相等。但此时袁瑞郎准备抄底 P2P 金融行业，方玉斌却觉得有些不妥，但一时也拿不定主意，只是继续问袁瑞郎：“有什么具体做法？”

袁瑞朗显得信心满满：“亿家金控的业务不会收缩，还要大踏步前进，在各地成立分公司的计划也照常进行。同时，那些意志不坚定的股东不必强留，我会启动二轮融资，引入新的战略合作伙伴。”

“你要启动二轮融资？是已经定了还是跟我商量？”方玉斌颇为惊讶。

“当然是定了，光说不练有啥意思！”袁瑞朗说，“我和美国一家风投公司接触了一段时间，对方入股亿家金控的意愿十分强烈。这家风投的亚太区总裁这几天就在上海，如果不出意外，很快就能签合同。”

“这种大事，你怎么连招呼也不打？”对于曾经的上司，方玉斌向来颇为敬重，这一回却忍不住抱怨，“启动二轮融资，一方面是引入新投资者，另一方面原有股东的股权势必会被稀释。星阑资本是亿家金控的最大股东，这种与我方利益息息相关的事，你居然不征求一下我们的意见？”

袁瑞朗笑着说，“咱俩谁跟谁，难道你还计较这些？”

方玉斌说：“无论我计不计较，这种事你都应该事先征得我的同意。”

“好，好，这次算我的疏忽。”袁瑞朗说，“现在我就正式征求你的意见，对亿家启动逆势扩张计划还有展开二轮融资，星阑资本是否赞成？”

方玉斌拿出了公事公办的态度：“事关重大，我方必须经过慎重研判才能做出答复。”

“你们要研判多久？我可想趁着美方代表来上海的机会，把这事敲定。”袁瑞朗追问道。

方玉斌说：“论证过程起码要半个月，星阑资本的管理层不仅要开会研究，还要征求股东的意见。”

“拖太久了。”袁瑞朗说，“我只能给你们三天时间。三天之后，我就要在董事会提出相关议题并付诸表决。”

袁瑞朗咄咄逼人的态势令方玉斌有些冒火，他郑重其事地说道：“如果是那样，我将不得不投出反对票。”

“没关系。”袁瑞朗的语气也变得生硬，“我是亿家金控的创始人，手里B类股票的表决权可是其他股东的10倍。即便所有人反对，二轮融资依然能付诸实施。”

袁瑞朗当初坚持的牛卡计划，现在派上了用场。方玉斌心里很是窝火，换作其他人，大概他已经拍桌子跳起来。但面前毕竟是袁瑞朗，方玉斌只是阴沉着脸，不再说话。

过了一阵，袁瑞朗递过一支烟来，语气也缓和了一些：“牙齿和舌头有时还会咬着，在一起工作，哪会没有意见相左的时候。刚才我也说了一些气话，你不必介意。”

方玉斌接过烟，大口抽起来。袁瑞朗又说："刚才我说的事，还是希望你能认真考虑一下。虽说即便所有人反对，我依然能拍板做决定，但能统一想法总是好一些。我也不说三天，就一周时间吧，到时咱们开董事会碰头。"

方玉斌依旧没有开口，只是点了点头。

◎4　万达向全国扩张之初，王健林立下一条规矩

方玉斌清楚，袁瑞朗说的是气话，道的也是实情。人家有牛卡计划，即便所有人反对，又能奈他何？至于三天或一周，不过是给自己一个台阶下。一周后的董事会，方玉斌没有出席，星阑资本的代表在会上投出了弃权票。袁瑞朗所力推的计划，也毫无疑义地获得通过。

亿家的扩张全面铺开，袁瑞朗与美国的风投签署了合作协议，甚至利用二轮融资的机会，企业高管层还获得了相应股权。

一天，方玉斌正在外面和人谈事情，却接到蒋若冰的电话。对方笑呵呵地说："方总，有件事得麻烦你一下。"

"什么事，你只管说。"方玉斌与蒋若冰的私人关系不错，两人在书店相遇后，感觉蛮谈得来，私下又聚过几次。

蒋若冰说："上回在旧书店，我记得你把一本台湾翻译的有关互联网金融的书淘走了，对吧？"

"没错。"方玉斌答道。

蒋若冰说："我也很想看这本书，可昨天去旧书店，已经找不到了，敢情被你淘走的是个孤本。"

"向我借书是吧？可以，但不能白借。怎么着也得请我吃顿饭。"一顿饭

是小事，方玉斌倒真想和蒋若冰见面聊一聊。袁瑞朗执意推动逆势扩张后，亿家的状况如何？他想听一听蒋若冰的意见。

“没问题。”蒋若冰爽快地答应。

两人见面闲聊了几句后，方玉斌便有意将话题往工作上引：“最近工作怎么样？”

“还……还行吧。”蒋若冰犹豫了一下才回答。

方玉斌说：“瞧你这样子就不怎么行。说说，都有什么烦心事？”

蒋若冰缓缓开口：“也不是什么大事，就是前几天和袁总吵了一架。”

“你和袁总吵架了？为什么？”方玉斌好奇地追问。

蒋若冰说：“袁总想从车贷部调几千万资金出去，我坚决反对，因此产生了分歧。”

车贷部一直由蒋若冰负责，业绩蒸蒸日上。蒋若冰之前跟方玉斌聊过，自己很看好车贷业务，认为这是国内 P2P 金融的一种可行模式。她认为，P2P 金融必须在大银行的夹缝中求生存，主攻小额贷款。而在小额贷款中，信用贷款风险太高，借钱不还的大有人在，剩下的抵押贷款，大致有房产抵押与车辆抵押两种选择。

房产抵押的弊端在于，各地差异太大，导致平台不得不付出高昂成本。比如一套 100 平方米的房子，因为所处城市、地段的不同，价值有天壤之别。放贷前，工作人员必须上门评估。车辆抵押就简单多了，一辆奥迪 A6，甭管是在北京还是小县城，价格相差不大。贷款人只要把汽车行驶证的资料传过来，根据车龄立刻能够估算出价值。

因为有抵押物，跑路的风险也被降到最低。对风险偏大的客户，平台会将车辆质押，即把车钥匙留存，车辆停到指定的车库里，以保证一旦出现坏账可以有效控制车辆。对一般客户，不会扣下车辆，而是选择安装定位系统，跟踪汽车运行轨迹。

在蒋若冰一手打理下，亿家金控的车贷业务已成行业翘楚。既有建筑老板抵押千万级豪车，换取急需的流动资金，也有一般人从平台贷走五六万用于日常周转。更可喜的是，因为建立了完善的风控体系，车贷业务的坏账率始终控制在较低水平。

“车贷部门的现金流充裕，支援一下其他部门，没什么大不了嘛。”方玉斌知道，蒋若冰拒绝袁瑞朗一定有她的道理，这么说只为激一激她。

蒋若冰果然滔滔不绝道：“当年万达集团向全国扩张时，同时上马几十个万达广场。王健林立下一条规矩，各项目之间的资金不能互相挪用。他的想法是，一个项目资金链断裂，只是局部问题，可项目之间的资金拆来借去，一旦出问题就是一场灾难。袁总推出的扩张计划，让企业的资金链绷得很紧，此时如果还在公司内部拆东墙补西墙，那么稍有闪失，就会出大事。”

方玉斌抿了一口饮料，说：“听你这口气，对扩张计划并不认同？”

“是的。”蒋若冰回答得很干脆，“日日金公司倒闭后，陆续又有几家P2P金融平台出问题。在整个行业步入调整周期后，我们应该勒紧裤腰带过日子，而不是冒险扩张。我当然清楚袁总的想法，别人恐惧时我贪婪，利用行业危机完成抄底。但做企业毕竟不是炒股票。其实，只要我们能活下来、挺过去，就是抄了一回大底。”

前段时间，方玉斌与袁瑞朗争执的焦点集中在二轮融资，对企业的经营战略反倒忽视了。听蒋若冰这么一说，他也认为很有道理。

蒋若冰继续说：“扩张战略本身就值得检讨，在战术动作上更是昏着迭出。比如在公司内部违规拆借资金，这就是大忌。还有，在没有抵押物的情况下，动辄把几千万资金贷给那些高风险项目，实在太冒险。”

“我知道你说的那些项目。”方玉斌说，“比如借给江州钢铁厂的一个亿，还有浙江、安徽的几家公司，前前后后也借了几千万出去。”

“不过，”方玉斌说，“据我所知，前几个项目还算成功。除了江州钢铁厂的还款期限没到，其他项目都连本带利还了。说实话，一开始我对这些项目也有质疑，但以结果为导向，似乎我的担心有些多余。”

“绝不是多余。”蒋若冰摇头说，“风投项目有一半的成功率已经不错。但放贷这种事，成功九个项目，最后一个把钱放飞，也是灭顶之灾。”

蒋若冰这番话，让方玉斌陷入沉思，做投资与做贷款虽说都属于金融行业，但差别更显而易见。许多亿家的高管以前追随袁瑞朗在投资公司工作，如今做贷款也自称驾轻就熟。殊不知，驾轻就熟恰恰是大问题！甚至自己，是否也没有跳脱原来的桎梏？

方玉斌重新开口：“你今天说这么多，似乎与当初不评价上级的观念有些冲突。”

蒋若冰脸上闪过一丝尴尬，旋即说：“我说这些，也是为公司好。”

“跟你开玩笑呢。”方玉斌笑起来，“谢谢你告诉我这些。”

蒋若冰脸上也浮现出笑容：“不用客气。我倒是希望你能抽空与袁总好好交流一下，我们这些下属的话他不一定听，但你的话，想必他能听进去。”

方玉斌点点头：“我会找他好好谈一次。”

第二天，方玉斌来到袁瑞朗办公室。袁瑞朗笑容满面，自打上回起过争执后，方玉斌就没再来过，如今主动登门，令他喜出望外。方玉斌一坐下，就把从车贷部抽钱的事提出来。

袁瑞朗的脸又板起来：“这些事是谁告诉你的？”

方玉斌说：“谁告诉我的不重要，咱们对事不对人。”

“其实，不用问我也能猜到，是蒋若冰吧。”袁瑞朗点燃一支烟，接着把烟盒重重地扔到桌子上，“对公司情况这么清楚，又能和你说上话的，也只有她了。蒋若冰的能力不错，但通过一些事，我觉得她太有心眼。我劝你对她也提防点，别什么话都信。就说车贷部调钱的事，当着我的面不说，却跑到你那里告状，什么意思！”

方玉斌唯恐因为这事，连累到蒋若冰，他说：“你别怪人家，是我逼着她说的。关键是资金链绷这么紧，太危险了。”

“别听蒋若冰瞎忽悠。”袁瑞朗不以为然地说，“亿家处于高速扩张时期，资金紧张在所难免。”

方玉斌强调道：“P2P金融公司里的钱，都是投资者放进来的，经不起一点风吹草动。”

袁瑞朗说：“咱们早就和担保公司建立了合作关系，真有什么风吹草动，不会孤立无援，这个你可以放心。”

投资人把钱投到平台，通常会得到承诺，即便放出去的资金一时收不回来，平台也会用自己的钱先行代付本息——这就叫平台担保。平台为了分散风险，也会与担保公司合作，平时分享收益，有事时风险共担。诚如袁瑞朗所说，亿家金控比起一般的 P2P 平台，对于风险管控还算重视。有些小规模平台，压根不会把兜里的钱分给担保公司。袁瑞朗却拿出真金白银，和业内数家实力雄厚的担保公司建立了合作关系。

关于担保公司，方玉斌也和蒋若冰探讨过，他摇头说："通过担保公司分散风险，出现小颠簸时或许行得通，真遇到大风大浪，估计够呛。如果说近年来 P2P 平台是野蛮生长，担保公司的路子就更野，承兑、票据、外贸，什么业务都敢接。遇到大危机，谁先垮掉还不一定。再说了，即便按法律程序担保公司会承担一部分责任，但真出了事，那些中小投资者可不会按法律办事，人家不会去找远在天边的担保公司，只会堵在 P2P 金融公司门口。"

方玉斌又说："按照最新颁布的《存款保险条例》，假若银行倒闭，最高偿付限额为 50 万元。这可是国家正式法规！也就是说，甭管你在银行存了多少钱，假若银行破产倒闭，最高只陪 50 万。银行尚且如此，你能指望担保公司本息全保吗？"

袁瑞朗抿了一口茶："这些话都是蒋若冰教你的吧！好，就算你们说的这些没错，但我的后手可不只一个。江州钢铁厂的借款，下个月就到期。他们把钱一还，我们的现金流立刻会好起来。"

"更关键的是，"袁瑞朗接着说，"亿家金控和美国的风投早就签了注资协议，那可是 3000 万美元的真金白银。首笔投资款 300 万美元，协议签署后第二天就到账了。只不过最近，这家风投的亚太区总裁换人，有些小耽搁。但人家说了，最多一个星期，剩下的钱就会打过来。我之所以敢把资金链绷到极致，是因为身后有源源不断的资金补充进来。没有把握的事，我会做吗？"

方玉斌还有话要说，袁瑞朗却挥了挥手："对了，这位新总裁明天会来上海，这是他上任后第一次外出，说明对亿家金控很重视。你和我一起去机场迎接一下吧。未来你们都是亿家大股东，彼此也该认识一下。"

◎5 似曾相识燕归来

从旧金山飞到上海的航班，预计下午6点过后抵达。因为飞机晚点，加上办理入关手续，袁瑞朗与方玉斌一直在候机厅等到晚上8点。趁着等候的时间，袁瑞朗介绍说，这家风投基金的总部在美国加州，近年来在中国投资了多个产业。新上任的亚太区总裁叫维尔特曼，是从欧洲区调过来的。因为还没打过交道，袁瑞朗对维尔特曼的背景也不甚了解。

随着人流，两名穿深色西服的男子一前一后走了出来。其中一人是标准的东方面孔，另一人一头金发，身材魁梧。袁瑞朗打起精神，大老远就朝这两人挥手致意。

东方面孔的人小跑着过来，与袁瑞朗打招呼，口里操着台湾腔。接着，他又用英语将身旁的西方人介绍给袁瑞朗。留学美国多年的袁瑞朗能说一口地道美语，他与这位西方人握手寒暄。

小县城里长大的方玉斌，当年靠着苦读，背下的英语单词不少，但听力与口语却不敢恭维。瞧着袁瑞朗与客人言笑晏晏，自己只能呆呆立在旁边。他吃不准，眼前这位中年男子，是否就是新官上任的风投基金亚太区总裁维尔特曼。当着客人的面，他也不便直接询问袁瑞朗。

袁瑞朗看出了方玉斌的心思，用中文介绍说："这位吴先生祖籍台湾，如今是基金亚太区投资总监，以前的亚太区总裁带着老吴来过上海多次，我和他也是老朋友了。布朗先生是新上任的副总裁，维尔特曼先生和他的秘书还在里面等候托运行李。布朗说，维尔特曼也是位华人，日后交流起来，不会有什么障碍。”

方玉斌一面与客人握手，一面在心里寻思，敢情这维尔特曼是个假洋鬼子！

又过了五分钟，布朗朝旅客出口的方向挥舞起手臂，对面推着行李的一男一女也朝他挥手微笑。转过头，布朗说：“维尔特曼总裁出来了。”

方玉斌的听力再差，这句话也能听懂。他顺着布朗挥手的方向望去，却惊得合不拢嘴。难道是自己眼神恍惚，产生错觉了！再定睛一看，没错呀，就是他！

方玉斌把目光投向袁瑞朗，只见对方也是一脸错愕。从袁瑞朗的表情，方玉斌坚定了自己的判断。两人同时产生错觉的概率几乎不存在，事实只能是，他们都看到了令自己难以置信的一幕。

没错，朝自己走来的维尔特曼总裁，不仅是地地道道的华人，更是一位熟人。这个假洋鬼子，不就是当年费云鹏的秘书，后来荣鼎资本上海公司的总经理燕飞吗？

正当两人发愣之际，维尔特曼，不，应该叫燕飞，已走到身前。他脸上挂着微笑，主动伸出右手：“袁总、玉斌，我们又见面了。”

无可奈何花落去，似曾相识燕归来。这笑容与口音，都是那般熟悉。袁瑞朗缓过神，伸出手：“没想到是你呀！”

方玉斌也强装出镇定，笑着说：“真是人生何处不相逢。”

燕飞扭过头，对吴先生说：“怎么样，我没吹牛吧？在美国时我就告诉你，我和袁总是老朋友。”

众人拖着行李往外走，袁瑞朗对吴先生说：“老吴，这可是你的不对。我和燕飞既然是熟人，你怎么不提前说一声？我还一直以为，维尔特曼是个洋人。”

吴先生说：“这可不能怪我。总裁跟我们打了招呼，让保守秘密，说到时给老朋友一个惊喜。”

“我们可不止老朋友那么简单。”燕飞说，“当初我们在一家公司，袁总是总经理，我是他的副手，玉斌是投资总监。袁总离开后，我接了他的班，在我之后，玉斌又升任总经理。”

袁瑞朗与方玉斌点头称是，但他们更清楚，彼此之间的恩怨情仇、利益纠葛，远比这几句介绍复杂得多。

来到停车场，方玉斌摁动车钥匙，奥迪 A8 轿车的灯闪了一下。离开荣鼎后，方玉斌一直使用这辆费云鹏送给自己的轿车。一旁的燕飞问道：“你怎么还在开这辆车？”

这个问题，袁瑞朗也问过。当袁瑞朗与燕飞见到这辆轿车时，总会条件反射地问出同一句话，大概并非巧合。荣鼎资本上海公司总经理的位置，对两人来说既是高峰亦是悬崖。他们在这里获得无数荣光，也由此跌落深渊。这辆一度象征着权力与财富的总经理座驾，掺杂了太多的个人情愫。

燕飞听完方玉斌的解释后，坐进了这辆自己再熟悉不过的轿车。他瞟了一眼窗外的夜景，接下来从机场到酒店，一路上便不再说话。坐在副驾驶位置上的方玉斌，也装出打瞌睡的模样。其实他心事重重，哪还有一丝倦意！

接机之前，袁瑞朗曾与方玉斌商量，第二天上午，让美国客人在宾馆休息，倒一倒时差。下午，双方再来公司举行正式会议。不过经历了昨晚那一幕，袁瑞朗与方玉斌一大早便不约而同来到公司。

方玉斌止不住摇头叹息：“想不到，想不到！真是冤家路窄。”

袁瑞朗也是一脸苦笑：“昨晚我躺在床上怎么也睡不着。维尔特曼，燕飞？唉，这世界可真小呀。”

袁瑞朗手上的烟一支接一支：“难怪我之前去打听维尔特曼的背景，人家什么都不肯说，原来是他有意隐瞒。昨晚燕飞坐你的车，我就趁机挤到老吴车上，使劲跟他打听。据老吴说，燕飞去美国后，在一家商学院进修了几个月，接着就加入这家风投基金。此前，他是欧洲区副总裁，负责西欧地区业务，这次因为亚太区总裁离职，上头把他调了过来。”

方玉斌若有所思地说：“也就是说，燕飞出现在咱们面前，只是一种巧合，并非有什么阴谋。”

“但愿如此吧。”袁瑞朗说，“他说要给我们一个惊喜，惊确是惊，是不是喜，只有天知道。”

烟停不下来，袁瑞朗喉咙干痒，咳嗽了几声。他抿了一口水，说：“其实，燕飞纵然心中有恨，也应该去恨丁一夫与费云鹏，不该恨咱们。把他撵出荣鼎，咱俩可没这本事。”

“话虽这样说，不过丁一夫已经死了，费云鹏高高在上，权势熏天，又不是他燕飞恨得上的。”说这话时，荣鼎公司那一幕幕腥风血雨不禁浮现在方玉斌脑海。

袁瑞朗掐灭烟头：“说到底，咱们和美国公司是白纸黑字签了协议的，大家都得按合同办事。即便燕飞当上了亚太区总裁，谅他也不敢做什么出格的事。”这句话，袁瑞朗既是安慰方玉斌，也是夜路吹口哨，给自个儿壮胆。

正说着，办公桌上的电话响了。袁瑞朗拿起电话，只听公司前台的行政人员说：“袁总，有位先生在门口，他说是你的老朋友，想要见你。”

“哪个老朋友？”袁瑞朗问。

“他说自己姓燕，从美国来的。”前台人员回答道。

“请他进来。”袁瑞朗知道，燕飞不请自来了。他心里也在嘀咕，说好的下午见面，怎么上午就跑来了？

走进办公室，燕飞主动打起招呼：“袁总，你好！哟，玉斌也在这儿。”

袁瑞朗拿出书柜里的上好普洱，沏好茶，递到燕飞面前。袁瑞朗说：“你一路舟车劳顿，怎么不在宾馆里好好休息？”

燕飞笑着说：“或许是时差的关系，一大早就醒了。闲着也是闲着，索性就过来见一见老朋友。”

三人的烟瘾都不小，办公室里不一会儿便云山雾罩。燕飞说道：“下午的会面，是公事。上午这一趟，就当是朋友间闲聊吧。”停顿一下，他又说：“既然彼此知根知底，我说话就不拐弯了。”

“这样最好。”袁瑞朗与方玉斌异口同声道。

燕飞说：“大家曾在荣鼎共事，后来又相继离开。我以为，过去的事就让它过去，不要陷在那些是是非非之中。我可以跟你们保证，处理这个项目时，绝不会带入任何私人情绪。”

“过去的事，再去计较没有意义。”“对，应该朝前看。”袁瑞朗与方玉斌相继表态。看着燕飞一脸真诚、推心置腹的表情，他们都吃不准，这究竟是真情还是假意？自己能做的，只能是摆出一副更热忱的态度。

袁瑞朗趁机说道：“按照协议，投资款应该打给我们了。如今你新官上任，可得把这事抓紧了。”

燕飞说：“下午开过会，我深入了解亿家金控的发展情况后，就会尽快履行合同。”

“亿家的情况你还不清楚吗？”袁瑞朗说，“咱们签订合同时，财务数据早就提供给你们了。”

“财务数据固然重要，但也不能只看报表。”燕飞说，“以往在荣鼎时，袁总不是经常告诫我和玉斌，面对面的沟通，远胜过阅读枯燥的财务报表。”

下午的会议一直持续到傍晚，燕飞听得仔细，并不断插话发问。会议结束后，他连晚饭也没来得及吃，便匆匆奔赴苏州。据燕飞说，此次中国之行的日程安排很紧，在苏州停留两天后，又要去北京，之后返回美国。

对于投资资金何时到位的事，袁瑞朗自然穷追不舍。燕飞的回答与此前的官方表态如出一辙：“一周之内吧。”

◎ 6　投资公司随便抠一个字眼，就能找到暂停合同的理由

一周时间转瞬即逝，已到了燕飞承诺的时间。这一天，正巧方玉斌来到亿家公司，却发现办公区的员工面面相觑。再一听，袁瑞朗正在办公室里发出愤怒的咆哮。方玉斌拉过一名员工，问道：“怎么回事？”

员工说：“不清楚。刚才有个外国佬去找袁总，接下来，里面的声音就越来越大。”

“哪个外国佬？”方玉斌问。

员工答道：“好像是美国风投公司的代表。”

方玉斌走了进去，只见袁瑞朗正在办公室里来回踱步，满面尽是怒气。美方代表坐在沙发上，脸上写着无奈。

“怎么了？”方玉斌问道。

这一句话，又把袁瑞朗的怒火点燃，他大声吼道：“这帮人就是一伙骗子！”

美方代表能说一口流利中文，他耸了耸肩，说道：“对不起，袁总，你的心情我完全理解。但我必须服从维尔特曼总裁的指示。”

“别跟我提维尔特曼！”袁瑞朗抑制不住情绪，爆出粗口，“别人不知道

他，老子还不知道吗？在我面前，就说燕飞，别他妈装假洋鬼子。”

一旁的方玉斌，听了一会儿也大致清楚了。原来燕飞返回美国总部后，下达了停止向亿家金控注资的决定。

怪不得袁瑞朗如此动怒！方玉斌也忍不住指责：“投资协议白纸黑字摆在那里，怎么能说停就停？”

对方还是那句话：“我只是执行维尔特曼总裁的命令。”

方玉斌扭头对袁瑞朗说：“和燕飞联系没有，他怎么说？”

袁瑞朗说：“我给他打了好几通电话，都没人接。微信、短信什么的，又给他发了一大通。”

这时，桌上电话响了起来。一看来电号码，袁瑞朗说：“是燕飞打来的。”他摁下免提键，不待燕飞说话，先连珠炮式地发问：“你什么意思？签好的协议，为什么说变卦就变卦？不是说捐弃前嫌吗，你这话在骗鬼吧？”

电话那头，燕飞打着哈欠：“拜托，美国这会儿还是晚上。你可是存心不让我睡觉。”

袁瑞朗气愤地说：“你睡得着，我可睡不着。告诉你，三天之内不把钱打过来，我就飞到美国，找你们基金的老板理论。我倒要看看，你公报私仇，他就任由你胡来！”

燕飞干笑了几声，说：“你要来美国，我一定尽地主之谊。你要去找我的老板，也悉听尊便。不过，停止向亿家注资的事，正是老板亲自决定的。”

“那也是听信了你的一面之词。”袁瑞朗吼道。

燕飞说：“袁总，你能不能稍微把情绪平复一下，让我好好把话说完？”

“你说。”袁瑞朗说。

燕飞说：“上次去你办公室，我说的都是肺腑之言。过去的事情已经过去，没必要揪住不放。我、你，还有方玉斌，都离开了荣鼎，事实证明，咱们都是输家，都被人耍了。同是天涯沦落人，何必窝里斗呢？接受亚太区总裁的任命之初，我就下定决心，不把个人情绪带人工作中。”

燕飞又说：“暂停与亿家的合作协议，的确是我的主张，但绝不针对任何人。你可以去问一问，我的这次中国之行，走了上海、苏州、北京三座城市，拜访了三家互联网金融公司。另外那两家，之前也跟我们签署了合作协议。如今，这些协议全部暂停执行。”

“你究竟什么意思？”袁瑞朗质问道。

“实话告诉你吧。”燕飞说，“为什么我的前任会离职，就因为他在中国一口气投了多家互联网金融公司。但老板认为，互联网金融在中国的发展前景并不明朗，甚至在未来一段时间将经历大洗牌，如此激进的投资战略并不可取。”

燕飞接着说：“上任之后，老板立刻让我来中国走一趟，实地了解情况。我的看法与老板相同，前一波互联网金融的发展有很大泡沫，整个行业蕴藏着风险。趁着还没把钱全砸进去，我们必须把节奏放缓，起码得观望一阵。”

无论燕飞是出于公心还是借机泄私愤，对袁瑞朗来说结局都一样。他无暇分辨对方的动机，只是说：“对于行业发展趋势，谁都可以有自己的观点。但白纸黑字的合同，不能不算数吧？”

燕飞笑起来：“咱们都是投资公司出身，对这里面的门道难道还不清楚？哪份合同里没有一大堆附加条件？投资公司随便在里面抠一个字眼，就能找到暂停合同的理由。当然，你们也许会提出异议。到时，只能法庭上见喽。不过像这种跨国经济纠纷，没个三五年判不下来。等官司结束，不知道你们的公司还在不在？”

“这是耍流氓！”袁瑞朗气得一拍桌子。

“也许吧。”燕飞说，“不过这种流氓，咱们过去都没少耍。”

放下电话，袁瑞朗依旧暴跳如雷。方玉斌打发走美方代表，转身递给袁瑞朗一支烟：“消消火。天要下雨，娘要嫁人，随他去吧。”

袁瑞朗的气还没消，恨恨地说：“我的所有资金计划，都是按照 3000 万美金能按时到账来规划安排的。没想到燕飞背信弃义，来了这么一出。”

方玉斌说：“风投的钱指望不上了，公司的资金计划必须马上进行调整。”

“没错，是得调整。”袁瑞朗站起来，“通知所有中干马上去办公室开紧急会议，先把咱们的家底清一清。”

亿家金控的中干会议一直开到晚上，方玉斌也在一旁听着。状况的确不容乐观，即便把扩张计划全线叫停，尽力回笼资金，仍面临资金缺口。未来一个月内，需要支付给投资人的款项约为两个亿，想尽各种办法，开源节流之后，公司只能拿出1.7亿现金。

袁瑞朗却做出信心百倍的样子："扩张计划暂时缓一缓吧，但大家也不必灰心丧气。亿家平台的交易金额早就超过10亿，区区几千万的资金缺口，对于我们来说远不算迈不过去的坎。死了张屠夫，就吃浑毛猪，没有那回事。美国佬言而无信，以为没了他们的臭钱地球就不转了，我们偏要争一口气。"

一旁的蒋若冰却说道："袁总，P2P金融具有行业特殊性，有些东西不能掉以轻心。没错，以我们的交易规模，换作一般企业，几千万的资金缺口不是大事。给上下游供应商打声招呼，有些款子赊欠个把月，难关就过去了。但P2P平台上的钱，都是投资者放进来的，他们可敏感得很。一旦我们不能按期支付收益，就会人心惶惶，甚至恐慌情绪还会蔓延出去。试想一下，假如银行宣布，半个月内取不出钱，会是怎样一番景象？"

袁瑞朗的脸一沉，旋即却春风满面地说："所以不能让这种景象出现，必须确保按时支付投资者收益。"他接着说："其实，刚才我们还算漏了一笔账，江州钢铁厂的一个亿借款，月内不是到期了吗？等他们把钱还上，什么资金缺口都不存在了。"

听袁瑞朗如此说，部下们的信心有所恢复。袁瑞朗笑着挥了挥手："按照会议部署，大家分头行事吧。只要诸位各司其职，公司的发展就不会出问题。"

散会后，袁瑞朗回到办公室，又专门把蒋若冰叫来。他关上门，阴沉着脸，低声训道："你今天在会上说这些是什么意思？是显示你很懂行吗？"

蒋若冰解释说："我只是尽到自己作为下属的责任，提出意见供你参考。"

袁瑞朗满面怒气，却又刻意压低声音，说："你说的这些，难道我会不懂？但你知不知道，在这种关键时刻，士气可鼓不可泄。今天的会议，出席的不仅有高管层，还有全体中干，你口口声声担心投资者人心惶惶，就不怕公司里人心惶惶？你有什么意见，可以直接告诉我，用不着在大庭广众嚷嚷。"

蒋若冰低着头："我当时着急表达意见，考虑或许不够周延。"

袁瑞朗毕竟是有绅士风度的人，对女下属不会揪住不放。一旁的方玉斌也劝道："她也是出于好心。"

蒋若冰离开后，方玉斌又说："蒋若冰说得没错，P2P 金融平台不是一般企业，不能够出现一分钱的资金缺口。扩张计划赶紧停下来吧，另外，江州钢厂那边，不会有什么意外吧？"

"扩张计划不停也得停喽，如今是巧妇难为无米之炊。"袁瑞朗说，"钢厂那边应该不会有意外。前几天我还去厂区看过，新设备已经运到，马上就要进行调试。"

袁瑞朗又说："我先把公司的工作安排一下，隔几天就专门去江州督促这事。"

"这样最好。"方玉斌点头说。

刚走出袁瑞朗办公室，方玉斌的手机响了起来，一看来电号码并不熟悉，他直接摁了拒绝接听。可半分钟后，铃声又响了起来。方玉斌接起电话，问道："哪位？"

对方是一个女声："方总，是我。"

方玉斌心里有事，不耐烦地说："你是谁，电话号码我不熟。"

对方说道："号码虽然不熟，人却是熟人。"方玉斌听这声音，是有些耳熟，一时却又想不起来。那边接着说道："我是杨韵。"

"是你？"方玉斌很是讶异，想不到她竟会主动联系自己。

杨韵说："我在上海，咱们能见一面吗？"

想到当初被人下药，和杨韵赤身裸体滚在宾馆床上的往事，方玉斌冷笑道："一朝被蛇咬，十年怕井绳。我还敢跟你见面吗？"

杨韵却笑起来："被咬的人遇难成祥，咬人的却碰了一鼻子灰。你的本事那么大，还怕什么？这一次，时间、地点由你定，可以吗？"

杨韵不仅容貌出众，嘴上功夫更是了得。经她这么一说，方玉斌倒真是信心爆棚。这些手下败将，难道我还怕见你们？他说道："明天上午，直接来我办公室吧。"

第二天，杨韵准时来到方玉斌的办公室。她穿一套蓝色连衣裙，搭配一条白色披肩，脸上化淡妆，不似往日那般妖艳，但模样仍是俊俏。

出于礼貌，方玉斌为她沏上茶，又把办公室的门敞开，接着坐回座位，问道："找我什么事？"

方玉斌开门见山，杨韵回答得也很直接："想跟你谈一笔生意。"

方玉斌笑起来："你是代表余飞来的？"

杨韵一脸苦涩："你就别取笑我了，余总哪儿还有什么生意？他进去之后，公司已经垮了，员工也各奔东西。"

关于余飞的事，方玉斌自然知道一些。王诚交给自己的资料，方玉斌最终没有让它曝光。然而，躲过一劫的余飞，最终还是难逃覆灭结局。股灾期间，余飞损失惨重，靠着苏浩提供的资金暂时稳住阵脚。他赌徒本性不改，用仅剩的资金抄底，指望能够翻盘。但大盘走势，却让他这样的老庄也跌破眼镜。股市在元气未复时竟连遭几轮大跌，余飞的资金链再一次断裂。

更要命的是，因为股灾连绵，监管层震怒，对于庄家操纵股价的行为进行了史无前例的严厉打击，余飞的案底也被翻出来。在他回老家探望母亲的高速公路上，数辆警车围堵上来。他神情落寞、双手被铐的照片，成为一代资本枭雄的谢幕演出。

"这就叫多行不义必自毙。"方玉斌冷笑道，"我可以放他一马，老天爷却不放过他。"

杨韵并不清楚方玉斌口中的"放他一马"究竟意味什么。她对余飞的感情很复杂，提起此人时，表情变得僵硬。

方玉斌问："离开余飞之后，你又在哪里高就？"

杨韵说："换了几个地方，如今在北京一家地产公司。"

"从证券到地产，跨度挺大嘛！"方玉斌这话一半是惊异，一半是挖苦。不断跳槽，足见杨韵过得并不开心。

"大概以前跟着余飞，在圈子里把名声弄糟了。如今从头再来，不仅要离开滨海，更得换个行业。"杨韵无奈地说，"开头我也去了几家证券公司，干得都不顺心，直到去北京后，状况才好一点。”

“怎么个不开心？”方玉斌故意奚落对方。

“看来你很喜欢把自己的快乐建立在我的痛苦之上。”杨韵一副无所谓的神情，“你真感兴趣，我也不怕丢脸。有一个证券公司老板，从头到尾对我不怀好意，一有机会就毛手毛脚。我忍无可忍，给了他一耳光。”

方玉斌看着杨韵，眼神中泛起一丝疑惑。在他看来，杨韵可不是一个保守的女人，尤其因为艳照的事，简直把对方视为人尽可夫的烂货。没想到，她竟会为这种事忍无可忍，给上司一耳光？

杨韵看出了方玉斌的心思，说道：“不用这么看着我！无论出于什么原因，只要我自愿，一切好说。可谁想仗势欺人，逼迫我做不愿意的事，只能送他两个字：滚蛋！”

杨韵的回答，倒令方玉斌心里生出一丝歉疚。有人说过，强奸妓女与强奸修女，同样都是犯罪。何况杨韵绝不是一个妓女！你可以不喜欢她，但并不意味着能为所欲为。自己方才的轻蔑语气，与那位想占人家便宜的证券公司老板一样，都显得颇不入流。

杨韵语气平静地说：“我是一个穷人家的女孩，来到举目无亲的大城市，一步步全靠自己奋斗。想得到回报，必须有所付出，作为女人，我很清楚这一点。因此被人瞧不起，我也认了。”

方玉斌对眼前这个女人，竟生出一些怜悯。天生丽质却又毫无背景的女人踏入职场，就如一个文弱书生拿着价值连城的宝贝行走闹市。打主意的人太多，既防不胜防，也缺乏起码的防身本领。方玉斌更深知，一个来自底层的穷孩子，想要出人头地是多么不容易！他们真有可能从不出卖自己吗？或许，有人出卖下半身，有人出卖上半身，有人出卖肉体，有人出卖灵魂。

方玉斌点燃一支烟，问道：“你说来谈生意，是什么生意？”

杨韵答道：“我如今的老板做房地产起家，近来对文化产业又情有独钟。近些年，他在国内投资兴建了多座主题公园，还收购了好几家演艺公司与剧团。”

杨韵接着说：“网络直播兴起，老板自然想把手伸进来。半年前，他给儿子投了几千万，专门来做直播业务。这个富二代，几个月就把钱烧光了，业务却没起色。于是，老板横下一条心，既然自己打造直播平台太费劲，干脆直接买一家。”

杨韵又说：“在众多直播平台中，梦剧场风头正劲，自然进入了我们的视野。梦剧场背后的投资人，恰好是你。在一次会议上，我无意中说出认识方总，老板就把这活儿派给我了。”

“我刚到新公司，寸功未立。老板吩咐的事，可是不敢怠慢，只好飞来上海求助于你。”杨韵眼神中流露出期盼目光。

“不是我不帮忙，实在时机不凑巧。”方玉斌双手一摊，“梦剧场进来发展态势很好，已经启动赴美上市计划。眼看着能够上市套现，挣大把大把的美刀，干吗现在出手？”

杨韵笑起来：“如果你仅是担心这个，双方倒不妨谈一谈。老板说了，无论美元还是人民币，只要价格合适，他都出得起。”

“口气倒不小。”方玉斌掐灭烟头，“如果他认为自己有这个实力，我倒可以跟他见一面。但话得说清楚，要谈生意就来上海，我没空去北京。另外，让这个老板亲自来，我不想和下面人浪费时间。”

“我可以转达。”杨韵说道。

方玉斌如今并没有出售梦剧场股权的意愿，自然可以摆出强硬姿态。他相信通过杨韵转达，对方会明白，没有足够诱人的条件，就不要来见我。

◎7　成功有一百个父亲，失败便成为孤儿

深夜 11 点多，方玉斌洗漱完毕，正在床上玩手机。突然，手机响起来，一看是蒋若冰打来的，他滑动接听键：“这么晚了，什么事？”

蒋若冰的语气听着有些沮丧：“我在江州，这会儿刚回宾馆。”

方玉斌知道，蒋若冰前天跟着袁瑞朗一道，去江州催促温玉彪按时还款。他问道：“江州那边情况怎么样？”

“不太好。”蒋若冰唉声叹气。

“怎么回事？”方玉斌打到一半的哈欠戛然而止。

“其实，应该说很不好。”蒋若冰说，“这个项目原本顺风顺水，一座现代化钢厂眼看就要拔地而起。可就在前几天，上头的督察组到了江州，说全国钢铁行业都在去产能，这里居然大兴土木，那还得了！后来一查，温玉彪为了项目通过审批，使用了很多违规手段，比如把一个大项目拆成若干个小项目上报，明明是钢铁企业，申报材料中居然可以绕过钢铁，包装成高新科技项目。”

蒋若冰接着说：“钢厂被勒令停工，银行追着要债，温玉彪连这个月的工资都发不出，更别说还钱了。”

“怎么会这样！”方玉斌从床上站了起来，“杜忠河呢，就是那个原来的

县委书记。他已经是江州市常务副市长，怎么不拉温玉彪一把？”

蒋若冰说：“据我们掌握的情况，杜忠河怕是自身难保。钢铁项目违规上报获得审批，他是始作俑者，现在已经被停职接受调查。”

方玉斌又问：“你们去江州已经两天了，这些事，袁总怎么从没告诉我？”

蒋若冰说：“你也知道，袁总这个人最好面子，要是顺利拿到钱，他自然会打电话告诉你。偏偏出了这档子事，他也是急得不行。”

方玉斌追问：“现在怎么办？”

蒋若冰说：“袁总的意思，还得找温玉彪还钱。无论他想什么办法，哪怕先还上一部分也好。毕竟亿家这边，也是急等钱用。”停顿一下，她又说：“昨天，袁总一整天都堵在温玉彪门口，他叫苦连天说没钱。今天我们再去，人家干脆躲起来连面也不见。”

方玉斌在卧室里来回踱步。蒋若冰接着说：“有些事袁总不好意思开口，我只能背着他给你打这通电话。听说你在江州认识的朋友多，能不能帮忙疏通一下关系，起码让温玉彪出来和我们碰个面，老躲着也不是个事。”

“知道了。我这就去联系。”方玉斌说。

这回没了袁瑞朗牵线搭桥，方玉斌不好直接请苏晋帮忙，他只能联系上老朋友沈如平。沈如平是江州大国企的一把手，之前做过县长，更巧的是，江安县新任县委书记，还是沈如平的同学。因为这层关系，县委书记答应居中联络。

两天后，方玉斌带着吴步达奔赴江安县。与袁瑞朗碰头后，一行人先到县委大楼。书记看在沈如平的面子上，亲自给温玉彪打了电话。挂断电话，书记说道：“老温就在办公室，你们直接去便是。见面谈一谈倒没问题，但钱能不能还，我可帮不上忙。”

方玉斌连声说着感谢，转头奔向温玉彪的工厂。或许是最近上门的债主太多，工厂大门戒备森严。保安请示了一圈，最后才放行。

进到温玉彪的办公室，只见他神色落寞地蜷缩在沙发上，身上盖着一条毛毯。见到袁瑞朗等人，温玉彪掀开毛毯，冷冷地说了句：“想不到，竟然会是你们？”

众人颇为纳闷，有什么想不到，县委书记不刚给你打过电话吗？只听温玉彪继续说：“幸亏你们早来，再晚来的话，别说县委书记，就算市委书记打电话，估计也见不着我了。”

袁瑞朗不明白这话的意思，只能强挤出笑容，说：“温总，我们也不想打搅你，更知道你最近的日子不好过，但实在是迫于无奈。”

“你们无奈，我就有奈吗？”温玉彪说，“人人都叫我还钱，可我确实没钱。我欠的债，每天光利息就几百万，要能还，谁愿意一直拖着？”

袁瑞朗说：“银行家大业大，纵然欠他们的钱，他们也一样有好日子过。但亿家金控做的可是小本生意，你拖着钱不还，我只有跳黄浦江了。”

“那敢情好。”温玉彪竟然笑起来，“黄泉路上多几个人做伴，也能有说有笑。阳间欠下的债，我到阴间再还上。”

袁瑞朗只当温玉彪在要赖，说：“如今不是说气话的时候。你家大业大，随便想想办法，总能挤点钱出来。比起银行贷款，我们这点钱简直是小意思。”

温玉彪站起身，似乎要走回办公桌：“来的人都说小意思，到最后全他妈没意思。我欠你们的钱，欠乡里乡亲、亲朋好友的钱，欠施工单位的建筑款，欠工人的工资。到如今，我真是一分钱也挤不出。要钱没有，要命还有一条。”

温玉彪走到办公桌前却并未停下脚步，而是径直奔向窗户。他两手抓住栏杆，攀上窗台。方玉斌发现情势不对，大声说道：“有什么事好商量，你先下来。”

温玉彪仰天惨笑，并用沙哑的声音说道：“下不来了！只有我死，事情才能了结。我留下活口，会把许多人逼上死路。”

笑罢，温玉彪又投来冷漠绝望的目光。他说道：“咱们认识没多久，没想到，竟然是你们来送我最后一程。我的债主多得很，烦劳你们带句话，就说我温玉彪对不起他们。还有那些对我有恩的人，老子也拿命报答他们了。”

说完这句，温玉彪纵身跳下，没有一丝犹豫。蒋若冰吓得尖叫起来，方玉斌与袁瑞朗呆呆立在原地，脸色煞白。

隔了半晌，方玉斌才回过神来，说："快下去看看。"

温玉彪的办公室在三楼，算不得太高，但他寻死之意无比坚决，跳出窗外时竟然将身子一翻，运用了类似空中跳水的姿势，让头部先着地。这一下，哪还有半点生还机会。当方玉斌冲到楼下广场时，只见温玉彪头骨碎裂，脑浆迸出，面容已模糊不清。

在温玉彪尸体周围，渐渐聚拢了不少人。温玉彪平素对工人还算不错，尽管拖欠了不少工资，但人群中还是爆发出些许叹息声。

温玉彪的两个弟弟闻讯赶了过来，兄弟情深，两人一见大哥尸体，立时跪倒在地大哭起来。

方玉斌本想上前劝慰几句，却发觉蒋若冰在扯自己的衣袖。蒋若冰又附在耳边，轻声说："快走，此地不宜久留。"

经蒋若冰一提醒，方玉斌立刻醒悟过来，温玉彪可是当着自己的面跳楼而亡，不知内情的人，还以为是自己逼死了温玉彪。此时众人情绪激动，指不定干出什么事。

袁瑞朗见势不妙，也想抽身，跪在地上大哭的温玉彪二弟却一眼瞅见了他，泪眼中顿时燃起仇恨的怒火。他大吼道："就是你们逼死我大哥！"

袁瑞朗赶紧摆手解释："这事跟我们没关系。"

二弟哪管这些，大声招呼周围工人："给我上，让这几个王八蛋给我大哥偿命！"

方玉斌等人叫苦不迭，所幸工人们似乎并不听指挥，一个个只瞪大双眼，并未真正动手。

这时，温玉彪的三弟又喊道："厂子为什么发不出工资，就因为这帮人逼着我们还债，把现金全截走了。今天，他们又逼死大哥，工资更没指望了！"

温玉彪三弟所言，纯属胡说八道，袁瑞朗真有截走工人工资的本事，就不至于上门要债。但这句话的煽动性之强，却是立竿见影。工人们被拖欠工资，肚子里憋着火。说为温玉彪复仇，还没人肯出头，一听说自己的辛苦钱被眼前几人截走，个个恨从心底起。

“为温总报仇！”不知人群中谁吼了一声，立时有几个工人大步上前，揪住袁瑞朗。

几十个人一齐围上来，一顿乱拳伺候。袁瑞朗与方玉斌都是文弱书生，哪有还手之力，只能抱住头，连声求饶。蒋若冰身为女流，也没被放过。有人上前扯住头发，给了她几耳光。

方玉斌被打得眼冒金星，踉跄之间，被人推搡到蒋若冰身旁。他忽然伸手，把蒋若冰抱入怀中。在这种情势下，谁也不会有半分杂念，甚至来不及细想任何事情。方玉斌与蒋若冰的身体接触，完全是出于保护弱者的雄性本能，他下意识抱过对方，指望用身体替她挡几下拳头。

拳脚越来越猛，方玉斌躺倒在地，蒋若冰被压在身下。猛然间，他觉得自己的后脑被重击了一下，这绝不是拳头所能产生的力道，而是一种坚硬物体的撞击。方玉斌的后脑开始淌血，几秒钟之后，整个人就失去了知觉……

方玉斌醒来时已是晚上，苏晋就立在他身旁。“你醒了。”苏晋脸上写满后怕的表情。

得知方玉斌醒来，走廊上的人走了进来。一见方玉斌，蒋若冰激动地抓住他的手，眼眶中泛着泪花：“你醒过来就好，今天多亏有你。”

方玉斌还没来得及说话，苏晋抢先说道：“谢谢你对玉斌的关心。”

方玉斌问苏晋：“你怎么来了？”

吴步达当时在车上候着，没进温玉彪办公室，侥幸躲过一劫。他说：“出事后，我给苏老师打了电话。我想着她毕竟在江州认识的人多。她接到电话，立刻赶了过来。”

身上的伤口还很疼，方玉斌心中却颇为欣慰。闹了好一阵子别扭，但一听自己出事，苏晋还是立马赶了过来。

“方总，你好些了吧？出了这事，实在不好意思。”病床前，一名男子说道。

方玉斌打量着此人，觉得很面熟，一时又想不起来。吴步达说：“他是徐乐水，钢铁厂的总工程师，也是温玉彪的妹夫。出事后，他一直在旁边大吼，制止工人，后来也是他叫的救护车。”

方玉斌点了一下头：“谢谢你。要不是你及时制止，恐怕我都没命出来。”

“这事得怪我们。”徐乐水说，“再说虽然我大声制止，工人也没住手。后来幸亏警察来了，才把工人驱散。”

方玉斌苦笑着说：“还是警察好呀！没想到江州警察的行动速度这么快。”

徐乐水摇着头，一脸的苦楚。袁瑞朗受伤轻一些，这时他手缠着绷带，一瘸一跛走了进来：“江州警察倒没这么快，来的是省城的警察。”

袁瑞朗接着说：“后来我才知道，省厅的警察是来抓温玉彪的，根本没跟江州方面打招呼。不过温玉彪应该得到了消息，我看他跳楼，一小半是没钱还债，一多半是畏罪自杀。”

袁瑞朗身体还很虚弱，需要扶住床。他嘴上仍在抱怨：“都怪我运气太背，借钱给温玉彪收不回来不说，还碰上这一茬子事。”

徐乐水一脸的难为情，最后只是叫众人安心养伤，自己转身离开了医院。苏晋忙着为方玉斌喂药，其他人也陆续出了病房。

方玉斌毕竟身强体壮，休息了一晚，已能自己支撑着下床。第二天一早，苏晋搀扶着他来到袁瑞朗的病房。袁瑞朗正在床上打电话，向上海的下属布置工作。

见到方玉斌，袁瑞朗叹了一口气：“不好意思，连累了你。”

“这点伤不算什么。”方玉斌缓缓坐下，“关键温玉彪这一死，那一个亿一时半会儿要不回来了。公司那边，怎么办？”

袁瑞朗说：“P2P 平台的资金链一定不能断，一旦断了，就会出现挤兑风潮，到时神仙来了都救不活。我刚跟下面人交代，让他们立刻想办法，对外拆借资金。亿家的体质还算不错，只要能挺过这一关，未来就没什么可怕。”

方玉斌说：“亿家名下没有不动产，从银行可贷不出钱。”

袁瑞朗脸色沉重，不知是伤口未愈还是在为亿家的命运忧心，他声音很低：“我让他们走一走民间借贷的路子。有些温州老板在上海放高利贷，行话叫水钱。尽管利息高得离谱，但如今也管不了这么多了。”

方玉斌却摇头说：“这些水钱最好别碰，我可知道好些人就是被水钱淹死的。”

“事到如今，还有什么办法？！”袁瑞朗掏出一支烟，突然发觉身在病房，又把烟揣了回去。他禁不住叹道：“不知最近怎么了，这霉运就是甩不掉。你说风投基金的亚太区总裁，换谁来不好，非来一个冤家路窄的燕飞。还有，上头的督察组什么时候来不好，偏偏这时候！他们要晚来半个月，政府的技改资金就拨给温玉彪了，咱们的钱也就收回来了。”

方玉斌说：“走到这一步，不能怨运气，甚至不能怪燕飞或温玉彪。毕竟是亿家的根基不牢，碰上一点风吹草动才会地动山摇。考验不可怕，可怕的是经受不住考验。”

袁瑞朗知道方玉斌这话在责怪自己，表情愈发苦涩：“成功了，有无数人帮你总结经验。失败了，我也无话可说。成功有一百个父亲，失败便成为孤儿。”

方玉斌并未打住，而是说：“当初的扩张计划，还有，在没有抵押的情况下，贸然借给温玉彪这么多钱，都是值得反思的。”

袁瑞朗有些激动：“打马后炮有什么意思？你怎么不说，我借给浙江和安徽的几笔款子，一样没有抵押物，最后全连本带利收回来了。督察组突然下来，谁能预料得到？”

方玉斌说：“你这就是用投资公司的思维在经营 P2P 平台。投资公司有一半的成功率就可以，P2P 平台却要保证万无一失。”

见话越说越僵，一旁的苏晋赶紧出来打圆场：“你们都受了伤，好好养伤，就别聊工作了。”两人不再言语，方玉斌闷坐了一会儿，回到了自己的病房。

尽管医生建议住院观察，但到了下午，两人都嚷着要回上海，旁边人劝都劝不住。出了住院部大楼，苏晋原本安排吴步达驾驶一辆车，自己和方玉斌乘坐，袁瑞朗坐另一辆车，由蒋若冰驾驶。蒋若冰却对苏晋说：“我驾车技术不行，更没跑过夜路。要不让吴总监开袁总的车，你来开另一辆？”

苏晋答应之后，蒋若冰趁着扶方玉斌的机会，也坐进这辆车。驶上公路后，苏晋漫不经心地问：“蒋总，你拿驾照几年了？”

蒋若冰答道："有六七年了吧。"

苏晋笑着说："都六七年了还不敢开夜路，你这技术得提升呀。"

蒋若冰"嗯"了一声，没再搭话。一旁的方玉斌看出来了，苏晋对蒋若冰大概不太感冒。或许是因为挺身而出保护了蒋若冰，人家这几天对自己太热情的缘故吧。女人的嫉妒心总是很强，连苏晋也不能免俗。转念一想，这样也挺好！苏晋对自己的态度改观，蒋若冰倒是功不可没。没准苏晋见有个大美人对被自己冷落的未婚夫献殷勤，感受到了压力？砍价不如竞价，商场上的道理，没想到情场上也行得通。

隔了一会儿，蒋若冰把目光投向方玉斌："我搭这辆车，是有些事想告诉你。"

"什么事？"方玉斌问。

蒋若冰说："你知道袁总安排人找温州老板借水钱的事吧？"

"知道。"方玉斌说，"我还劝过他，水钱的利息太高，一定要谨慎。"

"不是万不得已，谁愿意借水钱！"蒋若冰说，"下午上海的同事打来电话，说出去问了一圈，有人一听说是 P2P 平台，立马回绝了。P2P 平台最近出事的太多，连放高利贷的都不敢借钱出来。有几个肯借的，利息高得吓人。借 3000 万，半年后还 4500 万。"

蒋若冰叹了一口气："我和袁总合计了一下，利息再高也得借，否则公司的资金链立马会断。"

方玉斌眉头皱得更紧。蒋若冰沉默了一会儿，又说："有些话，我之前一直憋着没说。如今亿家的资金缺口，或许不止 3000 万。也就是说，即便借来了钱，也未必万事大吉。"

"什么，不止 3000 万？那天在会议上，这不是你们测算出来的吗？"方玉斌吃惊地转头，这一下，伤口更是扯着痛。

蒋若冰说："账面上是 3000 万，但还有账面外的。那些把钱放到亿家的投资人，谁不是瞪大眼睛盯着公司。稍有风吹草动，就会抢着来取钱，这也是 P2P 平台的资金链一刻也不能断的原因。目前，咱们还能按时支付收益，大的恐慌倒不至于。但接连经历美国风投撤资和温玉彪跳楼的事，有些消息灵通的投资人难免会上门，甚至要求提前取钱。”

方玉斌说：“这都是公司内部的事，外人怎么会知道？那些投资人的嗅觉没这么灵吧？”

蒋若冰却摇头说：“世上没有不透风的墙，再说前段时间公司效益好时，许多员工还把亲戚朋友的钱拉了进来。你能瞒住外人，内部人毕竟瞒不住，消息一个传一个，知道的人不会少。”

方玉斌又问：“以你的判断，亿家得准备多少现金？”

蒋若冰说：“起码也得一个亿，才能把局面稳住。”停顿一下，她又叹气道：“现在我们连几千万都借不到，去哪儿筹一个亿？”

车内的气氛有些凝重。夜幕降临，车外的世界显得格外宁静。夜色如浓稠的墨砚，深沉得化不开。大桥下的江水，呜咽着向天尽头淌去。

第八章 欲擒故纵

人家可是知己知彼百战不殆，为了买下梦剧场，把亿家金控的情况打听得一清二楚。经过深思熟虑，方玉斌也下定决心，抛掉已经获利颇丰的梦剧场，把资金向亿家金控倾斜。所谓别人贪婪时我恐惧，别人恐惧时我贪婪，方玉斌要真正实践一回。所有人争相拥入的直播行业，自己从容撤退，已是人人避之不及的 P2P 平台，我却咬定青山不放松。

◎1　玩欲擒故纵，最重要的是掌握火候

回到上海后，方玉斌只隔了一天，便去医院取下了头上的纱布。虽说商场如战场，但裹着绷带的伤员可以坚守阵地，缠着纱布去谈生意却不大方便。

方玉斌头戴一顶休闲帽，遮住了伤口。他坐在办公室，正等着从北京过来的客人。那次与杨韵见面后，对方很快回话，表示愿意来上海面谈。只是让老板亲自出马的事，似乎难以实现。这位老板早已给自己立下规矩，不再参加具体的商业谈判。

方玉斌也没有强求。如果自己说什么，对方必须照办，否则一概免谈，那就不是做生意，而是斗气了。他答应下来，与杨韵约好了见面时间。

一个星期三的午后，杨韵一行如约出现在方玉斌办公室。来者一共四人，全都穿着深色职业装。杨韵介绍说，其中两位是部门负责人，另一位是公司高级副总裁聂远国。

握手寒暄后，方玉斌请众人落座，他随口说道："京沪航线经常晚点，没想到你们竟这么准时。"

杨韵微笑着说："我们是坐老板私人飞机来的。"

方玉斌平静地点了点头。自己已非吴下阿蒙，一架私人飞机的阵仗，自

然用不着诧异。就说远在北京的那位老板吧，尽管也是商界大佬，却未见得比王诚、费云鹏高出多少。纵然他亲自来，方玉斌也不会有一丝紧张，何况面对的还是一个聂远国。

聂远国坐到沙发上，很有风度地解开西装上的纽扣。他见方玉斌一身休闲打扮，头上还戴着帽子，便随口说道："工作时穿休闲装，这样挺好。不像我们，对着装还有许多要求。"

方玉斌接过话茬，打趣道："我以前接触的做互联网的朋友，穿着都很随意。没想到，像你们这种西服革履、做地产生意起家的正规军，也会对直播平台这类小打小闹的玩意儿感兴趣。"

方玉斌这句玩笑，既可以视为赞扬对方是正规军，也能理解成奚落对方是不懂互联网的菜鸟。

聂远国听出了弦外之音，不卑不亢地回答："说科技公司员工穿着随意，恐怕是一种误解。苹果、谷歌这类公司，对员工着装的确没什么特殊要求。不过像 IBM、甲骨文、思科等企业，员工大多穿正装。在我看来，服饰穿着只是各家的企业文化不同。"

"再说了，"聂远国又说，"小打小闹的玩意儿，未尝不能发展成大文化。众所周知，芭蕾舞代表的是一种宫廷文化、贵族文化，但有关它的起源，却市井味十足。当年法国的宫廷舞师来到意大利，在佛罗伦萨一家生意红火的酒吧里，看到服务员往来上菜时，为了不将酒菜弄洒，只好高举托盘，踮脚穿梭。后来一打听，才知道服务员的这种姿势已经成了这家酒吧的风格。舞师受到启发，发明芭蕾舞，并将舞蹈带回法国宫廷。直播平台虽说草根味重了些，但谁也不知道，日后它能发展到何种高度。"

"聂总眼光独到。"方玉斌说，"你早就看出直播平台潜力无限，所以才提前布局。"

方玉斌与聂远国的几句对话，仿若高手过招，攻者凌厉异常，守方滴水不漏。方玉斌一句不失分寸的玩笑话，却也似下马威。聂远国四两拨千斤，从美国硅谷讲到欧洲芭蕾舞，将攻势化于无形。方玉斌又抓住一个空子，表面上称赞对方眼光独到，实则自抬身价。

一番交手下来，方玉斌与聂远国都知道对方是厉害人物，各自打起精神。聂远国微笑着说："我先代老板向方总转达歉意。老板说他与你神交已久，一直无缘相见。这一次，不管生意能不能谈成，也一定要把酒言欢。只是在谈判阶段，他就不出面了。"

聂远国又说："老板不亲自出来谈生意，既是他自己定的规矩，也是公司高层的一致要求。老板好义气，朋友又多，谈判桌上，人家随便套几句交情，他就心软了。比方去各地投资主题公园，涉及土地交易，要与地方政府打交道。结果，老板亲自去谈的条件，远不如副总出面谈得好。"

方玉斌微笑不语，聂远国把话题拉回并购上，说道："我们这次来，自然是为了方总手里的梦剧场股份。你有什么想法，不妨直说。"

"谈不上什么想法。"方玉斌抖了抖衣袖，"梦剧场即将赴美上市，我从没有出售股权的打算，之前也没想过这茬事。上回杨韵找到我，聊了起来。我和杨韵是老朋友，看在大美女的分上，自然不能驳她面子。"

方玉斌闭口不谈出售股权，却把杨韵搬出来——这既是谈判策略，也算帮杨韵一把。他知道杨韵目前在新公司地位不稳，正需有人拉抬一把。果不其然，自己话一出口，杨韵就投来感激的目光。

聂远国说话倒不拐弯："我们希望方总将手里的股权出售。"

"出售？"方玉斌摇着头，"生意人原本没有不能卖的东西，只是这时机不太对。梦剧场在纳斯达克挂牌后，我手里的股票估值起码一亿美金。现在嘛，低于这个价我不愿出手，但真按这个价买过去，你们未必划得来。"

赴美上市，本是八字没有一撇的事，方玉斌此刻搬出来，自然是吓唬对手。他更不会关心人家是否划得来，只是委婉告诉对方，我手里的东西很值钱哟！

聂远国说："一亿美金对我们来说的确不划算，对你来说何尝不是海市蜃楼？"

"何以见得？"方玉斌不以为然地说。

聂远国说："我们都知道，启动赴美上市和真正挂牌上市，中间的路还长着呢。会不会出现什么变数，或是功亏一篑，谁也说不清。就算最终在纳斯达克挂牌，前景也并不乐观。今时不同往日，中国概念股在美国资本市场早就不吃香了，许多中概股跌破发行价，有几家还被直接退市。刚上市时有禁售期，你手里的股票卖不出去，等禁售期过了，股价能在什么价位，可真不好说。”

方玉斌心想，这聂远国真还不是土老帽，人家对美国资本市场的门道清着呢。对赴美上市的事，何兆伟自是满怀憧憬，而方玉斌几乎是用同样的说辞告诫老同学。

方玉斌哈哈大笑：“和聂总谈生意真有意思。我在为你操心，担心你出价不划算，你也替我着急，生怕我的钱不能落袋为安。”可方玉斌一大笑，又感觉伤口隐隐作痛，只好立刻合上嘴巴。

“岂止不能落袋为安。”聂远国接过话头，“从现在到上市，恐怕你还得往里不断砸钱。我分析过梦剧场的案例，这个直播平台之所以能够迅速崛起，就在于自身的技术储备与方总的资金。”

聂远国说：“梦剧场在视频网站行业败走麦城，但它的技术储备却足够在前几年的直播平台中笑傲江湖。加上方总砸进去的资金，它得以大手笔运作。为什么在前一段时间，众多网红从梦剧场冒出来，还不是因为你们舍得给钱？你们采用了业界从未有过的平台不抽成模式，将礼物全部返还网红，大大增加了网红的入驻欲望。接着，又采用给予网红底薪的模式，通过分析网红的粉丝质量、直播引流量及直播时间，给予网红一个阶梯性底薪，保证了网红的收入。重赏之下必有勇夫，网红趋之若鹜，梦剧场自然红火起来。”

方玉斌托着下巴：“你对梦剧场的研究倒很深入。”

聂远国说：“不过最近，你们是不是发觉，招募网红越来越困难，甚至有些自己培养的网红还跳槽去了其他平台？”停顿一下，他又说：“当初梦剧场采用的平台不抽成，给网红底薪的做法，早被其他人学去。出来混，为的就是钱，有人肯开高薪，网红们自然要往高处走。”

聂远国点出的问题，方玉斌早有觉察，不过此刻绝不能承认。他摇头说：“我倒没觉得招募网红有什么困难。至于有人跳槽，一个公司要是不能优胜劣汰，人员不进不出，总是一潭死水，我倒要紧张。”

“其实，给网红涨点薪水，如今已经不算什么事。”聂远国又说，“你注意到没有，在梦剧场手握网红资源优势的同时，有几家平台却另辟蹊径。他们不去费力培育什么网红，而是直接邀请大牌明星做直播。这些人的号召力，远非网红可比。明星做一场直播，观众可比网红多得多。”

“谢谢提醒。”方玉斌说，“我们也注意到这种变化，梦剧场的何总上个月专程去北京，联系了几位明星做直播。我们推出的明星直播秀，人气依旧爆棚，丝毫不逊于竞争对手。”

聂远国说：“我们企业近些年致力于拓展文化产业，知道明星的出场费不便宜。以往弄几个网红，成本多低，攒了人气之外，还能卖点广告，赚点小钱。如今请明星出马，可真是赔本赚吆喝了。”

聂远国又说：“直播平台也跟其他行业一样，火起来之后各路资本涌入，进入烧钱阶段。梦剧场想维持优势地位，接下来就得不断砸钱进去。”

尽管是谈判对手，方玉斌对聂远国的见解依旧颇为钦佩，他说道：“贵公司以前做房地产，不知聂总何时关注起互联网尤其是直播平台？”

杨韵插话道：“聂总的专业就是互联网。他既当过美国一家视频网站的高管，又在华尔街干过互联网投资分析师。”

“你也做过投资？咱们还算同行。”在通常情况下，方玉斌与人谈判前，都会详细了解对手背景。只不过这一次，一来正在养伤，二来并无出售梦剧场的强烈意愿，便没去打听聂远国的情况。得知对方竟是精通投资与互联网的海归精英，方玉斌着实有些吃惊。

杨韵又说：“我们老板做房地产起家，不过近年来多元化扩张，延揽了许多业界精英。”

方玉斌点了点头，接着摸出一支烟点上。此刻可是针锋相对的商业谈判，绝不能让聂远国占了上风。他抖了抖烟灰，说道：“对你的观点，有些我深以为然，有些却不敢苟同。比如说，在挂牌上市之前，还得向直播平台砸钱，原本就在意料之中，我们也做好了相应准备。虽然论起财大气粗，比不上你们，但砸几个亿进去，自问不是什么难事。”

方玉斌的话，完全是在打肿脸充胖子。就凭自己的家底，再砸几个亿绝无可能。不过既然是硬撑，索性一不做二不休。方玉斌用手拍着脖子，说："能够与聂总交流，我受益匪浅。但收购的事，时机似乎不够成熟，希望双方以后能有合作机会。你们到上海来，我怎么说也得尽地主之谊，晚上，我请诸位吃个饭。"

方玉斌使出了欲擒故纵的招数。你不是一副志得意满的样子吗，偏偏我谈都不和你谈。当然，玩这一招，火候掌握尤为关键。方玉斌一面关闭了谈判大门，一面却邀请对方吃饭，为的正是留一条缝隙，千万别一下把门关死。

聂远国却有些着急，说："难道方总连我们的条件也不想听一听？"

方玉斌心中窃喜，这个聂远国虽然喝了一肚子洋墨水，也算得上谈判高手，但终究比自己差了一截。几个回合下来，便沉不住气。他抿了一口茶，懒洋洋地说："你既然把这个行业说得水深火热，能开出什么好条件来？"

"我们自然有我们的玩法。"聂远国说："直播平台未来有两大趋势。一个是网红明星化。要么是网红变明星，要么是明星当网红，总之新人很难出头了。就像《超级女声》，捧红了李宇春、张靓颖，这些人成了明星。后来的《我是歌手》，请的全是成名已久的明星，新人蹿红的机会越来越少。"

"第二个趋势，就是全产业链。"聂远国接着说，"找几个年轻小妹，靠着在平台上唱歌跳舞，把她们捧成网红，这种模式已经落伍。对直播平台来说，内容越来越重要。如今许多制作精良的综艺节目，便是通过直播平台播出。我们集团旗下拥有多家演艺公司，还有两家电竞公司。最近不少直播平台找我们合作，希望把我们的文化产品，无论是电子游戏还是综艺节目，放到他们的平台。我迟迟没有答应，就在于想打造一个属于自己的直播平台，打通整条产业链，获取最大利益。"

聂远国又说："听说梦剧场最近收购了一家珠三角的电竞公司，想必你们也看出了全产业链的趋势。可惜你们收购的公司实力并不强，比起我们旗下的电竞公司完全不在一个档次。"

方玉斌对聂远国的说法不置可否，只是问道："你就说说具体报价？"

聂远国伸出两个手指头，说：“两亿人民币。”

“开什么玩笑！”方玉斌几乎要跳起来，“上市之后，我的股权估价有一亿美金，现在你出两亿人民币就想拿走？人民币再怎么升值，也没这种升法。”

聂远国说：“价格问题，双方还可以再谈嘛。”

方玉斌摆手说：“差距太大，没法谈。”

◎ 2 李嘉诚的高明，不在于赚不赚最后一个铜板，而在于判断出后面还有几个铜板

送走客人，方玉斌转身回到办公室。会谈结束后，方玉斌再次留对方吃饭，态度却谈不上有多热情。聂远国推说要赶回北京，他也没再挽留。

倒不是方玉斌小气，生意没谈成，连一顿饭也舍不得请。只是他已摸清对方底牌，认定即便自己狠心关上谈判大门，人家依旧会厚着脸皮撬开一条门缝。既然主动权操之在我，自然不用着急。

帮方玉斌看清底牌的，恰恰是聂远国。他关于全产业链的论述豪气干云，也让方玉斌捕捉到一条关键信息——对方投资直播平台，绝不是跟风凑热闹，而是要把直播平台纳入全产业链中大展拳脚。

近来，好几家与梦剧场旗鼓相当的直播平台，都被 BAT（即百度、阿里巴巴、腾讯）收入囊中。以 BAT 的实力，自然也有全产业链布局。聂远国以及他背后的老板，如果只抱着玩票心态，或是打算做财务投资者，或许还能与 BAT 商量，入股这些直播平台。偏偏他们也有全产业链的宏图大略！如果说 BAT 要打造互联网全产业链，聂远国的公司则在谋划文化娱乐全产业链。这样一来，生意便注定谈不成。

聂远国的老板是赫赫有名的大富豪，BAT 更是不差钱的主儿。各有各的

大棋局，谁也不肯让出主导权。此时聂远国能做的，只有另找一家直播平台完成收购。在直播行业，独立于BAT之外且拥有举足轻重影响力的，梦剧场绝对是第一选择。

方玉斌不免自鸣得意，聂远国虽说也算厉害角色，但跟自己比起来还是稍逊一筹。几个回合下来，便露出破绽。说到商场上的钩心斗角、察言观色，丁一夫、费云鹏、王诚甚至赵小轻、曹伯华等人，个个是绝顶高手，从荣鼎高层斗法到万众瞩目的千城股权大战，均是江湖上难得一见的华山论剑。方玉斌有幸身处其间，见识到一代宗师们使出毕生绝学，自身功力的精进，又岂是旁人可以企及！

方玉斌端着茶杯，独自坐在办公室里，大脑却在飞速运转。毫无疑问，入股何兆伟的梦剧场，注定会是一笔成功的投资。前前后后的投资金额不过几千万，聂远国第一轮报价便达2亿。

聂远国对于直播行业的分析，也道出了一些实情。随着各路资本涌入，市场竞争愈发激烈，躺着赚钱的日子一去不返。未来的竞争有多激烈，从聂远国身上便能窥见端倪。人家可不是土包子，而是熟悉互联网与资本市场的精英，他的老板更是财大气粗。有资金，还能延揽到聂远国这样的才俊，即便不能吞下梦剧场，而是收购一家实力稍逊的直播平台，只要假以时日，依旧会成为梦剧场的劲敌。

李嘉诚说过，不要赚最后一个铜板。自己是否趁着大好行情将梦剧场股权出手，稳稳当当地换回真金白银？方玉斌思虑良久，却摇起头。

李嘉诚的高明，或许不在赚不赚最后一个铜板，而在于能看清后面究竟有几个铜板。没错，最后一个铜板赚不得，可要是后面还有七八个铜板，干吗不多待一阵子？

方玉斌点燃烟，深吸一口。他确信，直播行业剩下的不止最后一个铜板。且不论赴美上市的远景，单说国内直播产业一片蓬勃，各路资本蜂拥而入，垂涎梦剧场并肯出大价钱的买主绝对不在少数。一旦想套现离场，有的是机会，别人的出价也未见得比聂远国低。

方玉斌抖了抖烟灰。尽管目前不是出售梦剧场股权的最佳时刻，但自己分明又有些心动。这份心动，与其说来自聂远国，倒不如说为了袁瑞朗。

星阑资本成立的时间不长，当初承诺的投资款又迟迟无法到位。除了其他小项目，企业主要精力都放在梦剧场与亿家金控。两线作战本就吃力，偏偏亿家金控如今又遭遇空前危机，没有大量现金注入，几乎就是危在旦夕。说巧不巧，聂远国竟送上门来。只要方玉斌点头，立刻能回笼大笔资金，从一个战场胜利撤出，也就更有实力在另一个战场鏖战。

方玉斌靠在皮椅上，陷入了更深的思考——出售梦剧场股权，把资金集中到亿家金控，是否明智？梦剧场如今一片红火，亿家金控却深陷泥潭。

就好比一个人持有两张股票，一张已赚了 50%，另一张却获利甚微乃至被套住。这时，究竟是卖掉赚钱的股票，组织资金补仓，还是坚决割肉止损，卖掉亏损的股票？

理论来自于实践，很多时候却无法指导实践。比方在投资理论中，便有截然相反的金矿理论与止损理论，让人莫衷一是。金矿理论说，一座金矿已经开采了八成，而另一座只挖了一成不到，当然要卖掉已开采八成的金矿。止损理论又说，投资必须划定一条止损线。一旦超过这条线，忍痛割肉也在所不惜。

或许，没有什么理论放之四海而皆准。真正的大师，绝不是靠把理论背得滚瓜烂熟，而是用自己的实践去创造新的理论。正如一代名将岳飞谈论兵法："阵而后战，兵法之常；运用之妙，存乎一心。"

方玉斌续上一支烟，认真分析起 P2P 金融与直播产业的发展趋势。两大产业的背后，究竟还有多少个铜板，可得细细掂量。半个多小时过去，他的思路渐渐清晰，心中天平也出现偏斜。

一阵电话铃声打断了方玉斌的思绪。接起电话，传来楚蔓的声音："玉斌，在忙呢？"

方玉斌乐呵呵地说："我哪有大明星忙。"

楚蔓笑起来："就别拿我开涮了，有正事跟你说。"

"你说。"方玉斌说。

楚蔓说："听说亿家金控最近的情况不太妙，是吗？"

“你听谁说的！”方玉斌先是一惊，接着矢口否认，“最近是有一些 P2P 平台出了问题，但亿家的底子厚实，不会像其他公司那样。”

“你可没把我当朋友呀。”楚蔓说，“我有准确消息，亿家的资金缺口有几千万。前不久靠着借高利贷，才让公司的资金链没断。以后会不会出事，谁也说不清。”

方玉斌心中疑惑，亿家金控的内部情况，楚蔓怎么知道得一清二楚？究竟是谁向她通风报信？只听楚蔓继续说：“作为朋友，我自然是希望你们渡过难关。”

“谢谢。”方玉斌说，“你也放一百个心，公司运转一切正常。”

楚蔓叹了口气：“我现在可放不下心。但只要做到一件事，我便彻底放心了。”

“什么事？”方玉斌问。

楚蔓说：“解除我和亿家之间的代言协议。那些印着我头像的广告、海报，也全部更换。”

方玉斌又吃了一惊，接着生气地说：“这是什么意思？船还好好的，你倒急着跳船逃跑？”

楚蔓说：“船是不是好好的，你不用瞒我，我心里有数。”

方玉斌不禁想起了蒋若冰之前说过的话，投资人把血汗钱放进 P2P 平台，哪一个不是紧盯住平台的一举一动。尤其在目前的大环境下，稍微一点风吹草动，就会有人惶恐不安。亿家的麻烦事够多了，此时再莫名其妙地把楚蔓的广告撤下，是否会引来外界不必要的揣测？

方玉斌选择了断然拒绝：“你和亿家金控之间是有合同的，咱们得按合同办事吧。”

楚蔓依旧细声细气，态度却异常坚决：“如果你们不同意，我只能单方面宣布了。我已经准备了一封公开信，一旦你们拒绝我的要求，就在媒体上公布。”

“什么公开信？”方玉斌气呼呼地问。

楚蔓说：“我先发给你看一下吧。说实话，我真不希望这封信公开见报。”

方玉斌的手机上很快收到楚蔓发来的微信。他一看公开信内容，更是火冒三丈。在信中，楚蔓声称，自己代言亿家金控，完全是碍于朋友情面，至今没拿过一分钱代言费。她还说，鉴于P2P平台的发展现状，本人不再担任亿家金控的形象代言人。

方玉斌拨通袁瑞朗的电话："楚蔓跟你联系过了吗？"

"联系过了。就是说终止代言的事，连公开信都发我看了。"袁瑞朗大概也气得不行，"怎么，她也给你打电话了？"

方玉斌说："她的公开信，完全是在威胁我们。里面的内容更是胡说八道。她说至今没拿一分钱，怎么不说自己把钱放到亿家的理财平台上了？"

袁瑞朗也大骂了楚蔓一通，接着说："算了，婊子无情、戏子无义，也不必寄望楚蔓能和我们同舟共济。"

"你打算答应她？"方玉斌问。

"要不怎么办！"袁瑞朗说，"真让她把公开信发出去，造成的负面影响更大，倒不如悄无声息地把广告撤下来。"

"好吧。"平静下来一想，方玉斌觉得只能两害相权取其轻。

方玉斌又问："亿家的情况，楚蔓怎么知道得那么清楚，谁告诉她的？"

"不清楚。"袁瑞朗说，"我现在一堆麻烦事，也没空管这个。回头再查个水落石出。"

袁瑞朗又说："刚才在电话里，我和楚蔓大吵了一架，就麻烦你跟她答复一声吧。"

隔了一阵，方玉斌拨通了楚蔓的电话，答应了她的要求。楚蔓或许有些不好意思，解释说："我和经纪人团队商量过，如今倒闭、跑路的P2P平台太多，亿家最后的结局如何，谁也说不清。亿家的规模做这么大，一旦出事指定是大事。真到了那时，我也得跟着倒霉。我在影视圈混到今天不容易，不能拿自己的前途去冒险。如今唯一的自救办法，就是彻底和你们撇清关系。"

方玉斌冷笑道："你从不拿自己冒险，却拿别人做垫脚石。"

楚蔓说："你怎么想是你的事，我没法改变。但你应当记得那天在咖啡厅，我说过古龙的一句台词：人在江湖，身不由己。"

◎ 3 投资别人说明我有实力，被别人投资证明我有魅力

方玉斌坐在餐桌前，呆呆望着桌上燃烧的蜡烛。这是一家位于陆家嘴的川菜馆，过去来过几次，感觉味道还算正宗。不久前，餐馆重新装修了一遍，据说砸的钱不少，却令方玉斌大失所望。

一家川菜馆，装修时既想保留中式风，又要引入什么欧陆古典风格，美其名曰中西合璧，实则不伦不类。这种装饰风格，就叫它半殖民地半封建风格吧。如果不是何兆伟指定要吃家乡菜，方玉斌才不会选择这里。

昨天，方玉斌又接到了杨韵的电话。通过上回接触，他便算准对方还会厚着脸皮找上门。因此，杨韵的电话丝毫不出乎自己预料。倒是人家用功之深，让方玉斌颇为意外。杨韵说，他们得知星阑资本投资的亿家金控近来处境不太妙，连大明星楚蔓给亿家代言的广告也被莫名其妙撤下。外界还猜测说，亿家连明星的代言费也付不起，只能终止合同。

听到这里，方玉斌又好气又好笑，外面那些人的想象力真丰富，什么话都能编出来。接着杨韵又说，如果星阑资本此时能出售梦剧场股权，倒能收回大笔资金，不至于被亿家金控项目拖累。

人家可是知己知彼百战不殆，为了买下梦剧场，把亿家金控的情况打听

得一清二楚。经过深思熟虑，方玉斌也下定决心，抛掉已经获利颇丰的梦剧场，把资金向亿家金控倾斜。所谓别人贪婪时我恐惧，别人恐惧时我贪婪，方玉斌要真正实践一回。所有人争相拥入的直播行业，自己从容撤退，已是人人避之不及的P2P平台，我却咬定青山不放松。

方玉斌唯一忧心的是，对手把自己摸得太熟，连楚蔓广告撤换的事也已掌握。此时去谈，人家难免趁势砍价。唉，事到如今，也只能硬着头皮上，亿家那边可是军情紧急，刻不容缓。

面对杨韵，方玉斌没再严词拒绝，只是说考虑一下再答复。在与聂远国、杨韵展开正式谈判前，方玉斌还得把这个消息通报给何兆伟。当初背着何兆伟，把光迅科技的股权卖给叶云来，老同学之间闹得很不愉快。历史不会重复，却惊人相似！如今，方玉斌又打算出售梦剧场股权，凝聚着何兆伟心血的企业，即将投入地产大亨怀中，不知对方又会有怎样的反应？

不一会儿，何兆伟进到餐厅，两人一边吃一边闲聊起来。几杯酒下肚，何兆伟问："今天请我吃饭，不光是叙旧吧，是不是有什么事？"

方玉斌正在发愁如何对何兆伟说这事，见对方主动问到，便把事情的来龙去脉和盘托出。方玉斌说完后，何兆伟的表情颇为平静，他一边夹菜一边说："这一次，你可又把我卖了。"

方玉斌有些难为情："在商言商，我的确有不得已的苦衷。"

何兆伟放下筷子，拉高声调："既然要卖，别光顾着自个儿，把我也一起卖了。"他接着说："梦剧场里，你是最大股东，我也有股份呀。聂远国不能只收购你的股份。"

方玉斌猜想，何兆伟大概又和上回一样，要把自己的股份卖出去，再愤而离开公司。何兆伟却说："这回跟上次可不一样，我没说要拍屁股走人。另外，我也不会把股份全卖出去，聂远国真答应收购，我可以出售手里一半的股权。"

"你真是这样想的？"方玉斌问道。

"当然。"何兆伟点头说，"你今天说这些，其实我并不意外。当初梦剧场资不抵债，后来你几次增资，成了大股东。从那时起，企业命运已不掌握在我手里，对今天发生的事，我早做好了心理准备。”

何兆伟又说：“这怨不得别人，只能怪自己。商场上，资本就是王道。我也有过手握资本、主宰自己命运的机会。在加拿大开餐馆，回国做视频网站，甭管生意大小，好歹自己是名副其实的老板。可惜我学艺不精，不仅赔光了老本，还欠下一屁股债。”

何兆伟笑了笑，接着说：“既然没有实力投资别人，只能退而求其次，让别人投资我，起码证明我还有点魅力。不过既然选择让别人投资自己，就得遵守游戏规则。大股东想出售公司股权，我作为小股东，能怎么办？”

方玉斌说：“你的反应，倒大出我的意料。这和你当初愤而离开光迅科技，可是天壤之别。”

何兆伟点燃一支烟，说：“经过那么多次洗礼，我就不能成熟一点吗？”他又说：“当初叶云来也想挽留我，是我不愿留下。你别说，叶云来还有些本事，他收购光迅科技后，最后硬把公司弄上市了。我如果选择留下，没准能发一笔财。”

方玉斌笑起来：“你该不是后悔了？”

“反正世上没有后悔药卖，我也不开这药方了。”何兆伟说，“只是通过许多事，我明白了一个道理，活在资本时代，可以和人赌气，但别和钱赌气。”

“所以，这次你不但平静接受，还愿意留下来和聂远国共事？”方玉斌问。

何兆伟说：“我可以留下，但得有条件。第一条，就是我刚才说的，他们必须收购我手里一半的股份。”

方玉斌问：“我出售股份，是其他地方急等用钱，你出售股份，为什么？”

何兆伟说：“前些年我欠了不少债，最近梦剧场发展势头不错，总算把欠债还清了，不过手里却没多少积蓄。趁着大好机会，干吗不落袋为安？江湖老，胆子小，起起落落这几下，我总结出一条，绝不能把所有钱都押到生意上，还得留一笔安稳的养老钱。再说了，我不留了一半股份吗？未来梦剧场发展得好，依然能分享红利。一旦有什么差池，也不至于到你门口讨饭吃。”

方玉斌竖起大拇指：“我天天做投资，这个道理却没你想得透彻。一个人不必把钱全砸到生意上，这也是分散风险。”

“还有第二个条件。”何兆伟说，“以前咱们合作，毕竟有老同学的交情，对那个地产土豪，可没这么客气。假若让我继续做 CEO，年薪得谈好喽。”

方玉斌说：“这件事，我一定帮你谈下来。不仅有高年薪，还得把补偿费敲定。假若有一天，他们想把你从 CEO 位置上请下来，薪水继续发一年，再加一笔补偿金。总之，要把你的一切安排得妥妥帖帖。”

“就数你鬼点子多，我只想到年薪的事，倒把补偿金这一茬忘了。”何兆伟笑起来，“那些大老板，是想把别人的命运操控在自己手中。我呢，反正命运被别人操控着，索性对自己好一点。”

方玉斌也笑起来，心中却寻思，自己属于哪一类人？是把命运操控在手中，还是被别人操控？诸如丁一夫、费云鹏、王诚这些大老板，手中的确操控着许多人的命运，但他们真能操控自己的命运吗？

没想到谈得如此顺利，两人免不了开怀畅饮。何兆伟还在一旁叮咛：“这一次，你可把条件给我往高了谈。”

这句话，何兆伟念叨了几次，方玉斌听在耳里，心中突然闪过一个念头。他又细细想了想，禁不住一拍大腿：“我傻呀！”

“怎么了？”何兆伟不明就里。

“什么年薪、补偿费，那都是小钱！咱们要赚，就赚一票大的。”方玉斌大声说道。

方玉斌兴奋地吞下一杯酒，接着说：“刚才我一直在想，怎么把条件往高了谈。最后才发觉，自己钻了牛角尖。以前我总觉得，你会排斥出售梦剧场股权的做法，所以我得一边和聂远国周旋，一边安抚你。既然咱们一拍即合，卖法可就不一样了。咱俩可以唱出双簧，逼着聂远国出高价。”

“怎么个唱法？”何兆伟问道。

方玉斌聊起往事，在出售光迅科技股权时，身为创始人的何兆伟坚决反对。袁瑞朗利用了这一点，反过来狠敲叶云来的竹杠。没有障碍也要制造障碍，只要有了障碍，人家才会花钱摆平障碍。

“怎么，你又打算如法炮制，让我唱黑脸？”何兆伟问。

方玉斌摆手说："如法炮制肯定不行，人家一眼就会识破，但可以反弹琵琶。这一回，我坚持不卖，由你去和聂远国他们谈。"

"这不行呀。"何兆伟思忖一下，摇起头，"如今你是梦剧场大股东，你坚持不卖，就算我把所有股份卖给聂远国，人家也拿不到控股权，他干吗掏冤枉钱？"

方玉斌脑筋一转，立刻有了办法："正规途径来买，聂远国拿不到控股权，但可以走弯路。比方说，你作为梦剧场的创始人与管理者，提出一个二轮融资方案，进行增资扩股。聂远国通过入股成为新股东，星阑资本的股权却被稀释掉。"

何兆伟嘴里嚼着肉："你这弯路，给人家也绕得忒远了。"

方玉斌头上的伤已经痊愈，此时可以毫无顾忌地哈哈大笑："就得给他绕远，让他觉得不划算，最后回过头走大路。到时，大路的过路费还能便宜？"

思路越来越清晰，方玉斌也愈发兴奋。首先可以确定，聂远国和他身后的老板对梦剧场志在必得，这是对方玉斌最有利的一面。同时，也有不利的一面——杨韵把亿家金控的情况摸得很熟，此时坐上谈判桌，摆明了告诉对方，自己急等着套现用钱。你越是着急，对手越会砍价。自己一副不着急的样子，让何兆伟冲在前头，那就该聂远国着急了。

"我明白你的意思。"何兆伟说，"先带着他绕弯路，目的是让他知难而退。但这出戏里还是有破绽。比如说，我可以提出二轮融资计划，但你才是大股东，真要反对可以在董事会直接否决，计划根本不会付诸实施。我提出计划，你不吭声，等到聂远国进入后再反对，傻子也能看出里面有陷阱。"

此刻，方玉斌已经把所有细节都想好，他信心百倍地说："你可以让我的反对无效嘛。"方玉斌向何兆伟讲述起牛卡计划，那个在亿家金控让自己无比窝火的计划此刻却派上用场。把何兆伟的股份变身为拥有巨大投票权的B类股票，凭借这个优势，他提出的增资扩股计划，方玉斌纵然反对也无济于事。

何兆伟还在挠脑袋："咱们当初的合同里，没约定什么牛卡计划呀。"

方玉斌笑着说："合同是由人约定的。当初没约定，现在约定不就得了。"

“你是说补签一份合同？”何兆伟问。

“不是补签，是倒签。”方玉斌说，“聂远国不是傻子，这时补签一份合同，他肯定会起疑，所以只能倒签合同。咱们重新签一份投资协议，日期就写一年多以前。你就告诉聂远国，早在投资之初就约定了牛卡计划。白纸黑字摆在那儿，你不说，我不说，他看不出什么破绽。”

方玉斌又说：“倒签合同可不是伪造合同。这一招，我以前也用过，还专门咨询过律师。只要双方达成一致，不会有什么风险，法律上也没有禁止。”

“这一招好！把合同倒着签，迷魂阵就算摆好了。”何兆伟拍手叫好。但隔了一会儿，他又面露难色：“我怎么才能和聂远国搭上线呢？主动找上门去？”

方玉斌把手一挥：“主动上门多跌份。法子我都替你想好了。”

◎4　方玉斌不耍阴谋诡计，却玩起了商战阳谋

方玉斌坐在办公室里，对面的杨韵微微一笑，露出洁白整齐的牙齿："我们终究又有了重新坐下来谈的机会。生意嘛，终归是可以商量的。"

"没啥商量的。"方玉斌摇头说，"当初我只说考虑你的建议，并没有答应。今天请你过来，更不是重启谈判。"

杨韵疑惑道："你的意思是？"

方玉斌说："我的情况你们大概知道些，亿家金控的状况不是太好，对那个项目的前景，我缺乏足够信心。因此我决定，启动撤出方案，尽早从亿家抽身。"

关于投资的理论教条很多，方玉斌既然打算说谎，自然可以信手拈来："你以前在证券行业，对炒股很熟悉。你应该知道，买入任何一只股票时，都应该在心中划一条止损线。如今，亿家已经越过了这条线，我只能忍痛割肉。"

方玉斌又说："我从亿家撤出，自然要把精力全扑到梦剧场上来。这种时候，更没有理由出售股权了。这是我的正式答复，你可以原封不动地转达给聂远国。"

杨韵脸上满是失望："我这趟算是白跑了。"

“怎么是白跑？”方玉斌说，“既然是老朋友，公事谈完了，还可以聊私事嘛。”

杨韵苦笑道：“你真把我当朋友？”

“当然。”方玉斌说，“正因为我把你当朋友，所以接下来要说的，才是大实话。”

杨韵愈发纳闷，接下来要说实话，刚才说的岂不是假话？

只听方玉斌说：“我其实是倾向于出售梦剧场股权的，可如果让你们吃定我急需用钱，价格恐怕上不去。所以，我得欲擒故纵。”

杨韵被方玉斌的话搞蒙了，更没见过这么谈判的。哪有直接告诉对手，我要欲擒故纵？方玉斌把自己的计划简单叙述一遍，接着又说：“这个计划中，还缺一个里应外合的角色，我看你很适合。”

“你也太直接了吧？我们可是谈判的对手。”杨韵摸不清方玉斌的路数，不敢轻易接招。

方玉斌说：“这段时间，你调查了我，我也在调查你。我知道，上次你说的都是实话。你离开余飞之后，职场并不得意。如今进入这家公司，正需要好好表现，打一场漂亮仗立威。”

杨韵似笑非笑：“你都知道我的处境，还叫我当叛徒？”

方玉斌端起茶杯，喝了一口：“你踏踏实实干，未必能立竿见影，跟我合作，却是一条捷径。”停顿一下，他又说：“你想想，如果你找到我，我也答应上谈判桌，你立的只是小功。按照我的计划，你去找何兆伟，那又是什么局面？到时，你可以四处表功，说你如何百折不挠，被方玉斌拒绝后又想尽办法，最终成功策反了梦剧场的创始人与管理团队。”

杨韵终于明白了方玉斌的意思，她笑着说：“这种招数，以前余飞也未必想得出来。”

“别拿我和他比。”方玉斌对余飞实在没有一丁点好感，“他的那些下三烂招数，全是整人坑人，都是阴谋。我使的可是阳谋。我的计划，没害得谁身败名裂吧？我赚钱，你立功，也就是让你们老板多掏一点钱。他有的是钱，不会在乎的。”

“让我想一想。”杨韵陷入沉思，还从方玉斌的烟盒中掏出一支烟，自个儿点燃。

杨韵手中的烟还没抽完，方玉斌就下了逐客令：“你不用急着答复。我还有点事，你先回去吧，两天之内给我回话就行。”

方玉斌站起身，和杨韵握手，接着又说：“我让投资总监吴步达送送你。”

吴步达开着车，杨韵坐在副驾驶位置。吴步达嘴巴很甜，一个劲夸杨韵长得漂亮。这种话，任谁都爱听，杨韵也被逗得乐呵呵。见气氛融洽，吴步达又提到合作的事：“梦剧场的事，还得麻烦你哟。”

杨韵不置可否，吴步达又说：“其实我、你，还有方总，出身都挺像。从小城市来到大都会，一个人辛勤打拼，好不容易有今天。不是官二代、富二代，只能吃得苦中苦，争取让自己的儿子做官二代、富二代。”

“是呀。”这几句话，倒是说到了杨韵心坎上。

感情越来越近，吴步达趁势说：“咱们能混到今天，都不是不懂规矩的人。未来把梦剧场高价卖出去，你懂的。”

杨韵露出一丝浅笑，吴步达的话她当然懂。接着，吴步达又从兜里掏出一个 U 盘，递给杨韵。杨韵很惊奇：“这是什么？”

“一些陈年往事。”吴步达说，“你应该还记得，当初余飞公司里的老汤，把余飞操纵股价的证据交给了王诚。后来王诚与余飞达成默契，这些资料没有曝光。再后来，东西又到了方总手里。”

吴步达接着说：“里面的线索，主要是涉及余飞的，但有一些和你有关。方总说了，余飞因为其他事被关进去，也算遭了报应，我们不必再补刀。至于你嘛，咱们现在已经是朋友。所以，把这些资料全部交给你，你自己处理掉吧。”

吴步达特别强调：“这东西只有一份，从没拷贝过。给了你之后，就再没人看得到。”

杨韵接过 U 盘，表情有些复杂，隔了好久才说：“谢谢。”

回到公司后，吴步达立刻来到方玉斌办公室，汇报说：“东西交给她了。”

方玉斌微笑着说："等着吧，她应该很快会答复我。"

吴步达点头道："咱们多管齐下，杨韵不会不就范。我看她更不敢耍什么花招。"

方玉斌弹着烟灰："不要把人家想那么坏，哪有那么多花招。"

吴步达又问："方总，那个U盘，你真的没有拷贝？"

"当然。"方玉斌回答得斩钉截铁，"我怎么会骗人家。"

吴步达想了想，说："你倒是真心实意，怕就怕她……咱们手上有能制约她的东西，总是好一点。"

"你呀，"方玉斌朝吴步达比画着手指头，"我问你，你告诉杨韵资料没有拷贝时，她什么表情，相信你的话吗？"

吴步达说："她的表情有些复杂。不过我敢打赌，她不相信我说的话。"

"那不就得了。"方玉斌说。

吴步达笑起来："无论咱们手上有没有这个东西，杨韵却始终认为咱们有。结果都一样！"

"不一样。"方玉斌纠正道，"我手里有，却告诉她没有，那是欺骗朋友，就是阴谋诡计。我手里真没有，还实话告诉了她，那就是阳谋。她不相信，我有什么办法！"

杨韵的答复果然很快，她的行动更快。而何兆伟近来做视频，捧网红，演技也日臻成熟，他与杨韵打得火热，两人还一起去北京见了聂远国。何兆伟一番当初方玉斌背着我卖掉光迅科技股权，如今为了企业发展，我也能寻找新合作伙伴，在商言商，无可厚非的表白，说得聂远国心花怒放。

梦剧场的增资扩股计划提上议事日程。方玉斌立刻表达反对，双方的"交锋"在梦剧场董事会上展开。方玉斌第一个发言，足足讲了半个钟头，把增资扩股批得体无完肤。何兆伟接着又代表管理团队说了40分钟，力陈增资扩股的必要性，并要启动表决程序。

应邀列席会议的聂远国，在一旁默默听着，心里偷着乐。方玉斌呀方玉斌，你敬酒不吃吃罚酒，几次三番上门，你硬是不卖，现在好了吧，没想到我抄了你的后路，直接策反梦剧场管理团队，让你落了个鸡飞蛋打。对即将开始的表决，聂远国更是一百个放心。他看过梦剧场的投资协议，利用牛卡计划，何兆伟在投票权上拥有压倒性优势，方玉斌再怎么反对也没用。

然而，就在投票开始前，方玉斌掏出一份文件，说："管理层拥有投票权优势，我反对也无济于事。但是，得把一件事先说清楚。当初不仅有牛卡计划，还有这份品牌转让协议。签订投资协议时，我做了让步，同意牛卡计划。同时，梦剧场创始人何兆伟先生，也把企业的商标名称，无偿转让给了星阑资本，这段时期，实则是经过星阑资本授权，何兆伟才能继续使用梦剧场的品牌与商标，授权费每年象征性收取一元。"

方玉斌又说："如果你们执意推动增资扩股，那么我可以明确地说，今年使用期满后，我将收回商标。明年，请你们另起炉灶。这个直播网站未来叫美梦剧场、春梦剧场或是噩梦剧场，通通可以，就是不能叫梦剧场。否则我就告你们侵权。"

毫无疑问，这份品牌转让协议与聂远国看到的投资协议一样，也是倒签的合同，目的是让他知难而退。演技纯熟的何兆伟气得仿佛浑身发抖，声言要和方玉斌法庭上见。

聂远国却坐不住了，以前怎么不知道还有这玩意儿？通过增资扩股计划，进行曲线收购已经费时费力，谁知买来的公司竟没有品牌使用权。无论打造一个新品牌还是再从方玉斌手里买过品牌使用权，势必又是一番波折。这么弄下去，怎么跟老板交差？聂远国顾不得许多，直接让秘书走到何兆伟身边耳语，立刻停止表决，从长计议。何兆伟则是一副心有不甘、恨恨作罢的表情。

◎ 5 要长久合作，关键不是只会同意，而是彼此学会说反对

大闹梦剧场董事会之后，方玉斌的演出告一段落。杨韵那边也传来消息，大老板雷霆震怒，把聂远国骂得狗血淋头。方玉斌接下来要做的，便是等待。等着弯路走不通的聂远国回到大路，自己才好狮子大开口。

一个星期五的下午，方玉斌坐在办公室里，心情颇为轻松。生意上的事虽说没什么进展，感情危机却似乎走出阴霾。半小时前，他接到苏晋的电话。苏晋说周末要回江州老家办事，自己的车送 4S 店做保养了，问方玉斌的车能不能借用一下。

苏晋好久没给自己打电话了！这次能主动借车，看来心中的气消得差不多了。难得的争表现机会，方玉斌怎会错过！他明确回答，车绝不能借，要借只能连人带车一起。我就给你当司机，送你回江州。

苏晋起初拒绝，但禁不住方玉斌软磨硬泡，终于答应下来。方玉斌又笑着说："假如我一路上我表现不错，这留党察看的处分是不是就取消了？我还等着恢复党籍，重回组织怀抱呢！"

"想得美！你现在是扣 12 分，吊销驾照。想重新上路，只能从头考。"苏晋话说得坚决，却难得笑出声来。

方玉斌的手机响起来，是蒋若冰打来的。他接起电话，立刻传来蒋若冰热情的声音："玉斌，明天有事吗？"不知从何时起，蒋若冰不再称呼方玉斌为方总，而是叫玉斌。方玉斌也叫她若冰。

方玉斌说："明天有点事，怎么了？"

蒋若冰噘着嘴："你可真是大忙人，上个周末说有事，这个周末还没空。没什么，就是有一场读书会，我猜你可能感兴趣，打算约你一起去。"

上周末蒋若冰约自己吃饭，方玉斌工作忙推掉了，没想到这周又碰上苏晋回江州。方玉斌说："实在不好意思。下回有时间，我主动约你吧。"

"好吧。"蒋若冰沮丧地挂掉电话。

几分钟后，电话铃声又响起来。一看来电号码，竟然是费云鹏打来的。他赶紧接起来，语气恭敬地说道："费总，您好！"

费云鹏说："周末到北京来一趟。"

"是这样，"当领导太久，费云鹏习惯了发号施令，连邀请人的事，也是先说结果，再解释原因，"汪杰明，你认识吗？"

汪杰明，不就是那个地产大亨、聂远国的老板吗？方玉斌说："久闻大名，但没见过。"

费云鹏说："老汪是我的朋友，前几天他打来电话，说请我吃饭，还问起你的情况。我把你大力夸奖了一番，说你是荣鼎当年大力栽培的青年才俊。他很喜欢结识商界后起之秀，特地让我引见一下。我想这是好事，便答应了下来。"

"好的。"方玉斌立刻答应，心中又惊又喜。喜的是，鱼终于上钩，自己布下的局，眼看就要大功告成。惊的却是，人家弄这么大阵仗。方玉斌原本以为，知难而退的聂远国会派杨韵再次登门，或是亲自打来电话，没想到聂远国身后的汪杰明竟亲自出山。

转念一想，汪杰明搞这么大阵仗，也是为了自己的脸面。如果汪杰明亲自邀方玉斌，面子反倒有些下不来。如今，他请的是与自己平起平坐的商界大佬费云鹏，仿佛只是老友相聚，方玉斌倒成了陪衬，无非跟着老领导一起出席而已。

费云鹏又说："当时我跟老汪说，你不妨把千城的王诚也叫上。一来我很想念王诚老友，正好聚一下，二来王诚也是玉斌十分敬重的商界前辈。王诚已经答应，周末也会来北京。"

费云鹏的话点到为止，听这话的方玉斌也是一点就通。费云鹏是何等精明的人物，无论汪杰明透露了多少，他也能把对方的用意猜个大概。他答应出席，是给汪杰明面子。但费云鹏心里清楚，汪杰明其实找错了人。表面上，方玉斌曾是自己下属，还在自己手下得到提拔，但两人的关系却颇为微妙。方玉斌真正敬重或倚靠的人，过去是丁一夫，如今是王诚。当然，这些话费云鹏不能也不必向汪杰明挑明，只需要轻描淡写说一句"叫上王诚"，身为老江湖的汪杰明就能读懂，并且绝不会多问。

放下费云鹏的电话，方玉斌还得联系苏晋。为了苏晋，他推掉了蒋若冰的邀约，但此刻，他又不得不对苏晋爽约。电话那头，苏晋语气平淡地说："没事，你肯把车借给我就行，我自己能开。"

约好的时间是星期六晚上，地点就在汪杰明的公司总部。这栋气派办公楼的顶层，有专供汪杰明使用的办公室、会客室与餐厅。商界三位大佬到场，方玉斌不敢迟到，下午5点刚过就到了。费云鹏与王诚到得更早，他们此刻正在汪杰明宽敞的办公室里，一起玩斗地主的扑克。

三人向方玉斌打着招呼，汪杰明还特意起身，同方玉斌握手。汪杰明长着一张国字脸，比起报纸、杂志上那些风光无限的人物照片，现实中的他更显苍老。

王诚说："我昨天就来北京了。今天下午没什么事，就和老费约着一起，早点过来跟东道主讨杯茶喝。"

费云鹏接过话茬："可惜茶没喝上，倒把地主斗起来了。"

"这事怪老汪。"王诚说，"千城在广州有个项目，倒是可以和老汪合作，趁着这次见面，本想跟他聊一聊。他却装模作样，说周末不谈工作，只说下周派个副总去滨海，和我的手下对接。"

王诚又说："他不聊工作，却缠着我聊登山、马拉松。我说对不起，这些东西也跟你聊不着。就你那身材，自个儿在跑步机上扑腾两下得了，还跑啥马拉松？”

汪杰明笑起来：“所以嘛，找不到共同话题，只能斗地主了。”

三位大佬嘻嘻哈哈，立在旁边的随从都很有分寸地浅笑。聂远国站在汪杰明身后，他与方玉斌握了手，接着众人便一起观战，欣赏这场重量级的斗地主。三人打得聚精会神，随从还被打了招呼，不准支着。桌子的另一边，有一个漂亮的女秘书专门负责计分。方玉斌一瞟，王诚输了十多分，汪杰明输了二十多分，费云鹏一个人是赢家。不知道这一分的含金量是多少，一元或是一万？不过以在座三人的实力，无论一元或一万，差别并不大。

方玉斌在旁边看了一会儿，便觉得没意思，因为三人的牌打得实在太臭。旁观这种牌局，就仿佛一个武林高手看小孩打架，一招一式尽是破绽。大概这三人不精于此道，或是平时偶尔和下属过招，人家全都让着他们。此刻真刀真枪较量，那牌技真是不敢恭维。

牌局结束，众人朝餐厅走去。途中，汪杰明突然提出，请大伙去参观一下他的个人藏品。汪杰明爱好古玩字画在圈内出了名，近年来他花在个人收藏方面的钱更是天文数字。

汪杰明的藏品，摆满了整层楼。他的一名属下说，这里摆的只是一部分，还有一些稀罕宝贝，汪总在银行租了一个近千平方米的保险库，放在里面。

在一幅书法作品前，费云鹏停下了脚步。这幅字出自大家之手，更难得的是，上面“云鹏展翅”四个大字，正好和自己的名字相合。

汪杰明看出了费云鹏的心思，说：“你要喜欢，这幅字就送你了。”

对于书法，费云鹏算得上行家，他清楚这幅字的价值，说道：“白送我不敢当。真要成人之美，你就开个价。”

“开价就俗了。”汪杰明说，“你要觉得不好意思，今天现场写一幅字，咱们以字换字。”

汪杰明如此豪爽，费云鹏不再推辞，旁边立刻有人铺上宣纸。“神龟虽寿，犹有竟时。螣蛇乘雾，终为土灰……”费云鹏一气呵成，用行书写下曹孟德的名篇《龟虽寿》。他的书法造诣不浅，写这幅字时又特地下了功夫，字体遒劲有力，气势磅礴。

放下笔，费云鹏说："听说再隔几个月，是老汪的岳父九十大寿。这幅字，就当是我对老人家的心意吧。"

众人围着这幅字，忙不迭献上各种赞扬。汪杰明端详了一阵，却说："你的字有功力，假如不从商，一定是个书法大家。但我有一点纳闷，一般人练习书法，都是由楷书至行书，最后写狂草。你的狂草多年前便已气象万千，自成一体，为何最近却弃狂草而主攻行书？"

费云鹏哈哈大笑："在我看来，每一个汉字，都有其自身的轨迹。无论你的书法造诣多高，写字时都得沿着字本身的轨迹来运行——这就叫规矩。楷书一板一眼，不敢越雷池一步，好比公交车里的慢车，严格按照路线行进，而且每站必停。狂草太恣意了，有些随心所欲。好比自驾车，从石景山到首都机场，你可以走长安街，也可以走三环或者四环。路线随你选，只要能到达目的地就行。"

"行书呢，就像公交车里的快车。"费云鹏说，"快车会按照公交线路行驶，但不必像慢车那样逢站皆停，它有的站停，有的站不停。写行书时，既要按照字的轨迹来运行，又不必平均用力，有的地方一笔带过，有的地方不妨浓墨重彩。"

"所以呀，近来我对行书情有独钟。"费云鹏接着说："行书既有自由发挥的空间，又要讲规矩。"

"至理名言呀！"周围又是一片啧啧叫好的声音。

费云鹏把目光投向藏馆的另一侧，说："这幅石涛的山水画不错，只是不知道，是真迹还是仿冒？"

汪杰明说："应当是假冒。"

费云鹏说："能假冒到这个地步，想必只有张大千才有这功夫。"

"眼睛真毒。"汪杰明竖起大拇指，"这幅画早年是张学良的藏品，后来流落民间。我找了好多专家，都认定是张大千仿的石涛山水画。"

方玉斌并不太懂画，他不明白，一幅仿冒的画作为何值得两人津津乐道。只听汪杰明说："早年张大千在北平，他仿石涛的山水画，已到了以假乱真的地步。公子哥张学良花了大把钱去收集石涛的作品，结果却收了不少张大千的仿画。”

汪杰明继续说：“看走了眼收藏到赝品，对藏家来说可不是光彩事。不过张学良毕竟财大气粗，后来他又陆续收到一些石涛的真迹。但真迹一到手，他就亲手撕掉。”

众人瞪大眼睛，花钱买名画来撕，少帅真是人傻钱多？汪杰明笑着说：“当张学良亲手把真迹毁掉，自己手里那些最接近真迹的赝品，反倒价值连城了。”

汪杰明又指着这幅画，缓缓说道：“我从中学到一个道理。收购企业，最好收购行业老大，如果收购了行业老二也没关系，只要马上把老大干掉就行。”

方玉斌一路走来，经历的恶战太多，对各路招数更是了然于心。他当然清楚，这些大佬闭口不提生意，心里却无时无刻不在拨弄算盘。汪杰明邀众人参观藏品，看似文雅却近乎在秀肌肉，是向谈判对手传递不差钱的底气。至于最后从收藏讲到收购，更是一种警告，他要么收购梦剧场，要么干掉梦剧场。

方玉斌也和众人一道，称赞起汪杰明的藏品，似乎对那些警告充耳不闻。没有三两三，不敢上梁山。今日我单刀赴会，就准备好了要与大佬过招。方玉斌更充满自信，纵然是名动江湖的前辈，也未必能从我身上讨到便宜。况且，你摆下鸿门宴，恰恰说明中了我的空城计。

晚宴开始后，汪杰明聊到前段时间沸沸扬扬的千城股权大战，他问：“当初一天一个大新闻，最近怎么悄无声息了，仿佛什么都没发生过？我说老王、老费，你俩是不是又破镜重圆、和好如初了？”

“这是什么话！”费云鹏说，“镜子就没破过，哪儿来的重圆。”

方玉斌在一旁听着，知道费云鹏与王诚都不会实言相告。汪杰明也笑着说：“得，你们不愿意说，我也不多问。来，喝酒。”

身为东道主，汪杰明开始挨个敬酒。敬到方玉斌时，他说：“聂远国他们和你接触有一阵子了，我知道你是青年才俊，很想结交。可惜自己定过规矩，以后不再参加具体的商业谈判，所以一直无缘相见。还好，趁着今天这机会，把遗憾弥补了。”

方玉斌原以为汪杰明会把话题引向梦剧场，谁知人家把酒杯一放，兴致勃勃地聊起为何不再亲上第一线参加谈判：“我这个人朋友多，这是好事，也是坏事。比如出去谈生意，朋友间杯子一端，政策放宽。后来发现，我去谈的条件，还不如副总们谈得好。退一步说，副总也会在酒桌上乱表态，但他们表了态，我还能卡住，但我这个一把手表态之后，就不好反悔了。”

汪杰明又说：“买卖不成仁义在这句话，我看值得斟酌。生意和朋友，最好能分开。前不久，我收购了北京一家公司，这家公司的规模不算大，但十多年来发展稳健，尤其是六个股东一直合作愉快。我问他们，合伙做生意，股东之间的利益最难协调，像你们这样十多年来携手并肩，没有谁嚷着分家，更没人出走，是怎么做到的？他们的回答让我大吃一惊。”

“他们怎么说？”费云鹏问道。

汪杰明说：“他们的答案是，保持距离，不做朋友。这六个人，原本是同学、老乡，可自打合伙做生意，私下几乎不再联系。其中两人之前是多年牌友，可近十年来，硬是没在一张桌上打过牌。”

汪杰明接着说：“如今许多朋友合伙做生意，无论赔了赚了，到头来往往闹得不愉快，最后连朋友也做不成。想想也不奇怪，彼此都是朋友，一开始讲风格，把不满揣在心里。结果问题越憋越多，心结越来越深。到最后，只能分道扬镳。”

汪杰明又说：“这六个股东，私下从不联系，只是每月碰一次头，商讨公司发展。针对某一个议题，大家各自发言表态，最后投票。按照投票结果，少数服从多数。他们说，正因为没把朋友因素掺杂进来，一切公事公办，才把合作关系维持了十多年。”

王诚听完这个故事，说：“要长久合作，关键不是只会同意，而是彼此学会说反对。”

酒宴继续，方玉斌端着杯子回敬。他第一个去敬汪杰明，汪杰明难得地站起身，与方玉斌碰了个满杯。汪杰明又拍着方玉斌的肩膀：“有些事聂远国告诉了我一些，存在分歧不可怕，慢慢协商嘛。生意人，还要以和为贵。就像老王和老费，别看他们不承认，却瞒不过我。当初的千城股权之争，他俩后来一定是坐下来好好商量，彼此各退一步，否则不会有今天的结局。”

方玉斌点头说：“汪总，梦剧场的事正想跟您说一下……”

汪杰明挥手打断，笑道：“具体的事，回头我让聂远国和你交流。记住我的话就行，商人以和为贵。”汪杰明脸色和蔼，却绝不触碰任何商业细节。

晚宴之后，方玉斌回到宾馆。不一会儿，王诚就打来电话：“玉斌，今天老汪弄这么大阵仗，是为了梦剧场吧？”

之前，方玉斌向王诚提过梦剧场的事，此时，他又把来龙去脉详述了一遍。王诚听完后，哈哈大笑：“这一招欲擒故纵玩得好，连老谋深算的汪杰明一时都没看出来。下一步，怎么办？”

方玉斌说：“擒到这个时候，也该纵了。汪杰明亲自出山，还把你和费总都搬出来，我当然要卖个面子，同聂远国谈出售股权的事。”

王诚点头说：“不错，给了汪杰明面子，自己又得了里子。现在和聂远国去谈，跟当初乖乖坐上谈判桌，可是两种谈法。”

王诚又说：“这一次，只是可惜了杨韵。”

“她怎么了？”方玉斌问。

王诚说：“老汪可是个人精，现在没瞧出破绽，但总有一天会发现。到时他不能拿你怎么样，还不得拿杨韵出气。”

方玉斌心头掠过一丝怅然，这次人家毕竟出手相助。她若是被秋后算账，自己是否问心有愧？

王诚又问：“你已经决定，从梦剧场撤出后，把资金集中到亿家金控？”

“是的。”方玉斌花了十多分钟，向王诚说明自己的理由。方玉斌知道，王诚极少过问投资公司的事。但这种高度信任的背后，何尝不是一种高度警惕？正如那些皇帝，可以给大臣尚方宝剑，甚至说一通将在外君命有所不受的漂亮话。但哪个大臣真信了这话，大概离死期就不远了。

况且，两人的关系本来就很微妙。方玉斌曾帮助过王诚，可有句话说得好——久负大恩必成仇。一个人对另一人有恩情，必然会成为受恩者沉重的精神负担。如果施恩者总是拿所施恩情影响受恩者，就非常容易造成受恩者的心理变化，变感恩为仇恨。正因为这样，方玉斌对王诚更得谨小慎微，不能流露出居功自傲的神态。或许王诚说得对，一切按角色办事。过去，两人是合作伙伴，可以直言不讳提意见，如今人家是投资人，该征询意见的，也得按规矩来。

听完方玉斌的话，王诚说："星阑资本由你负责，主意自然由你拿。我只给你两点建议。第一，之前发生的事情证明，尽管袁瑞朗有过人之处，但并不适合把亿家公司的大小事情一把抓。尤其是一些重大决策，不能再由着他胡来。"

"我会向他提出来。"方玉斌说。

"不仅是提出来。"王诚说，"这恰恰是我给你的第二点建议。老汪今天聊到的朋友与生意就很有道理，袁瑞朗是你的朋友，过去还是你的老领导。但现在，你们的角色已经变了。"

"我明白。"方玉斌答道。

◎6　事非经历不知难，钱到面前才见真

方玉斌坐在咖啡馆里，手指机械地搅动着咖啡勺。放下勺子，端起抿一口，好苦！刚才走神，竟忘了加方糖。

一番欲擒故纵之后，方玉斌很勉强地告诉聂远国，看在汪杰明亲自出马的面子上，可以考虑出售梦剧场股权。自己这么为难才答应卖，对手哪儿来砍价的底气？最终，双方谈好以三亿元成交，比起刚开始的报价涨了整整一亿。

三亿资金到手，方玉斌只高兴了一小会儿，就陷入另一番纠结中。有了这三个亿，哪怕投到亿家金控的钱颗粒无收，星阑资本也算站稳了脚跟。毕竟，王诚只投入了1.5亿，如今却翻了一倍。可继续增资亿家，却是另一场豪赌。要么大获全胜，要么前功尽弃。

其实，从梦剧场套现资金，增资亿家本是既定方针。为何钱一到手了反而犹豫起来？方玉斌不禁想起那天在北京，汪杰明讲的一则故事。酷爱收藏的汪杰明说，他见过太多人守着一件宝贝，夸口说哪怕有人出200万也舍不得卖。但是，真把100万现金堆在他面前，这人往往狠心说道："钱留下，货拿走。"都说事非经历不知难，却不知钱到面前才见真。

不过最终，方玉斌还是下定决心，按既定方针办！这份决心，缘于强大

的自信。闯过了那么多险滩暗礁，与那些一等一的商界高手过招尚且全身而退甚至略有斩获，此时的方玉斌不应再怀疑自己的眼光。

这时，蒋若冰走了进来，朝方玉斌挥了挥手。落座后，她说："约你几次都不露面，今天是什么风把你吹来了。你都到办公室楼下了，怎么不上去坐一坐，还打电话叫我下来？"

方玉斌没有回答问题，而是问道："亿家情况怎么样？"

蒋若冰朝自己杯子里放了一块糖，接着无奈地摇头："不怎么好。两个月前，靠着高利贷解了燃眉之急。上个月，袁总把自己在上海的房子抵押出去，还把父母在北京的一套房子卖了。可就这样，依然有一部分投资人的收益无法按时支付。所幸人数不多，我们做了大量安抚工作，勉强没出大事。我们给人家的承诺，是这个月一定支付。眼看要到月底了，钱还没着落。"

"吸储呢？"方玉斌又问。

蒋若冰说："比之前回落了不少。"

方玉斌说："是挺艰难，不过亿家金控能撑到现在，已经算是不错了。"

蒋若冰点头说："多亏以前有些底子。比如车贷业务，这几个月仍在稳步增长。"

方玉斌问："对 P2P 金融未来的发展，你到底怎么看？"

蒋若冰说："短期会面临十分艰难的状况，长期看前景光明。"

"理由呢？"方玉斌追问。

蒋若冰说："我只说一点，如今跑路的 P2P 平台很多，带来那么严重的社会问题，换作其他行业，政府早就一纸禁令，让所有公司停业整顿了。但对 P2P 金融，政策层面依旧是规范、引导。这就说明，对这个新生事物，人们还是抱有期望的。"

"有道理。"方玉斌总算露出一丝笑容，"上次你说，亿家的资金缺口有一个多亿。如果不仅把缺口堵住，而且让企业彻底走上正轨，需要多少钱？"

蒋若冰想了想说："起码两个亿吧。"

"那好。"方玉斌说，"星阑资本出两个亿，继续增资亿家金控。"

"真的？"蒋若冰一副喜出望外的表情，接着她又问，"当初你不是说，星阑资本也没有多少流动资金了吗？”

“我最近把星阑资本持有的梦剧场股份出售给一家北京企业，卖了三个多亿。”说这话时，方玉斌颇为得意。

“太好了。”蒋若冰说，“袁总知道这个消息吗？”

方玉斌摆了摆手：“先别忙告诉他。我把你单独叫来，是要谈另一件事。星阑资本的两个亿，不能这么白白投下去。我会附加一些条件。”

“什么条件？”蒋若冰问。

方玉斌抿了一口苦涩的咖啡，说道：“亿家金控出现这么大危机，我们觉得，袁总并不适合再在第一线领导公司。”顿了顿，他继续说：“袁总是我的老领导，我深知他拥有过人的才华与锐利的商业眼光。有眼光的人可以做好投资，具体管理公司却应该由更专业的人担纲。事实也证明，袁总亲上火线，经营业绩并不好，甚至把企业带入险境。”

“你的意思？”蒋若冰的脸上没有任何表情，只是轻声问道。

方玉斌说：“利用这次机会，我想说服袁总，请他释出部分权力。比方说，如今他兼任亿家金控的董事长与总裁，今后不妨把总裁的位置让出来。他作为董事长，专注于宏观战略，对单笔放贷业务，就不要过问了。”

方玉斌加重语气，说：“至于总裁人选，我倾向由你接任。”

蒋若冰摇了摇头：“我不行，担不起这副担子。”

方玉斌投来殷切期盼的目光：“若冰，局势紧急，你就不要推辞了。这不仅是我的个人意见，也是亿家金控最大投资人星阑资本的决定，是资本的意志。”

蒋若冰犹豫了一会儿，说：“就算我不推辞，也接不了这副重担。涉及高管的人事变动，需要董事会通过。在董事会上，袁总有一票否决权。”

方玉斌清楚，蒋若冰所说的一票否决权，指的正是袁瑞朗通过牛卡计划获得的巨大投票权。他说：“这个我来想办法，我会找他认真谈一次。”

蒋若冰摆头说：“袁总可不是一个善于听取意见的人，尤其是这种事。”

方玉斌说：“我会清楚地表达我的立场，如果他不同意这个方案，增资的事就无从谈起。”

“但愿你能成功吧。”蒋若冰说。

几天之后，方玉斌走进袁瑞朗的办公室，当他说出增资计划时，袁瑞朗简直手舞足蹈。方玉斌继续说：“为了让亿家金控轻装上阵，我还打算把江州钢铁厂的那笔烂账划转出来。这笔账暂时挂到星阑资本那里，这样你的压力就会减少许多。”

“太好了！”袁瑞朗高兴地说，“有了这笔投资，亿家就彻底渡过难关了。玉斌，多谢你呀。”

方玉斌说：“这也多亏亿家的底子好。如果亿家像某些P2P平台，毫无抗风险能力，也支撑不到现在，更没机会等到我出售梦剧场股权回笼资金。”

袁瑞朗激动得在办公室来回踱步：“到时，一定要举办一个盛大的签约仪式，把媒体记者都叫来。从燕飞撤资到温玉彪跳楼，还有楚蔓的广告，弄得人心惶惶。这一下，局面彻底改观！你不仅投来两个亿，更重要的是恢复了外界对亿家的信心。”

方玉斌笑着说：“搞个签约仪式可以呀，只是这协议怎么签？新投入的两个亿，占股多少？”

“这个好说。”袁瑞朗点燃一支烟，“你雪中送炭，难道我还会小家子气？占股的事情，你来定。”

方玉斌说：“占股的事，咱们还是按规矩来，谁也不吃亏。但有一条我得提出来，把那个什么牛卡计划解除。”

袁瑞朗深吸一口烟，语气放缓道：“玉斌，这可不是雪中送炭，而是乘人之危了。你也知道，牛卡计划是我掌控这家企业的法宝。”

方玉斌坚持说：“前前后后我投了这么多钱进来，却被你的牛卡计划锁住脖子，我跟股东也没法交代。”停顿一下，他又说，“说句事后诸葛亮的话，如果没有牛卡计划，当初你的那个二轮融资根本搞不起来，亿家也不会濒临险境。”

“过去的事就别提了。”袁瑞朗最讨厌有人揭自己伤疤。他思忖了一会儿，终于忍痛说道：“好吧，就按你说的。”

“好！”方玉斌点了点头，继续说，“还有一件事，也请你认真考虑。”

“还有什么事？”袁瑞朗问。

方玉斌搓着手，心里还在犹豫，他不知道这算不算逼宫，面对有恩于自己的袁瑞朗，有些话真是说不出口。猛抽几口烟，方玉斌终于横下心。自己这么做，既是基于投资人的立场，也是为了袁瑞朗好。良药苦口利于病，现在可不是扭扭捏捏的时候。

方玉斌说：“亿家走到现在，你负有不可推卸的领导责任。作为最大投资人，我们希望对管理层的分工进行适当调整。请你释出一部分权力，让更专业的人负责具体经营，效果或许更好。”

袁瑞朗用一种疑惑的目光盯着方玉斌。方玉斌很是难为情，隔了一会儿，他又开口解释：“袁总，站在朋友的立场，我也认为这样做是对的。咱们做了多年投资，都习惯从宏观层面思考问题，但真要亲手打理一家企业，还需要一个适应过程。你想呀，拍电影咱们得让赵晓宇来拍吧，还有光迅科技，具体工作得交给 CEO 何兆伟。我不客气地说，亿家金控出的问题，有很多恰恰是因为你用经营投资公司的思维在管理 P2P 平台。”

袁瑞朗的手微微发抖，脸上却出现一种奇怪的笑容：“没错，拍电影咱们不如赵晓宇，做网站你不如何兆伟。接下来，你是不是想说，经营 P2P 平台，我不如蒋若冰？”

方玉斌说：“在专业能力方面，蒋若冰的确比你我都强。”

“原来你们早就串通好了。”袁瑞朗的笑容越发阴冷，“这几天，下面有人告诉我，蒋若冰正在管理层搞串联，想必她已经得到你的支持，准备取我而代之。”

蒋若冰在下面搞串联的事，方玉斌并不知情，他说：“之前，我跟蒋若冰交流过看法。我的意见是，你继续任董事长，把更多精力用在宏观决策方面。具体的经营，比如放贷之类的事，就由新任总裁蒋若冰负责。”

袁瑞朗说：“你在上头用资本压，蒋若冰在下面策反高管，配合挺默契。怎么着，到最后文谏不行就准备来武谏？”

方玉斌解释说：“你不要误会。其实，无论文谏、武谏，都是为公司好，也是为你好。”

袁瑞朗一巴掌拍到桌子上：“当年牟其中还没进监狱的时候，有一帮人在南德集团搞串联，说是要对牟其中进行兵谏。牟其中说，张学良搞兵谏，抓的好歹是国家元首。南德集团是私营企业，你们搞兵谏，把我搞下台，那就是赤裸裸的抢劫。”

袁瑞朗掐灭烟头：“我明确答复你，不会同意人事调整方案。甚至，我答应放弃牛卡计划的话，也收回。现在我还拥有最大投票权，你们就敢策划兵谏，一旦我放弃了，那还不得翻天！”

方玉斌仍在做最后努力：“袁总，这样做真是为了企业好。”

袁瑞朗挥手打断：“咱们之间，没什么好说的了。你出去吧。你的两个亿，要投便投，绝不强人所难。但是，亿家是我的，这一点永远不会改变。”

方玉斌离开后，又联系上蒋若冰。两人在咖啡馆碰面，方玉斌说到与袁瑞朗沟通的情形，蒋若冰叹气道：“我就知道是这结局。”

蒋若冰又说：“当初你只告诉我去找袁总谈，要他让出总裁位置。我却不知道，你还要他放弃牛卡计划。”

“怎么了？”方玉斌问。

蒋若冰说：“其实你有些心急，既然他同意放弃牛卡计划，接下来的事就好办了，你根本不用提总裁的事。增资之后，星阑资本是最大股东，袁总又没了牛卡计划，你要做什么，他拦都拦不住。”

蒋若冰说的，方玉斌也想过。换作一般人，他也许会这样，步步为营，最终令对方毫无还手之力。偏偏面对袁瑞朗，用这种类似欺骗的方法实在于心不忍。可恰恰因为自己的妇人之仁，使局面更加被动。

方玉斌又问：“袁总怎么说你在下面搞串联？这事你怎么没跟我说？”

蒋若冰的眼神有些闪躲：“我哪有搞什么串联。当初我就猜到他不会接受这个方案，想着早点跟高管们吹吹风。关键时刻，亿家高管能站到星阑资本这边，自然再好不过。”

方玉斌没再深究，而是说：“现在怎么办？已经摊牌了，总得收场吧。”

蒋若冰想了一会儿说："只有一个办法，就是联合亿家高管，在董事会上逼袁总就范。"顿了顿，她又说："虽说投票表决袁总一定赢，但所有高管都站到你这边，两个亿的救命钱又捏在你手里，他或许会妥协。袁总应该清楚，拿不到这两个亿，又同所有高管闹翻，亿家可真没救了。"

方玉斌盯着蒋若冰，眼神中有些陌生与疑惑，隔了几秒之后才语气平淡地说："看来你的串联倒是未雨绸缪。"

蒋若冰耸了耸肩："你要觉得不妥，咱们就另想法子。"

"没其他法子了。"方玉斌说，"就按你说的办，由我来提议，下周召开董事会。"

"还有，"方玉斌问，"你能说服大部分高管吗？"

蒋若冰点头说："我尽力，应该没问题。"

一周后的星期一，方玉斌早早来到亿家金控会议室。董事会将在上午 10 点举行，所有人都知道今天会议的主题，气氛有些凝重。昨晚，蒋若冰告诉方玉斌，大部分高管都接受了她的意见。

10 点，会议室里坐满了人，但袁瑞朗的位子却空着。蒋若冰招呼下属："去办公室跟袁总说一声，告诉他大家都到了，就等他。"

几分钟后，下属回来报告，办公室里没人，袁瑞朗今天也一直没来公司。方玉斌说："袁总或许有什么事，咱们等一会儿吧。"

会议室内异常沉寂，只有挂钟嘀嗒作响。又过了十多分钟，袁瑞朗依旧没有现身，他的手机也处于关机状态……